Nachdem Alices Leben an Weihnachten im letzten Jahr auf den Kopf gestellt wurde, lebt sie zurückgezogen in einer gemütlichen kleinen Wohnung für sich allein. Während die Stockholmer die Vorweihnachtszeit genießen, würde Alice Weihnachten am liebsten ignorieren. Sie konzentriert sich stattdessen auf ihre Arbeit als freie Lektorin, denn ein renommierter Krimiautor benötigt Hilfe bei seinem neuen Buch. Doch das ist ausgerechnet ein weihnachtlicher Feelgood-Roman! Während die beiden gemeinsam an seinem Text feilen und die Grenzen zwischen Arbeit und Vergnügen immer mehr verschwimmen, muss Alice sich fragen, ob sie der Liebe nicht doch noch eine zweite Chance geben kann …

Camilla Davidsson wurde 1969 geboren und wuchs in einem Dorf in Småland auf. Sie arbeitete in einer Reihe von internationalen Unternehmen im Marketing, bevor sie sich ganz dem Schreiben widmete. Sie lebt mit ihrer Familie in Åre, inmitten der schwedischen Berge.

Dr. Gabriele Haefs, geboren 1953, studierte Sprachwissenschaft in Bonn und Hamburg. Sie übersetzt aus dem Norwegischen, Dänischen, Schwedischen, Englischen, Niederländischen und Gälischen.

CAMILLA DAVIDSSON

Schneezauber über Stockholm

Aus dem Schwedischen
von Gabriele Haefs

FISCHER TASCHENBUCH

MIX
Papier | Fördert gute Waldnutzung
FSC® C083411

Deutsche Erstausgabe
Erschienen bei FISCHER Taschenbuch

Die schwedische Originalausgabe erschien 2021 unter dem Titel
»En storm i juletid« bei Printz Publishing, Stockholm.

Redaktion: Lisa Caroline Wolf
Satz: Dörlemann Satz, Lemförde
Druck und Bindung: CPI books GmbH, Leck
ISBN 978-3-596-70918-2

Für Sylvia

Genau wie die Personen in diesem Buch haben wir uns durch das Schreiben kennengelernt. Im Laufe der Jahre sind es viele Mitteilungen und Telefongespräche geworden, und heute, zehn Jahre später, freue ich mich, dich meine Freundin nennen zu dürfen.

I learned that courage
was not the absence of fear,
but the triumph over it.
The brave man is not he who does not feel afraid,
but he who conquers that fear.

Nelson Mandela

1

Klein-Montmartre – so wird die Gegend um Mariaberget im Westen des Stockholmer Stadtteils Slussen auch genannt. Dieser kleine Bezirk ragt mit seinen steilen Pflasterstraßen, seinen langen Treppen und alten Steinhäusern in Rotbraun und Ocker über den Dächern der Stadt auf. Im Norden fallen die Felsen schroff zu Söder Mälarstrand und Riddarfjärden ab, und oben am Hang gibt es prachtvolle Hausfassaden mit kleinen, schiefen falunroten Holzhäusern, üppigem Grün und einer verschlungenen Promenade. Touristen und frisch verliebte Paare schlendern hier oft entlang und genießen den atemberaubenden Blick über die Stadt. In den Straßen von Mariaberget drängen sich kleine Geschäfte und Galerien neben Cafés und Restaurants, und die Menschen, die herkommen, verstehen schnell, warum viele der großen Dichter und Künstler dieser Stadt im Laufe der Jahrhunderte hier gelebt und gewirkt haben.

Nun, Mitte November, prasselte ein ausdauernder grauer Regen auf die Dächer. Der erste Schnee des Winters schien noch in weiter Ferne zu liegen, aber die wunderbare Zeit von Licht und Glitzern stand kurz bevor, und ausnahmsweise würden die Einwohner dieses Jahr ein weißes

Weihnachtsfest erleben. Nicht nur in den pittoresken Gassen von Mariaberget, sondern fast überall im ganzen Land.

Doch davon ahnte Alice natürlich noch nichts, als sie im ersten Stock in einem der Vierparteienhäuser im Westteil von Mariaberget durch die hauchdünnen Gardinen lugte. Und selbst wenn sie es geahnt hätte, wäre ihre entschlossene Miene wohl lediglich einer mürrischen gewichen. Weihnachten war das Letzte, woran sie denken mochte, als sie zu den düsteren Wolken hochsah, die sich über den Dächern der Stadt zusammenballten. In der Ferne grollte dumpfer Donner, und schwere Regentropfen liefen in dicken Klumpen die Fensterscheiben hinab.

»Eine bessere Gelegenheit wird es wohl nicht mehr geben«, murmelte sie und holte tief Luft, wie um ihre Lunge mit Kraft und Mut zu füllen. Sie würde es schaffen. Bei diesem Wetter müsste die Stadt doch wie ausgestorben sein. Ehe sie sich die Sache anders überlegen konnte, schloss sie die Gardinen, ging hinaus in die Diele und schnürte sich die Joggingschuhe zu. Wenn alles nach Plan lief, würde sie in einer Stunde wieder zu Hause sein. Aber was, wenn sie in einer Warteschlange landete, oder schlimmer noch, Bekannten begegnete … Nein, an so einem Tag würden doch alle zu Hause bleiben? Oder sie waren bei der Arbeit. Nichts durfte schiefgehen. Alice füllte ihren Bauch mit Sauerstoff, bis er rund war wie ein Ballon, und hielt für zwei Sekunden die Luft an, dann atmete sie langsam durch die Nasenlöcher aus. »Ich schaffe das.«

Sicherheitshalber zog sie sich eine graue Schirmmütze über den aschblonden Pagenschnitt. Wobei von Pagenschnitt wohl kaum noch die Rede sein konnte. Früher, vor der Katastrophe, wie sie das, was ihr zugestoßen war, in Gedanken nannte, hatte sie sich die Haare alle sechs Wochen zu einer goldblonden Farbe mit helleren Strähnchen tönen lassen. Irgendwann hatte der Friseur gar nicht mehr gefragt, wie viele Zentimeter abgeschnitten werden sollten. Sie endeten nun immer in einer scharfen Linie knapp unter dem Kinn. Zusammen mit der Hornbrille, einer schwarzen Jacke, einer schmalen schwarzen Hose und einer Auswahl an einfarbigen Blusen in gedämpften Tönen wirkte Alice intellektuell genug, um einigermaßen mit den Kolleginnen und Kollegen der literarisch anspruchsvolleren Abteilungen des Verlages mithalten zu können. Das Speckröllchen in der Mitte, gegen das sie jahrelang erfolglos gekämpft hatte, beeinträchtigte den Look natürlich, und vielleicht war das der Grund, warum ... Nein, so oberflächlich konnte doch nicht einmal er sein. Ironischerweise hatten die Ereignisse des vergangenen Jahres ihr den Appetit geraubt, was zur Folge hatte, dass ihr Muffinbauch nun umwerfend flach war. Bauch und Taille waren allerdings nicht zu sehen unter der ausgebeulten Trainingshose, den verschlissenen T-Shirts und den sackartigen Pullovern, in denen sie sich vergrub. Die Haare band sie mittlerweile nur noch nachlässig zu einem Haarknoten im Nacken zusammen, aus dem regelmäßig lockige Strähnen um die Ohren entwischten. Ein geschickter Friseur würde wohl schon mit einem kurzen Blick ausrechnen können, wie bei den Jahresringen an einem Baumstamm, vor wie vielen Monaten sich zuletzt eine Schere durch diese strapazierten Haare hindurchgearbeitet hatte. Coronafrisur, so wurde das offenbar genannt. Sollten doch alle glauben, dass das der

Grund war, wenn sie wider Erwarten Bekannten über den Weg liefe.

Die Sonnenbrille – konnte sie die aufsetzen oder wäre das zu auffällig? Vermutlich. Sie legte die Brille zurück in den kleinen Korb auf der Kommode neben der Wohnungstür und streifte sich die Kapuze der Regenjacke über den Kopf. Bevor sie die Tür hinter sich zuzog, überflog sie noch einmal die Einkaufsliste – zuerst ein paar Dinge im Kaufhaus Åhléns, danach Apotheke und auf dem Heimweg noch zur Post.

»Igitt, das ist ja widerlich«, murmelte Alice, als in dem halb vollen Warenhaus *All I want for Christmas* aus den Lautsprechern dröhnte. Es waren noch über zwei Wochen bis zum ersten Advent, aber Stockholms Innenstadt schien es kaum noch erwarten zu können. Auf dem Sergels torg waren die riesigen beleuchteten Elche und Tannen aufgebaut, in den Einkaufsstraßen die stimmungsvolle Weihnachtsbeleuchtung angebracht und jeder einzelne Winkel in den Schaufenstern vollgestopft mit Glitzer, Wichteln, Tannenzweigen und funkelnden Lichterketten. Alice war davon ausgegangen, dass so früh morgens und bei dem Regen die Menschen lieber zu Hause blieben, aber schon jetzt herrschte in den Gängen der Geschäfte ein ziemliches Gedränge.

Bevor sie die Sicherheit der Wohnung verließ, hatte Alice sich genau überlegt, in welcher Reihenfolge sie ihre Erledigungen hinter sich bringen wollte, aber jetzt war ihr Kopf leer, und sie musste sich alle Mühe geben, um nicht zu hyperventilieren. Was war jetzt an der Reihe? Sie wühlte in ihrer Jackentasche nach dem Einkaufszettel, konnte ihn aber nicht finden. Sie suchte in ihrer Handtasche und in allen anderen Taschen, aber der Zettel blieb verschwunden! Atmen, jetzt nicht in Panik geraten, Alice!, sagte sie sich und suchte noch einmal, diesmal konzentrierter. Da war er doch! Sie atmete auf und überflog die Liste. Genau, ein neuer Wasserkocher. Der uralte in der kleinen Wohnung, die sie von einer Verwandten einer ehemaligen Kollegin mieten konnte, hatte mittlerweile seinen Geist aufgegeben. Sie wollte sich gerade umdrehen, als ihr brutal in die Seite gestoßen wurde.

»Passen Sie doch auf!« Ein Herr mittleren Alters in dunklem Mantel und kariertem Schal warf ihr einen wütenden Blick zu.

»Entschuldigung«, sagte Alice zum Rücken des Mannes, während der, ohne sich noch einmal nach ihr umzusehen, weiter durch das Gewimmel lief. »Pass doch selbst auf«, murmelte sie und ging zu den Informationsschildern bei den Rolltreppen. Sie hatte gerade erst die zur nächsten Etage betreten, als Mariah Careys schmachtende Stimme George Michaels schnulzigem Refrain von *Last Christmas* weichen musste. »O nein, nicht auch noch das!« Alice biss sich in die Lippe. »Das ist einfach zu viel.«

Am Ende der Rolltreppe lief sie nur die paar Schritte zur nächsten, die sie wieder nach unten brachte. Mit hämmerndem Herzen verließ sie das Warenhaus – weg von dem Gedränge, weg von den Menschen, den kitschigen Weihnachtsliedern und den quälenden Erinnerungen.

Nachdem sie sich in der Wohnung in Mariaberget in Sicherheit gebracht hatte, ließ Alice sich auf den Hocker bei der Eingangstür sinken und atmete zweimal tief durch. Sofort füllten sich ihre Nasenlöcher mit dem Geruch abgenutzter Polstermöbel. Obwohl sie bereits seit einem halben Jahr hier wohnte, konnte sie sich unmöglich daran gewöhnen. Sie hatte schon mehrmals in der ganzen Wohnung Staub gewischt und geputzt, aber weder das noch ausdauerndes Lüften schien dem Geruch von alter, eingesperrter Luft gewachsen zu sein. Sie hatte diese Zweizimmerwohnung möbliert von Wilmas Großmutter mieten können, die leider die Treppen nicht mehr schaffte und deshalb in eine Seniorenwohnung hatte umziehen müssen. Wie lange Alice hier bleiben könnte, war noch unklar, aber jedenfalls ein gutes Stück ins neue Jahr hinein, hatte die ehemalige Kollegin versprochen.

Was für ein Desaster! Zwei jämmerliche Erledigungen hatte sie geschafft, bevor die Panik sie in die Flucht getrieben hatte. Was stand nun noch auf der Liste, außer Wasserkocher und neuer Gesichtscreme? Genau, Apotheke und Post. Lebensmittel bestellte sie online und ließ sie zu sich nach Hause bringen. Alice seufzte beim Gedanken an die letzte Lieferung. Der Bote war sicher neu im Job, denn er hatte mindestens zehnmal geklingelt und war erst bereit gewesen, sich zu entfernen, als sie am Ende ihre Anwesenheit eingestanden und die Wohnungstür geöffnet hatte. Das ganze Treppenhaus musste das schrille Klingeln gehört und sich gefragt haben, was denn bloß los sei. Die meisten Boten klingelten einmal und machten sich dann auf den Weg zur nächsten Adresse, aber dieser Typ nicht. Er war garantiert nicht einen Tag älter als zwanzig und schien die Sache mit der sozialen Distanz absolut nicht begriffen zu haben. Ob man um einen anderen Boten bitten könnte? Sonst würde er sicher beim nächsten Mal wieder vor der Tür stehen und starrsinnig auf den Klingelknopf drücken, bis sie sich blicken ließ. Im Moment hatte sie immerhin Lebensmittel genug, und nach einem kurzen Abstecher zu Apotheke und Post würde sie mindestens eine Woche lang das Haus nicht mehr verlassen müssen, oder sogar zehn Tage, wenn sie Glück hatte. Teewasser konnte sie problemlos auf dem Herd heiß machen.

Alice hatte kaum ihre Joggingschuhe ausgezogen, als ihr Handy klingelte. Ihre Mutter, wie das Display verriet. Musste sie das Gespräch annehmen? Beim fünften Klingelton schluckte sie und drückte auf die grüne Taste. Besser, das wöchentliche Verhör hinter sich zu bringen.

»Hallo, Herzchen, wie geht es dir? Passt es dir gerade nicht?«

»Äh … ich muss gleich zu einer Besprechung.« Alice streifte die Regenjacke ab und ließ die triefnasse Einkaufstasche auf die Dielenmatte fallen.

»Okay, dann fasse ich mich kurz.« Christina legte eine bedeutungsschwere Pause ein, dann ging es weiter. »Du weißt ja, dass dein Bruder bald Geburtstag hat. Wir müssen die Geschenke planen und entscheiden, wie wir seinen Fünfundzwanzigsten feiern wollen. Hast du mit Sebastian eure kleine Meinungsverschiedenheit geklärt? Es wäre nett, wenn er auch kommen könnte.«

»Wann wollt ihr denn feiern?« Alice wich der Frage nach Sebastian aus. »Mein Terminkalender ist die nächsten

Wochen komplett vollgestopft, und Ende des Monats haben wir eine wichtige Konferenz.«

»Konferenz? Macht ihr so was, trotz aller Einschränkungen?« Alice sah geradezu vor sich, wie sich die sorgsam gezupften Augenbrauen ihrer Mutter einen Zentimeter hoben.

»Wir sind nur sechs Personen im Team und bleiben natürlich auf Distanz.« Die rasch ersonnene Lüge ließ Alice das Gesicht verziehen. Nicht, dass es noch viel ausgemacht hätte. Die Lügen hatten inzwischen eine dermaßen astronomische Dimension erreicht, dass eine mehr oder weniger keine Rolle mehr spielte.

»Die findet ja wohl kaum am Wochenende statt, oder? Filips Geburtstag fällt in diesem Jahr auf einen Sonntag, und natürlich wollen wir dann feiern. Das wird besonders schön, weil an dem Tag der erste Advent ist. Wir müssen auch Weihnachten planen, aber das hat noch eine Woche Zeit.«

»Ich muss im Kalender nachsehen«, sagte Alice vage und fuhr mit den Fingern über ein verstaubtes Schwarz-Weiß-Foto an der Wand. Eine Frau mit zwei Kindern war darauf zu sehen, vermutlich Ethel und ihre Töchter. Alice seufzte. Sie hatte wirklich keine Lust, mit ihrer Familie Advent zu feiern, und schon gar nicht wollte sie die Weihnachtsfeiertage planen. Normalerweise liebte sie alles, was zum Dezember gehörte – die stimmungsvollen Adventslieder, die Luciakonzerte, die funkelnden Lichter und die vielen würzigen Düfte und Geschmäcker –, auch wenn ihre Mutter es mit dem Ganzen ziemlich übertrieb, seit Filip zu Hause ausgezogen war. Alice hätte diese Hysterie ertragen können, wenn die Katastrophe im vergangenen Jahr nicht gewesen wäre. Es hatte mit der grauenhaften Weihnachtsfeier im Verlag begonnen, und dann war ein Unglück auf das andere gefolgt, bis ihr schließlich nur noch die Trümmer ihres Lebens geblieben waren.

»Bitte, versuch zu kommen. Du solltest deinen Stolz hinunterschlucken und nicht mehr sauer auf Sebastian sein. Wir haben ihn seit einer Ewigkeit nicht mehr gesehen.« Christina stieß ein Geräusch des Missfallens aus, und ohne auf Alices Antwort zu warten, fügte sie hinzu: »Wie läuft es bei der Arbeit? Kommst du mit der Chefin jetzt besser klar?«

»Das ist schon in Ordnung.« Alice schluckte den Kloß hinunter, der sich bei der Erwähnung von Sebastian in ihrem Hals gebildet hatte.

»Sie nimmt dich doch nicht zu hart ran, oder? Es ist wirklich nicht fair, dass du eine so herrschsüchtige Chefin hast und nichts aus der Entlastung geworden ist, auf die du so gehofft hattest. Herzchen, du weißt, was ich immer sage. Du musst dich zusammenreißen und dich wehren.«

»Ist schon gut, Mama, ich komme zurecht.«

»Du weißt, dass du mich oder die anderen aus meiner Kanzlei immer um Rat bitten kannst, wenn etwas ist.« Als Alice keine Antwort gab, fügte Christina hinzu: »Und Sebastian, was sagt er dazu, dass du dir so ein Kabuff gemietet hast? Wäre es nicht besser für euch, das Kriegsbeil zu begraben und die Sache endlich zu klären? Ich verstehe es ja, wenn er die Hochzeit erst mal verschieben will. Was hältst du davon, wenn dein Stiefvater und ich dich, Sebastian und Sebastians Eltern zwischen den Jahren zu uns einladen? Dann können wir in Ruhe über alles sprechen.«

»Das ist gerade keine gute Idee, schätze ich.« Alice biss die Zähne zusammen. Es war schlimm genug, wegen Sebastian zu lügen, ohne sich auch noch mit solchen idiotischen Ideen herumschlagen zu müssen.

»Wir wären nur zu sechst, ein kleiner intimer Kreis.«

»Bitte, Mama, hör doch auf damit!« Christina hatte schon immer viel von Sebastian und dessen wohlhabender Familie gehalten. Ab und zu fragte Alice sich, ob ihre Mutter an einem Treffen mit ihm vielleicht mehr gelegen sei als an einem mit ihrer eigenen Tochter. Sie hätte natürlich erzählen müssen, was geschehen war. Dann wäre ihr das ganze Gerede über Hochzeit und Essenseinladungen erspart geblieben. Aber das war nicht möglich. Sie brachte es nicht über sich. Bald vielleicht, aber jetzt noch nicht. »Das geht einfach nicht. Ich … wir … es ist gerade schwierig. Wir warten ab und wollen sehen, wie es ist, nicht zusammen zu sein.« Abwarten – das war eine elegante Umschreibung. Alice kniff die Augen zusammen und merkte, wie ihre Unterlippe zitterte. Dieser verdammte Sebastian!

»Ach was, Sebastian und du, ihr seid doch füreinander bestimmt. Du bist zu stolz, als gut für dich ist. Genau wie dein Vater.« Die Stimme ihrer Mutter wurde scharf. Nach dreißig Jahren schien sie es ihrem Exmann noch immer nicht verziehen zu haben, dass er es sattgehabt hatte, dass sie ihr Leben ausschließlich ihrer Arbeit widmete, und sie wegen einer anderen verlassen hatte. Alice vermutete, dass ihre Mutter es am schlimmsten gefunden hatte, dass sie dadurch gezwungen gewesen war, ihre Karriere als Anwältin mit dem Leben als Alleinerziehende einer lebhaften, nachtaktiven Dreijährigen zu kombinieren.

»Entschuldige, Mama, aber ich muss jetzt aufhören. Meine Kollegin steht schon fast vor der Tür. Ich melde mich.« Ehe Christina antworten konnte, drückte Alice das Gespräch weg, legte die Arme auf den Küchentisch und schlug die Hände vors Gesicht.

Als einige Zeit später das Telefon ein weiteres Mal klingelte, saß Alice noch immer in der Küche. Zuerst wollte sie das Gespräch nicht annehmen. Es war bestimmt wieder ihre Mutter, die noch irgendetwas loswerden wollte. Doch als sie sah, wer da anrief, streckte sie widerwillig die Hand nach dem Handy aus. Eigentlich hatte sie gerade keine Lust zu reden, aber es half nichts. Dieser Anruf musste sein.

»Hallo, hier ist Wilma.«

»Hi, lange nichts mehr voneinander gehört.« Alice stand auf, ging hinaus in die Diele und kramte in ihrer Handtasche nach den Kopfhörern.

»Wie geht es dir? Du warst beim Treffen neulich nicht dabei. Und das Mal davor auch nicht.« Die ehemalige Kollegin klang besorgt. »Alles in Ordnung bei dir?«

»Ich hatte einen Kurs«, sagte Alice und fügte ihrer Sammlung eine weitere Lüge hinzu. »Ich versuche, es beim nächsten Mal zu schaffen.«

»Warst du übrigens heute Morgen bei Åhléns City? Um kurz vor zehn?«

»Kurz vor zehn? Da hatte ich einen Zoomtermin.« Alice hielt den Atem an. »Das muss eine andere gewesen sein.«

»Ich hätte schwören können, dass du das warst. Die Frau war dir wie aus dem Gesicht geschnitten, nur mager und leichenblass. Du passt doch gut auf dich auf?«

»Wirklich ein seltsamer Zufall, aber mir geht es gut.« Alice biss sich in die Wange und versuchte, das Ziehen in ihrem Bauch zu ignorieren. Es war schließlich ihre Sache, was sie erzählen wollte und was nicht.

»Sicher, sicher, wenn du meinst. Aber du verstehst doch bestimmt, dass ich mir Sorgen mache? Du solltest ab und zu unter Leute ...«

»Ich komme zurecht, wirklich.« Alice fiel ihr ins Wort. »Aber danke, dass du an mich denkst.«

»Alles klar, ich hör schon auf.« Wilma ließ einen deutlichen Seufzer hören, als ob sie Alices Ausflüchte und Lügen längst durchschaut hätte.

»Rufst du wegen was Bestimmten an? Ich hab gleich noch einen Zoomtermin.«

»Entschuldigung, ich will nicht stören, aber ich glaube, ich habe den perfekten Job für dich gefunden.«

»Was ist das für eine Stelle?« Alice bereitete sich auf eine weitere Lüge vor – dass sie Wilmas Hilfe zu schätzen wüsste und sich die Sache in Ruhe ansehen würde.

»Keine richtige Stelle, leider«, antwortete Wilma. »Es ist eine Art freies Lektorat und vermutlich auch einiges an Coaching.«

»Das klingt interessant.« Alice ging ins Wohnzimmer und schaute aus dem Fenster. »Erzähl mehr.«

»Es geht um einen Bekannten aus der Branche, der ein Manuskript in einem Genre schreibt, das ihm nicht vertraut ist. Er wollte nicht viel über sein Projekt verraten, aber wenn ich das richtig verstanden habe, braucht er Hilfe dabei, den richtigen Ton zu finden.«

»In welchem Genre?« Bloß kein Splatterthriller mit ausführlich dargestellten bestialischen Morden. Alice brauchte dringend Geld und würde mehr oder weniger alles nehmen müssen, was ihr angeboten wurde, selbst wenn der Autor vorhatte, im Laufe der Handlung zehn kleine Kinder unter unappetitlichen Verhältnissen zu ertränken.

»Das hat er nicht gesagt, jedenfalls was Kommerzielles. Samuel Engman, sagt dir das was?«

»Samuel Engman? Der Krimiautor?«

Es gab eigentlich niemanden in der Branche, der nichts von Engmans Schicksal mitbekommen hatte. Selten war der Ausdruck *Als Tiger springen, als Bettvorleger landen* so passend gewesen. Vor einigen Jahren waren die Werbeplätze in U-Bahnen, Bussen und Zeitungen mit riesigen Plakaten seines Debütromans tapeziert gewesen. Sogar Fernsehwerbung hatten Thamm & Partners dem Buch spendiert. Wenn Alice das richtig in Erinnerung hatte, war Samuel Engmans Erstlingswerk in an die zwanzig Länder verkauft worden, und alle hatten dem Autor eine strahlende Zukunft prophezeit. Er hatte auf zahllosen Fernsehsofas gesessen und war in einem Artikel nach dem anderen hoch gelobt worden. Dann hatte er offenbar eine Schreibblockade gehabt und sich zwei weitere Bücher abgerungen, die sich mit dem ersten nicht messen konnten. Worauf sich langsam der Mantel des Schweigens über seinen Namen gebreitet hatte.

»Meinst du, er hat die Krimis aufgegeben?«, fragte Alice jetzt.

»Für den Augenblick jedenfalls, ja. Hast du was von ihm gelesen?«

»Leider nicht, aber lass mich raten – wir begegnen einem

Ermittler, der obskure Musik liebt und aller Wahrscheinlichkeit zum Trotz einen komplizierten Fall aufklären will, obwohl jeder ihm davon abrät – mit einer jüngeren Frau als Sidekick. Genau, die Frau hat eine Diagnose, vielleicht Hyperaktivität oder möglicherweise etwas aus dem Autismusspektrum, wie das Asperger-Syndrom, und ist eine begeisterte Hobby-Messerwerferin. Und dann verfügt sie über eine außergewöhnliche Intuition.«

»Haha, schön zu hören, dass du deine spitze Zunge noch hast.« Wilma lachte. »Ich muss zugeben, dass ich auch nichts von ihm gelesen habe, aber jetzt schreibt er offenbar etwas ganz anderes. Was meinst du? Wäre das was für dich?«

»Aber du weißt nicht, um welches Genre es geht?«

»Keine Ahnung, wie gesagt«, erklärte Wilma noch einmal. »Jedenfalls wohl kaum ein Krimi.«

»Ein bisschen seltsam, dass er meine Hilfe braucht. Hat er denn keinen Agenten?« Alice brauchte wirklich Geld, aber wenn nicht einmal sein Agent etwas mit diesem Projekt zu tun haben wollte, dann war an der ganzen Sache irgendetwas faul.

»Ich weiß nicht mehr, als ich schon erzählt habe. Du kannst dich doch mal bei ihm melden. Oder soll ich Samuel bitten, dich zu kontaktieren? Das wäre vielleicht besser.« Wilma sprach mit sanfter Stimme. »Wenn sein Projekt dir zu wahnwitzig vorkommt, kannst du immer noch antworten, dass du gerade zu viel zu tun hast und ihm leider nicht helfen kannst.«

»Okay. Gib ihm meine Mailadresse. Und du, danke dafür, dass du an mich gedacht hast.«

Als sie aufgelegt hatte, beschloss Alice, Samuel Engman zu googeln und eins seiner Bücher zu überfliegen, um sich ein genaueres Bild von ihm und seinem Schreibstil zu machen, aber zuerst musste sie sich von der Einkaufsrunde erholen. Sie öffnete die Balkontüren und schob den Sessel, soweit es möglich war, nach vorne, ohne von den benachbarten Balkons aus gesehen zu werden. Danach setzte sie eine Mütze auf und streifte zwei dicke Pullover über, ließ sich mit einer Decke über den Beinen nieder und atmete aus. In der Stadt hatte sie die ganze Zeit heftiges Herzklopfen gehabt, und die Gespräche mit ihrer Mutter und Wilma waren ihr vorgekommen, als müsste sie auf einem schlaffen Seil balancieren. Sie ließ sich im Sessel zurücksinken und schloss die Augen, und obwohl sie sich entschieden hatte, nicht an die Vergangenheit zu denken, tauchten sofort die Erinnerungen auf.

Sie hatte Sebastian auf einer Party von Freunden kennengelernt. Alice konnte sich sehr gut daran erinnern, es war direkt nach ihrer ersten Woche bei der Verlagsgruppe Bremmers gewesen. Nach mehreren freiberuflichen Jahren in der Branche hatte sie endlich eine feste Stelle an Land ziehen können. An diesem Abend war sie aufgekratzt, und als ihr Sebastian vorgestellt wurde, hatte sie strahlend gelächelt und irgendeine schlagfertige Bemerkung gemacht. Er holte ihr einen Drink, dann redeten und tanzten sie den ganzen Abend, und bevor sie sich voneinander verabschiedeten, bat Sebastian sie um ihre Telefonnummer. Zwei Tage darauf machten sie einen Spaziergang durch Djurgården, und nicht lange danach lud er sie zum Essen ein. Bald waren sie unzertrennlich, und als sich herausstellte, dass Sebastian in einer geräumigen Jugendstilwohnung auf Östermalm wohnte, nur fünfzehn Minuten zu Fuß vom Bremmersverlag in der Sturegata, dauerte es nicht lange, bis Alices Zahnbürste in seinem Zahnbecher stand. Als er dann vorschlug, richtig zusammenzuziehen, sagte sie sofort zu. Sie war mehrere Jahre lang am Stadtrand von Stockholm von einer Untermiete zur anderen gezogen und genoss es nun, endlich mitten in der Stadt zu wohnen, in fußläufiger Entfernung zur Arbeit und zum großen Angebot an Museen, Theatern, Cafés und Restaurants.

Die Bremmersgruppe war nicht Alices erste Wahl gewesen. Obwohl der Verlag zu den großen Namen zählte, hing er, was Digitalisierung und kommerzielle Literatur anging, ziemlich hinterher. Aber die Branche war klein, und es war schwer genug, eine feste Stelle als Lektorin zu ergattern. Der große Gewinn war dann ihre Kollegin Wilma. Die beiden verstanden sich vom ersten Augenblick an, wurden zu einem eingespielten Team und galten schnell als engagiert, tüchtig und mit dem absolut sicheren Riecher für kommende Erfolge. Mit der Zeit konnten sie immer selbständiger Titel einkaufen, an die sie glaubten. Alice liebte ihre Arbeit und ihr Leben mitten in der Stadt.

Schon bald trafen Wilma und sie sich auch in der Freizeit, meistens unter der Woche, weil die Wochenenden in der Regel für Paartreffen mit Sebastians Freunden reserviert waren. Sie waren eine Clique, die einander abwechselnd zu sich einlud. Es störte Alice ein wenig, dass Sebastian und seine Freunde alles, was sie sich vornahmen, als Wettbewerb aufzufassen schienen, sogar, wer die besten und raffiniertesten Mahlzeiten servierte, aber sie kam mit einigen der Freundinnen gut zurecht. Doch all das spielte jetzt keine Rolle mehr. Sie seufzte. Wie hatte ihr perfektes Leben in weniger als einem Jahr dermaßen in Scherben liegen können?

2

Alice drückte eine Portion Erbsensuppe aus der Packung und stellte sie in die Mikrowelle. Zusammen mit ein paar Scheiben Knäckebrot musste das als Mittagessen durchgehen. Sie hatte bereits dreitausend der zehntausend täglichen Schritte hinter sich gebracht und sogar einen halbherzigen Versuch unternommen, mit Hilfe eines Fitnessvideos zu trainieren. Das kam nicht oft vor, schon gar nicht so oft, wie es sein müsste, damit sie nicht zum lebenden Sofakissen würde, aber zumindest einmal pro Woche konnte sie sich dazu aufraffen. Training war noch nie ihr Ding gewesen, aber das viele Sitzen ging nicht spurlos an ihrem Körper vorüber. Schon der Betriebsarzt bei Bremmers hatte ihr zu mehr Training geraten. So, wie sie jetzt lebte, hätte sie es dringender gebraucht denn je, aber sich zwischen unbekannten Menschen in einem klaustrophobischen, verschwitzten Fitnessstudio zu drängen, war ausgeschlossen. Das wäre sogar noch schlimmer als eine Einkaufsrunde oder ein Treffen mit Freundinnen in einer lärmenden Kneipe. Das bisschen Training, das sie hier schaffte, musste eben reichen.

Das Leben zu Hause war ansonsten gar nicht so schlecht.

Inzwischen konnte man sich fast alle Waren vor die Tür liefern lassen, und über Social Media war es möglich, Kontakt zu ihrem Bekanntenkreis zu halten, ohne auch nur einen Fuß vor die Tür zu setzen. Alice hatte Zugang zu allem, was sie brauchte. Das Einzige, was sie vermisste, waren Spaziergänge an der frischen Luft. Im Spätsommer hatte sie sich manchmal in der frühen Dämmerung hinausgeschlichen, ehe sich die Straßen mit Menschen füllten, aber umso später der Tag anbrach, desto schwieriger wurde es, vor allen anderen hinauszugelangen. Sie hatte die Lust verloren und blieb zu Hause. Deshalb das unendlich langweilige Schrittezählen. Offenbar brauchte man jeden Tag zehntausend Schritte, um einigermaßen fit zu bleiben. Sie beschäftigte sich dabei meistens mit irgendetwas oder ließ ein gutes Hörbuch laufen. Jetzt, nach dem Mittagessen, würde sie noch einmal eine Runde Schritte hinter sich bringen, während sie das Bett frisch bezog, die Pelargonien goss und eine Waschmaschine laufen ließ. Wenn sie es über sich brachte, würde sie zudem am Abend die letzten Umzugskartons auspacken. Die standen unberührt in der Ecke, seit Alice im Frühsommer hier eingezogen war, und setzten Staub an. Eigentlich müsste sie aus dem Haus gehen. Eine bleiche Novembersonne hatte endlich den Weg an den Himmel gefunden, und um diese Jahreszeit dauerte es nicht lange, bis sie schon wieder hinter den Dächern verschwand. Aber das ging nicht. Auf der Straße würde es garantiert von Menschen wimmeln, die die seltenen Sonnenstrahlen auffangen wollten. Da war es zu Hause in der Wärme doch besser. Und hier gab es auch kein Gedränge.

Nach dem Aufräumen öffnete Alice die Balkontüren und

zog den Sessel an die übliche Stelle. Danach ging sie in die Küche, um sich einen Tee zu machen. Vor dem Küchenschrank zögerte sie – Darjeeling oder Lapsang Souchong? Sie entschied sich für Darjeeling, weil der milder war. Während sie darauf wartete, dass der Tee zog, sah sie sich im Handy ihre Mails an. Das Postfach lief über vor Werbung. Persönliche Mitteilungen gab es dagegen kaum. Außer Wilma hatte sich in den letzten Wochen niemand mehr bei ihr gemeldet. Nicht, dass Alice noch Kontakt zu anderen aufnahm. Aber das war etwas anderes. In den Social-Media-Feeds konnte sie verfolgen, wie sich ihre Bekannten zum Kaffeetrinken oder anderen Aktivitäten trafen. Und auch wenn sie allen aus dem Weg ging, verletzte es sie, nicht gefragt zu werden. Viele, die sie für enge Freundinnen oder Freunde gehalten hatte, ließen seit dem Frühling nichts von sich hören. Sogar solche, bei denen sie sicher gewesen war, dass sie auf ihrer Seite stehen würden.

Alice verdrängte diesen Gedanken und widmete sich wieder dem Postfach. Es war auch kein Auftrag eingetrudelt. Einen einzigen Job hatte sie in den letzten Monaten gehabt – Coaching einer begabten jungen Frau, an die sie wirklich glaubte und die sie gern unter Vertrag genommen hätte, wenn sie noch bei Bremmers gewesen wäre. Die Erzählweise dieser Frau wies einen spitzfindigen und überzeugenden Humor auf, während es zugleich einen ernsthaften Unterton gab. Die Stimme der Erzählerin war originell und klar, und das Buch witzig. Allerdings nicht so übertrieben wie bei *Bridget Jones*, sondern eher im Stil der Bücher von Marian Keyes. Alice seufzte. Wenn alles anders wäre, könnte sie jetzt dieses Buch herausbringen, statt ihre

Tage damit zu verbringen, in ein leeres Postfach zu starren. Nicht nur die Arbeit fehlte ihr, auch ihr Bankkonto war wie leer gefegt. Wenn sie nicht bald ein Projekt fand, würde sie ihr Netzwerk aktivieren oder sich ans Arbeitsamt wenden müssen. Schlimmstenfalls würde sie ihre Mutter anrufen und um Hilfe bitten. Eine grausige Vorstellung! Ihr blieb ganz einfach nichts anderes übrig, als das Lektorat von Samuel Engmans Buch anzunehmen. Wenn der irgendwann von sich hören ließ …

Nach drei Tagen hatte Alice sich Samuel Engmans gesamte Krimiserie angehört, um einen gewissen Vorsprung zu haben – gemeldet hatte er sich allerdings noch nicht bei ihr. Vielleicht war das ja auch gar nicht so schlimm. Alice hatte ihn gegoogelt und sich in ihrer Annahme zu seinen Büchern bestätigt gefühlt. War es möglich, dass Thamm & Partners ihn nach dem kläglichen Scheitern des dritten Bands aufgegeben hatten? Egal wie, er meldete sich nicht, also spielte das keine Rolle.

Sollte sie Wilma anrufen und sie bitten, ihn noch einmal zu fragen, oder sich erkundigen, ob die Freundin noch andere kannte, die Hilfe bräuchten? Ja, das wäre vermutlich eine gute Idee. Aber zuerst wollte sie *Die Perlenschwester* zu Ende hören. Als Alice von dieser Serie über die Adoptivschwestern erfahren hatte, wollte sie damit zunächst nichts zu tun haben. Der Umschlag war weder besonders scheußlich noch besonders anziehend, und es war zu offensichtlich, dass der Verlag alles daransetzte, um seine Serie zu vermarkten. Aber eines Abends, als sie in schlechter Stimmung war und im Bücherregal nichts finden konnte, was sie interessierte, hatte sie den ersten Band heruntergeladen. Und war hängen geblieben. Natürlich war es keine große Literatur, aber die Autorin verstand ihr Handwerk. Sie hatte sorgfältig recherchiert, und etwas an dieser Geschichte über sechs junge Frauen, die nach dem geheimnisvollen Tod des Vaters jede einen Brief mit Hinweisen auf ihre biologische Familie erhielten, war fesselnd. Jeder Band konzentrierte sich auf eine dieser Schwestern, wie eine epische Familiensaga über Lebensbedingungen und Schicksale von Frauen während der vergangenen beiden Jahrhunderte. Diese Bücher leisteten Alice Gesellschaft an den immer dunkleren Nachmittagen und Abenden. Nicht zuletzt lenkten sie ihre Gedanken von der Katastrophe ab, und dafür war sie dankbar.

Alice balancierte die bis an den Rand gefüllte Teetasse mit der einen Hand, während sie das Handy mit den Kopfhörern in der anderen hielt. Mit dem Fuß schob sie einen Hocker vor den Sessel und wollte gerade die Teetasse abstellen, als sie aus dem Augenwinkel etwas sah.

»Großer Gott, was ist das?« Eine große, grau getigerte Katze lag mit geschlossenen Augen im Sessel.

»Shit, du hast mich vielleicht erschreckt! Wo kommst du denn her? Hau ab da!« Sie stupste die Katze mit dem Zeh an und vergoss dabei einen dicken Spritzer Tee über ihrem Oberschenkel. »O verdammt!«

Die Katze öffnete ein Auge, schloss es aber sofort wieder, als ob sie instinktiv erfasst hätte, dass von Alice keine besondere Gefahr ausging.

Alice schielte zu der Katze und dann zu der Teelache auf

dem Boden hinüber und murmelte: »Zuerst der Tee, aber dann weg mit dir!« Vorsichtig setzte sie Teetasse und Telefon ab und ging in die Küche, um etwas zum Aufwischen zu holen. Unterwegs schnappte sie sich noch die Spülbürste, für den Fall, dass sich die Katze als aggressiv erwies.

Als Alice ins Wohnzimmer zurückkam, war keine Spur von dem Eindringling zu entdecken.

»Ha! Ich hab ja gewusst, dass du mich verstanden hast!« Sie schaute zum Balkon hinüber. Keine Katze zu sehen. Die musste doch von dort gekommen sein, aber wie war sie dahin gelangt? Oder wieder weg? Der nächste Balkon war fast zwei Meter entfernt, und noch weiter war es zu dem einen Stock höher. Das Dach des kleinen Gartenhauses unten war nicht ganz so weit entfernt, aber doch reichlich weit für eine Katze. Rasch schloss Alice die Balkontüren und ließ sich in den Sessel sinken. Zu ihrem Ärger war der Tee kalt geworden, aber sie konnte sich nicht dazu aufraffen, wieder in die Küche zu gehen. Stattdessen suchte sie sich das Hörbuch heraus, steckte die Kopfhörer ein und ließ sich im Sessel zurücksinken.

Ein ausdauerndes Klingelsignal war von der Tür zu hören, und kaum war es verklungen, da ging es schon wieder los.

Alice stellte das Buch auf Pause und zog die Kopfhörer aus den Ohren. Sie hatte seit mehreren Tagen nichts mehr bestellt. Sicher hatte sich da jemand in der Tür geirrt.

Rrrrinng! Nun klingelte es wieder, diesmal noch ausdauernder.

Alice steckte die Kopfhörer wieder ein und drehte das Buch lauter. Wer immer da an der Tür war, würde bald einsehen, dass es keinen Zweck hatte, und wieder verschwinden.

Ein neues ewig langes Signal hallte in der Wohnung wider.

»Aber großer Gott, hör doch endlich auf!« Alice legte Kopfhörer und Handy beiseite, schlich sich in die Diele und lugte durch den Türspion. Das Treppenhaus war leer. Sehr gut. Der Eindringling hatte offensichtlich aufgegeben.

Rrriiiiiing!

»Aaah!« Es schrillte in Alices Ohren. Sie schaute erneut durch den Spion und konnte am unteren Rand des Blickfeldes etwas Rotes und Flauschiges erkennen.

»Ich seh deine Pantoffeln!« Eine helle Kinderstimme war durch den Briefschlitz zu hören. »Versuch ja nicht zu tun, als wärst du nicht zu Hause.«

»Was?« Alice starrte ihre flauschigen rosa Pantoffeln an, entriegelte beide Schlösser und öffnete die Tür einen Spaltbreit.

»Hallo.« Vor ihr stand ein kleines Mädchen mit flammend roten Locken. Sie hatte eine Stupsnase, und die runden Wangen waren übersät von Sommersprossen. »Hast du Konfuzius gesehen?«

»Wen?« Alice starrte das kleine Wesen an.

»Den Kater von Margi Poppins.«

»Wessen Kater, hast du gesagt?«

»Marguerite Dahlbom. Die wohnt in dem kleinen Haus im Hof«, erklärte das rothaarige Mädchen. »Ich nenne sie Margi Poppins. Sie passt nachmittags manchmal auf mich auf, und dann singt sie sehr schön und ist total lieb und denkt sich witzige Sachen aus. Und Margi Poppins passt supergut zu meinem Namen.«

»Ah, verstehe.« Alice musterte das seltsame kleine Mädchen, das sie auf sieben oder acht Jahre schätzte. »Wie heißt du denn?«

»Poppy. Schöner Name, was? Margi Poppins hat mich geschickt, damit ich ihren Kater hole. Hast du ihn gesehen?«

»Einen grau getigerten? Der ist vorhin in meinem Wohnzimmer aufgetaucht.«

»Super!« Poppy öffnete den Mund zu einem Lächeln, das eine breite Lücke zwischen den Zähnen im Oberkiefer offenbarte.

»Leider ist er schon wieder verschwunden. Ich weiß nicht, wo er jetzt ist.«

»Bist du sicher?«

»Ja, hier ist er nicht mehr.«

»Darf ich mal nachsehen?« Das kleine Mädchen ließ nicht locker. »Vielleicht hat Konfi sich unter deinem Bett versteckt.«

»Er ist weggelaufen, glaub mir.« Alice hielt die Tür in festem Griff. Sie hatte wirklich keine Lust, eine Fremde in die Wohnung zu lassen, egal, wie klein und niedlich die Besucherin auch sein mochte.

»Konfuzius, bist du hier?« Poppy ging in die Hocke und stieß Lockrufe aus. »Na komm, komm!«

»Versuch es doch bei den Nachbarn.« Alice starrte den zerzausten roten Schopf an.

»Miau!« Plötzlich tauchte der Kater hinter Alice auf. Er drückte sich an ihre Beine, dann lief er weiter zu Poppy.

»Hallo, Konfi!« Das kleine Mädchen breitete die Arme aus, hob den Kater hoch und bohrte das Gesicht in das weiche Fell. »Ich hab doch gewusst, dass du hier bist. Wie schön, dass du eine neue Freundin gefunden hast.«

»Freundin ist vielleicht übertrieben.« Alice konnte ihre Begeisterung für Katzen durchaus zügeln. Sie fand ihren Blick irgendwie unheimlich, und außerdem waren sie viel zu eigensinnig und kein bisschen treu. »Gut jedenfalls, dass er aufgetaucht ist. Und es ist also ein Er?«

»Ein Junge.« Poppy hob eine Pfote des Katers zum Winken. Als sie mit Konfuzius auf dem Arm zur Treppe ging, hörte Alice sie fragen: »Wie sollen wir die wohl nennen, was meinst du? Trübe Tante oder Düsterdame?«

3

Was für ein Gelaber! Alice starrte auf die Mail, die sie soeben von Samuel Engman bekommen hatte. Normalerweise schrieb er Crime Fiction, erzählte er. Das sei ihr möglicherweise bekannt. Nun arbeitete er an etwas ganz anderem und spielte mit dem Gedanken, es unter Pseudonym zu veröffentlichen, da es doch zweifelhaft sei, ob Thamm & Partners den Genrewechsel zu schätzen wüssten. Seine Agentur ahnte offensichtlich nichts von diesem Manuskript, sondern ging davon aus, dass er eine Schreibpause eingelegt hätte. Mit anderen Worten: Samuel Engman wollte, dass Alice diese Informationen erst einmal für sich behielt. Im letzten Absatz versuchte er ziemlich offensichtlich, ihr zu schmeicheln: Er habe gehört, dass Alice in der Branche einen guten Ruf genieße und für ihr unfehlbares Gespür für diese Art von Literatur bekannt sei. Es wäre ganz wunderbar, wenn sie bereit wäre, ihn bei diesem Projekt zu unterstützen.

»Du machst wohl Witze?«, sagte Alice laut zu sich selbst. Sie wusste nicht, was sie glauben sollte. Sie konnte sich kaum etwas Schlimmeres vorstellen, als einen männlichen Krimiautor auf dem absteigenden Ast, der Feelgood mit Weihnachtsthema als neues Genre für sich auserkoren hatte. Für den Augenblick jedenfalls.

Samuel wäre bei weitem nicht der erste Krimiautor, der von einem Tag auf den anderen beschloss, auf den Siegeszug der Feelgoodbücher aufzuspringen. Und Weihnachtsromane gab es in den letzten Jahren immer mehr. Das war so typisch. Jahrelang waren warme, gefühlvolle Geschichten über starke Frauen und deren Schicksal von der Branche kleingeredet worden, vor allem von den Männern dort. Aber jetzt, da offensichtlich Geld zu verdienen war, kamen sie alle angerannt mit ihren hingehudelten Manuskripten. Nun konnten sie sich offenbar nichts Wunderbareres vorstellen, als herzerwärmende Erzählungen über Liebe und Beziehungen zu Papier zu bringen. In den letzten Jahren hatte Miranda sie gezwungen, sich um einige dieser abtrünnigen Krimiautoren zu kümmern. Es sei gut, dass die von Frauen dominierte Nische neuen Zuwachs bekam, hatte Alices Chefin gemeint. Umso mehr Männer, desto mehr Respekt und Aufmerksamkeit für ihre Sparte, was wiederum den Verkauf steigerte. Das mochte stimmen, aber bisher hatte Alice noch mit keinem einzigen Feelgoodmanuskript von einem Mann gearbeitet, der mit Herz und Seele dabei gewesen wäre. Das plötzlich auflodernde Interesse war wohl eher dem Geld geschuldet – und dem Glauben, es sei einfach, leicht lesbare Texte zu schreiben. Bisher hatten sich im Genre nur wenige Männer durchsetzen können, und die, denen es gelungen war, wirkten ehrlich interessiert an dem, was sie schrieben.

Sie hatte keine Lust, Samuel Engman zu helfen, schon gar nicht bei einem Weihnachtsroman, aber ihr blieb nun mal nichts anderes übrig. Die Alternative wäre, vor ihrer

Mutter zu Kreuze zu kriechen. Die würde ihr zweifellos die benötigte Summe überweisen, aber auch wissen wollen, warum Alice Geld brauchte. Und so, wie Alice ihre Mutter kannte, würde die sich die Gelegenheit nicht entgehen lassen, ihr einen Vortrag darüber zu halten, warum es nie eine gute Idee war, ein Hobby zum Beruf zu machen, oder, wie sie es ausdrücken würde, in eine Interessenbranche einzusteigen. Die Vorstellung von noch mehr Lügen war auch nicht verlockend. Und es graute ihr regelrecht davor, die alten Kolleginnen und andere Bekannte aus der Branche anzurufen. Zum einen bekam sie es schon bei dem Gedanken, jemanden anzurufen, mit der Angst zu tun, zum anderen wusste sie doch, was dabei herauskommen würde. Alle würden wissen wollen, warum sie Bremmers so überraschend und überstürzt verlassen hatte, wo sie doch die Verlagsleitung überzeugt hatte, auf kommerzielle Frauenunterhaltung zu setzen und in den vergangenen Jahren mehrere Erfolgstitel aufgespürt und in den Verlag geholt hatte. Viele der Kollegen, die sich mit hochliterarischen Büchern beschäftigten, verachteten dieses rasch wachsende Genre, das wusste Alice, aber je besser sich ihre und Wilmas Titel verkauften, um so stolzer spazierten die beiden hocherhobenen Hauptes durch die Bürolandschaft zu ihren Arbeitsplätzen in der Ecke im zweiten Stock. Abends musste Alice sich ab und zu in den Arm kneifen, um sich klarzumachen, dass sie auf dem Weg war, ihren Traum zu verwirklichen. Auf dem Gang war schon die Rede davon, Feelgood in eine neue Abteilung zu überführen, vielleicht sogar in ein Imprint, und dass Alice diese neue Einheit leiten sollte. Dazu kam es am Ende nicht, stattdessen war sie zur Aussätzigen geworden. Es würde sie nicht überraschen, wenn alle in der Branche längst wüssten, was passiert war, vielleicht sogar, noch ehe sie selbst die Lage erfasst hatte.

Alice schüttelte den Kopf. Sie wollte nicht an die vielen Demütigungen denken oder daran, wie sie hinters Licht geführt worden war. So ungern sie sich auch mit diesem Manuskript befassen wollte, sie hatte keine Wahl. Aber wenn Samuel Engman glaubte, dass die Veröffentlichung schon in Reichweite lag, dann irrte er sich gewaltig. Alice zog einen dicken Pullover an, öffnete die Balkontüren und ließ sich in den Sessel nieder, um die Antwort zu tippen. Etwas strich an ihren Beinen vorüber, und sie keuchte auf.

»Großer Gott, was ist das?« Sie bekam den Laptop gerade noch zu schnappen, bevor er zu Boden ging. Aus dem Augenwinkel heraus sah sie ein grau getigertes Fell. »Bist du schon wieder da?«

Konfuzius maunzte und bohrte den Kopf in Alices Trainingshose.

»Hör mal, ich muss arbeiten. Du hast hier nichts zu suchen.« Alice stupste den Kater vorsichtig mit dem Fuß an, in dem Versuch, ihn zu verscheuchen, aber das Katzenvieh beachtete das nicht weiter. Stattdessen hob er die Vorderpfoten, streckte die Hinterbeine aus und machte es sich auf Alices flauschigen Pantoffeln bequem.

Der Kater war wirklich riesig. Sollte sie ihn auf den Balkon tragen und die Tür schließen? Sie zögerte. Vielleicht würde er sie kratzen, wenn sie das versuchte? Es war sicher besser, ihn erst einmal in Ruhe zu lassen. Bestenfalls verschwand er von selbst. Und wenn sie die Antwort an Samuel geschrieben hatte, würde sie es einfach noch mal probieren. Seltsamer Name übrigens. Was ging in Menschen vor, die einen Kater Konfuzius tauften? Oder hatte Poppy sich den selbst überlegt? Sie schien Menschen und Dingen ja gern seltsame Namen zu geben. Andererseits kannte sie sich wohl kaum mit uralten chinesischen Philosophen aus.

Samuels Antwort kam später an diesem Abend, als Alice die zehntausend Schritte bereits hinter sich gebracht, gegessen und die *Perlenschwester* zu Ende gehört hatte.

> *Super, dass du Zeit hast, um mir zu helfen. Ich kann mir vorstellen, dass es ein bisschen seltsam wirken kann, dass ich eigentlich Krimis schreibe, mich jetzt aber an einen Weihnachtsroman gesetzt habe. Ich wollte eigentlich einen vierten Band in der Serie über Kommissar Hågaard schreiben, aber aus verschiedenen Gründen geht das gerade nicht. Damit du einen Eindruck von meinem Manuskript bekommst, hänge ich die ersten Kapitel an. Der Arbeitstitel lautet Ein Weihnachten mit Hindernissen. Was hältst du davon? Bitte, gib dem Text eine Chance. Mir ist klar, dass noch ordentlich herumgefeilt werden muss, damit Stimmung und Gefühl passen. Deshalb wende ich mich ja an dich. Ich hoffe, dass du meiner Geschichte von Julia etwas abgewinnen kannst.*
> *Wir reden bald weiter.*
> *Samuel*
> *PS. Ich schicke dir auf Facebook eine Freundschaftsanfrage. Ein bisschen steinzeitlich vielleicht, aber praktischer als Kommunikation auf Insta.*

Alice nahm Samuels Freundschaftsanfrage an, dann ging sie mit dem Laptop zum Sofa, öffnete den Anhang und fing an zu lesen:

Zum wiederholten Mal klingelte der Wecker.

»Verdammt, aufhören!« Julia griff nach dem Handy und drückte die Snooze-Taste. Als das grauenhafte Gedudel das nächste Mal losging, wollte sie draufschlagen, aber dann fiel ihr ein, welcher Tag heute war, und sie sprang aus dem Bett. Trotz der Kopfschmerzen und obwohl sie viel zu wenig geschlafen hatte, streifte sie die zurechtgelegten Kleider über, suchte dabei nach einer Playlist mit heimeliger Weihnachtsmusik und schaltete das Handy auf die Lautsprecher im Wohnzimmer um. Sie hatte schon am Vorabend geduscht und sich die Haare gewaschen, damit sie sich die Luciafeier im Fernsehen ansehen konnte, bevor sie zur U-Bahn musste, um die Abteilungsbesprechung nicht zu verpassen.

Sie summte *Sancta Lucia*, als sie in die Küche ging, den Backofen einschaltete und zwei Luciakringel aus dem Gefrierfach nahm. Normalerweise begnügte sie sich mit einer, aber es war schließlich Luciatag. Leider war der Vorrat im Gefrierfach bereits fast erschöpft, und Julia schrieb die Zutaten auf ihre Einkaufsliste.

Sie spürte ein Ziehen im Bauch, als sie an das bevorstehende Wochenende und vor allem an Weihnachten dachte. Natürlich gönnte sie ihren Eltern die Reise nach Thailand. Der dreißigste Hochzeitstag musste schließlich gebührend gefeiert werden. Aber warum fuhren sie ausgerechnet vor dem Bastelwochenende, schließlich war das eine langjährige Familientradition, und blieben bis Neujahr? Andererseits hätte Julia dann ja nicht mit Adam Weihnachten feiern können. Sie würde mit ihm und seinen Freunden nach Åre fahren. Natürlich würde es wunderbar sein, weiße Weihnachten zu haben und eine ganze Woche zusammen zu verbringen, nicht weniger als siebenhundert Kilometer entfernt von der Eventagentur, die Adam zusammen mit zwei Surfkumpels betrieb.

Im Alltag fand Adam kaum Zeit, sich mit ihr zu treffen, meistens sah sie ihn spätabends und an einem Tag am Wochenende, wenn er keine große Veranstaltung hatte oder zum Surfen fuhr. Sie freute sich auf einige gemütliche Tage zu zweit, oder, na ja, soweit das eben möglich war, wenn sie die Wohnung mit Adams Freunden teilen mussten. Sie und Adam hatten sich jedenfalls das Zimmer mit dem Doppelbett gesichert. Alles war bereit für wunderbare Weihnachten, wenn auch ohne die bewährten Familientraditionen.

Nun folgte eine lange Darstellung der Weihnachtstraditionen in Julias Familie. Alice schaute vom Text auf. Natürlich war nichts gegen stimmungsvolle Weihnachtskonzerte, Bastelwochenenden und traditionelle Bräuche einzuwenden, aber mehre Seiten darüber zu lesen, wie in Julias Familie gebacken, dekoriert, vorbereitet und gefeiert wurde, war doch zu viel. Alles wurde in allen Einzelheiten beschrieben, während die Handlung nicht vorankam. Vor allem hier zu Beginn, wo die Leserinnen gleich von der Geschichte gepackt und mitgenommen werden wollten. Außerdem wirkte Julias Weihnachtsleidenschaft übertrieben und nicht besonders glaubwürdig. Wenn das Manuskript in diesem Stil weiterging, konnte das ja heiter werden. Aber egal, das Kapitel konnte ja wohl kaum nur von

Weihnachten handeln. Bald musste doch irgendetwas passieren.

Aber nein, noch mehrere Seiten lang musste die Leserin mitverfolgen, wie Julia die Wohnung schmückte, da Adam versprochen hatte, am Wochenende zu kommen und ihr bei der Weihnachtsbastelei zu helfen. Am Ende schaffte Julia es immerhin zur Morgenbesprechung ins Büro. Alice atmete auf und las etwas aufmerksamer weiter.

»Oh, Julia, was für eine Kriegsbemalung. Du würdest in jeden Nachtclub passen«, flüsterte Fanny ihr ins Ohr, als sie den Besprechungsraum verließen.

»Huch, ich hab die Luciafeier gesehen, als ich mich zurechtgemacht habe, und hatte es ein bisschen eilig. Wollte ja auch nicht aussehen wie ein Laken, wenn ich Jakob von Exidrium die Werbekampagne präsentiere.«

»Deshalb hast du dich also so rausgeputzt?« Fanny warf ihr einen vielsagenden Blick zu.

»Hör auf. Du weißt doch, ich hab schon den besten Freund aller Zeiten. Heute ist Lucia. Hast du das vergessen?«

»Und dann hast du auch noch einen Termin mit unserem absolut bestaussehenden Kunden. Und dem sympathischsten. Was für ein Zufall …« Fanny grinste.

Julia stellte die Kaffeetasse auf den Schreibtisch und zerknüllte einen gelben Notizzettel zu einer Kugel. Gerade als sie Fanny damit bewerfen wollte, tauchte Amanda am anderen Ende des toprenovierten Lagerlokals auf. Das Klappern ihrer nadelspitzen Absätze hallte zwischen den Zementwänden wider.

»Gehst du heute Abend auf eine Party?«, fragte Amanda und musterte Julia von Kopf bis Fuß.

»Es ist Lucia«, sagte Julia, als ob damit alles erklärt wäre. »Du weißt schon, Konzert und so.« Das war gelogen. In diesem Jahr würde es kein Luciakonzert geben. Nach der Arbeit würde sie gleich losfahren und den Weihnachtsbaum kaufen.

»Und dann hat sie einen Termin mit dem heißen Typ von Exidrium«, warf Fanny dazwischen.

»Ach, das erklärt einiges.« Amanda strich den Pony ihrer ohnehin schon perfekten Frisur glatt.

Nun folgte ein schneller Wortwechsel zwischen den drei Kolleginnen, aus dem mit großer Deutlichkeit und unter Nutzung zahlreicher Adjektive – wie groß, elegant, sympathisch, witzig, markiertes Kinn, fetzige Kleidung und schöne Augen – hervorging, dass dieser Jakob ganz einfach der personifizierte Traummann war. Alice lächelte vor sich hin. Obwohl Julia ihren Kolleginnen lebhaft beteuerte, dass sie schon mit dem besten Mann aller Zeiten zusammen sei, konnte es keinen Zweifel daran geben, dass dieser Jakob im Plot noch eine entscheidende Rolle einnehmen würde. Auf welche Weise, das konnte Alice sich noch nicht genau vorstellen, aber sie würde es sicher bald herausfinden. Mit Julias Freund Adam würde es wohl kaum ein Happy End geben. Schon nach den ersten Seiten war Alice sauer, weil er Julia so schlecht behandelte. Sie schaute auf und schrieb »Adam fallenlassen? Jakob neuer Lover?« auf ihren Notizblock.

Nun folgte eine Beschreibung von Julias Treffen mit Jakob. Es wurde über die Werbekampagne gesprochen, die Julias Team für die Firma, bei der Jakob Marketingchef war, entwickelt hatte. Dabei herrschte eine muntere Stimmung, und Jakobs Verhalten war an der Grenze zum Flirt. Alice hatte recht gehabt. Ein Profi wie Samuel würde einer Figur wie Jakob zu Beginn eines Romans nicht so viel Raum geben, wenn er damit keinen Zweck verband. Nach einem viel zu langen Arbeitstag war Julia gerade auf dem Weg ins Bett, als Adam anrief und ihr Bastelwochenende absagte. Offenbar musste er einen Kollegen bei einer Verkaufskonferenz unterstützen. Es war nicht das erste Mal, dass er so kurzfristig etwas absagte, und Julia war verletzt, schluckte ihre Enttäuschung jedoch hinunter und gab eine einigermaßen gelassene Antwort.

»Warum wehrst du dich nicht?«, murmelte Alice, doch nach dem, was sie bisher gelesen hatte, ging sie davon aus, dass Julia niemals protestierte, wenn sie verletzt worden war.

Im nächsten Kapitel war Julia nach einem Wochenende, an dem sie Unmengen von Weihnachtsleckereien hergestellt hatte und zum Trost viel zu viele Süßigkeiten verputzt hatte, wieder im Büro. Danach stürzte sie zum Fitnessstudio, in dem Versuch, etwas gegen ihr schlechtes Gewissen zu tun, vor allem aber, weil Adam schon einige Bemerkungen über ihre Figur hatte fallen lassen.

Was für ein Schwein, dachte Alice und las weiter. In der Kaffeeküche bei der Werbeagentur ließ Julias Freundin Fanny sich darüber aus, welches Glück Julia doch hatte, mit einem heißen Typen wie Adam nach Åre zu fahren und dort Weihnachten feiern zu können. Julia spielte mit, aber eigentlich hatte sie Sorge, dass aus dieser Weihnachtsfeier am Ende doch nichts werden würde. Immer, wenn sie Adam darauf ansprach, wechselte er das Thema.

Danach konnte die Leserin Julia bei der Erinnerung daran begleiten, wie sie Adam vor einigen Monaten bei einem Wochenende im Schärengürtel kennengelernt hatte. Aus der Beschreibung ging hervor, dass er ein leidenschaftlicher Surfer und begeisterter Skiläufer war und unfassbar gut aussah. Seine Arbeit, seine Freunde und Interessen hatten immer Vorrang, und Julia, die wusste, dass sie sich glücklich schätzen musste, einen Freund wie ihn zu haben, beschwerte sich nie, genau wie Alice vermutet hatte.

Als Julia dann einige Tage darauf am späten Nachmittag ihren nächsten Termin mit Jakob hatte, taten ihr die Schultern weh, und sie hatte hämmernde Kopfschmerzen. Sie nahm eine Schmerztablette, biss die Zähne zusammen und brachte den Termin hinter sich. Gott sei Dank merkte Jakob nicht, wie schlecht es ihr ging, und er schien mit der Arbeit des Teams zufrieden zu sein, abgesehen von einigen kleinen Details, die Julia noch vor Weihnachten zu klären versprach. Als der Moment gekommen war, einander fröhliche Weihnachten zu wünschen, ignorierte Jakob Julias ausgestreckte Hand und zog sie in eine lange Umarmung, die sie erwiderte.

»Ich hab's gewusst«, murmelte Alice triumphierend und schaute vom Bildschirm hoch. Samuel war zwar Krimiautor, aber diese Wendung war leicht vorherzusehen. Jakob würde zweifellos noch für den weiteren Verlauf der Handlung wichtig sein. Das Ende des Kapitels irritierte sie jedoch, denn als Julia nach mehreren Überstunden und mit einsetzendem Fieber nach Hause kam, rief Adam an, um vorbeizuschauen. Obwohl Julia sich so elend fühlte und ihn eigentlich gar nicht sehen wollte, sagte sie ja, und als

Adam sie bat, sich sexy zu kleiden, gab sie nach. Bald darauf empfing sie ihn einer langen Strickjacke, Spitzenunterwäsche und Stiefeln mit hohen Absätzen, obwohl sie viel lieber eine Trainingshose angezogen und sich mit einem Film auf dem Sofa verkrochen hätte. Zu allem Überfluss verschwand Adam gleich nach dem Sex wieder, unter dem Vorwand, er habe am nächsten Morgen einen sehr frühen Termin. Für den Rest der Woche war sein Terminkalender vollgepackt, und deshalb könnten sie sich nicht mehr sehen, bis sie am Freitag dann nach Åre aufbrechen würden. Julia verbarg ein weiteres Mal ihre Enttäuschung, und das Kapitel endete damit, dass sie verabredeten, dass Adam sie am Freitagmittag im Büro abholen sollte.

Adam ist wirklich ein Arsch, dachte Alice und setzte sich auf dem Sofa auf. Es war fast zu offensichtlich, dass es mit ihm kein Happy End geben würde. Alice streckte die Hand nach dem Notizblock aus und gähnte. Dann ging sie zurück zum Anfang und las alles noch einmal.

4

Es war fast halb zwei, und die Fenster auf der anderen Seite des Innenhofes waren allesamt pechschwarz. Alice hatte die ersten Kapitel von Samuels Manuskript dreimal gelesen. Der Text hatte ihre Neugier geweckt. Sie wollte unbedingt weiterlesen und erfahren, was passieren würde. Das war ein gutes Zeichen. Dennoch gab es auch einiges, was ihr nicht gefiel. Das langsame Tempo zu Anfang, beispielsweise, und dass man schon nach wenigen Seiten begriffen hatte, was für ein Idiot Adam war. Alice nahm an, dass nicht nur die Arbeit ihn davon abhielt, sich mit Julia zu treffen, sondern dass es auch noch eine andere Frau gab oder mehrere. Doch vielleicht las sie zu sehr zwischen den Zeilen. Jedenfalls würde es der Erzählung nur guttun, wenn Adam ein wenig sympathischer wirkte. Zumindest am Anfang, damit die Leserinnen nicht sofort sicher sein konnten, was passieren würde. Julia würde sich später im Buch garantiert mit dem sympathischen Jakob zusammentun, und Alice war gespannt darauf, wie genau sich ihre Geschichte entwickeln würde.

Dann war da noch Julias Weihnachtsmanie. Die war wirklich übertrieben. Welche Frau würde einem Luciakringel nach dem anderen in sich hineinstopfen und tonnenweise Plätzchen backen, wenn sie nachts ein Rendezvous mit ihrem heißen Freund hatte? Vor allem, wenn sie so frisch verliebt und zugleich unsicher war, wie es den Anschein hatte. Und Adams Aussehen – dass er hübsch und durchtrainiert war, begriff man sofort, aber Samuel hatte deutlich zu viele Adjektive aneinandergereiht, und das ließ Adam fast zur Karikatur werden. Genauso war es mit Jakob. Es konnte keinen Zweifel daran geben, wer hier der Gute und wer der Böse war. Zu Anfang durfte das gern ein bisschen weniger offensichtlich sein. Und am Stil ließ sich auch noch arbeiten. Hatte Samuel überhaupt die Daten und Tage des Jahres im Griff, in dem sich die Handlung abspielte? Dann waren da noch die Namen, die er mehreren Nebenpersonen gegeben hatte. Mehrere davon klangen sehr ähnlich und waren leicht zu verwechseln. Eine größere Variation würde es den Leserinnen leichter machen, hier nicht den Faden zu verlieren. Und könnte Julias Chef vielleicht eine Chefin sein? Es war so typisch, dass der Mann entschied und die Frauen die Arbeit machten. Viele Leserinnen schätzten aber Texte mit einem feministischeren Touch. Das galt auch für das Verhältnis zwischen Julia und Adam. Seine stärkere Position wirkte bekannt und ausgelutscht, auch wenn solche Beziehungen im wirklichen Leben leider immer noch vorkamen. Und dieser Arbeitstitel – gab es nicht schon jede Menge Bücher, die so ähnlich hießen? Alice notierte sich, dass sie danach suchen wollte, danach rieb sie sich die Augen und übertrug ihre Notizen von ihrem Block ins Arbeitsdokument im Laptop.

Sollte sie ihre ersten Eindrücke sofort mailen, trotz der späten Stunde? Es wäre professioneller, bis zum nächsten Tag zu warten und ihre Kommentare noch einmal sorgfältig zu lesen, ehe sie sie losschickte. Viele Autoren reagierten empfindlich auf Textkritik, vor allem zu Beginn einer Zusammenarbeit, ehe man einander kennengelernt hatte. Aber ach was, es war nicht ihr Problem, dass Samuel Engman seine Krimis an den Nagel gehängt hatte. Dass er es jetzt mit etwas Unterhaltsamen probierte, bedeutete nicht, dass man die Arbeit nicht ernst nehmen durfte. Typisch Mann, zu glauben, ein solches Projekt ließe sich mit links erledigen. Genau wie alle anderen musste Samuel sich reinhängen, wenn er sein Manuskript veröffentlicht sehen wollte.

Alice öffnete eine Mail und begann mit einigen lobenden Sätzen über Potenzial und Tonfall des Textes. Danach zählte sie einige positive Aspekte auf, wie das Tempo in gewissen Teilen des Textes, ihre Neugier darauf, wie die Geschichte weitergehen werde, und die lebhaft und glaubwürdig klingenden Wortwechsel zwischen Julia und ihren Kolleginnen. Dann kopierte sie ihre Liste über die Dinge, die verbessert werden könnten. Alice nickte im Licht der Leselampe vor sich hin. Möglicherweise war ihre Liste für eine erste Reaktion zu lang, aber da Samuel sich auf dieses Spiel eingelassen hatte, würde er auch ein bisschen Kritik hinnehmen müssen.

Alice schob das halb gegessene Frühstücksmüsli zurück. Sie hatte keinen Appetit. Am Vorabend war es durch die Arbeit an Samuels Manuskript zu spät geworden, und sie war nachts mehrmals aufgewacht. Draußen war der Himmel einfach nur grau, und wütende Regentropfen prasselten gegen die Fensterscheiben. Obwohl sie sich vorgenommen hatte, das Training ein bisschen genauer zu nehmen, gab sie schon nach einigen Minuten Videogymnastik auf. Lieber konzentrierte sie sich auf ihr Tagespensum an Schritten.

Sie schob sich die Kopfhörer in die Ohren und suchte sich das fünfte Buch in der Serie über die adoptierten Schwestern heraus. Nach einer Weile schielte sie zum Schrittzähler hinüber – fünfhundertneunzig Schritte. Verdammt, wie langsam und achtlos das Buch vorgelesen wurde. Alice steigerte das Tempo und sah die üblichen Apps in ihrem Handy durch. Keine neuen Mails und keine Mitteilungen auf Facebook, Snapchat oder Instagram. Man hatte sie ganz offenbar vergessen, aber musste man wirklich dauernd auf Social Media präsent sein, damit die anderen einen nicht vergaßen? Sie hatte keine Lust, zu allen möglichen und unmöglichen Zeiten gestylte Fotos zu posten, um von ihren Bekannten Dopaminkicks und Bestätigung zu erhalten. Sie hatte inzwischen gelernt, die schlimmsten Einsamkeitsgefühle zu verdrängen, aber manche Tage kamen ihr länger und schwerer vor als andere.

Nach tausend Schritten ging Alice in die Küche. Eine Tasse Tee hatte immer belebende Wirkung. Sie goss Wasser in einen Topf, schärfte sich ein, online einen Wasserkocher zu bestellen, ging dann ins Wohnzimmer und zog Sessel und Laptop ins Licht bei den verglasten Balkontüren. Sie hatte sich gerade erst mit ihrem Tee im Sessel niedergelassen, als auch schon an der Balkontür gekratzt wurde. Konfuzius stand draußen und hatte die eine Vorderpfote auf die Klinke und die andere gegen die Tür gelegt.

»Bist du schon wieder hier? Du hast hier nichts zu suchen, hab ich doch gesagt!«

Konfuzius maunzte und legte den Kopf schräg, als ob er versuchte, mit seinen ovalen schwarzen Pupillen etwas zu sehen. Die Iris um diese Pupillen war bernsteingelb und hatte innen einen grünen Ring.

»Geh nach Hause. Ich muss arbeiten.« Alice klappte den Laptop auf und starrte das Dokument auf dem Bildschirm an, in dem Versuch, dem Kater klarzumachen, wie beschäftigt sie war.

Der kratzte erneut an der Tür. Konfuzius drehte eine Runde um den Balkon und kratzte wieder.

»Was willst du? Bist du ausgesperrt worden?« Der Regen prasselte, und nicht einmal Katzen wurden wohl gern triefnass. Vielleicht traute Konfuzius sich nicht, auf das nasse, glatte Wellblechdach des Gartenhauses zurückzuspringen. Alice stand aus dem Sessel auf und öffnete die Balkontür. Sofort schlüpfte der Kater herein und rieb sich an ihren Beinen.

»Hast du Hunger? Ich weiß ja nicht, was du gern isst, aber einen Schluck Milch nimmst du doch bestimmt?«

Alice holte eine Schale voll Milch, und als sie wieder ins Wohnzimmer kam, hatte Konfuzius sich vor dem Sessel niedergelassen.

»Bitte sehr.« Sie stellte die Milch neben ihn, und er schaute auf, stupste die Schale mit der Nase an und legte sich wieder hin.

»Ach was, dann nicht.« Alice hatte sich gerade erst mit

dem Laptop auf den Knien hingesetzt, als Konfuzius auch schon in den Sessel sprang und es sich neben ihr gemütlich machte. Den Kopf legte er auf die Tastatur.

»Was soll das denn nun wieder?« Alice schob den Kater vorsichtig weg, doch sowie sie mit den Fingern die Tastatur berührte, legte er den Kopf wieder an die alte Stelle. »Du hast hier nichts zu suchen!«, sagte sie noch einmal, aber sie konnte es doch nicht lassen, sein Fell zu streicheln. Es war unvorstellbar weich und hatte ein grauschwarzes Muster.

Konfuzius schloss die Augen und schnurrte, aber sowie Alice die Hand wegnahm, verstummte er, öffnete ein Auge und schaute sie vorwurfsvoll an.

»Das hier wird aber nicht zur Gewohnheit werden, nur, damit du's weißt. Katzen sind nicht mein Ding!« Sie zog die Hand zurück und ignorierte die vorwurfsvollen Blicke. »Kannst du jetzt runterspringen?«

Konfuzius stupste mit dem Kopf ihren Arm an und hörte erst auf damit, als sie wieder mit der Hand über sein getigertes Fell strich. Alice machte einen weiteren Versuch, den Kopf des Katers von der Tastatur zu schieben. Nun erhob sich Konfuzius und streckte sich quer über ihren Oberschenkeln aus.

»Hör mal, das geht nicht. Du störst.« Konfuzius würdigte sie keines Blickes, sondern bohrte den Kopf unter ihren Arm. »Jetzt mach, dass du wegkommst.« Alice legt den Laptop weg, rutschte aus dem Sessel und hob den Kater hoch. »Ich lass dich raus, dann kannst du zu Frauchen nach Hause gehen.« Sie öffnete die eine Balkontür einen Spaltweit und setzte Konfuzius auf das feuchte Geländer.

Dann schloss sie die Tür und machte es sich wieder mit dem Laptop im Sessel gemütlich. Während der Bildschirm sich füllte, schaute sie auf und begegnete dem Blick von zwei gelben Katzenaugen. Konfuzius saß auf dem Balkongeländer und beobachtete jede ihrer Bewegungen.

»Bitte, geh weg. Ich kann mich nicht konzentrieren, wenn du da sitzt.« Alice schüttelte den Kopf. »Der Regen gefällt dir bestimmt nicht, aber du musst begreifen, dass ich dich nicht hier bei mir haben kann.«

Zwei Minuten darauf seufzte sie resigniert. »Okay. Ich bring dich zu deinem Frauchen nach unten.« Sie öffnete die Tür, und sofort sprang Konfuzius herein ins Warme und auf den Sessel.

Im Schutz der Dunkelheit hatte Alice oft in den Innenhof hinabgeblickt, doch sie war bisher noch nie dort unten gewesen. Neben dem mit Steinplatten belegten Hofplatz gab es eine kleine von Rabatten mit kletterndem Efeu, verwelkten Blumen und kahlen Bäumen umgebene Rasenfläche, während Laub in braunroten Haufen vor der Mauer lag. Ein hoher, rot gestrichener Lattenzaun teilte den Hof vom Haus gegenüber ab, und gleich unter Alices Balkon lag ein kleines Gartenhaus mit rotem Wellblechdach, terracottafarbenem Verputz, olivgrüner Eingangstür und Sprossenfenstern. Vor dem Eingang zu dem kleinen Haus gab es eine Terrasse, die vollgestellt war mit Blumenkästen und Krügen aus Terracotta, glasiertem Ton und Beton. In diesen Behältnissen wuchsen Wacholder, Rosen, verwelkende Hortensien und Efeu, aber auch Buchsbaum, Heidekraut und tiefrosa Gartenchrysanthemen.

Alice blieb eine ganze Weile in der Tür zum Hof stehen und versuchte, ihren Puls zu beruhigen. Sie hatte wirklich keine Lust, bei einer Nachbarin zu klingeln und sich mit einer Unbekannten unterhalten zu müssen. Zweimal öffnete sie die Tür zum Innenhof einen Spaltbreit und versuchte, Konfuzius hinauszulassen, aber der warf ihr einen übellaunigen Blick zu und wollte sich nicht vom Fleck rühren. Am Ende gab sie auf, zog sich die Kapuze über den Kopf und ging mit dem Kater auf dem Arm auf das kleine Gartenhaus zu. Es gab keine Klingel, dafür aber einen Türklopfer mit einem Löwenkopf aus Messing, den sie nun benutzte. Bald darauf waren im Haus rasche Schritte zu hören, und die Tür wurde aufgerissen.

»Ach, Sie haben Konfuzius gefunden.« Eine hochgewachsene dunkelhäutige Frau, ganz in Weiß gekleidet und mit einem um den Kopf gewickelten goldenen Schal, streckte die Arme nach dem Kater aus. »Wie schön!« Sie sprach mit einem leichten Akzent – britisch oder vielleicht aus den USA. »Der Tee ist gerade fertig. Kommen Sie doch auf eine Tasse herein.«

»Äh …« Nein wäre die selbstverständliche Antwort auf diese Einladung, aber Alice stand wie verstummt da und starrte die Frau an. Sie wusste schon gar nicht mehr, wann sie zuletzt irgendwo zum Tee gewesen war, und sie war wirklich nicht in der Stimmung dazu …

»Entschuldigung, ich habe mich ja noch gar nicht vorgestellt. Ich heiße Marguerite Dahlbom und wohne seit – mal überlegen, wie lange ist das jetzt schon? – an die fünfunddreißig Jahre in diesem Gartenhaus. Und Sie sind also in Ethels Wohnung gezogen? Wie traurig, dass sie die Treppen nicht mehr geschafft hat.« Die Frau fuhr Konfuzius mit der Hand über den Rücken. »Was ist das heute für ein scheußliches Wetter. Da ist eine heiße Tasse Tee doch genau das Richtige, oder? Ich würde mich über ein bisschen Gesellschaft wirklich freuen.«

»Ich …«, begann Alice, die an einen dermaßen üppigen Wortschwall nicht mehr gewöhnt war. Sie würde natürlich dankend ablehnen. Beim bloßen Gedanken, sich mit einer Unbekannten unterhalten zu müssen, pochte an ihrer Schläfe eine Ader, und ihr Herz hämmerte los. Zugleich hatte diese hochgewachsene Frau mit ihren dunklen, funkelnden Augen etwas, das Alices Neugier weckte. »Na gut. Ich meine, ja, danke.«

»Wie nett!« Marguerite setzte Konfuzius auf den Dielenboden und klatschte in die Hände. »Dann werde ich auch gleich die Plätzchenschüssel hervorholen. Ich versuche ja, nach dem Mittagessen nicht mehr viel zu mir zu nehmen, aber ein Tee ohne irgendetwas dazu ist doch irgendwie armselig, finden Sie nicht?«

»Wenn Sie meinen«, sagte Alice, die den Blick kaum von Marguerites dunkler, glänzender Haut und ihren langen schwarzen Wimpern losreißen konnte. Die Haut um die Augen zeigte ein feines Netz aus Lachfältchen, und Alice überlegte, wie alt sie wohl sein mochte. Um die fünfundsechzig? Jedenfalls nicht einen Tag älter als siebzig. Und was konnte sie von Beruf sein? Schauspielerin vielleicht? Sie hatte eine majestätische Haltung, und ihre Gesten waren übertrieben, fast theatralisch.

»Kommen Sie doch mit, meine Liebe«, Marguerite führte Alice in ein rechts von der Diele gelegenes Zimmer.

»Das hier ist der Salon!« Sie streckte die Hand aus, deren Finger von etlichen auffälligen Goldringen geschmückt waren. »Er ist eigentlich nicht groß oder prachtvoll genug für diese Bezeichnung, aber *eine Tasse Tee im Salon* hat doch einen ganz besonderen Klang, finden Sie nicht?«

Im Licht des Sprossenfensters stand dort ein runder Mahagonitisch mit vier dazu passenden Lehnstühlen. Der Boden, ein Holzboden mit den breitesten Brettern, die Alice je gesehen hatte, wurde größtenteils von einem abgenutzten Perserteppich in klassischen rotbraunen Tönen bedeckt, und auf der anderen Zimmerseite gab es einen offenen Kamin, der dem Raum ganz bestimmt ein besonderes Licht gab, sobald dort ein Feuer brannte. In passender Entfernung zum Kamin standen zwei Ohrensessel und ein niedriger Mosaiktisch. Ob die Zimmerwände angestrichen oder tapeziert waren, konnte man unmöglich erkennen, da sie von Bücherregalen bedeckt waren, die sich unter dem Gewicht von Reihen und noch mehr Reihen von Büchern bogen.

»Was für ein wunderschönes Zimmer!« Alice fuhr mit der Hand über eine Reihe von Kinderbüchern mit abgegriffenem Rücken.

Soweit sie sich zurückerinnern konnte, liebte sie das geschriebene Wort. Fast jeden Abend hatte ihre Mutter zu Hause am Schreibtisch gesessen und bis spät in die Nacht hinein gearbeitet, aber ab und zu hatte sie sich die Zeit genommen, um sich vor dem Schlafengehen auf Alices Bettkante zu setzen und ihr aus einem Buch vorzulesen. Diese Augenblicke hatten nur ihnen beiden gehört und dafür gesorgt, dass Alice sich ihre ganze Kindheit hindurch zum Geburtstag und zu Weihnachten Bücher wünschte. Sie liebte es, in der magischen Welt der Phantasie zu verschwinden, und wenn ihre Mutter sie auf ein Fest oder zu irgendeiner Veranstaltung mitnahm, dauerte es nie lange, bis Alice sich mit einem Buch auf den Knien in einer Ecke verkroch. So war ihr lebenslanges Interesse an Literatur geweckt worden. Alice seufzte bei dem Gedanken an ihre geliebte Büchersammlung, die im zur Wohnung gehörenden Kellerraum in Bananenkartons verstaut war.

»Sie lieben also Bücher?« Marguerite beobachtete sie.

»Hm.« Alice rang sich ein Lächeln ab.

»Aber?«

»Ach, das ist eine lange Geschichte.« Alice machte eine abwehrende Handbewegung.

»Würden Sie mir helfen, den Tee hereinzubringen?« Marguerite wies auf die Tür. »Die Plätzchenschüssel passt nicht mehr auf das Tablett.«

Bald standen auf dem Tisch eine Keksdose und ein elegantes blauweißes Teeservice. Konfuzius hatte eine Schüssel mit Sahne bekommen und leckte die cremige Flüssigkeit mit gesegnetem Appetit auf.

»Was hat Sie nach Schweden verschlagen?«, fragte Alice, als sie über Konfuzius und seine Leidenschaft für Leberpastete und fetten Käse geplaudert hatten.

»L'amour natürlich.« Marguerite lächelte nachdenklich.

»Und dann sind Sie hier geblieben?«

»Genau.« Marguerite lachte auf. »Ich hatte mich bis über beide Ohren in einen stattlichen blonden Schauspieler verliebt, der sich als Schwede entpuppte. Es war die große

Liebe, und als ich schwanger wurde, haben wir unsere Siebensachen gepackt und sind nach Stockholm gezogen.«

»Wo haben Sie denn vorher gewohnt?«

»Ursprünglich komme ich aus New York, aber nach meiner Ausbildung als Dramapädagogin bin ich nach London gegangen und habe mich im West End niedergelassen. Damals war das der magischste, unvergesslichste Ort, den Sie sich vorstellen können, mit Theatern, Musicals, Jazzkneipen und Nachtclubs an wirklich jeder Ecke.«

»Das klingt so spannend. Es muss doch ein Schock gewesen sein, dann nach Stockholm zu kommen?«

»Himmel, ja«, sagte Marguerite zustimmend. »Anfangs war ich ja mit unserem Sohn beschäftigt, aber bald bekam ich die Realität zu spüren. Zum einen, wie ungewöhnlich ich als schwarze Frau im schwedischen Kulturmilieu war, aber auch, was für ein traumhaftes Leben ich in London geführt hatte.«

»Aber Sie sind hier geblieben?«

»Die Liebe ging natürlich über den Jordan. Das Objekt meiner Verliebtheit entpuppte sich als Schürzenjäger.« Marguerite breitete die Hände aus. »Aber wegen Elias wollte ich nicht weg, und jetzt ist er fast fünfunddreißig. Auch er ist Schauspieler geworden. Vielleicht kennen Sie ihn aus dem Fernsehen.«

»Meinen Sie Elias Dahlbom – den handelsreisenden Fremden aus der Dramaserie im Zweiten? Wie heißt die noch gleich? Irgendwas mit Zeit, meine ich.«

»Genau den meine ich. *Eine verschwundene Zeit.*« Marguerite nickte und legte vor ihrem Brustkorb die Fingerspitzen aneinander. »Er hat sich schon als Kind fürs Theater interessiert, aber das hier ist seine erste größere Fernsehrolle. Sie können sich ja vorstellen, dass ich vor Stolz fast platze.«

»Das verstehe ich. Haben Sie auch Theater gespielt?«

»Ich habe als Dramapädagogin für Kinder und Jugendliche angefangen, dann aber eine Weiterbildung zur Theaterpädagogin gemacht und war zwei ereignisreiche Jahre in jedem zweiten Theater im Westend, wo ich Schauspielern und Musikern bei ihren Inszenierungen geholfen habe. Das waren große Zeiten.« Sie lächelte, und ihr Blick hatte etwas Verträumtes.

»Ach, wie cool!«

»Ja, danke, ich habe in meinen Jahren in der Branche so einiges erlebt.« Marguerite lachte. »Aber Sie, ich hatte den Eindruck, dass Sie niedergeschlagen waren, als Sie vorhin den Salon betreten haben. Ist etwas passiert?«

»Ach was, nichts Besonderes.« Alice suchte nach einer ihrer üblichen Lügen, um nicht von allem reden zu müssen, was passiert war, aber sie fand nicht die passenden Worte. Sie räusperte sich und stellte ihre Tasse weg. »Danke für den Tee. Es war wunderbar, Sie kennenzulernen, aber ich muss jetzt gehen.«

»Kommen Sie gern mal wieder, meine Liebe«, sagte Marguerite. »Ich habe den Eindruck, dass …«

Draußen wurde an die Haustür gehämmert.

»Du meine Güte, was ist das hier heute für ein Betrieb. Entschuldigen Sie.« Marguerite stand auf und ging hinaus.

Alice folgte ihr in die Diele.

»Da bin ich!« Poppy kam hereingestürzt, streifte auf der Fußmatte ihre Gummistiefel ab und warf die Regenjacke hinterher. »Wo ist Konfi?« Als sie ihn neben Alices

Bein entdeckte, sagte sie: »Ich hab doch gewusst, dass ihr Freunde werdet.« Sie lächelte triumphierend. »Alle mögen Konfi.«

»Er scheint gern auf meinen Balkon zu springen«, sagte Alice, wie um zu erklären, warum sie hergekommen war.

»Willst du mit uns den Film sehen?« Poppy kräuselte die sommersprossige Nase. »Heute darf ich aussuchen, nur, damit du das weißt.«

»Vielleicht ein andermal.« Alice lächelte. »Ich wollte gerade gehen.«

»Schade«, sagte Poppy. »Aber du kannst beim nächsten Mal den Film aussuchen. Das kann sie doch, Margi?«

»Unbedingt.« Marguerite nickte und schien zu überlegen. »Aber vielleicht können wir Alice bald mal zur Teestunde einladen. Wäre das nicht lustig?«

»Ja, ja, ja!« Poppy hüpfte auf der Stelle auf und ab wie ein Gummiball. »Dann müssen wir zuerst backen. Mehrere Sorten Plätzchen. Und Scones. Nicht wahr?«

»Ja, natürlich. Ohne Scones wird das keine richtige Teestunde.«

»Und jede Menge Marmelade.« Poppy leckte sich die Lippen. »Das machen wir ganz bald, ja?«

»Ja, was meinen Sie?« Marguerite richtete ihre Aufmerksamkeit nun auf Alice. »Wann haben wir die Ehre, Sie zum Tee einladen zu dürfen?«

»Äh …« Großer Gott, sie hörte sich doch an wie ein Neandertaler. Marguerites Einladung anzunehmen hatte an ihren Kräften gezehrt, und schon jetzt hämmerte ihr Herz drauflos bei dem Gedanken an eine weitere Runde, aber wie sollte sie sich dieser Einladung entziehen, ohne unhöflich zu wirken oder die Kleine zu verletzen? »Vielleicht irgendwann nächste Woche«, sagte sie schließlich. Wenn sie Glück hätte, würden Marguerite und Poppy das alles vergessen.

»Okay«, sagte Poppy und schien das Interesse an etwas, das in so ferner Zukunft lag, verloren zu haben. »Darf ich jetzt den Film gucken? Bevor Papa kommt?«

Alice nahm das als Signal, um sich zu verabschieden. Draußen hüllte die Dunkelheit die Häuser ein, die Bäume sahen ohne Laub kahl und traurig aus, und die Luft war rau und kalt. Sie fror und war total erschöpft, fühlte sich fast krank, als sie endlich ihre Tür aufschließen konnte und wieder in der düsteren und stickigen Wohnung stand. Ohne Grund füllten ihre Augen sich mit Tränen. Sie hatte mittags nichts gegessen. Sicher fühlte sie sich deshalb so elend. Sie würde sich eine Suppe warm machen, dann ihre Mails durchsehen und sich schließlich mit einem Film auf dem Sofa verkriechen.

5

Hallo Alice,
vielen Dank für dein Feedback. Ich sehe ein, dass Julias Weihnachtsbegeisterung vielleicht ein bisschen übertrieben wirken kann. Ich wollte, dass sie sympathisch und niedlich rüberkommt, und dabei ihren Charakter klar skizzieren, habe aber wohl zu dick aufgetragen. Und es ist natürlich nicht so gut, wenn die Einleitung dadurch etwas langweilig ist. Ich verstehe auch, was du zu Adam und Jakob sagst. Allerdings nimmt die Story bald eine ganz andere Wendung – und ich verspreche dir, es ist eine, die du nicht erwartest. Es wird noch richtig spannend. (Man ist ja nicht umsonst Krimiautor!) Darf ich dir wieder ein paar Seiten schicken? Es wird jetzt nicht so wahnsinnig viel. PS. Versprich mir, das nicht wieder zu verreißen. Es ist nicht nett, einem armen Schriftsteller mitten in der Nacht den Dolch in den Rücken zu stoßen.

Alice las noch einmal, was sie Samuel in der vergangenen Nacht geschrieben hatte, und stöhnte. Auch wenn Textkritik ein wichtiger Teil des Arbeitsprozesses war und etwas, womit jeder Autor umzugehen lernen musste, achtete Alice immer sorgfältig darauf, sich zu Anfang einer Zusammenarbeit auf das Positive und auf das Potenzial des Textes zu konzentrieren. Feedback von eher negativer Art drückte sie immer so positiv aus wie möglich. In der Mail an Samuel, in der sie im Grunde allerlei Positives betont hatte, hatte sie ihre üblichen Regeln über Bord geworfen und war gleich zur Sache gekommen. Als sie die Mail abgeschickt hatte, hatte sie gedacht, es geschehe ihm recht, wenn er sich an ein Genre traute, mit dem er bisher nichts zu tun gehabt hatte. Aber selbst wenn das stimmte, hatte sie sich dennoch unprofessionell verhalten. Wenn er einen Feelgoodroman schreiben wollte, stand ihr kein Urteil darüber zu. Ihre Aufgabe war es, dem Text zu seinem vollen Potenzial zu verhelfen, egal, welche Beweggründe der Autor gehabt haben mochte.

Sie klickte auf Antworten und schrieb:

Hallo Samuel,
entschuldige, dass meine Kritik ein bisschen hart geklungen hat. Es war schon spät, und ich war müde. Ich verspreche, in Zukunft nicht so mit der Tür ins Haus zu fallen. Mir gefällt die Story. Sie muss nur noch ein wenig zurechtgefeilt werden. Ich lese gern bald weiter. Unerwartete Wendungen sind immer spannend (wenn sie nicht allzu gewollt oder übertrieben sind). Schick so viel Text, wie es dir gerade passt.
Alice
PS. Ist so ungefähr eine Stunde nach Mitternacht nicht der perfekte Zeitpunkt zum Zuschlagen?

Alice konnte es sich nicht verkneifen, diesen letzten Satz hinzuzufügen, gefolgt von einem zwinkernden Smiley. Hoffentlich würde Samuel das richtig verstehen. Sie überlegte kurz, ob es wirklich vernünftig wäre, diese Mail abzuschicken, drückte dann aber auf Senden.

Und damit war das Tagewerk vollbracht. Bis auf Samuels Mail herrschte gähnende Leere im Postfach. Was sollte sie jetzt tun? Noch weitere Schritte um Sofa und Couchtisch zu absolvieren wirkte alles andere als verlockend. Es würde wohl auf einige Folgen von *Call My Agent!* auf Netflix hinauslaufen – das war immer eine gute Methode, um ein paar Stunden totzuschlagen. Die zweite Staffel war nicht so gut wie die erste, aber zwei Folgen ab und zu vertrieben die Zeit, und es war unterhaltsam zu sehen, wie die Gestalten in der Serie sich das Leben schwer machten. Zwei Folgen konnte sie ertragen. Dann klickte sie sich durch das riesige Angebot an Serien, Dokumentationen und Filmen, ohne etwas zu finden, das ihr Interesse weckte.

Ein kurzer Blick auf Social Media ergab, dass die Welt außerhalb ihrer vier Wände weiterging, aber offenbar niemand das Bedürfnis verspürte, ihr das mitzuteilen. Wie war es möglich, dass sie nie mehr zu irgendetwas eingeladen wurde, dass alle ihr Leben weiterführten, nur sie ihr eigenes nicht? Vielleicht war sie durch die lange Funkstille in Vergessenheit geraten. Oder war sie nun, da sie keinen beeindruckenden Titel und keine verheißungsvolle Zukunft mehr vorzuweisen hatte, einfach nicht mehr interessant genug? Daran war Sebastian schuld. Und wie! Er war schließlich aus ihrer Trennung als Sieger hervorgegangen – mit einer neuen Freundin, einem besseren Job und einer Wohnung, in deren Renovierung Alice zahllose Stunden investiert hatte. Aber warum von allen Menschen auf der Welt ausgerechnet diese Frau? Sie hatte Alice auf gemeine Weise vom Spielfeld manövriert, dabei hätte es doch umgekehrt sein müssen.

Alice legte das Telefon auf das Sofa und seufzte. Einige Minuten darauf hob sie es wieder auf. Dann tat sie das Allerverbotenste. Das, wovon sie sich geschworen hatte, es niemals wieder zu tun. Sebastian hatte seit dem letzten Mal seinen Feed auf Instagram nicht aktualisiert, *sie* dagegen hatte das durchaus getan. Bei seiner neuen Freundin wimmelte es nur so von Spätsommerfotos von den beiden – halbnackt auf einem Steg, wo sie die Beine ins Wasser baumeln ließen, im Sonnenuntergang und gemütlich entspannt im Herbstlaub. Mit anderen Worten, Bilder, die deutlich zeigten, wie sehr sie sich anstrengten, um angemessen entspannt und gelassen auszusehen. Natürlich waren sie passend gestylt und geradezu ekelerregend elegant, das aber auf eine lässige Weise, als ob sie nur aus Zufall perfekt aussähen und ihnen das eigentlich egal sei. Aber Alice konnten sie nicht hinters Licht führen. Alice wusste, wie genau Sebastian auf Details achtete und wie perfektionistisch *sie* war. Eine Sekunde lang spielte sie mit dem Gedanken, Sebastian eine Nachricht zu schreiben: War er zufrieden mit dem, was er angerichtet hatte? Schlief er nachts gut, nachdem er ihr Leben ruiniert hatte? Aber nein, solche Mails und Mitteilungen hatte sie gleich nach der Trennung geschickt. Geholfen hatte das kein bisschen. Und jetzt würde sie sich danach nur noch elender fühlen.

Um auf andere Gedanken zu kommen, ging Alice in die

Küche und rührte den Teig für Schokobrötchen an. Sie brachte es nicht über sich, die Brötchen zu formen, sondern streute Kokosflocken in die Schüssel und aß den Teig mit einem langen Teelöffel direkt aus der Schüssel. Schon bald drehte sich in ihrem Kopf alles, und die braune Masse lag ihr wie ein klebriger Klumpen im Magen. Alice wurde übel, und sie wünschte fast, eine zu sein, die Essen auskotzen konnte, aber wenn sie so blöd war, eine ganze Schüssel Schokobrötchenteig auf einmal zu essen, dann hatte sie es nicht besser verdient. Kein Wunder, dass Sebastian sie im Stich gelassen hatte. Sie hatte einen schlechteren Charakter als die Kinder in diesem Marshmallowtest. Außerdem war sie grau und unscheinbar und hatte es nicht anders verdient, dass es ihr jetzt so schlecht ging.

Alice ließ sich in den Sessel im Wohnzimmer fallen und spielte an ihrem Handy herum. Ein roter Punkt tauchte neben dem Facebooksymbol auf. Eine Mitteilung. Alice hielt den Atem an. Vielleicht von Sebastian? Aber nein, sie kam von Samuel Engman. Was wollte er denn jetzt schon wieder?

Wilma hat gesagt, du kannst manchmal ganz schön bissig sein. Jetzt verstehe ich, was sie gemeint hat.

Himmel, was hatte Wilma ihm nur erzählt? Alice kratzte sich einen Teigrest unter dem Nagel weg, ehe sie antwortete:

Bissig? Ich? Das musst du falsch verstanden haben. Ich bin umgänglich wie eine Person in einem Jane-Austen-Roman.

Sofort tauchten unter ihrer Antwort drei tanzende Punkte auf.

Ich möchte daran erinnern, dass unsere liebe Emma ganz schön scharfzüngig sein kann.

Hatte Samuel Engman Jane Austen gelesen? Das konnte doch nicht sein!

Da hast du eigentlich recht.

Ich glaube, sie nimmt das als Schutzschild, schrieb er nun. *Was meinst du?*

Alice starrte den Kommentar an. Versuchte er, etwas anzudeuten? Besser, sie beendete den Austausch, ehe das hier zu persönlich wurde.

Du, ich wollte gerade losgehen, aber schick mir gern den nächsten Teil, dann habe ich nachher etwas Spannendes zu lesen.

Zwei Minuten darauf kam die Antwort:

Hab dir gerade das nächste Kapitel gemailt. Bin gespannt, was du sagt, und freu mich auf dein Feedback. Schönen Abend noch. Sam

Voller Spannung öffnete Alice das von Samuel geschickte Dokument und scrollte bis zum Schluss, um zu sehen, wie viele Seiten dieses Kapitel hatte. Danach ging sie zurück zum Kapitelanfang und begann zu lesen.

Julia fuhr sich mit den Fingerspitzen über die Stirn. Langsam sah sie ein letztes Mal das Dokument durch, fügte das korrigierte Material des Arbeitsteams hinzu und schickte alles an Jakob. Sie glaubte, dass es ihnen gelungen war, Rücksicht auf seine Wünsche zu nehmen, ohne sich zu weit von den Richtlinien der Firma zu entfernen. Wie so oft bei Projekten für globale Unternehmen waren sie gezwungen, sich an strenge graphische Vorschriften zu halten und den gesamten Text zu transkribieren. Das Transkribieren würde sie in die Wege leiten, sobald sie von Jakob grünes Licht erhalten hätten, und wenn die Londoner Niederlassung alles für gut befand, würde es eine hervorragende Kampagne werden – bunt und auffallend, mit frechen und einprägsamen Formulierungen. Das war nicht immer der Fall, vor allem nicht bei großen IT-Unternehmen. Den Übersetzungen, die von den ausländischen Marketingabteilungen zurückkamen, fehlte es oft an Biss und Finesse, und das Design war alles andere als geeignet für den schwedischen Markt. Sie war überzeugt davon, dass Jakob zufrieden sein würde.

Alice nickte. Die Szenen von Julia bei der Arbeit waren Samuel gut gelungen. Sie waren glaubhaft und wirkten überzeugend. Sie machte sich eine Notiz und las weiter darüber wie Julia, trotz hämmernder Kopfschmerzen, fieberwehen Schultern und einer doppelten Dosis Schmerztabletten bis zum späten Abend bei der Arbeit saß, um bis zu den Weihnachtsfeiertagen fertig zu sein.

Alice las weiter über Adam, der sich drei Tage vor der geplanten Abreise nach Åre per SMS bei Julia meldete und erklärte, dass in den Jämtlandsbergen gewaltiger Schneefall erwartet würde und er und seine Kumpels ihren Kram gepackt hatten und schon mal vorgefahren waren. Er würde sie dann am Freitagabend am Bahnhof abholen. Dieser Dreckskerl! Alice schüttelte den Kopf. Da war Samuel wirklich ein total unsympathischer Typ gelungen.

Nach dieser Mitteilung schien Julia alle Kraft zu verlassen, und das Fieber stieg. Doch statt zu Hause zu bleiben und sich auszukurieren, nahm sie weitere schmerzstillende

Tabletten und machte mit der Arbeit weiter. Wie oft hatte Alice ein paar Schmerztabletten eingeworfen und war zur Arbeit gegangen, obwohl sie besser im Bett geblieben wäre? Bei Bremmers war es eher die Regel statt die Ausnahme, sich ins Büro zu schleppen, wenn man nicht wirklich unbedingt das Bett hüten musste.

Alice wandte sich wieder dem Text zu und las, wie sich Julia, trotz des steigenden Fiebers, mit Jakob in einem Café verabredete, um ein Weihnachtsgeschenk zu überreichen und die letzten Details der Kampagne zu besprechen. Statt zu arbeiten, redeten sie dann aber über die bevorstehenden Festtage. Jakob wollte in sein Ferienhaus in Hälsingland fahren, und Julia erzählte von der bevorstehenden Reise nach Åre. Als sie den Kaffee ausgetrunken hatten, wurde ihnen klar, dass sie noch kein einziges Mal über die Werbekampagne gesprochen hatten.

Es war deutlich, dass sich Jakob für Julia interessierte und dass sie ihn sympathisch und attraktiv fand. Alice fragte sich, wie Samuel ein weiteres Treffen der beiden in die Wege leiten wollte, da sie doch Weihnachten weit voneinander entfernt verbringen würden. Auf der nächsten Seite kam ihr eine Ahnung, wie das vor sich gehen sollte. Alle Züge in Richtung Åre waren bereits ausgebucht, und die wenigen noch erhältlichen Flüge waren schweineteuer. Julia blieb nichts anderes übrig, als mit dem ziemlich ramponierten alten Saab ihres Vaters nach Åre zu fahren. Am Freitagmorgen ging es ihr noch viel schlechter, und sie hatte hohes Fieber. Dennoch sagte sie die Reise nicht ab, sondern zwang sich zum Aufstehen und fuhr in die Stadt, um die letzten Dinge im Büro zu erledigen. Und trotz der pessimistischen Schlagzeilen über den Schneefall, der den gesamten Weihnachtsverkehr zum Erliegen zu bringen drohte, fuhr sie, nachdem sie die doppelte Dosis Schmerztabletten genommen hatte, gleich nach der Mittagspause nach Norden, mit einer fieberheißen Stirn und Keksen und Weihnachtsleckereien im Gepäck.

Nach mehreren Stunden im Stau war Julia nicht viel weiter als bis Gävle gekommen, und als sie bei Tönnebro in Richtung Binnenland abbog, waren die Schweißausbrüche in Schüttelfrost übergegangen. Außerdem war es mittlerweile stockdunkel, und es schneite so dicht, dass Julia kaum die Hecklichter des Autos vor ihrem sehen konnte. Das hier geht nie im Leben gut, dachte Alice, und las weiter:

Jedes Mal, wenn Julia in den Rückspiegel blickte, sah sie nur kompakte Finsternis. Ein entgegenkommender Lastwagen wirbelte Schnee auf, der die Sicht endgültig trübte. Julia schlug das Herz bis zum Hals. Sie konnte nicht sehen, ob die Straße geradeaus weiterging oder ob sie mitten in eine Schneewehe hineinfuhr. Sie atmete aus und versuchte, ihre hämmernden Kopfschmerzen, die Schwindelanfälle und den steifen Nacken zu ignorieren. Die Abendzeitungen übertrieben immer, aber diesmal schienen sie mit ihren Befürchtungen doch richtigzuliegen.

Nach einigen Kilometern kam Julia an Järvsö vorbei. Auf dem Bürgersteig lag der Schnee einen halben Meter hoch, Bäume und Büsche schwankten bedrohlich, und trotz des Lichtes der Straßenlaternen war die Fahrbahn kaum zu erkennen. Der kleine Ort verschwand bald hinter ihr, und es wurde wieder dunkel. Wie weit war sie gekommen? Sie war seit fast sechs Stunden unterwegs, aber vermutlich hatte sie nicht einmal die halbe Strecke geschafft. Wenn sie in diesem Tempo weitermachte, würde sie erst um zwei Uhr nachts in Åre eintreffen.

»Hilfe! Was zum Teu …«

Etwas Dunkles lag am Straßenrand. Eine große Kiefer. Julia bog zum Mittelstreifen hin ab und konnte mit knapper Not den gestürzten Baum umfahren. Ihr Herz hämmerte dermaßen, dass es weh tat. Nie im Leben würde sie weiterfahren. Das wäre doch lebensgefährlich. Sie wurde langsamer, hielt das Telefon vor sich hin und klickte Adams Nummer an. Keine Antwort. Noch ein Versuch. Selbes Resultat. Beim dritten Mal wartete sie, bis sich der Anrufbeantworter einschaltete, dann erzählte sie, dass sie in einen Schneesturm geraten war und sich für die Nacht in Järvsö ein Hotel suchen würde. Er brauche sich keine Sorgen zu machen.

Es gab keine Wendestelle, und als in der Dunkelheit eine Ausfahrt mit einem verschneiten Schild auftauchte, bog sie ab, in der Hoffnung auf einen Parkplatz oder eine Einfahrt, in der sie drehen könnte. Zu spät ging ihr auf, dass die Straße schon länger nicht geräumt worden und dass das Auto im Schneematsch kaum zu lenken war. Der Schnee wirbelte hoch, und am Straßenrand vor ihr schwankte ein Baum. Mit einem lauten Krachen fiel er zu Boden und streifte dabei die rechte Seite des Kofferraums.

»Großer Gott!« Das hier war wirklich gefährlich. Julia zog das Telefon aus der Tasche und wollte gerade Wahlwiederholung drücken, als sie an eine Kurve kam. Sie ließ das Telefon fallen und riss fieberhaft am Lenkrad, aber es war zu spät. Der Wagen glitt über den Straßenrand hinweg und kam zum Stillstand.

6

Der Nachmittag war in den Abend übergegangen, als Alice die letzten Sätze dieses Kapitels las. Mit hämmerndem Herzen öffnete sie ihren Messenger und schrieb:

Oh, jetzt wird es richtig spannend! Hast du schon mehr für mich zu lesen? Am liebsten sofort. Was ist dieser Adam für ein Drecksack (ein bisschen übertrieben, natürlich, aber man liebt es, ihn zu hassen).
PS. Wollte Jakob nicht zum Familientreffen nach Hälsingland? Ich vermute, Julia wird ihm da auf irgendeine Weise begegnen.

Sowie Alice die Mitteilung abgeschickt hatte, bereute sie es. Sie hatte sich viel zu lahm ausgedrückt, und es war wirklich nicht professionell, einem Autor über Social Media ein kurzes Feedback zu geben. Egal, Samuel schien gern auf diese Weise zu kommunizieren, warum also nicht. Und diesmal hatte sie seinen Text immerhin nicht heruntergemacht.

Alice nahm das Handy mit ins Badezimmer und putzte sich die Zähne. Sie hatte im Laufe des Abends den Feed mehrmals aktualisiert. Es war ärgerlich, dass sie auf Samuels Antwort wartete wie ein verliebter Teenager, aber in Gedanken war sie noch immer bei Julia im Schneesturm und wollte unbedingt wissen, wie es weiterging. Die Antwort kam, als Alice sich gerade das Gesicht wusch.

Super, dass es dir gefällt! Jepp, Adam ist ein mieser Typ, und ich weiß auch, dass er ein bisschen übertrieben gezeichnet ist. Vermutlich sollte ich mich da ein bisschen zurücknehmen. Was Jakob angeht, so kann ich dir noch nicht verraten, was passiert. Das verdirbt die Spannung. Ist dir beim Lesen noch was anderes aufgefallen?

Alice überlegte. Sie hatte die Mitteilung schon nach dem ersten Lesen abgeschickt. Normalerweise las sie ein Manuskript dreimal – das erste Mal als normale Leserin, die sich hoffentlich von der Handlung mitreißen ließ. Beim zweiten Mal ging es um den großen Zusammenhang. Gab es logische Schwächen? Fehlte etwas im Geschehen, und wie sah es aus mit Konflikten, Dramaturgie, Spannungsmomenten und Wendungen? Waren die Personen glaubwürdig, welche Motive hatten sie und wie sah die Entwicklungskurve der Hauptperson aus? Bei der letzten Runde konzentrierte sie sich auf die Schreibtechnik – auf Grammatik und die Variationen im Satzbau. Gab es Wiederholungen, Gemeinplätze oder überstrapazierte Füllwörter? So weit war sie noch nicht, als sie die Mitteilung an Samuel geschickt hatte, aber einige spontane Gedanken waren ihr natürlich gekommen:

Hab den Text erst einmal gelesen, also kann ich mich zu Details noch nicht äußern, aber die Szenen von Julia im Büro wirken sehr realistisch. Ich nehme an, dass du dich in der Werbebranche auskennst. Und der Sturm ist unheimlich! Man merkt, dass du es gewohnt bist, Spannung zu erzeugen. Richtig gemein von dir, mit dem nächsten Kapitel zu warten. Ich mache mir Sorgen um Julia und will wissen, wie es ihr im Schneesturm ergeht.

Sollte sie noch mehr schreiben? Nein, das musste für den Moment reichen, aber es machte Spaß, mit einem Mann zu chatten. Alice konnte sich nicht erinnern, wann sie das zuletzt getan hatte.

Samuels Antwort kam sofort:

Gut, dass die Szenen von Julia beim Job überzeugen. Sonst muss ich mir von meinen Freunden in der Werbebranche einiges anhören. Und schön, dich eine Weile auf die Folter spannen zu können. Zuerst wollte ich auch schon das nächste Kapitel schicken, aber du weißt ja, wie wichtig Cliffhanger sind. Ich kann garantieren, dass du nie im Leben errätst, wie es weitergeht.

Alice lächelte. Sie war ziemlich sicher, dass sie so ungefähr wusste, in welche Richtung die Handlung sich bewegte und wie die Geschichte enden würde, aber sie wollte Samuel die Freude nicht verderben. Noch nicht, jedenfalls. Sie schrieb also etwas, worüber sie nachdachte, seit Wilma von seinem Projekt berichtet hatte.

Darf ich fragen, warum du dich für Feelgood entschieden hast statt für einen neuen Band deiner Krimiserie? Nicht gerade die nächstliegende Wahl.

Wieder traf die Antwort postwendend ein:

Ich hatte keine Lust mehr auf Krimis, und Feelgood ist ein Genre, das gerade in Bewegung ist.

Ist das alles?, fragte sie. Wollte er nicht von den Problemen mit der Schreibblockade und dem Verlag erzählen, oder ging es ihm nur darum, möglichst viel Geld zu verdienen? Aber so leicht war es nicht, leicht und unterhaltsam zu schreiben, das musste er sich klarmachen.

Wenn ich ehrlich sein soll, dann habe ich bestialische Morde, verstümmelte Frauen, Serienmörder und versoffene Polizisten satt. Ich will nichts mehr mit dem Bösen auf dieser Welt zu tun haben. Außerdem muss man bei einem Krimi ganz akribisch jedes Detail im Manuskript im Kopf behalten. Ich will auf eine freiere Weise schreiben – über etwas Herzerwärmendes, das einen weiterbringt, statt diese ohnehin schon schlechte Welt noch düsterer zu machen.

Alice starrte in der Dunkelheit vor sich hin. Mit dieser Antwort hatte sie nicht gerechnet. Schrieb er das, um sich bei ihr einzuschmeicheln, oder war das sein Ernst? Es juckte ihr regelrecht in den Fingern, noch weitere Fragen zu stellen, aber schließlich stand es ihr nicht zu, seine Motive anzuzweifeln.

Was für schöne Worte von dir!, schrieb sie stattdessen. *Du hast recht. Die Welt ist schon schlecht genug.*

Sehe ich auch so, antwortete er. *Im Frühling sind zwei Bekannte von mir ganz überraschend verstorben. Da habe ich beschlossen, die Krimis für eine Weile an den Nagel zu hängen und etwas Optimistischeres zu schreiben.*

Alice schrieb: *Tut mir leid, von deinen Bekannten zu hören. Wie traurig! Aber umso bemerkenswerter, dass du den Schmerz zu etwas Konstruktivem nutzt. Das ist leichter gesagt als getan.* Sie wusste ja schließlich nur zu gut, wie schwer es sein konnte, sich zusammenzureißen und weiterzumachen.

Ich war zuerst wie gelähmt, aber dann, irgendwann in vielen schaflosen Nächten, tauchte Julias Geschichte auf. Wie hat dich die Pandemie beeinflusst?

Was sollte sie darauf antworten? Dass die Pandemie alles zerstört hatte? Aber das stimmte ja eigentlich nicht. Nicht das Virus war schuld daran, dass ihr Leben ein Trümmerhaufen war. Im Gegenteil, die Pandemie verschaffte ihr das perfekte Alibi, in Ruhe zu trauern und zu leiden. Niemand fragte genauer nach, warum sie zu Hause blieb, und in der Branche gab es keine Veranstaltungen mehr, weshalb sie auch keine Lügen zu servieren brauchte. Die Einzige, die sich weiterhin in regelmäßigen Abständen bei ihr meldete, war Wilma. Und ihre Eltern natürlich. Die Gespräche mit ihrem Vater gingen einigermaßen glatt über die Bühne, aber ihre Mutter wollte immer nur wissen, wie gut es bei der Arbeit lief und ob Alice und Sebastian sich versöhnt hätten, was natürlich alle Bitterkeit und allen Schmerz wieder an die Oberfläche holte. Sie schluckte. Nein, jetzt nicht daran denken.

Nicht besonders gut, antwortete sie.

Die drei tanzenden Punkte erschienen unter der Nachricht und tanzten weiter, als ob Samuel ein längeres Epos verfasste, aber als die Antwort dann kam, bestand sie aus drei Wörtern:

Möchtest du erzählen?

Alice biss sich in die Lippe und überlegte. Samuel hatte den Klatsch möglicherweise schon mitbekommen und sicher kein Interesse an ihrem Schicksal. Oder vielleicht doch? Nein, besser, sie sagte nichts. Sie waren schon viel zu persönlich geworden. Normalerweise beschränkte sie sich anfangs auf eine Mail, höchstens zwei, mit freundlichem Smalltalk mit ihrem Auftraggeber. Danach äußerte sie sich nur noch zu dem Manuskript. Mit dieser Routine war sie bisher gut gefahren, und es wäre das Beste, sich auch weiter daran zu halten.

Vielleicht ein andermal. Ihre Fingerspitzen ruhten auf den Tasten. Sollte sie noch mehr schreiben? Nein, der kurze Satz musste reichen. Ihre Augen wurden feucht, und sie musste mehrmals blinzeln.

Entschuldige, wollte dir nicht zu nahe treten. Samuels Antwort kam sofort.

Danke, antwortete sie. *Du, ich muss jetzt aufhören.* Gelogen. *Morgen früh raus.* Wieder gelogen.

Alice, ich hab dich doch hoffentlich nicht verletzt? Das wollte ich wirklich nicht.

Nicht doch, bin nur müde nach einem langen Tag. Sie seufzte. Sie war eine einzige große Lüge, aber das brauchte Samuel nicht zu erfahren.

Okay, pass auf dich auf, und wir reden bald weiter. Ich maile dir morgen Vormittag mehr. Schlaf gut.

Darauf antwortete Alice nicht mehr. Stattdessen wusch sie sich weiter das Gesicht und spülte die unliebsamen Gedanken daran, wie alles geworden war, zusammen mit Zahnpastaresten und Reinigungscreme im Waschbecken hinunter. Samuel wirkte ja wirklich reizend, aber sie hatte nicht vor, sich auf irgendwelche Vertraulichkeiten einzulassen. Das musste man teuer bezahlen. Allein zu sein war nicht immer so wunderbar, das musste sie zugeben, aber wenigstens wurde sie kein weiteres Mal verletzt.

Alice wurde von einem Klingeln geweckt. Sie setzte sich auf und lauschte, aber in der Wohnung war alles still. Ein bleiches Morgenlicht sickerte durch die Jalousie. Wie spät war es wohl? Fast neun. Großer Gott, wann hatte sie zuletzt so lange geschlafen! Andererseits hatte sie in dieser Nacht stundenlang hellwach im Bett gelegen, ohne sich gegen die vielen Erinnerungen und Gedanken an die Katastrophe, die sie heimsuchten, wehren zu können.

Auf dem Weg in die Küche sah sie etwas Weißes auf der Fußmatte. Ein Brief.

Hallo Alice!
Heute um 2 gibt's T Stunde. Margi Poppins unt ich backen den ganzen Vormittag also musst du kommen.
Gruß Poppy

Alice lächelte über die Schreibfehler und den mentalen Rotstift, der sofort auftauchte, vom Beruf geschädigt, wie sie eben war. Dann seufzte sie. Wie sollte sie sich hier herausziehen? Egal, wie sehr sie sich den Kopf zerbrach, ihr fiel keine glaubwürdige Ausrede ein. Selbst wenn sich jede Faser ihres Körpers dagegen wehrte, so würde sie doch wenigstens für kurze Zeit hingehen müssen. Wenn sie ein paar Plätzchen probiert hätte, würde sie sich entschuldigen und einen wichtigen Termin vorschieben, die Arbeit oder eine Verabredung in der Stadt.

Zwei Monate, rechnete Alice. So lange war es her, dass sie sich für irgendeine Veranstaltung schick gemacht hatte. Zuletzt war es der Geburtstag ihrer Mutter gewesen, keine Entschuldigung auf der ganzen Welt hätte sie davor bewahren können. Bei der Familie Rosander wurden alle Geburtstage groß gefeiert, die runden und die dazwischen. Punkt. Gott sei Dank hatte die Mutter keinen runden Geburtstag gehabt, und deshalb, oder wohl eher aufgrund der Pandemie, war nur die engste Familie zusammengekommen. Sie hatten in einem Restaurant in der Stadt gegessen, und gleich nach dem Cognac hatte Alice einen frühen Termin im Verlag am nächsten Morgen vorgeschützt und war verschwunden. Eine Teestunde mit einer alten Dame und einem kleinen Mädchen würde sie da doch wohl auch überstehen. Sie kannte die beiden ja immerhin und würde nicht in die Stadt gehen müssen.

Nachdem sie sich die Haare geföhnt und frisiert, sich dezent geschminkt und eine Bluse und eine schmale Hose angezogen hatte, die ihr jetzt um die Taille schlotterte, nahm sich Alice Schuhe und eine Jacke und versuchte, nicht daran zu denken, dass das kleine Brot, dass sie zum Frühstück hinuntergezwungen hatte, wieder hochkommen könnte. Gerade als sie die Tür hinter sich zuziehen wollte, fiel ihr ein, dass sie ein Geschenk mitbringen müsste. Sich ins Gewimmel in der Hornsgata zu wagen, war ausgeschlossen, also blieb ihr nur, die letzte Weinflasche aus dem Küchenschrank zu nehmen. Sie ging zurück in die Wohnung, wühlte ein Stück Geschenkband hervor, wickelte es einige Male um die Flasche und band die Enden zu einer Schleife. Nun war sie so bereit für das Fest, wie sie nur sein könnte. Jede Faser ihres Körpers schien Protest zu erheben, aber es half nichts. Sie musste ja nicht lange bleiben.

»Warum hast du kein Kleid an?« Poppy sah beleidigt zu, wie Alice ihre Jacke aufhängte.

»Hör mal, junge Dame. Hose und eine schicke Bluse gehen genauso gut.« Marguerite kam Alice zu Hilfe.

»Aber wir haben doch so schön gedeckt!« Poppy rümpfte die Nase. »Und ich hab mein Prinzessinnenkleid an!« Sie drehte eine kleine Pirouette, die ihr die hellrosa Satinvolants um die Beine wirbeln ließ.

»Alice wusste doch nicht, dass sie mit einer Prinzessin Tee trinken würde«, flüsterte Marguerite Poppy halblaut zu und zwinkerte dabei in Alices Richtung.

»Jetzt weiß ich!« Poppy lachte triumphierend. »Du kannst König sein. Oder Prinz. Dann kannst du Margis Umhang nehmen und die Plastikkrone mit den Diamanten aufsetzen. Papa will immer König sein, aber der ist ja nicht hier.«

»Was sagst du dazu, Alice?« Marguerite sah sie fragend an. »Ich bin die Gouvernante, wie du siehst.« Sie wies auf ihr schlichtes fußlanges, blaues Kleid mit der weißen Halskrause. »Man heißt ja nicht ohne Grund Margi Poppins.«

»Aha.« Alice, die sich zusammenreißen musste, um nicht sofort die Flucht zu ergreifen, hatte nicht die geringste Lust, sich zu verkleiden.

»Nur für kurze Zeit?« Marguerite lächelte sie freundlich an.

»Na gut. Dann bin ich ein Prinz«, sagte Alice und füllte ihre Lunge mit Luft, um ihren Atem zu beruhigen. Poppy war offenbar ein kleiner Starrkopf, der keine Ruhe geben würde, solange er seinen Willen nicht bekam.

Die Schüssel mit Keksen und Scones war geleert, der Tee getrunken und die Einzige, die noch Energie besaß, war Poppy, deren Wortstrom unerschöpflich zu sein schien. Sie hatte Alice und Marguerite gezwungen, die ganze Zeit ihre Rollen als Prinz und Gouvernante zu spielen, aber mittlerweile hatte sie das Spiel offenbar satt und bombardierte Alice mit Fragen.

»Hast du einen Freund?«

»Ich hatte einen, aber jetzt nicht mehr«, antwortete Alice wahrheitsgemäß. Poppys offene Art und Marguerites angenehme Gesellschaft sorgten dafür, dass sie sich entspannt hatte und sogar wohlfühlte.

»Warum nicht? Willst du einen neuen?«

»Ja, warum nicht?« Alices fuhr mit dem Finger über das elegante Schlingenmuster am Tellerrand. »Bald vielleicht.«

»Jungs sind einfach blöd.« Poppy kniff die Augen zusammen. »Die machen jedes Spiel kaputt. Nur mein Papa nicht. Der ist toll. Aber nicht, wenn er arbeitet. Dann ist er total langweilig und tippt nur auf seinem blöden Laptop rum. Oder wenn er und Mama schmusen und sich umarmen. Das ist richtig eklig!« Sie schnitt eine Grimasse und streckte die Zunge heraus. Dann strahlte sie wieder und klatschte in die Hände. »Jetzt weiß ich. Du kannst mit Elias zusammen sein. Der braucht eine Freundin. Aber dann musst du Königin sein, denn er ist wie Papa und will immer König sein. Oder was, Margi?«

»Ich glaube, dass Alice sich ihren Freund lieber selbst aussucht«, sagte Marguerite diplomatisch.

»Aber mit Elias können wir Familie spielen, und ich bin die Prinzessin. Dann kannst du meine Gouvernante sein, Margi, wie die richtige Mary Poppins.«

»Das können wir bei Gelegenheit ja trotzdem mal spielen.« Marguerite streichelte Poppys Kopf und schaute dabei verstohlen auf ihre elegante Armbanduhr. »Wisch dir jetzt den Mund ab, Herzchen. Gleich holt deine Mama dich ab.«

Um Viertel nach vier wurde an die Haustür geklopft. Poppy stürzte hinaus in die Diele, und Marguerite stand auf. Alice blieb sitzen, aber die alte Dame winkte sie mit sich.

»Hallo, Marguerite. Danke, dass Polly den Nachmittag bei dir verbringen durfte.« Eine schlanke Frau mit langen roten Locken, alabasterweißem Teint und umwerfend grünen Augen stand in der Tür. »Ich hoffe, sie hat keine Mühe gemacht.«

»Absolut nicht. Wir haben uns köstlich amüsiert. Nicht wahr?« Marguerite lächelte Poppy an.

»Das war super. Wir haben jede Menge gebacken, und dann war Alice Prinz und ich Prinzessin.«

»Hallo, wir kennen uns noch nicht. Ich heiße Vicky und

bin Pollys Mama.« Die elegant gekleidete Frau warf Alice einen raschen Blick zu, dann konzentrierte sie sich wieder auf Marguerite und Poppy. »Wir müssen leider los. Mein Auto steht mitten auf der Straße, und deine kleine Schwester schläft auf dem Rücksitz. Zieh schnell deinen Mantel an, bitte.«

Poppy gehorchte, und als die beiden schon gehen wollten, hörte Alice sie sagen: »Kann ich zu Fuß nach Hause, Mama? Das ist doch gleich um die Ecke.«

»Ich habe ganz viel eingekauft, Liebling. Deshalb fahren wir mit dem Auto.«

»Wann kommt Papa? Glaubst du, heute wird es wieder so spät?«

»Ich weiß nicht genau, Herzchen« antwortete die Frau und streichelte den Kopf ihrer Tochter.

»Komm, wir trinken noch was«, sagte Marguerite, als Mutter und Tochter verschwunden waren. Alice war zu müde, um zu protestieren, und folgte ihr in den Salon.

»Heißt Poppy eigentlich Polly?« Alice ließ sich wieder auf ihrem alten Platz nieder.

»Ja, genau.« Marguerite nickte. »Aber als sie anfing, mich Margi Poppins zu nennen, wurde sie zu Poppy. Das passt ja perfekt zu ihren roten Haaren.

Alice hatte offenbar ein fragendes Gesicht gemacht, denn Marguerite fügte hinzu: »Poppy bedeutet auf Englisch Klatschmohn.«

»Ach so, verstehe. Das passt wirklich besser zu ihr als Polly. Hat mehr Tempo und Schwung.«

»Ja, Himmel. Wie man so einen Wirbelwind auf einen so vollmilchhaltigen Schokoladennamen taufen konnte, begreife ich wirklich nicht. Aber egal, hier bei mir ist sie immer Poppy.«

»Ihre Mutter kommt mir bekannt vor?«

»Siehst du so selten fern?« Marguerite hob die Augenbrauen. »Sie ist Nachrichtensprecherin im Ersten.«

»Ach, das erklärt es«, sagte Alice. »Ich muss zugeben, dass ich die Nachrichtensendungen und das ganze Elend nicht mehr ertragen kann. Ich lese lieber nur die Zeitungsüberschriften im Netz. Das ist nicht ganz so aufdringlich. »Woher kennst du Victoria?«

»Nur flüchtig, muss ich zugeben. Eigentlich ist Poppy meine Freundin. Sie ist Konfuzius eines Tages nach der Schule hier auf den Hof gefolgt, nachdem sie die Lehrerinnen dazu überredet hatte, sie früher nach Hause gehen zu lassen.« Marguerite lächelte bei dieser Erinnerung. »Sie wohnt nur einen Steinwurf von der Schule entfernt, mit ihren Eltern und ihrer kleinen Schwester. Und kannst du dir das vorstellen, obwohl sie noch so jung ist, hat Poppy schon ihr eigenes Mobiltelefon und einen Wohnungsschlüssel.« Marguerite schüttelte missbilligend den Kopf. »Aber egal – wir saßen also auf meiner Terrasse und redeten, bis ihr Vater sie anrief und wissen wollte, wo sie steckte. In den folgenden Wochen ist sie dann immer wieder hier aufgetaucht, und schließlich haben ihre Eltern und ich abgemacht, dass sie drei Nachmittage pro Woche bei mir verbringen darf.« Marguerite runzelte die Stirn. »Ihr gefällt es nicht in der Schule, musst du wissen. Die Jungs mobben sie wegen ihrer roten Haare und weil sie im Unterricht zu viel träumt. Was ja kein Wunder ist. Sie liest bereits wie eine Zehnjährige und liegt Lichtjahre vor den anderen in der

Klasse. Es ist nicht leicht, sich zu konzentrieren, wenn man sich langweilt.«

»Wie schön, dass du dich um sie kümmerst.«

»Es ist mir ein Vergnügen, das kannst du mir glauben. Poppy hat eine unglaublich lebhafte Phantasie, und wir haben viel Spaß zusammen. Ich glaube, wir haben schon jeden Musicalfilm gesehen, der je gedreht wurde.« Sie wies auf den Fernseher an der Wand. »Ganz zu schweigen von allen Disneyfilmen und den alten Klassikern. Poppy ist unersättlich und will alles sehen und lernen. Außerdem ...« Marguerite verzog den Mund. »Ihre Eltern arbeiten sehr viel, und ich finde, sie ist zu jung, um sich den ganzen Nachmittag selbst zu beschäftigen.«

»Sie kommt mir ziemlich mutig vor.«

»Das schon, aber es ist nicht gut für einen jungen Menschen, so viel allein zu Hause zu sein. Bis zu einem gewissen Punkt kann das nützlich sein, ja, sogar hilfreich für Phantasie und Entwicklung, aber es gibt Grenzen.« Marguerite warf ihr einen durchbohrenden Blick zu.

»Ja, vielleicht.« Alice gefiel die Richtung nicht, die das Gespräch genommen hatte. Sie schaute in ihre halb leere Teetasse und trank einen großen Schluck.

7

»Magst du erzählen, was passiert ist?« Marguerites Stimme klang sanft. »Ich habe gesehen, dass du fast immer zu Hause bist. Egal, wann ich spazieren gehe, immer brennt oben bei dir Licht.«

»Da war nichts …« Alice wollte schon eine weitere Unwahrheit servieren, aber die ältere Frau warf ihr einen Blick zu, der so warm und mitfühlend war, dass sie es nicht über sich brachte.

»Es geht oft besser, wenn man sich aussprechen kann. Vor allem mit jemandem, der nicht zum engsten Bekanntenkreis gehört.«

»Ich weiß nicht.« Alice schaute zu Boden.

»Ich bin eine gute Zuhörerin.« Marguerite deutete ein Lächeln an.

»Es ist nicht so, dass ich kein Vertrauen zu dir habe«, sagte Alice. »Aber was passiert ist, macht mir so zu schaffen, dass ich nicht darüber sprechen kann. Ich habe noch niemandem davon erzählt.«

»Umso wichtiger, es jetzt zu tun, meine Liebe. Du wirst dich besser fühlen, wenn du es los bist. Glaub mir.«

»Ich …« Alice presste die Lippen aufeinander und

überlegte. Schaffte sie es und wagte sie es, sich einer Unbekannten anzuvertrauen? Sie hatte seit Monaten kaum einen Menschen getroffen. Aber vielleicht war es ein Vorteil, dass sie einander noch nicht besonders gut kannten? Etwas in Marguerites ruhigem Blick half ihr, sich zu entscheiden. »Du weißt doch, wie es ist, wenn alles so perfekt wirkt, dass man Angst bekommt.« Sie strich sich eine Haarsträhne aus dem Gesicht, holte tief Luft und redete weiter: »Vor einem Jahr war mein Leben genau so. Ich hatte wirklich alles. Meine Arbeit machte mir Spaß, und ich hatte das Gefühl, voranzukommen. Ich fand es wunderbar, morgens aufzustehen und eine Aufgabe vor mir zu haben. Und das war noch nicht alles. Sebastian, mit dem ich seit einigen Jahren zusammen war, hatte mir gerade einen Heiratsantrag gemacht und wollte die Abende damit verbringen, unseren großen Tag zu planen. Wir googelten passende Restaurants und stellten die Gästeliste zusammen. Wir wollten ein großes Fest haben. Ich hatte sogar auf einer Hochzeitswebsite ein Kleid gefunden, das ich anprobieren wollte. Zum Glück habe ich das noch nicht gekauft.« Alice schluckte und starrte die Bücherwände an.

»Was ist passiert?« Marguerite musterte sie mit einem warmen, interessierten Blick.

»Es war Anfang Dezember und Zeit für das jährliche große Weihnachtsfest des Bremmersverlags. Ich arbeitete seit etwas über fünf Jahren dort, und es war das erste Mal, dass Partner und Lebensgefährtinnen ebenfalls eingeladen waren.« Alice massierte sich die Schläfen mit den Fingerspitzen, ehe sie fortfuhr: »Ich hatte mich auf den Abend gefreut und weiß noch, wie ich vor dem Badezimmerspiegel stand, ich sang bei einem Weihnachtslied mit und schminkte mich besonders sorgfältig. Sebastian war ebenfalls aufgeregt und bat mich, ihm mit dem Schlips zu helfen. Das Fest fand statt in einem großen Bankettsaal in einem der besten Hotels der Stadt. Ich hatte mir ein neues Cocktailkleid gekauft, ein glitzerndes schwarzes Teil mit elegantem Dekolleté und süßen Puffärmeln. Ausnahmsweise war ich damit zufrieden, wie es saß. Sogar Sebastian gefiel es. Ich war damals ein bisschen mollig, musst du wissen«, sagte sie, als wäre das von entscheidender Bedeutung. »Sebastian sagte nie etwas über mein Gewicht, außer dass er meinte, ich sollte mir überlegen, ob ich nach dem Essen wirklich noch ein Dessert oder ein Glas Wein wollte. Mir war klar, dass er fand, ich sollte ein paar Kilo abnehmen.« Ihr drehte sich der Magen um, als sie sich daran erinnerte.

Obwohl Sebastian nie etwas gesagt hatte, machte sie sich doch dauernd Sorgen, was er wohl meinen könnte – ob ihre Kleider richtig saßen, ob sie elegant genug waren und ob sie den richtigen stilsicheren Eindruck machte. Ehe sie ihn kennengelernt hatte, war sie spontan und verspielt gewesen und hätte niemals eine Einladung zu einer Party oder einer Veranstaltung abgelehnt, aber dann hatte sie bei Bremmers angefangen und sich zurückgenommen, um unter den vielen hochliterarischen Kolleginnen und Kollegen nicht aufzufallen, und in den Jahren mit Sebastian wurde sie immer zurückhaltender. Er war vier Jahre älter und bereits Abteilungsleiter einer Managementberatungsfirma. Er und seine engsten Freunde kannten sich seit der Uni und teilten viele Insider. Oft hatte Alice das Gefühl, dass sie einen Dialog über ihren Kopf hinweg führten, und immer wieder sorgte sie sich, etwas Dummes zu sagen und nicht ausreichend informiert oder clever genug zu wirken. Denn so war das in Sebastians Bekanntenkreis – alle waren selbstsicher, klug und erfolgreich. Dagegen schienen sich nur wenige von ihnen für Literatur zu interessieren, wenn es sich nicht um den gerade angesagten Bestseller oder Handbücher über inspirierendes Management oder Ähnliches handelte. Ab und zu hatte Alice den Eindruck, dass Sebastian es peinlich fand, wenn sie nach ihrer Arbeit gefragt wurde – als wäre die Veröffentlichung von Unterhaltungsliteratur für Frauen nicht fein genug. Er hatte es niemals offen ausgesprochen, aber das Gefühl war da. Nicht, dass er gehässig gewesen wäre. Im Gegenteil, Sebastian machte ihr oft teure Geschenke – Schmuck und Kleider, die ihm gefielen, und freitags brachte er immer Blumen mit, aber trotzdem fühlte sie sich nicht vollständig …

»Jetzt bist du in deine Gedanken verschwunden.« Marguerite lächelte ihr freundlich zu.

»Oh, entschuldige, da hast du wohl recht.« Dass sie nun Marguerite gegenüber offen war, hatte all die Erinnerungen über sie hereinbrechen lassen. Das tat weh, aber nun schien es nur so aus ihr herauszusprudeln. Seltsamerweise war es eine Erleichterung, endlich jemandem erzählen zu können, was passiert war. Alice holte tief Luft und redete weiter: »Wie weit war ich gekommen? Ja, ich konnte mich kaum für das Fest zurechtmachen, und noch weniger konnte ich mich schminken, weil Sebastian mich die ganze Zeit in den Nacken küssen wollte. Er flüsterte, dass er sich schon darauf freute, wieder nach Hause zu kommen, und im Taxi saßen wir dicht beieinander und knutschten. Du kannst dir also denken, dass ich in bester Stimmung war, als wir Seite an Seite über den roten Teppich ins Hotelfoyer gingen, wo Champagner und Schnittchen angeboten wurden. In einer Ecke spielte eine Jazzband Weihnachtslieder, und die ganze Zeit hatte Sebastian die Hand in meinem Kreuz liegen, als ob er sichergehen wollte, dass ich bei ihm blieb. Ausnahmsweise bewegten wir uns einmal in meinem Terrain, unter Massen von Buchmenschen, und er kannte außer Wilma niemanden vom Verlag. Alles war perfekt, bis meine Chefin, Miranda, auf uns zukam, um uns zu begrüßen. Als ich ihr Sebastian vorstellte, verzog sie erst auf seltsame Weise das Gesicht, dann riss sie sich zusammen, grüßte kühl und meinte nur, wie nett es sei, endlich meinen Lebensgefährten kennenzulernen. Nach einigen Minuten mit steifem Smalltalk verschwand sie im Getümmel, und wir sahen uns erst wieder, als wir uns zu Tisch setzten, und zwar nach Abteilungen sortiert.« Alices Augen brannten, und sie blinzelte mehrmals. »Kannst du noch mehr vertragen?«

»Natürlich. Ich will alles hören.« Marguerite nickte ihr aufmunternd zu.

»Du hast sicher schon erraten, was jetzt kommt.« Alice holte wieder tief Luft und versuchte, das Brennen in ihren Augen zu ignorieren. Sie hatte seit Wochen nicht mehr wegen Sebastian geweint und nicht vor, jetzt wieder damit anzufangen. »Miranda und Sebastian saßen nicht auf derselben Seite des Tisches und sprachen nicht miteinander, aber einige Male, wenn ich aufschaute, sah ich, dass sie einander ansahen. Nicht wie bei einem Flirt, das nun wirklich nicht. Im Gegenteil, sie sahen aus, als wären sie mitten in einem Streit. Zuerst war ich erleichtert, denn schon, als ich sie einander vorgestellt hatte, hatte ich bemerkt, dass da etwas war zwischen ihnen. Im Nachhinein wäre mir ein harmloser Flirt allerdings lieber gewesen.«

»Sie kannten sich von früher«, kommentierte Marguerite, und ihr Blick zeigte Mitgefühl.

Alice nickte. »Offenbar waren sie auf dem Gymnasium und im ersten Jahr an der Uni zusammen. Dann ging Sebastian für ein Jahr als Austauschstudent nach Kalifornien, und nach einem halben Jahr lernte er dort eine Amerikanerin kennen und machte Schluss mit Miranda. Jedenfalls habe ich das so verstanden. Sie hatten sich seitdem nicht mehr gesehen oder voneinander gehört – bis zu Bremmers' Weihnachtsfest.« Alice fuhr zusammen, als Konfuzius auf ihre Knie sprang. Er stupste mit den Pfoten ihre Hose an und machte es sich dann bequem.

»Es tut mir leid, dass zu hören. Soll ich Konfi wegnehmen? Er will nur trösten.«

»Ist schon gut.« Alice legte dem Kater die Hand auf den Rücken und erzählte weiter. »Sebastian trank auf dem Fest ungewöhnlich viel, und als wir nach Hause kamen, gab es Streit. Ich weiß nicht mehr, warum, vermutlich war es nicht einmal von Bedeutung, aber die Tage danach waren schrecklich. Er konnte ab und zu nachtragend sein, und jetzt war er launisch und schweigsam. Wir hatten uns auch früher schon gestritten, und nach zwei Tagen oder so verschwanden die Spannungen immer von selbst, deshalb wartete ich ab und dachte nicht weiter darüber nach. Wir waren beide viel im Büro, um vor den Weihnachtsferien alles zu erledigen, und sahen uns eigentlich erst beim Schlafengehen. Bei der Arbeit lief es auch nicht so gut. Ich liebte meinen Job zwar, aber Miranda und ich hatten uns noch nie besonders gut verstanden, und jetzt überhäufte sie mich mit Arbeit. Ich konnte ihr nichts recht machen. Sie teilte mir die hoffnungslosesten Manuskripte zu, gab mir zu knappe Deadlines und ließ mich mit Debütantinnen arbeiten, mit denen es besonders mühselig ist.«

»Hatten Sebastian und sie inzwischen wieder Kontakt aufgenommen?«

»Ja, klar, aber gutgläubig, wie ich war, hatte ich keine Ahnung.« Alice schnaubte. »Abgesehen davon, dass Sebastian bei jeder Gelegenheit auf mir herumhackte und alles, was ich sagte, für einen Grund hielt, um Streit anzufangen. Wir feierten Weihnachten bei unseren jeweiligen Familien und wollten zusammen auf ein Silvesterfest gehen, aber nach den Weihnachtstagen sagte er, einige Freunde hätten ihn nach Sälen eingeladen, und mit denen fuhr er dann über Neujahr dorthin.« Alice schaute in ihre leere Teetasse und streichelte Konfuzius ein weiteres Mal den Rücken. Das Fell war weich, und die langsamen Bewegungen wirkten seltsam tröstlich. »Später erfuhr ich, dass er nicht in Sälen gewesen war, sondern in Mirandas Ferienhaus im Schärengürtel.«

»Was für ein Dreckskerl!« Die Haut um Marguerites Augen zog sich zusammen.

»Wenn sie nur ehrlich gewesen wären, wäre es vielleicht leichter gewesen, aber sie trafen sich den ganzen Januar und Februar hindurch nur heimlich. Ich habe keine Ahnung, warum sie es so lange hinausgezögert haben. Vielleicht, weil Miranda und ich Kolleginnen waren.« Alice seufzte. »Nach den Weihnachtsferien war die Zusammenarbeit mit ihr jedenfalls noch schwieriger, aber sie behauptete die ganze Zeit, dass ich das Problem wäre. Ich begriff das damals nicht, erst im Nachhinein wurde mir klar, dass sie mich langsam, aber sicher aus dem Job manövriert hat. Ich hatte Bauchschmerzen, wenn ich morgens in den Verlag kam, verstand aber nicht, was ich falsch machte. Die Wochen vergingen, und das Verhältnis zwischen Sebastian und mir wurde immer angespannter. Am Ende stellte ich ihn zur Rede, und da gab er alles zu – dass er und Miranda schon auf dem Gymnasium unzertrennlich gewesen waren, das Traumpaar der Schule, aber dass sie während seines Jahres in den USA den Kontakt verloren hatten. Obwohl sie sich seit damals nicht gesehen hatten, waren die Gefühle aber offenbar noch da, und jetzt wollten sie einander eine Chance geben. Als ich das für nicht so ganz realistisch hielt, musste ich mir anhören, dass ihre Geschichte weit zurückreichte, viel weiter als die mit mir. Miranda war seine erste und größte Liebe gewesen, und bei dem Wiedersehen waren ihre Gefühle füreinander neu entflammt. So war es eben, ob ich das nun verstehen könnte oder nicht.«

»Du Arme! Es muss weh getan haben, das zu hören.« Marguerite legte ihr die Hand auf den Arm.

»Gleich, nachdem er alles zugegeben hatte, fuhr ich zu meiner Freundin und Kollegin Wilma, heulte mich aus und blieb über Nacht. Am nächsten Tag ließ ich mich krankschreiben. Danach lag ich eine gefühlte Ewigkeit auf einer Matratze in Wilmas Wohnzimmer und weinte. Kurz nach Sebastians Geständnis schlug die Pandemie zu, und alle wurden ins Homeoffice geschickt. Bei Bremmers wurden einige beurlaubt und andere gekündigt. Du kannst dir sicher vorstellen, wer seinen Job aufgeben musste und wer mit hocherhobener Nase im Verlag bleiben durfte.« Alice biss die Zähne zusammen.

»Aber Himmel, bei dir haben die Katastrophen ja wirklich kein Ende genommen.« Marguerite musterte sie teilnahmsvoll.

»Das ging alles so schnell. Die Wohnung, in der wir wohnten, gehörte Sebastian, und plötzlich hatte ich keine Bleibe mehr, keinen Job und keinen Mann. Und dabei hatten wir doch heiraten wollen!« Alice schaute zur Decke hoch und blinzelte mehrere Male. »Zum Glück war Wilma für mich da. Nach zwei Wochen auf ihrer Matratze konnte ich erst mal die Wohnung einer Bekannten übernehmen, und dann, als Ethel, Wilmas Großmutter, hier nicht mehr wohnen konnte, bin ich eingezogen.« Alice kniff die Augen zusammen und fuhr ein weiteres Mal mit der Hand über das weiche Fell des Katers.

»Also, meine Liebe, ich glaube, wir brauchen jetzt eine Stärkung. Was sagst du zu einem Glas Sherry?«

Alice zuckte mit den Schultern. Sie wäre am liebsten zu sich nach Hause gegangen, aber ihr Bericht hatte ihr das letzte bisschen Energie geraubt, das sie noch gehabt hatte. Ihre Beine waren schwer, und es stand nicht fest, ob sie überhaupt aufstehen könnte.

»Bleib du nur sitzen. Ich hole Flasche und Gläser. Schön, dass du dich getraut hast, mir davon zu erzählen. Ich kann ja verstehen, dass es im Moment schlimm ist, aber glaub mir, es hilft.«

Alice versuchte, ein Lächeln zustande zu bringen, spürte aber, wie sich ihr Gesicht zu einer Grimasse verzog. Wenn das nur alles gewesen wäre, dachte sie, als Marguerite das Zimmer verlassen hatte. Die Sache mit Sebastian und ihrem Job hatte sie so aus der Bahn geworfen, dass ihr die Kraft gefehlt hatte, sich arbeitslos zu melden. Und ihren Eltern hatte sie erst recht nicht erzählen können, was passiert war. Nachdem Sebastian sie im Stich gelassen hatte, hatte sie tagelang nur bei Wilma auf der Couch gelegen und geweint, unfähig, irgendetwas anderes zu tun. Als die Pandemie dann eskalierte, tauschte sie Wilmas Matratze gegen das Fernsehsofa in der neuen Wohnung. Dort ließ sie sich häuslich nieder, zappte von der einen beängstigenden Nachrichtensendung zur anderen und las alles, was sie über das Virus finden konnte. Sie verfolgte die Ticker der großen Nachrichtenseiten, und es wurde ihr bald zur Gewohnheit, zu Hause zu bleiben und ihrer Familie Lügen aufzutischen, um nicht darüber sprechen zu müssen, was passiert war. In vieler Hinsicht war die Pandemie ein Segen gewesen, sogar eine Befreiung. Durch die dramatischen Ereignisse im Zusammenhang mit den Lockdowns und der wirtschaftlichen Notlage, die auf das Virus folgte, merkten ihre Eltern nicht, dass Alice allen Fragen nach Sebastian oder dem Verlag auswich und wie schweigsam sie geworden war, wenn sie ein seltenes Mal miteinander sprachen. Die Pandemie sorgte auch dafür, dass sie sich nicht mit Freundinnen und Bekannten treffen und deren mitleidige Blicke ertragen musste. Sie wollte niemandem erklären, dass es stimmte, dass sie und Sebastian sich getrennt hatten, und sie wollte auch nichts über den Klatsch hören, dass er und Miranda sich nach fast zwanzig Jahren überraschend wiedergefunden hatten.

Die Wochen vergingen, und je länger es dauerte, umso schwerer wurde es, in die Stadt zu gehen und einzukaufen oder irgendetwas zu erledigen. Mit der Zeit fühlte sie sich in der Nähe von anderen Menschen geradezu unbehaglich, und bald bekam Alice schon Panik allein bei der Vorstellung, einen Laden zu betreten oder einen Spaziergang zu machen. Bei den Lügen war es ähnlich. Weiter so zu tun, als ob alles wie immer sei, war am einfachsten. Die eine Unwahrheit führte zur nächsten, und irgendwann wurde es unmöglich, ihren Eltern die Wahrheit zu sagen. Wenn es ihr erst besser ging, würde sie alles erzählen, aber gerade brachte sie es einfach noch nicht über sich. Die Teestunde mit Marguerite und Poppy war eine Ausnahme gewesen, die sich nicht wiederholen sollte. Nach dem Glas Sherry würde sie sich bedanken und nach Hause gehen.

Es wurde an die Haustür gepoltert. Gleich darauf hörte Alice jemanden fragen: »Mama, bist du zu Hause?«

Marguerite sprang aus dem Lehnstuhl auf und lief hinaus in die Diele.

»Elias, was für eine wunderbare Überraschung!« Marguerites Stimme klang richtig glücklich. »Wie schön, dich zu sehen.«

»Ich war gerade in der Nähe und wollte mal reinschauen. Stör ich?«

»Absolut nicht. Komm rein und begrüß meine Freundin Alice. Wir wollten gerade ein Glas Sherry trinken.«

»Zu einem Sherry sage ich nicht nein.«

»Sei nett zu ihr.« Marguerite senkte die Stimme. »Ihr ist gerade erst das Herz gebrochen worden.«

»Du kennst mich, Mama. Immer bereit, einer Dame in Nöten zu helfen.«

»Ja, danke, das weiß ich. Gerade deshalb musst du vorsichtig sein. Und jetzt hol dir ein Glas aus der Vitrine.« Marguerite wurde wieder lauter. »Wir hatten eben mit Poppy im Salon Teestunde.«

»Ach, ist mein Lieblingsmensch auf der ganzen Welt auch hier?«

»Leider nicht mehr, ihre Mutter hat sie vorhin geholt. Heute musst du dich mit Alice und mir begnügen.«

Alice konnte sich noch eben gerade setzen und tief Luft holen, als Marguerite mit glücklichem Lächeln in den Salon zurückkehrte und von dem unerwarteten Besuch berichtete.

»Ihr habt es hier ja gemütlich.« Ein großer Mann mit kurzen dunklen Haaren, tiefer Stimme und etwas hellerer Haut als seine Mutter tauchte in der Türöffnung auf. »Da komme ich ja genau richtig.« Elias lächelte. Seine warmen braunen Augen funkelten, und er trug abgenutzte Jeans und ein am Hals offenes Hemd.

Gut aussehend und charismatisch, war Alices Urteil. Sein Blick war intensiv, und sie konnte verstehen, warum er sich im Fernsehen so gut machte. Er erinnerte sie an jemanden, dachte sie dann, aber sie kam nicht darauf, an wen.

»Alice, das hier ist mein Sohn Elias. Elias, das ist Alice. Sie wohnt eine Treppe höher, in Ethels Wohnung.«

»Nett, dich kennenzulernen.« Elias hob die Hand zum Gruß. »Gefällt es dir hier im Haus?«

»Aber ja. Es ist ein netter Teil von Södermalm.«

»Finde ich auch.« Er lächelte. »Ich habe keine Ahnung,

wie meine Mutter an dieses Haus gekommen ist, und ehrlich gesagt war es anfangs eng, als wir uns den Platz zu dritt teilen mussten, aber ich fand es wunderbar, hier aufzuwachsen.«

»Bitte sehr.« Marguerite goss für Elias Sherry in ein tulpenförmiges Glas und füllte auch ihr eigenes und das von Alice. Dann hob sie ihr Glas und prostete den beiden zu. Sie sah zuerst Alice an und dann Elias. »Auf neue angenehme Bekanntschaften.«

»Prost.« Elias sah Alice an und hob sein Glas. Sein Blick hatte etwas Unergründliches und Beunruhigendes, und sie musste die Augen niederschlagen.

»Also, was passiert heute Abend, mein Lieber?« Marguerite sah ihren Sohn an. »Keine Party, oder?«

»Ich bin kein verantwortungsloser Fünfundzwanzigjähriger mehr, Mama. Ich gehe zum Sonntagsessen zu Davve. Er wohnt in der Lundagata, das weißt du vielleicht noch?«

»Ich kann mir unmöglich alle deine Freunde merken.« Marguerite musterte ihn mit liebevollem Blick. »Aber wunderbar jedenfalls, dass du mal bei deiner Mutter vorbeischaust.«

»Ich muss mich jetzt leider verabschieden, aber vielen Dank für alles.« Alice stellte ihr Sherryglas hin. Sich mit Marguerite zu treffen war das eine, aber dem Smalltalk mit ihrem Sohn fühlte sie sich nicht gewachsen.

»Nein, Entschuldigung.« Elias hob die Hand zu einer bedauernden Geste. »Es war nicht meine Absicht, dich zu verscheuchen.«

»Ich habe nicht auf die Uhr geachtet, dabei ist es schon so spät. Ich muss jetzt wirklich gehen«, erklärte Alice und stand auf. »Nett jedenfalls, dich kennengelernt zu haben. Tausend Dank für alles heute, Marguerite. Richte Poppy auch noch einen Gruß und vielen Dank von mir aus, vor allem für die rosa Marmeladenkekse. Die waren köstlich.«

»Aber sicher, meine Liebe.« Marguerite lächelte.

»Sorry, Mama, aber ich muss auch los. Davve und die anderen warten.« Elias kippte den Rest des bernsteinfarbenen Getränks hinunter, stellte das Glas auf den Tisch und erhob sich. »Entschuldigt bitte, dass ich so in eure Verabredung hineingeplatzt bin.«

»Überhaupt kein Problem, ich wollte doch sowieso gerade gehen«, sagte Alice. »Ich bin schon seit Stunden hier.«

»Es war wunderbar, dich zu Besuch zu haben, Alice.« Marguerite brachte sie beide zur Tür. »Komm bald wieder.«

»Sie ist großartig, deine Mutter«, sagte Alice, damit sie nicht verlegen nebeneinander hergehen mussten, nachdem Marguerite die Haustür hinter ihnen geschlossen hatte. »So fürsorglich.«

»Meine Mutter hat sich immer schon mit Begeisterung um die Geschöpfe gekümmert, die vom Pech verfolgt scheinen.« Elias verstummte. »Entschuldigung, ich wollte nicht …«

»Ist schon gut«, fiel Alice ihm ins Wort und versuchte zu lächeln, aber das schaffte sie nicht. Sie hätte Marguerite nicht von Sebastian erzählen dürfen.

»Ach, jetzt bekomme ich ein schlechtes Gewissen.« Elias suchte ihren Blick. »Was musst du für einen miesen Eindruck von mir haben.«

»So schlimm ist es nicht.« Alice reckte sich. Er sollte nicht merken, wie sehr er sie verletzt hatte.

»Ich wollte dir wirklich nicht zu nahe treten.« Elias sah unglücklich aus. »Wie kann ich das wieder gutmachen?«

»Denk einfach nicht mehr daran, bitte«, antwortete Alice und schielte zur Tür hinüber, die zum Treppenhaus führte. Sie musste weg von diesem Mann und seinem durchdringenden Blick.

»Ich bin sonst nicht so ungeschickt, das kannst du mir glauben.«

»Es ist nicht schlimm, hab ich doch gesagt«, fauchte Alice. Sie war viel zu müde für diese Art von sinnlosem Gespräch. »Entschuldige bitte, aber ich muss jetzt los. Schönen Abend noch.« Sie machte einige Schritte auf den Eingang zu, aber Elias war schneller und hielt ihr die Tür auf.

»Meine Mutter wird mir nie verzeihen, wenn sie das hier hört.«

»Dann erzähl ihr einfach nichts davon!« Alice hatte nicht vor, ihn zu trösten, weil er sie verletzt hatte. »Ich werde auch sicher keine schlaflosen Nächte wegen dir haben.« Mit diesen Worten legte sie die Hand auf das Treppengeländer.

»Aber vielleicht träumst du von mir?«

»Das kannst du vergessen!« Sie schaute ihm ins Gesicht. Glaubte er wirklich, er könnte die Situation durch einen Flirtversuch retten?

»Jetzt hab ich dich auch noch wütend gemacht.« Elias schnitt eine Grimasse, aber der Blick über der geraden Nase funkelte frech.

»Du gibst dich wohl nie geschlagen, oder?« Alice schüttelte den Kopf. Nie im Leben würde sie auf Kommando lächeln. Sein flehender, seidenweicher Blick hatte bei ihr keine Wirkung, das konnte er sich merken. Sie wollte nur, dass er ging, damit sie ihre Ruhe hatte.

»Verzeihst du mir, Alice? Um mehr bitte ich doch gar nicht.«

»Großer Gott, was bist du theatralisch!« Sie konnte sich ein Lächeln nicht verkneifen.

»Ha, ich wusste ja, dass ich dich aufheitern kann.«

Alice verdrehte die Augen.

»Nervig, aber irgendwie doch reizend, oder?« Sein Lächeln wurde breiter.

»Bis dann, Elias.« Alice kehrte ihm den Rücken zu und ging die Treppe hoch. Sie kannte Männer wie ihn – solche, die glaubten, jede rumkriegen zu können, einfach, weil sie mit einem gottbegnadeten Aussehen gesegnet waren.

»Du solltest häufiger lächeln, Alice«, sagte Elias, als sie die halbe Treppe hinter sich gebracht hatte. »Das steht dir ungeheuer gut, aber das weißt du vermutlich.«

Sei endlich still, hätte sie gern geantwortet, aber sie begnügte sich damit, die Hand zu einem kurzen Winken zu heben, und ging weiter die Treppe hoch, bis er sie nicht mehr sehen konnte. Sie konnte nicht fassen, wie eine sympathische und taktvolle Frau wie Marguerite einen dermaßen aufdringlichen Sohn haben konnte.

Alice lag auf dem Sofa, total erschöpft, und starrte zur Decke hoch, während sie in Gedanken alles noch einmal durchlebte. Hatte Elias mit ihr geflirtet oder sich über sie lustig gemacht? Er mochte durchaus ein erfolgreicher

Schauspieler sein, aber vor allem war er irritierend, beschloss sie, und schaltete ihren Laptop ein. Vielleicht hatte Samuel geantwortet? Aber statt sich einzuloggen, klappte sie ihn energisch wieder zu. Sie musste raus und loslaufen. Es spielte keine Rolle, dass Sonntagabend war. Die Menschen würden sich hoffentlich unten in der Hornsgata und bei Götgatsbacken aufhalten und nicht in dieser stillen Gegend von Mariaberget. Ehe sie sich die Sache anders überlegen konnte, ging sie hinaus in die Diele, zog ihre Joggingschuhe an, setzte sich eine Mütze auf und schnappte sich im Losgehen ihre Jacke.

8

Es war eisigkalt draußen, und Alice zog sich die Mütze tiefer über die Ohren. Von der Hornsgata her war das Rauschen des niemals verstummenden Verkehrs zu hören, und nur ein seltenes Mal durchbrach eine Stimme dieses monotone Geräusch. Alice lief in die entgegengesetzte Richtung, zur Bastugata, dann bog sie in den Monteliusväg ab. Der war eigentlich keine richtige Straße, sondern eher ein Kiespfad, der sich wagemutig oben an den steilen Hang von Mariaberget klammerte. Der Weg war nur spärlich beleuchtet und führte durch ein längeres Waldstück. Für den Großteil des Jahres versperrten üppige Laubbäume den Blick auf Teile der Stadt, aber jetzt lagen die Blätter leblos auf dem Boden, und Alice zog die Füße durch die graubraunen Haufen. Ab und zu schaute sie auf und blickte über die Stadt hinweg, die sich als grauschwarzes Panorama unter ihr abzeichnete.

Sie hatte immer das Tempo, die Aktivität und die Energie geliebt, die Stockholm ausstrahlte, und einige Male war sie hierher nach Mariaberget gekommen, um die Silhouette der Stadt zu bewundern. Aber das war in ihrem früheren Leben gewesen, bevor alles zu Bruch gegangen war. Welchen Sinn hatte das Ganze denn überhaupt – die Mühe, die Träume und die viele Arbeit? Sie hatte ihr Herz und ihre Seele in die Arbeit und in die Beziehung zu Sebastian gesteckt. Aber wozu? Alle Anstrengung war vergeblich und das Glück an sich ohnehin vergänglich, genauso wie die schöne Silhouette vor ihr trügerisch war. Die Großstadt war ein verführerisches schwarzes Loch, in das Träume hinabgesaugt wurden, um in Fetzen gerissen und ins Nichts hinausgeschleudert zu werden.

An einer der Aussichtsstellen, mit freiem Blick auf Skeppsholmen, Gamla stan, das Stadthaus und den Rest der Stadt, stand ein eng umschlungenes Paar und schaute auf die vielen funkelnden Lichter hinab. Dort hatten auch Sebastian und sie einmal so eng umschlungen gestanden. Alice senkte den Blick und lief mit schweren Schritten vorbei, jedes Geräusch wurde begraben in dem ohrenbetäubenden Lärm des Verkehrs unten auf Centralbro und Söder Mälarstrand. Sie schluckte und verfluchte sich, weil sie nicht zu Hause geblieben war.

Ihr Telefon kündigte piepsend den Eingang einer Nachricht an.

Ich hab dir vorhin wie versprochen ein Kapitel gemailt. Hast du es schon gelesen?

Alice sah auf die Uhr. Gleich halb acht. Sollte sie antworten oder Samuel warten lassen, bis sie wieder in der Wohnung war? Nein, sie wusste, wie schwer es den meisten Autoren fiel, auf Feedback warten zu müssen. Besser, sie antwortete gleich, dann brauchte er sich nicht den Kopf zu zerbrechen. Da sie nun einmal eine große Lügnerin war, schrieb sie:

War den ganzen Nachmittag unterwegs, bin aber bald zu Hause. Werde essen und dabei deinen Text lesen. Melde mich danach.

Die Punkte, die verrieten, dass er eine Antwort schrieb, tauchten im Display auf.

Okay. Ich werde den ganzen Abend wie gebannt vorm Laptop sitzen und warten.

Sowie Alice ihre Wohnung betreten hatte, schaltete sie den Laptop ein, öffnete das Postfach, lud Samuels Kapitel herunter und fing an zu lesen. Sie wollte wissen, wie es Julia im Schneechaos erging.

Und, genau wie Alice es sich gedacht hatte: Der Wagen steckte fest. Julia machte einige Versuche, ihn loszubekommen, aber dabei rutschte das Auto immer tiefer in den Straßengraben. Am Ende gab sie auf, schaltete den Warnblinker ein und suchte nach dem Handy, das ihr aus der Hand gerutscht war, als sie von der Straße abgekommen war. Als sie es gefunden hatte und Adam anrufen wollte, war der Akku leer, und als sie den Lader aus der Tasche hinten im Auto holen wollte, ließ der Kofferraum sich nicht öffnen. Vermutlich war er durch den Baum, der umgestürzt war, verzogen. Es schneite heftig, und Julia, die Stockholm in dünner Stadtkleidung verlassen hatte, war nicht warm genug angezogen, um zur Hauptstraße zurückzuwandern. Nach einigem Zögern beschloss sie, sich ins Auto zu setzen, um sich vor Wind und Schnee zu schützen, und den Motor wieder anzulassen.

Obwohl Alice bequem und mit einer Decke über den Beinen in ihrem Lesesessel saß, fröstelte sie. Dieses Kapitel war Samuel wirklich gut gelungen. Aber was würde jetzt passieren? Sie las sofort weiter, um das in Erfahrung zu bringen.

Julia bibberte vor Kälte so sehr, dass sie kaum das Zündschloss fand. Schließlich drehte sie den Schlüssel um. Der Motor brummte, krepierte aber fast sofort wieder. Noch ein Versuch. Dasselbe Ergebnis. Verdammt! Sie hätte auf die Ermahnungen ihres Vaters hören sollen, der ihr geraten hatte, die uralte Batterie auszutauschen.

Sie konnte die Tränen nicht mehr zurückhalten. Was, wenn sie hier erfrieren müsste? Wäre es nicht besser, trotz allem zur Hauptstraße zu gehen? Vielleicht, aber sie zitterte, ihr Schädel dröhnte, und sie war vollkommen erschöpft. Angst überwältigte sie, und sie schluchzte auf.

Ein wilder Gedankenstrom wirbelte ihr durch den Kopf – der ewig unzuverlässige Adam, alles, was sie bei der Arbeit nicht schaffte, die Kopfschmerzen, das Fieber, die Müdigkeit, die Thailandreise ihrer Eltern und dieser verflixte Schnee. Sie biss sich auf die Lippe und versuchte, mit dem Weinen aufzuhören. Das Beste, was sie tun könnte, wäre, sich zu beruhigen. Das glaubte sie wenigstens. Sie schob den Sitz zurück, starrte hinaus in die Dunkelheit und gab sich alle Mühe, nicht an den Wind zu denken, der an den Bäumen zog und riss, und daran, wie der Schnee das Auto langsam, aber sicher in eine weiß gekleidete Mumie verwandelte. Sie hustete röchelnd, atmete schwer und nach einer Weile gab sie der Müdigkeit nach und schloss die Augen.

Alice versuchte, zur nächsten Seite hinunterzuscrollen, aber das ging nicht. Das Kapitel war zu Ende, und mehr Text gab es nicht. Sie machte sich über die Tastatur her und schrieb an Samuel:

Du weißt doch, dass es schlechter Stil ist, ein Kapitel mit einem solchen Cliffhanger zu schicken? Als deine Lektorin verlange ich, sofort lesen zu können, wie es weitergeht.

Sie schob den Teller zurück und versuchte, sich etwas Konstruktiveres auszudenken, aber sie war schon in die Geschichte hineingezogen worden und las als Leserin, nicht als Lektorin. Und das war das höchste Lob, das ein Autor erhalten konnte.

Samuel antwortete schon nach wenigen Sekunden.

Haha, ich hab ja gesagt, dass es spannend wird.

Und jetzt taucht Jakob mit einem großen SUV auf und rettet sie. Gib zu, dass ich recht habe. Alice lächelte. Samuel war zwar Krimiautor, aber sie hatte schon erraten, wie es weitergehen würde.

Es kommt absolut nicht so, wie du glaubst, mehr kann ich nicht sagen.

Nicht? Beweise!

Samuels Antwort kam postwendend:

Okay, schau in 5 min in deine Mails.

Alice ging in die Küche, um sich einen Tee zu machen, und schärfte sich erneut ein, sich einen Wasserkocher zu bestellen. Jetzt lag die Bringschuld bei Samuel. Als die angekündigte Mail eintraf, lud sie sofort den Anhang herunter und überflog den Text regelrecht, um zu erfahren, wie es mit Julia weitergehen würde. Und richtig, Jakob erschien als Retter in der Not mitten im Schneegestöber in einem großen Audi mit Allradantrieb. Alice nickte. Sie hatte es ja gewusst. Aber Julia saß mittlerweile schon sehr lange in ihrem Auto. Sie war durch und durch ausgekühlt und kaum noch bei Bewusstsein, als Jakob sie fand, und da sein Haus noch nicht eingeheizt und er auch nicht sicher war, ob er bei dem tiefen Schnee die ganze Strecke schaffen würde, rief er, widerwillig, wie es schien, einen Bekannten an und bat um Hilfe.

Nach einigen Überredungsversuchen kam der Bekannte auf Skiern mit einem Zugschlitten, um Julia zu holen, aber er schien sich durchaus nicht darüber zu freuen, nun eine halb erfrorene Frau mit Fieber am Hals zu haben. Er murmelte etwas über zu dünne Stadtklamotten und half ihr in eine dicke Daunenjacke, ehe er sie unter zwei dicke Rentierfelle auf den Schlitten bettete. Nach einem wütenden Wortwechsel zwischen den beiden Männern fuhr er auf seinen Skiern los und brachte Julia zu sich nach Hause. Was zwischen den Nachbarn vorgefallen war, erfuhr die Leserin nicht, aber jedenfalls war klar, dass die beiden Männer nicht viel füreinander übrighatten.

Alice schaute vom Laptop hoch. Das Kapitel war kurz, aber ihr war klar, weshalb. Hier kam die unerwartete Wendung – oder eigentlich waren es sogar zwei. Dass Julia von Jakob vor dem Sturm gerettet wurde, hatte sie erraten. Aber dass danach der Nachbar namens Noel auf den Plan trat, damit hatte sie nun wirklich nicht gerechnet. Was sollte sie Samuel antworten? Ihn vielleicht ein bisschen necken? Sie hob die Finger über die Tastatur und schrieb:

Oh, ein neuer Mann in der Arena. Übellaunig noch dazu, aber ich tippe, dass sich unter der schroffen Oberfläche ein herzensguter Kerl verbirgt. Drei Männer also, die um Julias Gunst kämpfen, denn Adam wird doch sicher auch noch auftauchen, oder?

Sie zögerte ganz kurz, bevor sie die Mail losschickte. Ach was, Samuel musste ein bisschen Spott schon ertragen können. Bei Feelgood konnte die Leserin meist erahnen, was passieren würde. Der Weg war wichtiger als das Ziel. Trotzdem musste es immer eine gewisse Unsicherheit geben, damit die Leserin mitfiebern konnte. Und natürlich musste die Heldin Hindernisse überwinden, ihre Lektion lernen und wurde nicht selten zu schweren Entscheidungen gezwungen, zum Beispiel zwischen Jobs, Zukunftsaussichten und zwei oder möglicherweise drei Männern.

Warst du immer schon so eine Spielverderberin? Samuel beendete seinen Kommentar mit einem traurigen Smiley.

Entschuldige, aber es ist mein Job, Texte zu zerlegen und schon im Voraus zu verstehen, in welche Richtung die Story sich bewegt. Und Noel habe ich nicht kommen sehen, wie schon gesagt. Die Geschichte ist spannend, und es gibt unterschiedliche Richtungen, in die sie sich entwickeln kann. Hab erst einmal gelesen, aber das Tempo gefällt mir. Ich bin wirklich neugierig darauf, wer dieser Noel ist und warum er und Jakob einander nicht ausstehen können.

Drei Punkte waren zu sehen, dann:

Puh, also brauche ich das Manuskript nicht in den Papierkorb zu werfen?

Absolut nicht! Alice lächelte. *Die Szenen mit Julia im Auto sind sehr gut, und ich hatte wie gesagt nicht damit gerechnet, dass dieser Noel auftauchen würde. Bin gespannt darauf, wie es jetzt weitergeht.*

Die Antwort war bald da:

Muss am nächsten Kapitel noch etwas feilen, es kann also noch einen Tag dauern, bevor ich es dir schicke.

Okay, keine Eile. Du hast hier eine gute Story am Laufen. Alice nickte vor sich hin. Es stimmte. Der Plot war nichts Neues, aber wie oft kam das bei einem Buch vor? Darum ging es ja auch gar nicht. Das Manuskript könnte zu einem richtig schönen Weihnachtsroman werden, mit Schneegestöber und allem Drum und Dran. *Ein Sturm zur Weihnachtszeit,* wäre doch ein guter Titel.

Alice hatte jetzt Gänsehaut auf den Armen, ein sicheres Anzeichen dafür, dass sie auf der richtigen Spur war. Soviel sie wusste, gab es bisher kein Buch mit diesem Titel. Welcher Verlag könnte wohl Interesse haben? Eigentlich alle. Derzeit schlugen sich die Branchenriesen um kommerzielle Literatur mit Qualität, und so gut wie jeder Verlag brachte pro Jahr mindestens einen Weihnachtsroman heraus, oft sogar mehrere. Eine Weihnachtsgeschichte von einem Mann müsste hochinteressant sein. Wenn Samuel mit dem Hauptteil des Rohmanuskripts fertig war, könnte ein tatkräftiger Verlag das Buch schon im nächsten Herbst herausbringen. Oder na ja, das war womöglich etwas zu optimistisch, jedenfalls bei den großen Verlagen. Deren Maschinerie war zu groß und zu schwerfällig. Aber vielleicht bei einem von den kleineren aufstrebenden Verlagen? Star Publishing und Alpha waren engagiert und an kürzere Fristen gewöhnt als der Rest der Branche. Außerdem kannte sie dort die Verleger. Es konnte ja nicht schaden, mal mit ihnen zu reden. Aber vielleicht waren Samuel diese Verlage auch zu klein, wenn er an einen Giganten wie Thamm & Partners gewöhnt war. Brantzelius könnte natürlich eine Alternative sein. Der war der ewige Dritte in der Branche und galt als aufgeweckter und tatkräftiger als Thamm und Bremmers. Sie könnten sich vielleicht sogar für Samuels andere Romane interessieren, nicht nur für dieses Buch. Alice war nicht besonders eng mit ihnen verbunden, dafür aber dem Cheflektor von Brantzelius im Laufe der Jahre bei allerlei Veranstaltungen und natürlich auf der Buchmesse in Göteborg begegnet. Ein Jahr zuvor hatten sie an einem späten, lauten Abend in der Bar des Parkhotels eine ganze Weile miteinander geredet, also würde er sich hoffentlich an sie erinnern. Es könnte den Versuch wert sein. Alice schaute auf und sah, dass Samuel geantwortet hatte:

Danke, dass du dir die Zeit nimmst. Es bedeutet mir sehr viel, ein Feedback von einer der Besten in der Branche zu bekommen. Übrigens, ich habe von Wilma gehört, was im Frühjahr passiert ist. Es war unmöglich, wie sie dich bei Bremmers behandelt haben. Miranda hätte gekündigt werden müssen, nicht du.

Samuel wusste also Bescheid. Das taten vielleicht alle in der Branche, in dem kleinen Ententeich, den die Verlagswelt bildete? Alice seufzte. Was sollte sie darauf antworten? Nichts. Lieber wollte sie mehr Tee trinken.

Als sie zum Laptop zurückkehrte, hatte Samuel noch einmal geschrieben:

Entschuldige, du willst vielleicht nicht darüber sprechen?

Alice starrte den Bildschirm an. Seit Monaten hatte sie alles für sich behalten, und jetzt wollten plötzlich alle darüber reden, was passiert war.

Dass meine Chefin mir meinen Typen ausgespannt und mir meinen Job weggenommen hat? Keine große Lust, muss ich zugeben.

Alice starrte die kleinen Punkte auf dem Bildschirm an, während Samuel eine Antwort schrieb.

Bin ich jetzt ins Fettnäpfchen getreten?

»Aber nicht im Geringsten«, murmelte sie vor sich hin. Er war nur wie eine Elefantenherde darin herumgetrampelt, genau wie Marguerites Sohn. Was war bloß mit den Männern los? Sie legte die Finger auf die Tastatur, wusste aber nicht, was sie schreiben sollte.

Verdammt, entschuldige, das war unsensibel von mir. Samuel hatte offenbar eingesehen, dass er sich unpassend ausgedrückt hatte, denn eine Sekunde später kam eine neue Mitteilung. *Können wir das eben streichen? Darf ich dich zu etwas einladen? Kaffee? Arbeitsessen? Arbeitsspaziergang? Was wäre dir am liebsten?*

Ist schon spät. Wir reden morgen weiter. Sie brachte keine Antwort mehr zustande, wollte nur ihre Ruhe. Die Hilfe bei der Verlagssuche konnte Samuel vergessen. Ihre

Zeit in der Branche war zu Ende. Engagement und Lust ebenfalls. Und übrigens auch der gute Wille.

Am nächsten Morgen hatte Alice noch kaum die Augen geöffnet, als sie auch schon nach ihrem Handy griff. Obwohl sie sich am Vorabend über Samuel und seine zudringliche Art geärgert hatte, hoffte sie doch, dass er sich gemeldet hatte. Und richtig, es war eine Mitteilung von ihm gekommen:

> *Guten Morgen! Was sagst du zu einem Arbeitskaffee heute Nachmittag? Bin im Manuskript ein bisschen ins Stocken geraten, und es wäre super, mit dir über verschiedene Möglichkeiten reden zu können. Hast du Zeit und Lust? Ich hab im Moment sehr flexible Arbeitszeiten und kann nach der Mittagspause jederzeit los. Hoffe, es klappt!*

Die Finger ruhten auf der Tastatur. Ein Kaffee in der Stadt war das Letzte, worauf sie Lust hatte. Oder sich zutraute. Sie und Samuel konnten doch problemlos die Arbeit per Mail erledigen. Andererseits war ein Treffen zu Beginn einer Zusammenarbeit immer von Vorteil, um den anderen besser kennenzulernen und dessen Kommentare leichter nachvollziehen zu können. Die Kommunikation mit Autoren war eine heikle Angelegenheit. Die ganze Zeit musste man Textkritik mit Lob ausgleichen, um nicht zu riskieren, dass der Autor den Mut verlor. In gewisser Weise waren Autoren Primadonnen, die immer wieder ermuntert und bei Laune gehalten werden mussten. Wenn man sich einmal getroffen hatte, wurde es leichter, und Kritik wurde nicht mehr so hart oder negativ bewertet. Das war zumindest ihre Erfahrung. Aber sie hatte keine besondere Lust, ihn zu treffen, und es war ihr absolut zuwider, sich unter die Menschenmengen in der Stadt zu mischen.

Ich gehe im Moment größeren Ansammlungen aus dem Weg, schrieb sie schließlich. *Die Pandemie, du weißt schon.*

Wie üblich kam Samuels Antwort sehr schnell:

Es hat also nichts mit meiner Ungeschicklichkeit zu tun? Es war blöd von mir, von dieser Sache anzufangen. Wollte nur meine Unterstützung zeigen. Wenn du es dir anders überlegst und doch Lust auf einen Kaffee hast, dann kenne ich jede Menge schöne Orte. Das Manuskript macht mir gerade ganz schön zu schaffen, und ich würde es wirklich zu schätzen wissen, wenn wir uns sehen und diskutieren könnten.

Alice zögerte. Samuel war trotz allem ihr einziger zahlender Kunde, deshalb müsste sie ihm ein bisschen entgegenkommen. Wilma kannte ihn, also war er wohl kaum ein Axtmörder, der Frauen unter Drogen setzte und sie zerstückelt im Garten verbuddelte, nachdem er ihnen vorher Gewalt angetan hatte. Und ein bisschen frische Luft würde ihr auf jeden Fall guttun. Abgesehen von dem Spaziergang und dem Tee bei Marguerite war sie in der vergangenen Woche nicht aus dem Haus gekommen. Aber ein Treffen unter Leuten, in der Stadt, traute sie sich das wirklich zu?

Samuel meldete sich noch einmal, ehe sie einen Entschluss gefasst hatte.

Was sagst du dazu, dass ich zum Kaffee einlade UND dass du die Zeit als Coaching auf die Rechnung setzt? Du kannst es als Wiedergutmachung für meine ungeschickten Bemerkungen betrachten. Und wir werden ja wirklich arbeiten. Bitte, sag ja! Wo in der Stadt wäre denn ein guter Treffpunkt für dich?

Na gut, dachte Alice. Sie musste es zumindest versuchen. Es war nur gut und richtig, dass er für das Beratungsgespräch bezahlte, und sie brauchte das Geld ja wirklich. Wenn sie in Panik geriet oder das Treffen zu unangenehm wurde oder Samuel sich trotz allem als Mistkerl entpuppte, könnte sie sich immer noch an einen vergessenen Termin oder eine wichtige Erledigung erinnern und gehen.

Kennst du irgendwas bei Mariatorget? Dann kann ich gleich nach eins, antwortete sie schließlich. Bis dahin müsste der Andrang zur Mittagszeit vorüber sein, überlegte sie.

Danke! Wie wäre es um halb zwei vor dem Café Rival? Wenn wir da keinen Tisch mehr bekommen, gibt es noch andere Cafés in der Nähe.

Danke. Woran erkenne ich dich? Natürlich hatte sie ihn gegoogelt, aber sie hatte nicht vor, sein männliches Ego aufzublasen, indem sie das zugab.

Ich habe eine knallrote Laptoptasche dabei, bin blond und ziemlich groß. Und du?

Alice überlegte. Was waren im Moment ihre besonderen Kennzeichen? Verwachsene Frisur, Schlabberklamotten, graue Mütze …

Eine viel zu lange Pagenfrisur mit Coronaauswuchs, antwortete sie schließlich.

Haha, war hier lange genauso. Am Ende konnte ich unter dem Pony nichts mehr sehen, bis ich der Sache irgendwann ein Ende bereitet habe. Bis nachher also. Ich freue mich.

9

Ihr Puls raste, und ihr Herz hämmerte wie wild. Warum kam er denn nicht? Alice schaute noch einmal auf ihr Handy und holte tief Luft. Bald zwanzig vor zwei. Es war anstrengender, als sie erwartet hatte, zwischen den vielen Menschen zu stehen wie bestellt und nicht abgeholt. Ihr Puls wollte sich nicht beruhigen, obwohl sie sich an die Hauswand lehnte, alles, um nicht mitten auf dem Bürgersteig zu stehen, wo sich anscheinend halb Södermalm versammelt hatte. Sie holte zweimal tief Luft, um sich zu beruhigen, und versuchte fieberhaft, sich irgendwie abzulenken. Sie schaute ihre Schuhe und ihre Kleidung an. Schwarz, schwarz, schwarz. Dreimal hatte sie sich umgezogen, aber noch immer sah sie aus wie ein Gast auf einer Beerdigung. Die meisten ihrer Kleider hingen ihr jetzt lose um die Glieder, sie war leichenblass im Gesicht, und in ihrem Kleiderschrank gab es kaum einen einzigen Farbfleck. Bei Bremmers waren Schwarz und Grau passend gewesen, aber jetzt hatte Alice das Gefühl, in ihrer schwarzen Bürokleidung und den Stiefeln mit den flachen Absätzen mit der schmutzig grauen Hausfassade zu verschmelzen. Das Jackett war noch dazu unbequem. Sie würde Samuel Engman noch zwei Minuten geben und dann gehen.

»Hallo, du bist sicher Alice?« Ein hochgewachsener Mann mit weizenblonden, vom Wind zerzausten Haaren blieb atemlos vor ihr stehen. »Entschuldige die Verspätung. Ich bin einem Kollegen über den Weg gelaufen, der einfach nicht aufhören wollte zu reden. Ich hatte wirklich nicht vor, dich warten zu lassen.«

»Macht doch nichts.« Sie hob die Hand zu einem Gruß.

»Schön, jetzt dein Gesicht zu kennen«, sagte Samuel. »Auf den Bildern im Netz siehst du ganz anders aus. Jepp. Ich gebe zu, dass ich gegoogelt habe.« Sein Gesicht öffnete sich zu einem breiten Lächeln, und in seinen Wangen tauchten Lachgrübchen auf.

»Das nennt sich wohl Coronafrisur.« Sie fuhr sich mit der Hand durch die Haare. Die Bilder im Netz stammten von allerlei beruflichen Veranstaltungen, Buchmessen, Buchvorstellungen, Seminaren und Lesungen, bei denen sie sich mehr oder weniger herausgeputzt hatte. »Ich nehme an, ich fange jetzt an, meinem authentischen Ich zu ähneln.«

»Authentizität lieben wir doch.« Wieder lächelte er. »Was meinst du? Das Café Rival scheint geschlossen zu sein. Wohin möchtest du stattdessen?«

»Am liebsten in ein ruhiges Lokal, wo man richtig reden kann.«

»Um die Ecke gibt es ein paar Cafés. Komm.«

Alice beobachtete ihn verstohlen, als er einen halben Schritt vor ihr herging, in verschlissenen Jeans, weißen Sneakern und einer dunkelblauen wattierten Jeansjacke über einem gestrickten Wollpullover. Er war ziemlich groß und breitschultrig. Dabei aber nicht dick. Sie überlegte, wie er in einem Roman am besten beschrieben werden könnte – stark, kräftig oder vielleicht sogar massiv?

»Was sagst du hierzu?« Samuel wies auf ein Café, in dem viele kleine Tische nebeneinander standen. »Da müssten wir ungestört reden können.«

»Super.« Alice gab ihre Überlegungen auf und nickte.

Das Café hatte große Fenster, die auf die Sankt Paulsgata blickten. Zum Glück standen die Tische ziemlich weit auseinander, die Atmosphäre wirkte entspannt, und es gab etliche freie Plätze.

»Was möchtest du, Kaffee oder etwas anderes?« Samuel hielt die Tür für sie auf und ließ sie vorgehen. »Wenn du einen Tisch aussuchst, bestelle ich.«

Sie bat um einen Cappuccino, ließ sich an einem Tisch ganz hinten im Lokal nieder und versuchte, ihren Atem zu beruhigen. Ihr Herz hämmerte noch immer, und ein dumpfer, strahlender Schmerz machte sich hinter der Stirn bemerkbar. Unter Leuten zu sein war eine größere Belastung, als sie sich eingeredet hatte, aber wenn sie sich nur entspannte, würde sie es hoffentlich eine Weile aushalten.

»Wir haben außerdem beide einen italienischen Mandelbiscotto bekommen. Ich hoffe, das isst du gern.« Samuel stellte eine Kaffeetasse und zwei kleine Kuchenteller vor sie auf den Tisch.

»Danke.« Alice schaute auf und versuchte, sich ein Lächeln abzuringen. Wenn ihr Puls sich nicht bald beruhigte, würde sie um Entschuldigung bitten und nach Hause gehen müssen.

»Möchtest du auch ein Glas Wasser?«

»Ja, gern.«

»So, bitte sehr.« Samuel ließ sich ihr gegenüber auf einen Stuhl sinken, nachdem er seinen Kaffee und zwei Glas Wasser geholt hatte. »Ist alles in Ordnung bei dir? Du siehst ein bisschen blass aus.«

»Bin nur nicht mehr an Leute gewöhnt«, sagte Alice wahrheitsgemäß, hielt den Löffel in die Tasse und verwischte das Herz, das der Barista in den Schaum gemalt hatte. »In den letzten Monaten habe ich fast nur zu Hause gearbeitet.«

»Ich weiß, wie das ist.« Er nickte verständnisvoll. »Ich sitze auch oft zu Hause. Aber ich versuche, mindestens einmal pro Woche in ein Café zu gehen, um nicht zum kompletten Einsiedler zu werden.«

»Schreibst du die ganze Zeit, oder hast du noch eine andere Arbeit?« Vielleicht war das eine zu persönliche Frage, aber Alice wollte lieber über ihn als über sich selbst reden.

»Ich arbeite noch als freier Journalist. Seit dem Frühjahr sind allerlei Artikel über verschiedene Aspekte der Pandemie zusammengekommen.« Er schnitt eine Grimasse. »Jedenfalls ist es schön, eine Arbeit zu haben, bei der man sitzen kann, wo man will, und sich nicht mit halb Stockholm in Bus oder U-Bahn quetschen muss.«

»Ich weiß ehrlich gesagt nicht, ob ich das schaffen würde«, gab Alice zu, und dann sagte sie wahrheitsgemäß: »Ich bin im letzten halben Jahr tatsächlich zu einer Art Einsiedlerin geworden.«

»Kein Wunder, bei der verdammten Pandemie zusätzlich zu allem anderen, was im Frühjahr passiert ist.«

»Hm.« Sie hielt die Kaffeetasse mit beiden Händen und trank einen großen Schluck von dem heißen Kaffee. Jetzt waren sie wieder beim Thema.

»Entschuldige, dass ich darüber rede, aber ich rege mich so auf, wenn ich daran denke.« Samuels Tasse klirrte auf der Untertasse. »Hast du nicht das Bedürfnis, dich zu rächen?«

»Du klingst wirklich wie ein Krimiautor.« Alice schüttelte den Kopf. »Aber weshalb sollte ich mich rächen? Weil mein Ex entdeckt hat, dass er noch immer an seiner ersten großen Liebe hängt, oder weil ich, wie so viele andere, gehen musste, als die Pandemie richtig zugeschlagen hat?«

»Wilma sagt, dass deine Beförderung so gut wie abgemacht war. Stattdessen haben sie dich gefeuert. Das ist doch nicht richtig, verdammt nochmal.« Samuel fing ihren Blick ein.

»Ich war ja nicht die Einzige, die ihren Job verloren hat.« Alice zuckte mit den Schultern und versuchte, ungerührt auszusehen. »Im Nachhinein habe ich auch begriffen, dass Bremmers' Finanzlage nicht gerade die beste war. Sie hinken in vielem hinterher und konzentrieren sich zu sehr auf literarische Titel. Ich weiß nicht, ob sich daran mittlerweile etwas geändert hat, aber als ich noch da gearbeitet habe, waren sie unglaublich langsam, wenn es um Strategien für Online-Handel und Hörbücher ging.«

»Aber du bist doch nicht deshalb gefeuert worden, oder?« Samuel ließ nicht locker. »Feelgood verkauft sich wie blöd, trotz der Pandemie. Wir wissen beide, dass Miranda dafür gesorgt hat, dass du gehen musstest.«

»Kennst du sie?« Alice schaute überrascht auf. Klang er nicht ein bisschen zu bitter?

»Wir haben vor einigen Jahren beide bei einer Abendzeitung gearbeitet«, gab Samuel zu. »Sie ging über Leichen, um die Themen und Artikel zu bekommen, die sie haben wollte.«

»Und hat deine Schlagzeilen geklaut, oder was?«

»Unter anderem.« Er trank einen großen Schluck Kaffee. »Aber das ist jetzt sieben, acht Jahre her.«

»Hast du damals angefangen, Romane zu schreiben?« Alice wusste, dass viele Krimiautoren aus der Zeitungsbranche kamen. Vielleicht kein Wunder, wo sie doch jeden Tag mit Scheußlichkeiten und Verbrechen bombardiert wurden.

»Ich hab mich nie so mies gefühlt wie in den Jahren in dieser Nachrichtenredaktion. Du hast ja keine Ahnung, wie viel Dreck wir sehen, hören und tun mussten. Mussten Kriminelle bestechen, halbe Lügen servieren, um die Infos zu bekommen, die wir wollten, mussten Zeugen jagen und sie überreden, an die Öffentlichkeit zu gehen, obwohl sie eigentlich viel zu große Angst davor hatten. Und alles wurde damit entschuldigt, wie wichtig es sei, die aufsehenerregendste Schlagzeile zu haben.«

»Aber warum hast du angefangen, Krimis zu schreiben, wenn dir das so nahegegangen ist?«

»Ich hatte jede Menge Stoff. Romane zu schreiben kam mir wie eine gute Methode vor, ihn zu verarbeiten. Außerdem war ich neugierig.« Samuel nickte nachdenklich.

»Worauf?«

»In den Jahren bei der Zeitung bin ich immer wieder auf unterschiedliche Arten von Verbrechen gestoßen. Ich wollte darin graben und mehr begreifen.«

»Zum Beispiel?« Alice beugte sich vor. Sie hatte sich immer schon gefragt, was einen Autor dazu brachte, einen Krimi oder einen Horrorroman zu verfassen.

»Als ich angefangen habe, Romane zu schreiben, wollte ich die grauenhaften Dinge, die in der Gesellschaft passieren, in einen Zusammenhang bringen, und dafür sorgen, dass am Ende das Gute siegt. Außerdem hat es mich interessiert, warum sich jemand für eine kriminelle Laufbahn entscheidet. Manche Verbrechen sind natürlich unmöglich nachzuvollziehen, aber hinter der Verbrechensstatistik gibt es so viele Mädchen und Jungen, die im Elend aufwachsen, die psychisch und physisch misshandelt wurden und jeden Tag mit Rassismus, Abweisung und Mobbing konfrontiert sind. Viele von ihnen fühlen sich von der Gesellschaft verraten. Einige fangen mit Drogen an. Andere wollen zurückschlagen und entscheiden sich für eine kriminelle Laufbahn.«

»Das klingt sehr düster und belastend.« Seine Absicht war ehrenwert, dennoch zog Alice Literatur vor, die sich auf die positiven und aufmunternden Aspekte der Welt konzentrierte.

»Stimmt.« Er nickte nachdenklich. »Als dann die Pandemie kam und meine beiden Bekannten starben …« Er verstummte, als ob er überlegen müsste, wie er die nächsten Worte formulieren sollte, dann sagte er: »Da habe ich beschlossen, eine Pause von der ganzen Finsternis einzulegen.«

»Und wie bist du auf die Idee gekommen, Feelgood zu schreiben? Das ist doch ziemlich weit weg von Kriminalromanen.« Alice suchte seinen Blick. »Geld?«

»Du nimmst ja kein Blatt vor den Mund.« Der Ernst

verschwand aus seinem Blick. »Nicht einmal ein Schriftsteller kann von Luft und Wasser allein leben. Da macht es natürlich Sinn, sich auf ein Genre zu konzentrieren, das gerade gefragt ist. Aber vor allem liegt mir diese Art von Erzählung viel mehr als Hochliteratur. Genau wie bei einem Krimi braucht es Tempo, und die Story muss mitreißen. Eigentlich gibt es keinen besonderen Unterschied zwischen Feelgood und Krimis.«

»Abgesehen von den vielen blutigen Morden.«

»Haha, genau. Und Ton und Form sind auch ein bisschen anders. Verdammt, es ist so schön, nicht mit Hunderten von Notizzetteln für jede kleine Spur im Buch dazusitzen und mir merken zu müssen, in welche Szene und zu welchem Kapitel die gehören. Außerdem ...« Samuel verstummte, biss in sein Biscotto und spülte den Bissen mit einem Schluck Kaffee hinunter.

»Ja?«

»Ach, ich wollte einfach eine Abwechslung«, sagte er und schaute in seine Tasse.

Etwas in seiner Miene brachte Alice auf den Gedanken, dass er fast etwas ganz anderes gesagt hätte, aber sie ließ die Sache auf sich beruhen und fragte: »Und wie bist du gerade auf diese Story gekommen? Und warum ein Schneesturm?«

»Meine Familie hat eine Sennhütte in Hälsingland.« Er trank noch einen Schluck Kaffee, dann fügte er hinzu: »Wir sind meistens zu Weihnachten dort, und ich finde es immer von neuem faszinierend, dass es dort so viel schneien kann, während es hier in Stockholm nicht einen einzigen weißen Fleck gibt.«

»Und der Rest? Die Liebesgeschichte zum Beispiel?«

»Wieso denn?« Er klang irritiert. »Findest du, sie funktioniert nicht?«

»Hat mich nur interessiert.« Alice suchte nach Worten. »Adam ist ein richtig mieser Typ, Jakob wirkt sympathisch und zuverlässig. Zwei klassische Gegensätze. Aber wie passt Noel in dieses Bild? Warum drei Männer anstelle von zweien?«

»Oft ist es ein wenig zu offensichtlich, wer am Ende die Frau abbekommt. Bei drei Männern wird es etwas spannender, dachte ich.«

»Oder verwirrender«, überlegte Alice laut. »Ich sage nicht, dass es in deinem Manuskript so ist, aber die Story profitiert oft davon, wenn man aus zwei ähnlichen Personen eine macht.«

»Aber meine sind doch gar nicht ähnlich«, beharrte Samuel. »Adam nimmt sich, was er will, und achtet nicht darauf, ob er unterwegs jemanden verletzt, während Jakob der verantwortungsbewusste, ordentliche Mann ist, der immer das Richtige tut und in jeder Lage redlich und tatkräftig bleibt.«

»Und Noel?«

»Der ist vollauf damit beschäftigt, sein Leben in den Griff zu bekommen.«

»Also irgendwie dazwischen.«

»Hm.« Samuel machte ein nachdenkliches Gesicht. »Ungefähr so.«

»Willst du dich nicht lieber nur auf zwei konzentrieren? Ich weiß noch nicht, ob du Julia Jakob oder Noel zugedacht hast, aber ich nehme an, dass am Ende nicht Adam den Sieg davontragen wird? Du kannst doch überlegen, ihn zu streichen.«

»Ich weiß, dass Adam ein totaler Arsch ist und dass man sofort begreift, dass er Julia nicht guttut, aber so soll es auch sein. Es ist so typisch, dass Frauen immer auf verantwortungslose Feiglinge reinfallen, die ein bisschen gefährlich wirken, während sie in Wirklichkeit nur jämmerliche Schweine sind. Kannst du erklären, warum das so ist? Was gibt es denn an normalen, ehrlichen Männern auszusetzen?«

»Höre ich da einen leisen Groll?« Alice warf ihm einen neckenden Blick zu. »In der Welt der Romane ist es durchaus nicht so, jedenfalls nicht bei Feelgood. Da gewinnen am Ende fast immer die Guten, obwohl es natürlich auch einige Überraschungen und schwierige Entscheidungen gibt, ehe alles in die richtige Richtung geht.«

»Das ist ja eine nette Abwechslung«, sagte er ohne einen Anflug von einem Lächeln.

»Du hast gesagt, du bist steckengeblieben.« Alice wechselte das Thema. Sie hätte gern gewusst, warum er plötzlich so verstimmt war, wollte aber nicht fragen. Er könnte ja mehr erzählen, wenn und falls er das wollte. »Wo ist das Problem?«

»Ich glaube eigentlich, das hat sich jetzt geklärt. Du hast etwas davon gesagt, Noel läge irgendwo dazwischen, und da wusste ich, wie ich es machen sollte.«

»Wie gut. Es ist wichtig, dass die Personen unterschiedlich genug sind. Sonst verwechselt man sie zu leicht, und man kommt als Leserin nicht mehr mit.«

»Mach dir keine Sorgen, ich bin das mittlere Kind und

weiß genau, wie man die Stürme zwischen zwei willensstarken Personen aushält.«

Alice hätte gern gefragt, ob Noel im Manuskript Ähnlichkeit mit ihm hatte, aber stattdessen sagte sie: »Bruder oder Schwester?«

»Ein erfolgreicher, abenteuerlustiger und halbverrückter großer Bruder und eine kleine Schwester, die ein Genie ist und außerdem versucht, die Welt zu retten. Zwischen denen zu navigieren ist schwieriger als jedes Strategiespiel. Hast du Geschwister?«

»Drei Halbgeschwister.« Alice seufzte. »Einen sieben Jahre jüngeren Bruder mütterlicherseits und zwei acht Jahre jüngere Zwillingsschwestern beim Vater.«

»Du bist also die Älteste in der Geschwisterschar.« Samuel nickte. »Wie war das denn, auf beiden Seiten Stiefeltern und Stiefgeschwister zu haben?«

»Meinem kleinen Bruder gelingt einfach alles, was er in die Hand nimmt, und er ist ohne Zweifel Mamas Liebling.« Alice verkniff sich eine Grimasse. Filip hatte niemals etwas falsch machen können, jedenfalls nicht in den Augen ihrer Mutter, während Alice immer ausgeschimpft worden war, sowie sie etwas Unüberlegtes getan oder keine ausreichend guten Leistungen erbracht hatte. Seit Filips Geburt hatte sie sich außen vor gefühlt, als ob sie nicht richtig zu der neuen Familienkonstellation gehörte, jedenfalls nicht so sehr wie er.

»Ach, das kenne ich. Ich war immer das schwarze Schaf in der Familie. Nicht, weil ich besonders schwierig gewesen wäre oder Dummheiten begangen hätte, aber anders als meine überintelligenten Geschwister bin ich ganz normal,

Mittelmaß.« Etwas Düsteres funkelte in Samuels blauen Augen auf, und er schob sein markantes Kinn vor. »Und deine Geschwister auf der anderen Seite?«, fragte er dann. »Geht es mit denen leichter?«

»Wir hatten nie besonders viel Kontakt. Mein Vater hat meine Mutter verlassen, als ich drei war, und aus irgendeinem Grund war ich eigentlich immer nur bei ihr.« Alice wusste nicht, warum es sich so ergeben hatte. Ihr Vater hatte sich offenbar sehr um die kleinen Schwestern gekümmert, obwohl es so gut wie unmöglich gewesen war, sie zu beruhigen oder zum Stillsitzen oder gar zum Stillsein zu bringen. Er hätte sich bestimmt auch um Alice kümmern können. »Ich habe mich bei ihm und seiner neuen Familie nie richtig zu Hause gefühlt.«

»Hart für dich.« Samuel musterte sie mitfühlend.

Er hatte schöne Augen, wie Alice jetzt sah. Tiefblau, wachsam und vertrauenerweckend. Vielleicht wurde man so, wenn man die ganze Zeit zwischen zwei willensstarken Geschwistern vermitteln musste.

»Oh!« Er riss sie aus ihren Überlegungen. »Es ist ja schon vier!« Samuel leerte eilig seine Kaffeetasse und erhob sich. »Und dabei haben wir noch kaum über das Manuskript gesprochen. Wenn man sich gut versteht, vergeht die Zeit einfach viel zu schnell.«

»Da hast du recht«, stimmte Alice zu. Im letzten halben Jahr hatte sie sich dermaßen darauf konzentriert, allen aus dem Weg zu gehen, dass sie ganz vergessen hatte, wie gut es tat, mit jemandem zu reden, und bei Samuel war es ihr unerwartet leichtgefallen, als seien sie fast schon alte Bekannte. Und auch wenn die vielen Leute im Café anstrengend waren, hatte sich ihr hämmerndes Herz nach einer Weile beruhigt.

»Ich muss leider los.« Samuel warf sich die Tasche über die Schulter, und Alice folgte ihm hinaus in das unfreundliche Novemberwetter. »Wenn ich es schaffe, schicke ich heute Abend noch ein Kapitel, sonst morgen.« Er wollte sie schon umarmen, hielt aber auf halbem Weg inne und winkte ihr zu, als er mit raschen Schritten in Richtung Götgata davonlief.

10

Alice blieb vor der Haustür stehen und suchte in ihrer Handtasche nach dem Schlüsselbund. Sie könnte natürlich auch das Codeschloss benutzen, aber wenn sie den Schlüssel nahm, kam sie nicht mit den Bazillen anderer Menschen in Berührung. Als sie die Schlüssel gerade gefunden hatte, sah sie aus dem Augenwinkel, dass sich jemand näherte. Elias kam geradewegs auf sie zu, sein Blick war auf sein Handy gerichtet.

»Ach, hallo, entschuldige.« Er lächelte bedauernd. »Ich suche gerade den Code. Meine Mutter hat ihn mir schon tausendmal genannt, aber aus irgendeinem Grund kann ich ihn mir nicht merken, und ich weiß auch nicht mehr, wo im Telefon ich ihn gespeichert habe.«

»Ich kann dir die Tür aufmachen.« Alice ließ die Schlüssel in der Tasche und gab den Code ein. »Wie schön für Marguerite, dass sie Besuch bekommt.«

»So würde sie das sicher sehen.« Elias ließ sie nicht aus den Augen. »Aber eigentlich wollte ich zu dir.«

»Zu mir? Wieso denn?«

»Hier.« Er überreichte ihre eine Plastiktüte, die ein Päckchen enthielt. »Ich wollte mich bei dir entschuldigen.«

»Das brauchst du doch nicht.«

»Doch, allerdings. Ich war wirklich unsensibel.«

»Ach, ich kann mich kaum noch daran erinnern.« Alice zuckte mit den Schultern. Nie im Leben würde sie zugeben, dass sie seine verletzenden Kommentare noch klar im Gedächtnis hatte.

»Es ist nichts Besonderes, nur was zum Knabbern, und ...« Er nickte. »Ich wollte dich was fragen.«

»Geht es um Marguerite? Braucht sie bei irgendwas Hilfe?«

»Absolut nicht.« Elias fuhr sich mit der Hand durch die kurzen Locken. »Ich wollte fragen, ob du Lust hast, mal abends mit mir was trinken zu gehen.«

»Nur du und ich?«

»Genau.« Er lächelte. »Warum nicht?«

Warum wohl, wäre die passendere Frage gewesen, dachte Alice, während sie überlegte, wie sie sich aus dieser Einladung herauswinden sollte.

»Wie nett, wäre jetzt eine passende Antwort.« Elias schaute sie aus zusammengekniffenen Augen und mit einem Grinsen in den Mundwinkeln an.

Alice schluckte und starrte zu Boden. Etwas in seinem Blick und an seinen üppigen Lippen erinnerte sie daran, seit welcher Ewigkeit sie keinen Mann mehr geküsst hatte.

»Ich weiß nicht«, sagte sie. Sie hatte den Kaffee mit Samuel zwar überstanden, aber ein Besuch mit Elias in einer lärmenden Bar wäre etwas ganz anderes.

Elias ließ sie nicht weiterreden. »Morgen zum Beispiel. Ich war sehr ungeschickt, und es wäre ein Trost, wenn ich dich zu einem Glas Wein einladen dürfte.«

»Das ist wirklich nicht nötig.«

»Dann tu es mir zuliebe.« Seine braunen Augen funkelten. »Gib zu, dass es nett wäre.«

»Großer Gott, du bist wirklich anstrengender als Poppy.« Alice wusste nicht, wohin sie blicken sollte. Egal wohin, nur nicht in die warmen braunen Augen, die ihre Wangen zum Glühen brachten.

»Du sagst also ja?«, fragte er und lächelte strahlend. »Wie schön. Ich hol dich gegen sieben ab.«

Moment mal, sie hatte ja gar nicht zugestimmt. Und doch hörte sie sich sagen: »Aber bitte irgendetwas Ruhiges. Ich bin überempfindlich gegen Lärm.« Überempfindlich? Sie stöhnte in Gedanken. Wie albern sie sich aufführte! Aber eigentlich stimmte es ja. Ein ruhiger Ort war die Voraussetzung dafür, dass es funktionieren könnte.

»Das lässt sich machen.« Er lächelte sie siegessicher an. »Ich kenne ein superruhiges Lokal hier in der Nähe, das dir ganz bestimmt gefällt.«

Großer Gott, wie war das nur passiert? Alice machte sich sicher eine Minute an der Wohnungstür zu schaffen, ehe sie das Schloss öffnen konnte. Auf irgendeine Weise war es ihr gelungen, sich von Elias zu verabschieden und langsam und würdevoll die Treppe hochzusteigen, während ihr das Herz bis zum Hals schlug. Was hatte dieser Mann nur an sich, das ihre Beine in zitterndes Gelee verwandelte und ihre Wangen aufglühen ließ wie eine rote Ampel? Dass er ein Herzensbrecher war, sah man doch auf den ersten Blick. Und jetzt hatte sie sich mit ihm zu einem Glas Wein verabredet. Das war doppelt idiotisch. Alice schüttelte den

Kopf und zog das Geschenk aus der Tüte – eine Schachtel Sahnekaramellbonbons mit Schokoüberzug. Unter dem Geschenkband steckte eine kleine Karte:

Entschuldige meine Taktlosigkeit. Hier ist eine kleine Versöhnungsgabe. Einen schönen Abend noch. Elias.

PS. Was sagst du zu einem Glas Wein ganz bald?

Sie starrte die Karte an, auf der auch noch seine Telefonnummer stand. Er hatte die Tüte wohl an ihre Tür hängen wollen. Wieso wusste er, wo genau sie wohnte? Hatte Marguerite es ihm verraten? Nein, eben, sie hatte ja erwähnt, dass Alice Ethels Wohnung übernommen hatte, und da Elias in diesem Haus aufgewachsen war, wusste er natürlich, welche das war. Alice öffnete die Schachtel und stopfte sich ein Karamellbonbon in den Mund. Die Schokolade schmolz an ihrem Gaumen, und die Süße brachte sie zu der Frage, wie es wohl wäre, ihn zu küssen. Wunderbar, vermutlich.

»Aber Herrgott, hör doch auf!« Sie stöhnte und stellte die Schachtel auf den Tisch in der Diele. Mit dieser Selbstsicherheit, die er ausstrahlte, wechselte er seine Frauen sicher so oft wie andere ihre Hemden. Nein, sie sollte ihre Zeit mit Sinnvollerem verbringen als mit Tagträumen. Zum Beispiel sich überlegen, was sie zu Abend essen wollte. Sie suchte im Schrank, aber weder Nudeln noch Knäckebrot mit Makrele wirkten verlockend. Nach dem Essen wollte sie sich an den Laptop setzen und neue Lebensmittel bestellen. Egal, wenn der Laden denselben Boten schickte. Drei Tage hintereinander Fertignudeln mussten reichen.

Ihr Telefon klingelte. Alice warf einen Blick auf das Display und ließ es noch einige Male klingeln. Statt zurückzurufen, wartete sie zwanzig Minuten und schrieb dann eine SMS:

Hallo, Mama, hab im Kalender nachgesehen und bin am ersten Advent leider schon verplant. Filip bekommt sein Geschenk dann nächstes Mal. Kuss.

Die Antwort auf ihre Lüge kam sofort.

Wie schade, dass du nicht dabei sein kannst. Versprich anzurufen, sobald du Zeit hast. Wir müssen uns wegen Weihnachten absprechen. Kuss.

Weihnachten. Alice blinzelte und füllte ihre Lunge mit Luft. So, wie sie ihre Mutter kannte, würde sie wieder einmal die protzigste Tanne aussuchen, die sich überhaupt auftreiben ließ, das Haus in Grund und Boden dekorieren und einen Berg schweineteurer Weihnachtsgeschenke besorgen, versehen mit übertrieben langen, krampfhaft originellen Versen. Sie würden früh anfangen, mit einem Sektfrühstück, zu dem alle ihre sorgfältig ausgesuchten Geschenke mitbrachten. Danach würde der Tag dahinbrausen wie ein unaufhaltsamer Güterzug, bis sie entweder erschöpft auf dem Sofa oder in ihren Sesseln lagen, nach viel zu viel fettem Essen, Unmengen an Schokolade, sahnigen Käsesorten und anderen Leckerbissen. Und wenn sie das alles nicht umwarf, würde es der Alkohol erledigen – Glühwein um elf, Bier, Wein oder beides zum Weihnachtsbuffet, dann Portwein oder ein Glas Sauternes zur Bescherung, danach Calvados, Rum oder Whisky, falls man keinen Irish Coffee vorzog. Irgendwann nach Mitternacht würden Alice, Filip und seine Freundin in ihre Betten in den Gästezimmern fallen, nur, um am nächsten Vormittag hochgejagt zu werden, zu einem Spaziergang mit anschließendem Brunch, der vor allem aus Resten vom Weihnachtsbuffet und noch mehr Alkohol bestand.

Zwei Tage Weihnachtswahnwitz konnte Alice normalerweise überstehen, aber in diesem Jahr hätte sie keine Chance. Nicht allein. Im vorigen Jahr, als Sebastian ohne Vorwarnung abgesagt hatte, war Weihnachten unerträglich gewesen, und diese Prozedur in diesem Jahr zu wiederholen, überstieg einfach ihre Kräfte. Sie brauchte eine hieb- und stichfeste Entschuldigung, um nicht hingehen zu müssen. Vielleicht könnte sie verreisen? Irgendwo innerhalb Schwedens natürlich, aber zugleich weit genug weg für den Weihnachtszirkus ihrer Mutter. Irgendeine glaubwürdige Geschichte musste sie dazu präsentieren, das war klar. Alice legte den Kopf in die Hände. Warum hatte sie ihrer Familie die Wahrheit über Sebastian verschwiegen und nicht einfach alles gesagt? Es wäre so viel einfacher, wenn ihre Mutter nicht davon ausgehen würde, dass sie sich nur gestritten hätten und sich alles bald wieder klären würde. Oder Moment, diese Lüge lieferte die perfekte Ausrede. Alice konnte ganz einfach behaupten, Sebastian hätte sie über Weihnachten irgendwohin eingeladen, vielleicht auf einen prachtvollen Herrensitz irgendwo auf dem Land, mit der Begründung, dass er ihr Problem ein für alle Mal aus der Welt schaffen wollte. Ihre Mutter würde nicht begeistert sein, eine solche Reise aber niemals hinterfragen. Nicht bei diesem Anlass. Alice nickte zufrieden. Das könnte funktionieren. Die Frage war nur, ob sie sich die ganzen Weihnachtstage in der Wohnung verkriechen oder ob sie wirklich irgendwohin fahren sollte.

Nach dem Essen schaltete Alice den Laptop ein, bestellte Lebensmittel und öffnete die Balkontür einen Spaltbreit. Schon bald hörte sie von dort ein Maunzen, und gleich darauf lief Konfuzius auf den Sessel zu. Nach einem Blick auf Alice sprang er auf die Armlehne und spähte in die Dunkelheit. Dann drehte er ein paar kleine Runden und legte sich über ihre Knie.

»Hallo, du kleiner Sturkopf.« Alice streichelte den Kater und erhielt ein zufriedenes Seufzen als Antwort. »Aber du bist trotzdem ein Schmusekater«, murmelte sie. »Schau mal, der Krimiautor hat geschrieben. Wollen wir mal sehen, was er geschickt hat?«

Samuel begann das neue Kapitel mit der Beschreibung, wie sich Noel um Julia kümmerte, die einen Tag lang mit hohem Fieber im Bett lag und ihre Umgebung nur vage registrierte. Einiges durchdrang Julias Fiebernebel. Ab und zu saß Noel am Bett und flößte ihr Wasser und Bouillon ein. Dann wieder legte er ihr ein feuchtes Handtuch auf die Stirn. Und einmal saßen zwei kleine Mädchen mit weizenblondem Schopf und rosa Nachthemd auf ihrer Bettkante und hielten sie für einen Engel. Als Julia aus ihrem Fieberwahn zum Leben erwachte, fragte sie nach ihrem Handy und einem Ladegerät, um Adam anzurufen, aber offenbar hatte der Schneesturm für Zehntausende Haushalte den Strom unterbrochen, und noch war der Schaden nicht behoben. Es war kalt im Zimmer, und Noel half Julia in einen Sessel im Wohnzimmer vor dem offenen Kamin, in dem ein einladendes Feuer prasselte. Kaum hatte sie sich dort niedergelassen, da kamen zwei kleine Mädchen zu ihr. Alice musste laut lachen, als sie den Dialog zwischen Noels Kindern las:

»Bist du ein Engel?«, fragte das jüngere Mädchen. »Papa sagt, du bist keiner.«

»Dussel, du siehst ja wohl, dass sie keiner ist«, meinte die Ältere.

»Aber ich finde, sie sieht genauso aus wie die Engel auf meinen Lesezeichen.«

»Du bist so kindisch.« Das ältere Mädchen schüttelte tadelnd den Kopf. »Sie ist mit unserem Schlitten hergekommen, das weißt du doch.«

»Genau. Papa hat gesagt, der war so schwer, dass er ihn kaum durch den Schnee ziehen konnte.« Die Kleinere kicherte.

»Jetzt seid mal ruhig, Kinder. Julia ist müde.« Noel brachte sie zum Schweigen.

»Was hast du für einen schönen Namen«, sagte jetzt die Ältere. »Ich heiße Maja, und das ist die Furzlisa.«

»So heiße ich überhaupt nicht!« Die Kleine schlug ihrer großen Schwester auf den Arm.

»Papa, Papa, hast du das gesehen? Sie hat mich gehauen!«

»Lisa, du weißt, dass man nicht hauen darf.« Noel nahm die Hand der Kleinen und dann die der großen Schwester und sagte: »Und seiner Schwester darf man schon gar keine fiesen Namen geben.« Er musterte die beiden Mädchen mit ernster Miene, dann ließ er sie los und sagte, Julia sei müde von ihren vielen Fragen und sie sollten jetzt wieder malen gehen. Danach drehte er sich zu Julia um und zuckte verlegen mit den Schultern. »Entschuldige, sie sind schon so aufgeregt, seit du auf geheimnisvolle Weise mitten im Schneesturm aufgetaucht bist. Sie wollen alles über dich wissen.«

Alice lächelte. Der Wortwechsel zwischen Noel, seinen Kindern und Julia war lebendig, und sie konnte die Mädchen vor sich sehen. Als nun Noels Aussehen beschrieben wurde, kicherte sie, denn er sah offenbar genauso aus wie Samuel mit seinen über ein Meter neunzig, breiten Schultern, wirrem blonden Schopf und tiefblauen Augen.

Es folgte ein herrliches Kapitel, in dem Julia mit Noel und seinen Töchtern in der Sennhütte zusammen war. Sie bastelten für Weihnachten, spielten Spiele, machten auf dem Holzofen Glühwein heiß, schmückten den Weihnachtsbaum, und alles war gemütlich im Schein der Kerzen und des offenen Kamins. Am nächsten Morgen war der Strom wieder da, und Julia rief Adam an, aber der wollte nur über den weichen Pulverschnee reden, der Åreskutan in einen Spielplatz für Erwachsene verwandelt hatte. Er schien sich keinerlei Sorgen um Julia gemacht zu haben und sie auch nicht zu vermissen. Vielleicht behauptete Julia deshalb, dass sie bei einer reizenden Familie sei, und nicht bei einem alleinstehenden Mann mit zwei Töchtern.

Wer sich dagegen offenbar gewaltige Sorgen um sie gemacht hatte, war Jakob, der mit einer Pralinenschachtel und Nachrichten über Julias Auto anrückte. Es hatte seit Jahren nicht mehr so heftig geschneit, und die Räumung würde dauern. Vermutlich würden sie das Auto erst morgen oder übermorgen frei bekommen können. Er fragte, ob sie lieber bei ihm wohnen wollte, da er ein größeres und moderneres Haus hatte, aber Noel behauptete, sie sei noch zu schwach für den Umzug, was zu einem weiteren wütenden Wortwechsel zwischen den beiden Männern führte. Ganz offenkundig gab es zwischen ihnen eine alte Geschichte, aber es war noch nicht der richtige Zeitpunkt, um den Leserinnen mehr darüber zu erzählen. Alice nickte und machte sich eine Notiz. So war der Text gut aufgebaut. Die Spannung wurde erhöht, und die Handlung bekam Tempo. Alice freute sich schon darauf zu erfahren, wie Samuel die Geschichte weiterführen würde. Man merkte, dass er daran gewöhnt war, Spannung zu erzeugen, und er hatte auch ein gutes Gespür für Zwischentöne, vor allem bei Noels Verhältnis zu seinen Kindern. Damit hätte sie nicht gerechnet.

Alice las weiter über den gemütlichen Vorweihnachtsabend, den Julia mit Noel und den Mädchen feierte. Als Noel die Kinder dann ins Bett brachte, saß Julia in der Küche der Sennhütte und blätterte in einer alten Ausgabe einer Frauenzeitschrift. Die stammte aus dem Vorjahr und Julia hätte gern gewusst, wer sie hergebracht hatte. Als Noel eine Weile später in die Küche kam, fragte sie ihn und erfuhr, dass die Zeitung seiner Exfrau gehörte und dass das vergangene Weihnachtsfest ihr letztes gemeinsames gewesen war. Es folgte eine heimelige Szene, in der Noel und Julia heiße Schokolade mit Rum tranken und Noel erzählte, wie er und seine Frau sich nach der Geburt der Kinder voneinander entfernt und nie wieder zusammengefunden hatten. Das Gespräch entwickelte sich zwischen ihnen ganz natürlich, und Noel berichtete, dass er und die Exgattin einen heftigen Kampf um das Sorgerecht ausfochten, und er fürchtete, die Kinder nicht so oft bei sich haben zu können, wie er wollte. Der Abend in der Sennhütte endete mit einer langen Umarmung zwischen Noel und Julia, und sie schienen beide den anderen nicht loslassen zu wollen.

Alice blinzelte einige Male und schaute von der Erzählung auf. Samuel hatte nicht nur ein gutes Händchen für Dialoge, er hatte noch dazu Noels Liebe zu den kleinen Kindern und seine Angst davor, sie zu verlieren, glaubwürdig dargestellt. Alice machte sich eine Notiz, um das beim Feedback nicht zu vergessen. Ach, es wäre schöner, es Samuel sofort zu erzählen. Sie öffnete ihren Chat und fing an zu schreiben:

Wow, was für großartiges Kapitel! Jetzt verstehe ich, warum du Noel dabeihaben wolltest, obwohl ich zugeben muss, dass ich ein Problem mit seinem Namen habe. Könntest du dir vorstellen, den zu ändern? Egal wie, du hast ihn und seine Kinder auf lebendige und authentische Weise dargestellt. Jetzt verstehe ich auch, warum du auf die drei Männer bestehst. Das Trio sorgt für eine gute Dynamik. Ich glaube aber nach wie vor, es wäre gut, wenn du Adam anfangs etwas sympathischer erscheinen lässt, damit sich der Ärger über ihn nach und nach entwickeln kann. Das macht es spannender. Die meisten Leserinnen werden sich klug finden, aber du weißt ja, dass sie nicht gleich auf der ersten Seite erraten werden, wie es weitergeht. Und das mit Julias Fieber ist perfekt. Jetzt sind sie und Noel von der Umwelt abgeschnitten und müssen einander kennenlernen. Ein großes Plus dafür, wie du

Noels Beziehung zu seinen Töchtern gestaltet hast. Die wirkt liebevoll und glaubwürdig. Ich will sofort das nächste Kapitel!

Alice lächelte, als sie die Mitteilung abschickte. Aus irgendeinem Grund hatte es sich so ergeben – Samuel mailte die neuen Kapitel, ansonsten kommunizierten sie per SMS und Messenger. Schon nach wenigen Minuten war Samuels Antwort da. Wohnte der Mann neben seinem Laptop?

Danke, das freut mich riesig! Ich bin auch ganz zufrieden mit dem Kapitel. Auch mit dem folgenden, wo die vier in der Sennhütte Weihnachten feiern, aber daran muss ich noch ein bisschen feilen, bevor du es lesen darfst. Was Adam betrifft, stimme ich dir zu. Das überarbeite ich noch. Lach jetzt nicht, aber was die Namen angeht, da fand ich Julia einen perfekten Weihnachtsnamen, wegen Julklapp und so, du weißt schon, und das gilt auch für Noel, so wie Joyeux Noël. Oder ist das zu viel? Zu weit hergeholt?

Haha, dann verstehe ich. Alice schob den Kopf von Konfuzius zur Seite, um die Tasten berühren zu können. *Ich muss zugeben, dass ich nicht an den Weihnachtsbezug der Namen gedacht hatte. Sorry. Julia ist gut, nur Noel kommt mir wie gesagt ein bisschen sperrig vor. Aber warte einen Moment, meinst du, dass ich das Kapitel noch nicht lesen darf? Bitte, schick es ganz schnell. Danke für den netten Cafébesuch übrigens. Schön, dich endlich mal getroffen zu haben.*

Sollte sie noch schreiben, dass sie fand, er und Noel hätten große Ähnlichkeit miteinander? Nein, es stand ja nicht fest, dass Samuel sich darüber im Klaren war, und vielleicht wäre es ihm peinlich. Sie würde ihn später mal darauf ansprechen.

Ich habe zu danken. Schön, dass du dir die Zeit für dieses Treffen genommen hast, auch wenn wir nicht sehr viel über das Buch gesprochen haben. Macht mehr Spaß, über etwas anderes zu reden. Hörst du übrigens Weihnachtsmusik, wenn du mein Manuskript liest? Ich habe eine Playlist mit Weihnachtsliedern, die auf Repeat läuft, während ich schreibe. Jetzt, wo es schon fast Dezember ist, kann man sich ja leicht in die passende Stimmung versetzen, aber im Frühling, als ich mit dem Schreiben angefangen habe, war das eine kleine Herausforderung. Soll ich dir die Liste schicken?

Alice schnitt eine Grimasse, als sie Samuels Mitteilung las. Sie schob die Hand in das Fell des Katers und staunte immer wieder darüber, wie weich und glatt das war. Irgendwo in der Nähe schlug eine Kirchturmglocke, und plötzlich bohrte ihr der Kater die Pfoten in den Oberschenkel und stand auf. Gleich darauf sprang er auf den Boden und verschwand durch die Balkontür.

Danke, aber Sebastian hat voriges Jahr auf Bremmers' Weihnachtsfeier sein Verhältnis mit Miranda angefangen. Die Zeit danach war schrecklich und … Was sollte sie schreiben? *Weihnachten und ich sind in diesem Jahr mit-*

einander verfeindet, schrieb sie am Ende. *Ich spiele sogar mit dem Gedanken, irgendwo hinzufahren, um dem Weihnachtszirkus bei meiner Mutter zu entgehen.*

Alice schaute auf, überrascht davon, wie leicht die Worte aus ihr herauskamen. Zwischen ihr und Samuel war im Café, aber auch durch das Manuskript, eine Verbindung entstanden. Vielleicht war es töricht, aber sie hatte das Gefühl, Samuel besser kennenzulernen, wenn sie über Julia und Noel las. Das mochte darauf hinweisen, dass die Erzählerstimme im Buch Samuel als Person zu nahe kam, und vielleicht verwechselte sie ihn deshalb fast mit Noel. Egal wie, es kam ihr ganz natürlich vor, sich Samuel anzuvertrauen, obwohl sie ihn kaum kannte. Sie war sicher, dass er ihr Vertrauen nicht missbrauchen würde.

Ich kann dich verstehen, antwortete Samuel. *Mit der Vogel-Strauß-Strategie hab ich dagegen meine Probleme. Ist es nicht besser, du legst dir neue Erinnerungen zu, die nichts mit deinem Ex zu tun haben und die es dir ermöglichen, die schöne Zeit zu genießen, die jetzt vor uns liegt (trotz dieser widerwärtigen Pandemie)? Ich finde den Dezember phantastisch, mit den vielen funkelnden Lichtern, der festlichen Musik und der Erwartung, die sich aufbaut, bis Weihnachten dann endlich da ist.*

Neue Erinnerungen. Wie sollte das möglich sein? Sie setzte ja kaum einen Fuß vor die Tür. Und Erwartung – das war das Letzte, was sie verspürte.

Bevor sie antworten konnte, ploppte bereits eine neue Mitteilung auf.

Muss hart sein, an einem Weihnachtsroman zu arbeiten, wenn du dir doch alle Mühe gibst, Weihnachten aus dem Weg zu gehen. Ich habe einen Vorschlag – komm am Wochenende mit mir zu einem Adventskonzert in Gamla stan. Einige Bekannte nehmen in der Deutschen Kirche ein digitales Konzert auf. Wäre das nicht ein passender Start für dein Entzugsprogramm?

Entzugsprogramm. Samuel war witzig, das musste sie ihm lassen, aber unter Leute zu gehen behagte ihr noch nicht.

Danke für die Einladung, aber wie du vielleicht verstanden hast, habe ich gerade Probleme mit Menschen und Weihnachten.

Wie üblich kam Samuels Antwort blitzschnell:

Du brauchst dir keine Sorgen zu machen. Es sind nur drei Musiker, ein Kameramann und wir – in einer riesigen Kirche. Komm doch mit, es wird bestimmt schön!

Vielleicht hatte Samuel recht damit, dass sie neue Erinnerungen brauchte, um Sebastian hinter sich zu lassen? Und dass sie häufiger aus dem Haus müsste, war ja nichts Neues. Schon wieder kam eine neue Nachricht, ehe sie antworten konnte:

Wenn du dich nicht wohlfühlst, gehen wir einfach. Deal? Ich finde raus, wann genau es losgeht, und melde mich wieder.

Nach einigem Zögern nahm Alice die Einladung an, und einige Minuten später piepte ihr Handy.

Danke! Ich rede gern mit dir, im Café und über Social Media. Freu mich auf Sonntag! Sam

Ebenfalls, schrieb sie. *Freu mich auf das Konzert.* Das stimmte zwar nicht, aber zu ihrer Überraschung konnte sie es kaum erwarten, Samuel wiederzusehen. Aber mehr noch, und das war wirklich beunruhigend, fieberte sie dem Glas Wein mit Elias entgegen.

11

Alice riss ein Kleidungsstück nach dem anderen aus dem Schrank, aber nichts kam ihr passend vor. Sie hatte keine Lust, ihre Trainingshose auszuziehen, und alles, was sie fand, war entweder zu groß, zu elegant oder zu nichtssagend. Sie wollte nicht als graue Maus vor Elias stehen, aber auch nicht zu glamourös wirken. Es war trotz allem ein normaler Abend mitten in der Woche. Sie würden ein Glas Wein trinken und nicht feiern gehen. Sollte sie ihm absagen? Das wäre natürlich in jeder Hinsicht das Beste. Alice ging in die Küche, steckte sich eines der letzten Karamellbonbons in den Mund und griff zu der kleinen Karte mit der Mobilnummer. Das Bonbon schmolz an ihrem Gaumen, und bei dem Gedanken, ihn wiederzusehen, kribbelte es in ihrem Magen. Erwartung – wann hatte sie zuletzt dieses Gefühl gehabt? Nicht seit Bremmers' Weihnachtsfeier vor einem Jahr, und die hatte zu einer Katastrophe geführt. Elias zu treffen war vermutlich das Dümmste, was sie tun könnte, aber andererseits, wann war sie zuletzt leichtsinnig gewesen?

Wurde es nicht Zeit, sich wieder hinauszuwagen und neue Erinnerungen zuzulegen, wie Samuel gesagt hatte?

Wenn sie den Cafébesuch in der Stadt geschafft hatte, ohne in Panik zu geraten oder zu große Angst zu bekommen, müsste sie das hier doch auch überstehen. Wenn es zu anstrengend würde, könnte sie sich einfach für die Einladung bedanken und nach Hause gehen. Am Ende entschied sie sich für einen schwarzen Wickelrock, der ihrer Figur schmeichelte, aber nicht zu viel verriet, und zusammen mit einer hautfarbenen Strumpfhose und schwarzen Stiefeln ihre Beine richtig lang und schlank aussehen ließ.

Alice hatte ihren Lippenstift schon mehrmals ausgebessert, als sie die Türklingel hörte. Sie strich die Haare glatt, atmete tief durch und öffnete.

»Hallo, entschuldige die Verspätung.« Elias trug einen kamelfarbenen Kaschmirmantel, dunkelblaue Jeans und Jodhpurs und sah fast noch umwerfender aus als in ihrer Erinnerung.

»Warte, ich hol nur schnell meinen Mantel.« Sie nahm ihren knielangen schwarzen Mantel vom Kleiderbügel und schnappte sich auf dem Weg zur Tür die Handtasche.

»Du siehst wunderschön aus.« Er warf ihr einen bewundernden Blick zu. »Vor allem mit diesem Lächeln.«

Alice wollte schon etwas über ihre strapazierten Haare und über ihre alles andere als moderne Kleidung sagen, ließ es aber. Unter seinem warmen Blick fühlte sie sich schön, und genau das brauchte sie, um einen Abend unter Menschen zu überstehen.

Sie gingen zu einem Lokal in der Nähe von Mariatorget, und als sie eintraten, hämmerte Alices Herz in einer Mischung aus Nervosität und Angst. So leer, wie Elias behauptet hatte, war die Bar durchaus nicht. Die Musik war laut, und fast alle Tische waren besetzt. Elias merkte offenbar, wie unwohl sie sich fühlte, denn er besorgte einen ruhigen Platz in einer Nische bei einem Fenster zur Straße. Kaum hatten sie sich gesetzt, da erschien auch schon eine Kellnerin, um ihre Bestellung aufzunehmen.

»Was sagst du, Sekt, Wein oder was ganz anderes?« Elias wandte sich an Alice.

»Gern ein Glas Weißwein.« Sie hätte lieber etwas Stärkeres getrunken, hatte aber keine Ahnung, was in dieser Hinsicht gerade angesagt war, und wollte nicht wie eine Hinterwäldlerin wirken. Außerdem hatte sie Angst, das dann vor lauter Nervosität in einem Zug zu leeren.

»Dann hätten wir gern zwei Glas Weißwein.« Elias schaute die Kellnerin an und zeigte sein hinreißendes Lächeln. Die junge Frau strahlte und sah ein bisschen verlegen aus. Alice konnte sie verstehen. Immer, wenn Elias sie anschaute, schien er einen Raum nur für sie zu öffnen, als ob sie seine gesamte Aufmerksamkeit besäße. Es war ein angenehmes Gefühl, wenn auch ungewohnt, und sie wusste nicht, was sie mit sich selbst anfangen sollte, wenn er sie mit dem Blick regelrecht einzoomte. Lernte man das an der Schauspielschule, oder war das einer seiner Verführungstricks?

»Möchtest du etwas essen?«

»Essen?« Alice wurde aus ihren Gedanken gerissen. »Nein, danke.« Sie würde in seiner Gesellschaft nicht einen Bissen hinunterbekommen, dazu war sie viel zu nervös. Und die Panik lag gleich unter der Oberfläche auf der Lauer.

»Woher kennst du meine Mutter?«

»Konfuzius taucht immer wieder auf meinem Balkon auf. Einmal wollte er aus irgendeinem Grund nicht wieder auf das Dach des Gartenhauses springen, und da hab ich ihn auf den Arm genommen und bei ihr angeklopft.«

»Da hat sie sich sicher gefreut. Unerwarteten Besuch liebt sie über alles.«

»Das war nur ein paar Tage, bevor du vorbeigekommen bist.« Alice überlegte, was sie sagen könnte, um die Höflichkeitsphrasen hinter sich zu lassen. »Wieso bist du Schauspieler geworden?«

»Ich habe immer schon gewusst, dass es das Richtige für mich ist. Als Kind gingen bei uns zu Hause die Stars ein und aus. Skarsgård, Ullmann, Ekman, Oscarsson, alle waren sie da. Ich weiß noch, dass ich mich abends in einem Sessel verkrochen und mir alle Mühe gegeben habe, den vielen spannenden Gesprächen zu folgen. Wenn diese Leute nicht bei uns waren, sah ich sie auf den Bühnen überall in Stockholm. Ich war fasziniert davon, wie sie sich durch einige kleine Gesten vor meinen Augen verwandelten, von normalen Menschen in unsterbliche Rollengestalten. Das Theaterleben hat mich vom ersten Moment an verzaubert, und ich habe wirklich nie an eine andere Laufbahn gedacht.«

»Das kann ich verstehen.« Bei ihr war es ein bisschen ähnlich gewesen, auch wenn Bücher nicht ganz so spannend waren wie diese Theaterlegenden. Ihr Leben hatte sich immer um Bücher gedreht. Wenn ihre Mutter keine Zeit für sie gehabt hatte, zuerst wegen der Arbeit und später wegen Filip, war sie in diese zauberhaften Welten verschwunden, durch geheime Gärten und magische Phantasiereiche. Sie begriff, wie es für Elias gewesen sein musste, und fragte: »Und ist der Beruf so, wie du ihn dir vorgestellt hast?«

»Wird irgendetwas jemals so, wie man es sich vorstellt?« Er lachte. »Ich war dumm und naiv. Es sah so leicht aus, wenn die Bekannten meiner Mutter vom Theater in ihre Rollen schlüpften, als ob es keinerlei Anstrengung erforderte. Ich wusste ja nicht, dass ihre Erfahrung und ihre Fähigkeiten das so leicht wirken ließen.« Er fuhr sich mit der Hand durch die Haare. »Ich habe Jahre gebraucht, um meinen eigenen persönlichen Ausdruck zu finden und das Eingeübte spontan und natürlich aussehen zu lassen. Eigentlich habe ich erst jetzt mit *Eine verschwundene Zeit* meinen ersten richtigen Publikumserfolg.«

»Was muss das für ein wunderbares Gefühl sein«, sagte Alice. »Gut, dass du nicht aufgegeben hast.«

»Ja, es ist ein schöner Sieg.« Seine Augen funkelten. Alice fand nicht oft einen Mann schön, aber Elias war es definitiv. Sie schluckte und hoffte, dass sie nicht rot wurde. »Und du, was bringt dein Herz zum Klingen?«, fragte er dann.

»Bücher, Bücher und noch mehr Bücher«, gab sie zu. Und dein verdammter Blick, dachte sie gleich darauf. Merkte er das? Sie schlug die Augen nieder, trank einen Schluck Wein und merkte, wie ihre Angst davor, unter Leuten zu sein, nach und nach kleiner wurde.

In der folgenden Stunde sprachen sie über Bücher, Theaterstücke und Filme, allerdings vor allem über Filme, weil sie dort die meisten Berührungspunkte hatten. Elias war kein großer Leser, was Alice überraschte. Wie war es möglich, auf der Bühne einer der großen Rollen gerecht zu werden, ohne zuerst das Werk hinter der Inszenierung gelesen zu haben? Nach dem Weißwein bestellten sie einen Roten, aber als die Gläser wieder leer waren und Elias fragte, ob sie noch mehr wollte, lehnte Alice dankend ab. Es gab nichts Neues mehr zu erzählen, die vielen Eindrücke hatten sie müde gemacht, und sie hatte das Gefühl, ihr Gespräch drehte sich im Kreis.

Sie beschlossen, den Abend zu beenden, und gingen nebeneinander zu Alices Haustür. Dort drehte sie sich zu Elias um und sagte: »Das war ein wunderschöner Abend, vielen Dank. Es hat mich gefreut, dich besser kennenzulernen.«

»Ebenfalls.« Elias trat einen Schritt näher und zog sie an sich. »Du bist wunderbar«, flüsterte er ihr ins Ohr.

»Danke«, sagte sie mit der Nase an seinem Hals. Die vielen Monate ohne Nähe ließen das Wissen, dass sie auf Distanz bleiben sollte, unwichtig erscheinen. Sein maskuliner Duft war fast berauschender als das zweite Glas Wein, und wenn sie es gewagt hätte, hätte sie das Gesicht gehoben und seine Lippen zu einem Kuss gesucht.

»Darf ich dich wiedersehen?« Seine Lippen streiften ihr Ohrläppchen, und sie zuckte zusammen.

»Gern«, brachte sie heraus und versuchte sich den Duft seines Parfüms nach Sandelholz und Moschus genau einzuprägen, um ihn zu einer späteren Gelegenheit hervorholen.

»Du hast meine Nummer. Melde dich, wenn du Zeit und Lust für ein Treffen hast.« Er küsste ihren Haaransatz, trat einen Schritt zurück und sagte, ehe er sich umdrehte und ging: »Verlier sie nur nicht.«

Die Tage nach dem Treffen mit Elias zogen sich dahin, und als es endlich Sonntag wurde und damit Zeit für das Konzert mit Samuel, konnten die Stunden für Alice gar nicht schnell genug vergehen. Seit dem Abend mit Elias hatte sie in der ganzen Wohnung staubgesaugt, den Boden gewischt, die Toilette geschrubbt und sogar in Ethels überfülltem Bücherregal und an ihren vielen alten Bilderrahmen Staub gewischt. Sie hatte sich unmöglich hinsetzen können, und jeden Tag im Wohnzimmer, in dem kleinen Schlafzimmer und in der Küche mehr als zehntausend Schritte zurückgelegt. Etliche Schritte hatte sie getanzt. Zum Lesen war sie viel zu aufgedreht.

Wie viele Male sie die kleine Karte von Elias in die Hand genommen hatte, wusste sie nicht. Aber sie hatte seine Nummer noch nicht gespeichert und ihn auch nicht angerufen. Es hatte ihr immer schon Schwierigkeiten bereitet, den Hörer hochzuheben und sich bei anderen zu melden, und inzwischen kam ihr das so vor, wie eine senkrechte Felswand hochklettern zu müssen. Sie könnte natürlich eine SMS schicken, aber Marguerite hatte für das nächste Wochenende zu einem kleinen Treffen eingeladen. Zuerst hatte Alice absagen wollen, aber als sie erfahren hatte, dass Elias wohl auch dabei sein würde, hatte sie sich die Sache anders überlegt. Wenn er dort auftauchte, dann sah das Schicksal es wohl so vor, dass sie sich wiedersahen, und wenn nicht, dann war es eben so. Sie hatte nicht vor, sich nach einem aufstrebenden Schauspieler zu verzehren. Schon gar nicht nach einem, der Frauenblicke auf sich zog, wie eine Limonadendose Bienen anlockt. Es lag doch auf der Hand, dass nichts Ernstes daraus werden konnte, und sie hatte sich noch längst nicht ausreichend von Sebastian erholt, um sich das Herz erneut brechen zu lassen.

Nach Samuel verzehrte sie sich nicht, aber das hinderte sie nicht daran, sich auf das Wiedersehen mit ihm zu freuen. Er hatte vorgeschlagen, wann und wo sie sich treffen könnten, aber weitere Kapitel hatte er nicht geschickt. *Wenn die Zeit reif ist,* schrieb er jedes Mal, wenn sie nach dem Text fragte. Wenn sie sich jetzt sahen, würde sie ihn dazu überreden, ihr das nächste Kapitel zu schicken.

Nach dem Mittagessen gab Alice sich einen Ruck und rief Filip an, um ihm zum Geburtstag zu gratulieren. Sie plauderten zehn Minuten lang, wie üblich, ohne etwas Sinnvolles zu sagen oder wirklich in die Tiefe zu gehen. Durch den großen Altersunterschied waren sie nie auf dieselbe Schule gegangen und hatten keine gemeinsamen Freunde. Außerdem waren sie grundverschieden und teilten einfach keinerlei Interessen. Möglicherweise war das der Grund für ihre holprige Beziehung. Oder war das unausgesprochene Wetteifern um die Gunst ihrer Mutter schuld daran? Alice wusste es nicht. Aber egal wie, sie war nach diesem Gespräch total erschöpft. Sie nahm eine Kopfschmerztablette, legte sich auf die Bettdecke und hoffte, neue Kraft tanken zu können, ehe sie sich in die Stadt aufmachen musste, um Samuel zu treffen. Sich mit anderen Menschen in der U-Bahn zu drängen, war ausgeschlossen, aber wenn sie bequeme Schuhe anzog, würde sie für den Spaziergang zur Deutschen Kirche in Gamla stan sicher nicht länger als eine halbe Stunde brauchen. Es würde schön sein, einfach loszulaufen und die Lunge mit frischer Luft zu füllen.

Obwohl es gerade erst kurz nach drei war, hatte sich die Sonne bereits hinter der Högalidskirche im Westen verkrochen. Alice lief in die entgegengesetzte Richtung durch die Tavastgata nach Slussen. Sogar in den Stiefeln mit den flachen Absätzen fand sie es schwierig, über die feuchten runden Pflastersteine zu gehen. Vor den Hausfassaden gab es eine schmale Rinne aus flacheren Steinen, und dort kam sie einigermaßen voran. Hinter den Fenstern der niedrigen Häuser in den Gassen funkelten Adventssterne und Kerzen, und unterhalb der kleinen Grünfläche gegenüber von Maria trappgränd, wo sie ab und zu wegen der Aussicht stehen blieb, zeichneten sich die Kirchen von Gamla stan und das Königliche Schloss wie eine gewaltige Vision vor dem roten Nachmittagshimmel ab.

Es regnete nicht, aber die Luft war so feucht, dass sich ihre Haare sofort kräuselten. Alice sog die kalte Stadtluft in die Lunge. Sie hatte das schon lange nicht mehr so empfunden, aber für sie war Stockholm eine der schönsten Städte der Welt. Vor allem von Mariaberget aus gesehen, wo ihr die gesamte Stadt zu Füßen lag. Sie lächelte und setzte ihre wacklige Wanderung nach Slussen fort.

Alice war noch vor der verabredeten Zeit am Ziel, und von der schattigen Stelle aus, wo sie stand, sah sie Samuel schon lange, ehe er sie entdeckte. Er hatte einen lässigen Gang, trug eine dunkle Schifferjacke und hatte seinen blonden Schopf unter einer dunklen Wollmütze verborgen. Als er sie sah, lächelte er strahlend und steigerte sein Tempo.

»Hallo. Wie schön, dich zu sehen.« Er wollte sie schon umarmen, schien sich dann aber zu besinnen und hielt einen halben Meter von ihr entfernt inne. »Es kommt mir wie eine Ewigkeit vor, dass wir uns gesehen haben, obwohl es ja erst ein paar Tage her ist.«

»Geht mir auch so.« Sie lächelte ihn an. »Danke für die Einladung. Ich musste mal aus dem Haus kommen.«

Zum Glück waren nicht viele Fußgänger unterwegs, und der Platz vor der Kirche war menschenleer.

»Ich muss zugeben, dass ich keine Ahnung habe, was das für ein Konzert wird«, sagte Samuel. »Aber was kann bei Musik in einer Kirche im Advent schon schiefgehen?«

Sehr viel, wie sich herausstellte. Es war eiskalt in dem mehrere Hundert Jahre alten Steingebäude, und die von der Kirchenorgel eifrig untermalte Musik sprach weder Alice noch Samuel an. Als das Konzert zur Hälfte vorbei war, fiel Alice das Stillsitzen schwerer. Samuel ging es offenbar ähnlich, denn er rutschte auf der Kirchenbank immer näher an sie heran. Nach einer Weile fragte er flüsternd, ob sie gehen sollten.

»Das können wir doch nicht«, erwiderte sie leise. »Wir müssen durchhalten.«

»Entschuldige, dass ich dich hergelockt habe. Nachher müssen wir uns mit einem Glühwein oder so stärken.«

»Hm, gute Idee«, murmelte sie. Samuel roch frisch und angenehm, und sie musste einfach ein bisschen näher an ihn heranrücken.

»Sonst sterben wir am Ende an Energiemangel.« Er lächelte sie in dem spärlich beleuchteten Kirchenschiff an.

»Oder wir erfrieren.«

»Ja, hu.« Er rutschte noch näher und saß jetzt so dicht neben Alice, dass sie sich unmöglich noch auf die Musik konzentrieren konnte, was allerdings auch kein großer Verlust war.

Als das Konzert endlich ein Ende nahm und die Kamera ausgeschaltet wurde, applaudierten sie pflichtschuldig, und Samuel stand auf und ging nach vorn, um seine Bekannten zu begrüßen, während Alice am Eingang auf ihn wartete.

»Ich habe meine Pflicht getan.« Samuel sah erleichtert aus, als er durch den schwach beleuchteten Mittelgang auf sie zukam. »Jetzt machen wir, dass wir fortkommen. Verzeihst du mir, dass ich dich hergeschleift habe?«

»Wohl eher nicht.« Sie bedachte ihn mit der Andeutung eines Lächelns. »Jetzt weiß ich wieder, warum ich nicht für Kirchenmusik schwärme.«

»Ja, großer Gott, ich hatte gedacht, wir würden hier stimmungsvolle Adventslieder hören und keine dröhnende Orgel. Und dadrinnen war es doch schweinekalt. Was möchtest du trinken: Wein oder Punsch?«

»Wie wäre es mit heißer Schokolade?« Sie freute sich darauf, über Samuels Manuskript zu reden, und ein Café kam ihr vor wie der passende Ort für so ein Gespräch.

»Gute Idee. Ich kenne ein Lokal, in dem es riesige Zimtschnecken gibt. Du wirst beeindruckt sein.«

12

Samuel und Alice gingen in ein halb leeres, aber gemütliches Café am Stortorg, bestellten heiße Schokolade und baten, sich eine Zimtschnecke teilen zu dürfen, denn die waren wirklich so riesig, dass sie kaum Platz auf einem Kuchenteller fanden. Über das Manuskript sprachen sie kein Wort. Stattdessen erzählte Samuel, weshalb er Journalist geworden war, und Alice berichtete, wie sie trotz der Einwände ihrer Mutter darauf bestanden hatte, Literaturwissenschaft zu studieren. In Christinas Augen bedeuteten solche Interessenberufe, wie sie es nannte, dass man kaum Chancen auf eine Karriere hatte. In Branchen wie diesen gab es unzählige Bewerber auf kaum freie Stelle, was sich zwangsläufig negativ auf Gehälter und Arbeitsbedingungen auswirkte. Außerdem seien die Menschen in der Regel nicht bereit, besonders viel Geld für Kultur auszugeben. Ihrer Meinung nach hätte Alice sich einen Beruf mit größerem Potenzial und besseren Karrieremöglichkeiten aussuchen sollen, so wie Filip, oder eben auch wie Sebastian. Samuel lachte, als Alice ihm davon erzählte.

»Ihr scheint ja komplett verschieden zu sein, du und deine Mutter.«

»Das kannst du wohl sagen.« Alice seufzte. »Sie fand mich immer schon zu verträumt und weltfremd. Sie versteht es nicht, dass ich absolut kein Interesse daran habe, mich in einer Anwaltskanzlei kaputtzuschuften.«

»Ich überlege, ob das eine Generationenfrage ist«, sagte Samuel. »Für die, die während des Zweiten Weltkriegs oder kurz danach geboren worden sind, galten Karriere und Geld sicher als wichtige Sicherheiten. Eigentlich kein Wunder, wenn wir daran denken, wie knapp es bei den meisten war, als sie aufgewachsen sind. Für uns sieht es anders aus. Wir wissen nicht, was es bedeutet, zu hungern, und haben andere Erwartungen an das Leben. Wir wollen uns verwirklichen und meinen zugleich, wir hätten das Recht, damit Geld zu verdienen. Ich sage nicht, dass alle so sind, aber jedenfalls viele von uns.«

»Vielleicht.« Alice hatte immer schon gewusst, dass sie etwas mit Literatur machen wollte, egal, wie das Gehalt aussah. Und besonders viel verdient hatte sie nie. In diesem Punkt musste sie ihrer Mutter recht geben.

»Ohne Corona würde ich dir meinen letzten Bissen überlassen. Ich bin total satt.« Sie wies auf den letzten Rest Zimtschnecke auf dem Teller.

»Danke, aber ich bringe auch keinen Krümel mehr runter.« Samuel hielt sich den Bauch. »Was meinst du, gehen wir?«

Alice nickte, obwohl sie eigentlich gar nicht gehen wollte. Wieder einmal war das Gespräch in seiner Gesellschaft angenehm dahingeflossen, und sie wäre gern noch eine Weile am Cafétisch sitzen geblieben.

»Wollen wir Touristen spielen?«, fragte Samuel eine

Weile darauf. Er blieb bei dem Springbrunnen auf dem Stortorg stehen und zeigte auf die protzigen alten Kaufmannshäuser, die sie umgaben. Normalerweise würden sich hier jetzt alle auf dem Weihnachtsmarkt tummeln, sich zwischen den kleinen roten Buden hindurchschieben, in denen alles von selbst gemachten Karamellbonbons, Glühwein und Toffee bis zu Handwerk und Schmiedekunst verkauft wurde. Und der süße Duft von gebrannten Mandeln würde sich mit dem von Safran und warmen Rosinen mischen.

Aber in diesem Jahr war alles anders. Die Tanne in der Mitte war mit einfarbigen Lichterketten dekoriert, und obwohl es der erste Advent war, waren auf dem Kopfsteinpflaster des Platzes nur wenige Besucher unterwegs. Dafür war Alice dankbar, denn Gedränge hätte sie nicht ertragen. Ein bisschen traurig war es aber trotzdem.

»Und was sollen wir machen?«, fragte sie und erwiderte seinen Blick.

»Wir biegen in eine Gasse ab und spazieren einfach los, ohne uns zu überlegen, wo wir landen werden.« Er lächelte.

»Gute Idee. Ich muss zugeben, dass ich seit einer Ewigkeit nicht mehr hier war.«

»Rechts oder links?«

»Da rein.« Alice zeigte auf die Gasse zwischen der Stadtmission und einer Bar, die so früh am Tag noch nicht geöffnet hatte.

Als sie dann sahen, dass sie wieder vor der Deutschen Kirche standen, bogen sie nach links in die Kindstugata ein – eine lange, enge und leicht gebogene Gasse mit kleinen Läden für Kunst, Interior oder Kleidung, dazwischen ein paar Verlage, dazu Läden mit handgedruckten Karten, Büchern, Schmuck und Antiquitäten.

»Hier ist es aber schön. Ich glaube, in dieser Straße war ich noch nie.« Alice sah sich um. Mehrere Läden waren geschlossen und hatten in den Fenstern kleine Zettel oder Schilder mit den Öffnungszeiten. Die, die geöffnet hatten, waren mit schönen Adventssternen und dezenten Weihnachtsdekorationen geschmückt, ganz anders als der billige Krimskrams, den man in Gamla stan sonst so fand.

»Ja, wirklich schön.« Samuel nickte. »Wenn ich das richtig verstanden habe, dann haben die Pandemie und das Ausbleiben von Besuchern viele Läden hier gezwungen, auf Qualität statt Quantität zu setzen. In der Hoffnung, dass dann die Einheimischen herkommen.«

»Wenn das so ist, dann ist es ihnen wirklich gelungen.« Alice blieb stehen und schaute in das Schaufenster einer Silberschmiede, in dem kunstfertig gestalteter Schmuck lag. Sie gingen weiter und erreichten am Ende der Gasse einen dreieckigen kleinen Platz mit einem riesigen Kastanienbaum in der Mitte. Brända tomten hieß der Platz, erklärte Samuel. Wenn er sich richtig erinnerte, dann stammte der komisch klingende Name daher, dass hier vor langer Zeit einmal ein heftiger Brand gewütet hatte. In einem der Häuser am Rand des kleinen Platzes lag ein Café, wo Kerzen hinter den Fenstern ein einladendes Licht verbreiteten, und auf der anderen Seite gab es einen Laden mit Bildern und Antiquitäten.

»Wohin gehen wir jetzt?«, fragte Samuel. »Nach rechts oder nach links?«

Sie schlenderten ungefähr eine Stunde lang planlos durch die Gassen, und als sie an einem Bistro mit überdimensionalen Adventssternen im Fenster vorbeikamen, schlug Samuel vor, zum Abschluss des Tages noch eine Kleinigkeit zu essen. Sie gingen hinein ins Warme und wurden begrüßt von jazziger Weihnachtsmusik und einem leisen Stimmengewirr unter den Gästen an den weit auseinander stehenden Tischen. Sie baten um Wein und einige kleine Gerichte zum Teilen, und nun sprachen sie über Samuels Romanfiguren und darüber, wie er Charaktere und Handlung zurechtfeilen könnte, um die Geschichte noch lebendiger zu machen. Mehrmals ertappte Alice sich bei einem Lachen. Samuels Gesellschaft hatte etwas Beruhigendes, sie fühlte sich entspannt und in besserer Stimmung als seit einer Ewigkeit.

»Du machst das alles wahnsinnig gut«, sagte er nach einer Weile. »Hast du nie mit dem Gedanken gespielt, selbst einen Roman zu schreiben?«

»Nein.« Alice schüttelte den Kopf. »Ich habe ja gesehen, wie ihr Autoren euch monate- und manchmal jahrelang mit euren Geschichten abmüht und wie belastend das sein kann. Ich glaube nicht, dass ich die nötige Ausdauer, Lust oder Sturheit besitze, aber eine Zeitlang habe ich immerhin überlegt, ob ich nicht meinen eigenen Verlag aufmachen sollte. Ich finde es unglaublich spannend, gute Storys aufzustöbern, und es wäre großartig, über die Veröffentlichungen selbst entscheiden zu können.«

»Was hindert dich daran?«

»Die ganze Mühe. Ich kenne mehrere, die es versucht haben. Den Großteil ihrer Tage müssen sie mit anderen Dingen verbringen, als Bücher zu machen. Aber ich hatte gehofft, bei Bremmers ein eigenes Imprint zu bekommen.« Alice zwang sich zu einem Lächeln. »Das hat dann ja leider nicht geklappt.« Sie trank einen Schluck Wein.

»Soviel ich weiß, gibt es noch andere Verlage.« Samuels Blick begegnete ihrem.

»Sicher. Aber gerade werden kaum neue Leute eingestellt.« Obwohl das stimmte, war es eine Ausflucht. Es war ihr schwergefallen, die Erniedrigungen zu verdauen, die Sebastian und Bremmers ihr zugefügt hatten. Sie hatte sich lieber verkrochen, um in aller Einsamkeit ihre Wunden zu lecken. Danach waren die Monate vergangen, und bei der bloßen Vorstellung, sich auf eine neue Stelle bewerben zu müssen, drehte sich ihr jetzt der Magen um. Irgendwann würde sie zwar dazu gezwungen sein, die Initiative zu ergreifen, aber im Moment war sie noch nicht so weit.

»An welchen Verlag sollte ich mich wenden, wenn ich mit dem Manuskript fertig bin?«

»Star Publishing auf jeden Fall, die leben doch für Feelgood. Ansonsten ist Alpha engagiert und scheint auf das Genre zu setzen. Bremmers hat Geld und Markmacht, ist aber im Vergleich ein bisschen langsam. Dann gibt es noch Lovin'books, aber die machen eigentlich eher Romance. Wer noch?« Sie überlegte. »Brantzelius natürlich. Die sind immer interessiert, und nach allem, was ich gehört habe, sind sie auch umgänglich.«

»Mit Bremmers will ich wirklich nichts zu tun haben. Nicht, nachdem sie dich so behandelt haben.«

»Außerdem arbeitet da unsere gemeinsame Feindin Miranda.«

»Das auch.« Samuel schnitt eine Grimasse. »Und Lovin'-

books geht nicht. Zum einen ist mein Buch nicht Romance, und zum anderen würde es doch komisch wirken, wo die ein Imprint von Thamm sind.«

»Stimmt.« Alice nickte. »Dann bleiben noch Star, Brantzelius und Alpha. Ich finde, du solltest mit allen reden. Sag Bescheid, wenn du die Namen von guten Kontaktpersonen brauchst. Ich helfe dir gern.«

»Würdest du das tun? Wie lieb von dir.« Samuel strahlte.

»Aber klar doch«, sagte Alice. »Dafür sind Freunde schließlich da.«

Eine Stunde später verließen sie die Bar, nicht, weil sie ihre Gesprächsthemen erschöpft hatten, sondern, weil die Stunden einfach so dahingeflogen waren und Samuel zu Hause einiges erledigen musste. Sie trennten sich vor der U-Bahnstation Gamla stan, wo Alice in einen Lebensmittelladen ging, um einen Liter Milch zu kaufen, ehe sie sich auf den Weg nach Hause machte, aber dann blieb sie stehen und zögerte. Der Tag unter Menschen hatte sie an ihre Belastungsgrenze geführt, und nun war der Moment, um aufzuhören. Sobald sie sicher sein konnte, dass Samuel in der U-Bahn verschwunden war, machte sie auf dem Absatz kehrt und spazierte in Richtung Södermalm davon. Sie würde ohne Milch zum Frühstücksmüsli klarkommen müssen.

Nach ihrer Rückkehr aus Gamla stan war Alice so müde, dass sie nicht einmal den Laptop aufklappte, sondern geradewegs ins Badezimmer ging und sich für die Nacht zurechtmachte. Als sie im Bett lag, konnte sie sich einen Blick auf ihr Handy dann doch nicht verkneifen. Ihr Herz machte einen Hüpfer, als sie eine Mitteilung von Samuel fand:

Hallo, du! Vielen Dank für einen wunderbaren Nachmittag und Abend. Ich fühle mich wirklich wohl in deiner Gesellschaft. Es kommt mir vor, als hätten wir jede Menge zu bereden. Ich hoffe, wir können uns bald wiedersehen.
PS. Kannst du jetzt noch ein bisschen Weihnachtsstimmung ertragen? Wie du vielleicht erraten hast, bekommt Julia ihr Auto nicht vor Heiligabend in Gang, sondern muss bei Noel und seinen Töchtern in der Sennhütte bleiben. Ich glaube, es wird dir gefallen, wie sie feiern. Der Text liegt in einer Minute in deinem Postfach.

Alice lächelte. Sie freute sich auf die Lektüre und musste zugeben, dass sie sich in Samuels Gesellschaft ebenfalls wohlgefühlt hatte. Ab und zu verdüsterte sich sein Gesicht, und sie hatte den Eindruck, dass er etwas Wichtiges für sich behielt, aber abgesehen davon fiel ihr kein anderer Mann ein, mit dem ihr das Reden so leichtgefallen wäre. Nicht einmal Sebastian. Und anders als der schien Samuel nicht immer recht behalten oder das letzte Wort haben zu müssen. Samuel schien ehrliches Interesse daran zu haben, sie besser kennenzulernen, war zugleich jedoch taktvoll und zog sich zurück, wenn er merkte, dass er ihr zu nahe gerückt war. Sie hatte im Laufe der Jahre nicht besonders viele männliche Freunde gehabt, aber Samuel könnte einer werden. Ihr Daumen flog über das Handy, als sie antwortete.

Ebenfalls danke für den wunderbaren Tag, das machen wir wieder! Super, Gamla stan mit neuen Augen zu sehen. Müssen bald wieder hin und bei Tageslicht durch die Gassen spazieren. Ich freue mich auf das Wiedersehen mit deinen Figuren und darauf, mit ihnen in der Sennhütte Weihnachten zu feiern. Ich hoffe auf etwas ganz anderes als die steife Veranstaltung bei meiner Mutter.

Wie fast immer kam seine Antwort postwendend.

Keine Sorge, das hier wird alles andere als übertrieben. Ich hoffe, dieses Kapitel wird dir gefallen, bei mir ist es nämlich so. Umarmung und schlaf gut!

Alice lächelte über Samuels Antwort. Obwohl sie sich nicht auf Weihnachten freute, war sie neugierig darauf, was er geschrieben hatte, und sie verkroch sich mit dem Laptop im Bett und begann zu lesen:

»Pst, nicht so laut, sonst weckst du sie«, sagte Maja.

»Tu ich gar nicht«, protestierte Lisa.

»Doch, tust du wohl.«

»Papa, Maja ist blöd. Sie sagt, ich rede zu laut.«

»Pst!«

Julia hatte Noels heiße Schokolade mit Rum am Vorabend so zugesetzt, dass sie die ganze Nacht geschlafen hatte wie ein Stein und gerade erst vom Tuscheln und Rascheln der Mädchen geweckt worden war. Nun gab sie sich alle Mühe, die Augen weiter geschlossen zu halten und nicht zu kichern.

»Was glaubt ihr, Kinder?« Noels Stimme. »Sind wir so weit?«

»Kann ich sie jetzt wecken?« Das war Lisa. Inzwischen konnte Julia die Stimmen der Mädchen auseinanderhalten.

»Nein, das mach ich!« Maja klang energisch.

»Hey, nicht stoßen! Papa, Maja hat mich gestoßen.« Lisas Stimme war grell.

»Seid jetzt lieb zueinander.« Wieder Noel. »Ihr könnt sie doch gemeinsam wecken.«

Durch ihre Wimpern sah Julia, wie die Mädchen auf die Matratze, auf der sie lag, zukamen und sich neben sie knieten.

»Fröööööhliche Weihnachten«, brüllten sie wie aus einem Munde.

»Kinder, nicht so laut!«, mahnte Noel.

»Guten Morgen!« Julia schlug die Augen auf, gähnte demonstrativ und reckte die Arme. »Wartet mal, was ist heute für ein Tag?«

»Weihnachten. Hast du das echt vergessen?«, kicherte Lisa.

»Oh, wirklich?« Julia setzte sich auf. »Ganz bestimmt? Ihr wollt mich doch nicht an der Nase herumführen?«

»Ganz bestimmt.« Lisa zog an ihrer Hand. »Guck mal unter den Weihnachtsbaum! Und neben den Kamin! Der Weihnachtsmann war schon da!« Ihre Augen waren groß, und sie redete ganz schnell. »Er hat den Brei, den wir gestern Abend für ihn hingestellt haben, fast ganz aufgegessen.«

»Ach was, das muss ich sehen.« Julia ließ sich von Lisa von der Matratze ziehen. »Ach, so viele Geschenke! Hat er das alles mitgebracht?«

»Jaaa«, riefen die Mädchen im Chor.

»Er hatte auch ein Geschenk für dich dabei.« Maja ging zum Kamin, zog einen ausgebeulten Weihnachtsstrumpf von einem Nagel am Kaminsims und reichte ihn Julia. »Na los, mach ihn auf!«

Julia schaute auf und begegnete Noels Blick. Er nickte aufmunternd.

»Wie lieb vom Weihnachtsmann, dass er auch an mich gedacht hat.« Sie machte sich an dem gekräuselten Geschenkband zu schaffen, dann riss sie es den Mädchen zuliebe mit übertriebener Geste ab. Mit einem Geschenk hatte sie überhaupt nicht gerechnet, und sie war gerührt, ganz egal, was das Paket enthielt. Denn Noel hatte sich immerhin die Mühe gemacht, etwas für sie auszusuchen.

»Schaut mal, das ist was Weiches und Graues!« Julia zog das Papier weg und hielt das Geschenk hoch. Es war ein grauer Pullover mit einem kitschigen Weihnachtsmannaufdruck. »Den muss ich sofort anprobieren.« Sie zog den Pullover über das T-Shirt, das sie von Noel als Nachthemd geliehen hatte.

»Jetzt seid ihr Zwillinge, du und Papa!« Maja kicherte. »Der hat vom Weihnachtsmann auch so einen bekommen.«

»Du meine Güte.« Julia schaute auf und sah, dass Noel einen fast identischen Pullover trug. Sie blickte ihn fragend an, aber er zuckte bloß mit den Schultern und grinste.

»Seht mal, unsere sind noch schöner.« Lisa rannte zum Couchtisch und zeigte auf einen roten Pullover, auf dem eine glitzernde Schneelandschaft und ein niedliches Rentier mit einem goldenen Glöckchen um den Hals abgebildet war.

»Jetzt sind wir allesamt Zwillinge.« Julia lachte. »Fast jedenfalls.«

»Es wird Zeit für das Weihnachtsfrühstück, oder?« Noel sah Julia über die Köpfe der Mädchen hinweg an und gab ihr zu verstehen, dass er ihr später alles erzählen würde.

Alice schaute hinaus in die Dunkelheit. Samuel hatte das alles stimmungsvoll und überzeugend dargestellt, und sie wurde sofort in den Text hineingezogen. Sie konnte ihn sich nur mit Mühe mit Schreibblockade vorstellen und begriff nicht, wie er auf seinen Erstling zwei mittelmäßige Nachfolger hatte schreiben können. Wie war das möglich gewesen? Damals musste etwas passiert sein. Wenn sich die Gelegenheit ergab, würde sie ihn danach fragen.

Sie gähnte, las aber weiter, wie Noel und Julia stundenlang am Frühstückstisch sitzen blieben. Danach zogen er und seine Töchter mit dem Schlitten los, während Julia Adam anrief, um ihm fröhliche Weihnachten zu wünschen. Genau wie am Vortag meldete sich Adam erst beim letzten Klingelton, und auch diesmal schien er sich nicht besonders für Julias Wohlergehen oder die Tatsache zu interessieren, dass sie noch immer kein Auto hatte. Im Gegenteil, er machte deutlich, dass die Kumpel und die Skitour warteten. Nach diesem Gespräch hatte Julia vor Enttäuschung Tränen in den Augen, aber sie hatte nicht vor, sich von Adam das Weihnachtsfest ruinieren zu lassen. Um sich abzureagieren, duschte sie lange, wusch sich die Haare und machte sich fertig für die kleine Feier, natürlich mit dem neuen Weihnachtspullover. Die Weihnachtsgeschenke, die eigentlich für Adams Freunde gedacht gewesen waren, wurden nun zu welchen für Noel und die Kinder, und während sie ihre Päckchen zuklebte, fragte sie sich, wieso Noel einen Weihnachtspullover in der passenden Größe im Haus gehabt hatte. Hatte der seiner Verflossenen gehört? Sie würde ihn später fragen, wenn die Kinder nicht in der Nähe wären.

Alice gähnte und legte eine Pause ein, um sich eine Notiz zu dem Weihnachtspullover zu machen. Dann las sie, wie Jakob in der Sennhütte auftauchte, um zu berichten, dass das Schneeräumen seine Zeit brauchte. Wieder kam es zu einem wütenden Wortwechsel zwischen Noel und Jakob, aber auch diesmal erfuhr die Leserin nicht, was sich hinter diesen Streitigkeiten verbarg. Später am Abend, als die Kinder schon im Bett waren, nach Bescherung, einem improvisierten Weihnachtsmenü und jeder Menge Schokolade und Süßigkeiten, saßen Julia und Noel noch bei einem Glas Wein in der Küche. Nachdem sie sich eine Weile unterhalten hatten, fragte Julia schließlich nach dem Weihnachtspullover und erfuhr, dass der wirklich für Noels Exfrau bestimmt gewesen war, doch nach dem Streit im vergangenen Jahr war die Bescherung ausgeblieben.

Als Noel und Julia den Abend beendeten, kam es zu einer langen Umarmung, die schließlich in einen heftigen Kuss überging. Endlich kamen sie zur Sache! Aber als Julia begriff, was sie da getan hatte, ergriff sie voller Panik die Flucht.

13

Alice las die letzten Zeilen des Kapitels und schluchzte auf. Warum, wusste sie nicht. Vermutlich aufgrund der warmen Gefühle, die sich langsam zwischen Julia und Noel entwickelten, aber auch wegen des stimmungsvollen Weihnachtsabends in der Sennhütte. Mit leichter Hand hatte Samuel einen Abend voller Spiel, Rodeln und Schneeballschlachten in glitzerndem Schnee hingemalt, gefolgt von einem entspannten Weihnachtsessen im Kerzenschein. Die Szenen, die er da schilderte, waren wirklichkeitsnah und ungeheuer romantisch. Hektik, durchgetaktete Zeitpläne, teure Geschenke und überambitionierte Verse, bei denen alle versuchten, sich gegenseitig zu übertreffen, spielten einfach keine Rolle. Großer Gott, wie satt sie das alles hatte. Wie konnte ein einziger Tag nur so anstrengend sein? Das war doch nicht richtig! Sie schüttelte den Kopf und schrieb an Samuel:

Ich habe es gelesen. Bist du noch wach?

Als nicht sofort eine Antwort kam, konnte sie es sich nicht verkneifen, noch eine Mitteilung zu schreiben und ihm ihre Überlegungen mitzuteilen:

Ich liebe dieses Kapitel und sehe alles genau vor mir. Stell dir vor, auf diese Weise Weihnachten zu feiern, so stimmungsvoll und zugleich entspannt und ohne Hektik. Wenn die Leserinnen sich nicht ohnehin schon heftig in Noel verliebt haben, dann werden sie es nach diesen Szenen tun. Er wirkt so fürsorglich, authentisch und kinderlieb. Ohne ein Weichei zu sein, dachte Alice. Genau wie Samuel. Sie verdrängte diesen Gedanken und überlegte, was sie noch schreiben könnte. *Aber ich muss mich doch fragen, welche Hindernisse sich Julia und Noel in den Weg stellen werden. Jakob, nehme ich an, aber wie? Und Adam erscheint immer mehr als kompletter Idiot. Er ist so plump, dass es mir als Leserin schwerfällt, an Julias Verliebtheit zu glauben. Entschuldige, ich hör gleich auf zu nerven. Wenn du alles noch einmal durchgehst, kannst du ja überlegen, ob und wie du ihn ändern willst.*

Sollte sie mit der Nachricht besser bis zum nächsten Tag warten? Andererseits war es immer schön, zu lobenden Worten aufzuwachen. Doch kaum hatte sie die Mitteilung abgeschickt, tauchten auch schon die vertrauten Punkte auf dem Display auf.

Danke, das höre ich gern! War unsicher, was du dazu sagst, nachdem du mir von den Weihnachtsfeiern in deiner Familie erzählt hast. Für viele scheint dieses Fest furchtbar anstrengend zu sein. Ich wollte ein entspanntes Miteinander schaffen, sozusagen als Gegenentwurf dazu.

Alice nickte und antwortete:

Hat deine Familie dich zu dem Fest in der Sennhütte inspiriert, oder hast du dir alles ausgedacht? Es klingt wie ein Traum, an einem solchen Ort Weihnachten feiern zu dürfen. Ich würde ja am liebsten den ganzen Weihnachtsstress hinter mir lassen und versuchen, so ein Häuschen zu finden. Blöde Idee? Oder schön?

Samuel antwortete sofort:

Natürlich solltest du wegfahren, wenn dir danach ist. Wir haben bei unserer Sennhütte ein als Gästeunterkunft eingerichtetes kleines Vorratshaus, in dem du für eine Weile unterkommen kannst, wenn du möchtest. Es hat Strom, aber nur ein Plumpsklo, die winzigste Kochecke aller Zeiten und kein fließend Wasser (man holt Wasser in Kanistern aus dem Haupthaus). Aber es gibt einen Kaminofen und eine Ruhe, von der man in Stockholm nur träumen kann.

Was für eine Gelegenheit! Ein Teil von Alice wollte sofort zusagen, aber Hälsingland war weit weg. Wollte sie dort wirklich ganz allein hin?

Danke für das schöne Angebot. Das scheint ein wunderbares kleines Haus zu sein. Darf ich mir die Sache überlegen? Und wäre ich nicht im Weg?

Samuels Antwort ließ nicht lange auf sich warten:

Wir fahren in diesem Jahr nicht hin, das ist also kein Problem. Überleg es dir. Ich muss jetzt ins Bett. Wir reden bald weiter. Umarmung, Sam

Nach dieser nächtlichen Kommunikation vergingen einige Tage, an denen Samuel keine neuen Kapitel schickte und auch sonst nichts von sich hören ließ. Alice wagte sich inzwischen zu einigen kurzen Spaziergängen aus dem Haus, lange, bevor die meisten Leute sich auf den Weg zur Arbeit machten. Auf dem Heimweg an diesem Morgen war ihr vor dem Hauseingang Marguerite begegnet. Nach dem Mittagessen würde Poppy kommen und Lieder für das Luciafest in der Schule üben. Und irgendwie hatte Marguerite es geschafft, Alice zu überreden, zur Generalprobe zu erscheinen. Deshalb stand sie jetzt im Badezimmer und schminkte sich.

Ihr Telefon klingelte. Alice schielte zum Display hinüber. Ihre Mutter. Sie legte die Wimperntusche weg und setzte sich auf den Toilettendeckel, ehe sie antwortete.

»Hallo, Mama. Hast du gerade Mittagspause?«

»Nur einen kleinen Imbiss am Schreibtisch. Musste ein paar Sachen erledigen.« Ihre Mutter räusperte sich. »Wir haben dich am Sonntag vermisst, aber alle lassen dich grüßen. Wie war deine Konferenz, oder was auch immer das war?«

»Abteilungskonferenz. Wir haben das nächste Vierteljahr geplant. Jetzt vor Weihnachten ist Hochbetrieb.«

»Seltsames Unternehmen, in dem du da arbeitest«, meinte ihre Mutter. »Aber gut, dass du das mit Weihnachten erwähnst. Wir müssen die Aufgaben verteilen. Filip hat versprochen, den Heringsauflauf und die Rippchen zu besorgen. Könntest du Luciaplätzchen und andere Weihnachtsleckereien beisteuern? Alle lieben deine Trüffel, und deine Luciakringel sind immer viel saftiger als meine.«

Alice biss sich wütend in die Wange, und ehe sie sich die Sache richtig überlegt hatte, sagte sie: »Ich kann dieses Jahr nicht mit euch feiern.«

»Wieso *kann nicht*?«, Christina klang perplex. »Wir haben uns in diesem Jahr kaum gesehen. Was kann denn jetzt so wichtig sein, dass du dafür an Heiligabend deine eigene Familie im Stich lässt?«

»Das ist …« Alice schnitt eine Grimasse, als sie sich die perfekte, hieb- und stichfeste Lüge formulieren hörte. »Sebastian hat mich nach Järvsö eingeladen. Wir wollen über Weihnachten dableiben. Ich glaube, der Ort heißt Järvsöbaden.«

»Warum das denn, um alles in der Welt? Ihr braucht doch nicht wegzufahren, bloß weil ihr eine kleine Meinungsverschiedenheit hattet. Sebastian ist bei uns herzlich willkommen, das weißt du.«

»Das ist wirklich reizend von dir, Mama, aber Sebastian will … er meint, wir bräuchten ein paar Tage für uns, um uns richtig auszusprechen. Vielleicht sogar, um ein neues Datum für die Hochzeit festzulegen.« Alice verstummte. Großer Gott, warum hatte sie das gesagt? Hatte sie nicht ohnehin schon genug gelogen?

»Ach, mein Schatz«, rief Christina. »Das rückt ja alles in ein ganz anderes Licht! Ich freu mich so, Herzchen«, zwitscherte sie. »Aber ihr hättet das alles doch schon längst klären können. Ich habe schon so darauf gehofft, euch an Weihnachten zu verwöhnen. Filips Freundin ist natürlich reizend, aber das ist doch nicht dasselbe, wie die eigene Tochter im Haus zu haben.«

»Du weißt, wie viel Sebastian zu tun hat und dass er sich

nicht so leicht freinehmen kann.« Alice sah vor ihrem inneren Auge, wie sich die Lügen aufeinanderstapelten, bis der Turm so hoch und wackelig wurde, dass er ins Wanken geriet und einzustürzen drohte, so dass nur noch ein Haufen von Trümmern, Staub und Vorwürfen zurückbleiben würde.

»Das ist klar, und ich bin überglücklich, weil ihr endlich zur Vernunft gekommen seid. Vielleicht gibt es auch bald freudige Nachrichten über Familienzuwachs? Du wirst ja nicht jünger, weißt du.«

»Hör jetzt auf, Mama. Eins nach dem anderen.« Alice schluckte den bitteren Geschmack in ihrem Mund hinunter. Ein paar Notlügen waren das eine, aber das hier ging dann doch zu weit. »Du, ich muss auflegen. Hab gleich eine Besprechung.« Sie hatte es noch kaum gesagt, als sie das Gespräch auch schon wegdrückte.

So konnte das nicht weitergehen. Sie würde die Wahrheit sagen müssen, aber vor Weihnachten ging das einfach nicht mehr. Sie musste jetzt erst mal weg und würde danach einen dicken Strich unter alles ziehen, was im vergangenen Jahr passiert war. Nach Neujahr würde sie ihren Eltern reinen Wein einschenken, das versprach sie sich, bevor sie das Telefon weglegte. Bedeutete das, dass sie Samuels Angebot annehmen würde?

»Alice, Alice, bin ich nicht schön!« Poppy stolzierte mit einer Luciakrone aus Plastik auf dem Kopf und einem viel zu langen, weißen Kittel mit einem roten Band und einer großen Schleife vor dem Bauch über den Perserteppich in Marguerites Diele. Das Band, das den Kittel eigentlich halten sollte, brachte wenig, so dass Poppy immer wieder über den Saum stolperte. In der Hand hielt sie eine batteriebetriebene Kerze, die sie auf Konfuzius richtete, während sie sang: »Sankta Lucia, gib mir ’nen Zehner, gib mir nicht ’nen Fünfer, Zehner ist schöner.«

»Sei jetzt mal ernst, Poppy.« Marguerite versuchte, streng auszusehen.

»Warum darf man im Luciaumzug nicht als Frosch gehen?« Poppy fuchtelte mit der Kerze herum, als wäre sie ein Schwert, und Konfuzius sprang zur Seite. »Kevin aus meiner Klasse wollte das, aber die Lehrerin hat gesagt, das geht nicht. Dabei gibt es doch sogar Weihnachtslieder über Frösche.«

»Da hast du recht.« Marguerite schaute verstohlen zu Alice hinüber und gab sich alle Mühe, nicht laut loszuprusten.

»Und warum dürfen nur Mädchen Lucia sein? Max und Theo wollten, aber sie durften nicht. Jetzt haben wir nur eine Menge Luciamädchen. Ist das nicht ungerecht?«

»Doch, das ist schon komisch«, gab Marguerite zu. »Habt ihr denn auch Kerzen?«, fragte sie dann.

»Leider nur blaue.« Poppy streckte die Zunge heraus. »Und sowieso dürfen Kerzenträgerinnen ja keine Luciakrone aufsetzen.«

»Das ist klar.«

»Poppy, du kannst in der Diele noch mal von vorn anfangen«, sagte Marguerite. »Und sing diesmal das richtige Lied«, fügte sie hinzu. »Danach haben wir uns einen Kaffee und ein paar Plätzchen verdient, finde ich.«

»Jaaaaa!« Poppy drehte eine Runde durch das Zimmer, gefolgt von Konfuzius, danach lief sie in die Diele.

»Jetzt gehst du hinter mir her wie eine Sternsingerin«, hörte Alice sie zu Konfuzius sagen, ehe sie dann sang: »Schön glänzt das Mondlicht am Himmelsbogen, sanft weh'n die Lüfte, still sind die Wogen.«

Es wurde an die Tür gehämmert, und Poppy verstummte. Dann rief sie begeistert: »Elias! Elias! Margi Poppins, da ist Elias!«

»Poppy, du kleiner Frechdachs!« Seine dunkle Stimme füllte die Diele. »Komm her und gib mir einen Kuss!«

»Mein Sohn, da bist du ja! Wie schön!« Marguerite schlug die Hände zusammen, erhob sich und sagte: »Du kommst gerade richtig zum Kaffee.«

»Oh«, rutschte es Alice heraus. Bei der Stimme von Elias prickelte es in ihrer Brust. Wie sah sie aus? War der Lippenstift auch nicht verschmiert? Wie sollte sie reagieren, wenn er sie entdeckte? »Kann ich irgendwie helfen?«, fragte sie und hoffte, dass Marguerite ja sagte. Alles, um nicht allein mit Elias im Salon zu sitzen.

»Nicht doch, Poppy hilft mir, aber du kannst zusammen mit Elias den Tisch decken. Hier.« Marguerite reichte ihr ein Tablett mit englischem Porzellan.

»Du hast nicht angerufen«, sagte Elias, als sie im Salon allein waren.

»Ich hatte keine Zeit.«

»Oder keine Lust?«

»Das schon, aber …«

»Seht mal, so viele Plätzchen!« Poppy kam hereingehüpft und hielt die Dose in die Luft. »Mein Papa ist ein Kuchenmonster und liebt alles, was süß ist. Glaubt ihr, ich darf ihm ein paar Himbeerkringel mit nach Hause bringen?«

»Nicht hüpfen, Poppy«, mahnte Marguerite von der Tür her. »Die Plätzchen sollen doch nicht auf den Boden fallen. Sonst haben wir keine mehr, auch nicht für deinen Papa.«

»Kann ich Saft haben?« Poppy stellte die Dose mit den Keksen auf den Tisch und drehte sich zu Marguerite um. »Nichts schmeckt so gut wie dein Fliederbeersaft.«

»Klar kannst du.« Marguerite lächelte. »Alice, möchtest du Tee oder Kaffee? Du, mein Sohn, möchtest sicher Kaffee, wie ich dich kenne.«

Elias nickte, und als Marguerite wieder in der Küche verschwand, drehte er sich zu Alice um und fragte: »Du willst mich also nicht mehr treffen?«

»Doch, aber …«

»Jetzt gibt's Kaffee!« Poppys Einzug in den Salon unterbrach ihr Gespräch. Konzentriert trug sie mit beiden Händen ein großes Glas Saft. Hinter ihr kamen zuerst Konfuzius und dann Marguerite, die eine Thermoskanne in jeder Hand hielt.

Alice quälte sich durch die folgende halbe Stunde. Sie sagte nicht viel, außer, wenn sie etwas gefragt wurde. Poppy redete umso mehr und brachte alle zum Lachen. Immer wieder merkte Alice, wie Elias ihren Blick suchte, und immer wieder wich sie ihm aus. Als der Kaffee endlich getrunken und die Plätzchendose geleert war, bat sie um Entschuldigung, bedankte sich für die Einladung und sagte, sie müsse nach Hause. Elias folgte ihr mit dem Blick, als sie den Salon verließ, und Alice atmete erst wieder auf, als sie die Wohnungstür hinter sich zuziehen konnte.

Die Türklingel klang wütend. Alice stöhnte und setzte sich auf. Sie hatte auf dem Sofa gelegen, um sich von der Anspannung zu erholen. Erwartete sie irgendeine Sendung? Oder klingelte da vielleicht Poppy? Widerwillig verließ sie das Sofa, ging in die Diele und schaute durch den Türspion. Draußen stand Elias.

O nein, was wollte der hier? Alices Gedanken wirbelten wild durcheinander. Könnte sie so tun, als wäre sie nicht zu Hause?

Das schrille Signal erklang ein weiteres Mal. Alice zögerte. Wie oft würde er wohl noch klingeln, bevor er aufgab? Da konnte sie auch gleich aufmachen. Sie schob sich die Haare zurecht und reckte sich.

»Hallo.« Elias lächelte strahlend, als sie die Tür einen Spaltbreit öffnete. »Darf ich reinkommen?«

Alice versuchte ihre Gedanken zu sortieren. Wäre das wirklich eine gute Idee?

»Nur ganz kurz in die Diele? Immer noch besser, als hier im Treppenhaus zu reden.«

»Na gut.« Sie ließ die Tür los, und er kam herein.

»Hier sieht es ja genau aus wie zu Ethels Zeiten«, stellte er fest und musterte die vielen uralten Kunstwerke und Porträts an der Wand.

»Ich wohne hier ja auch nur zur Untermiete.«

»Ach, verstehe.« Er knöpfte seinen Mantel auf und sah Alice dabei an. »Schön, dich wiederzusehen.«

»Ebenfalls.« Sie schlang sich die Arme um den Leib. Wie umwerfend gut er aussah! Diese braunen Augen ließen ihr Herz rasen. Aber sie hatte nicht vor, auf ihn hereinzufallen.

»Du scheinst dich allerdings gar nicht zu freuen. Bin ich ein so unwillkommener Besuch?«

»Ich war gerade mitten in der Arbeit und habe nicht damit gerechnet, dass jemand vorbeikommt.« Eine glatte Lüge. War das zu offensichtlich?

»Du hast also keine Zeit?«

»Ein paar Minuten vielleicht, aber dann hab ich eine Zoombesprechung.« So, noch eine Lüge für die Sammlung. Sie hatte Elias in dem Glauben gelassen, dass sie noch immer in einem Verlag arbeitete, wenn auch im Moment im Homeoffice. Das war ihr wie die einfachste Lösung vorgekommen.

»Okay, ich will nicht stören.« Er fuhr sich mit der Hand durch die Haare. »Wollte nur fragen, ob du nach dem Treffen am Samstag noch Lust hast, mit mir essen zu gehen.«

Alice schluckte. Sie müsste nein sagen, aber ihr Gehirn und Herz, oder vielleicht auch ihr Unterleib, schienen sich da nicht einig zu sein, denn sie hörte sich sagen: »Wenn du versprichst, dass wir diesmal in ein ruhigeres Lokal gehen, und wenn es von hier aus zu Fuß zu erreichen ist.«

»Angenommen.« Er zeigte sein schräges Lächeln, das in Alices Magen Schmetterlinge herumflattern ließ und ihre Knie fast in Pudding verwandelte. »Dann sehen wir uns am Samstag unten bei meiner Mutter.« Er beugte sich vor, küsste sie gleich beim Ohr auf die Wange und flüsterte ihr zu, wie sehr er sich auf Samstag freute.

14

Das Handy piepste, und Alice fuhr hellwach im Bett hoch.

Schönes Wetter heute. Was sagst du zu einem Ausflug in den Rosendal-Park? Ich könnte bei einigen Sachen im Manuskript ein bisschen Input brauchen. Setz die Zeit einfach mit auf die Rechnung, und ich lade zum Kaffee ein. Deal? Sam

Alice lugte durch die Jalousie und schaute zum Himmel hoch. Der war unbeschwert blau, und in dem begrenzten Blickfeld vom Bett aus war keine einzige Wolke zu sehen. Rosendal. Sebastian liebte diesen Park, und sie waren an den Wochenenden oft dort spazieren gegangen und hatten Kaffee getrunken. Sie waren aus seiner Wohnung in der Nähe des Karlaplan aufgebrochen und auf dem Nordufer des Djurgårdkanals vorbei an den Bonzenvillen der Diplomatenstadt und weiter zu Källhagens Wirtshaus gegangen. Bei Djurgårdsbrunn waren sie entweder weiter dem Kanal gefolgt oder hatten die schmale Brücke zum Südufer genommen, immer mit demselben Ziel vor Augen – einem gemütlichen Kaffee zwischen den Gewächshäusern im Park, egal, zu welcher Jahreszeit. Alice stieß einen Seufzer aus. Könnte sie wirklich die Erinnerungen ertragen, die dort unweigerlich über sie hereinbrechen würden? Und würde sie sich unter Leute trauen? Zweifelhaft. Zugleich wollte sie sich sehr gern mit Samuel treffen. In seiner Gesellschaft hatte sie das Gefühl, alles Schwere zu vergessen und sich für eine Weile wie ihr altes, munteres und sorgloses Ich zu fühlen. Besser, sie blieb bei der Wahrheit.

Treffen gern, aber ich habe nicht so schöne Erinnerungen an den Park. Lieber woanders? Sie hatte die vielen Lügen satt, und Samuel würde sicher verstehen, wie weh das alles tat.

Warum keine neuen machen? Er beendete diese Frage mit einem Zwinkersmiley.

Sie massierte sich die Schläfen mit den Fingerspitzen und überlegte. Er hatte natürlich recht. Aber würde sie bei den ganzen Erinnerungen dort nicht zusammenbrechen? Andererseits musste es schließlich irgendwie weitergehen. Es war höchste Zeit, die Vergangenheit loszulassen und sich neue Erinnerungen zuzulegen.

Dann musst du heute ganz besonders nett zu mir sein.

Sie würde bei Slussen die Fähre nehmen. Dann könnte sie den Rest des Weges zu Fuß gehen und würde sich das Gedränge in U-Bahn und Bus ersparen.

Ich verspreche, ungeheuer nett und reizend zu sein. (Bin ich das nicht immer?) Treffen wir uns dann um elf?

Alice lächelte über diesen Kommentar, bestätigte den Zeitpunkt und machte sich bereit.

»Da bist du ja.« Samuel kam Alice auf dem Kiesweg entgegen, mitten zwischen den vielen Pflanzen, und als er sie erreicht hatte, zog er sie in eine lange Umarmung.

»Huch, das war aber nicht so ganz coronakonform«, brachte sie heraus, als er sie endlich losließ, obwohl sie eigentlich in seiner Umarmung bleiben und vergessen wollte, wo sie sich hier befanden.

»Wir hier im Kurs *Neue Erinnerungen schaffen* haben ein komplettes Programm dafür entwickelt, wie man die Verflossenen hinter sich lassen kann. Ein wichtiger Bestandteil sind lange, innige Umarmungen.« Samuel grinste. »Noch eine?«

Alice presste die Lippen aufeinander und nickte. Diesmal war sie eher bereit, drückte den Kopf gegen seine Schifferjacke, schloss die Augen und versuchte, nicht an die anderen Besucher im Park zu denken.

»Sag Bescheid, wenn ich loslassen soll«, murmelte er in ihre Haare. »Oder willst du den ganzen Tag hier stehen bleiben?«

»Jetzt ist es gut«, sagte Alice schließlich und zog sich aus seiner Umarmung zurück. »Ich habe die Lage im Griff.«

An diesem Tag schien der Park nicht so stark besucht zu sein wie sonst, und in Samuels Gesellschaft würde sie durchhalten.

»Wiederholung ist das A und O.« Er sah sie mit ernster Miene an, aber seine Augen funkelten. »Wir müssen diesen Vorgang in regelmäßigen Abständen wiederholen, damit sich die neuen Erinnerungen richtig festsetzen. Darüber hinaus legen wir unser volles Vertrauen in die heilenden Kräfte und Eigenschaften der Natur.« Er wies auf die entlaubten Apfelbäume und die Blumenbeete, die größtenteils gerade Winterschlaf hielten. »Auch bereits hergestellter Weihnachtsschmuck hat einen guten therapeutischen Nutzen. Versprich mir, dir die vielen selbst gezogenen Kerzen und die schön gewundenen Kränze dadrinnen genau anzusehen. Die werden dir eine angenehme Ruhe vermitteln.« Er drehte sich zu Alice um, hakte sich bei ihr ein und führte sie zum Gewächshaus. »Kontinuierlicher Körperkontakt ist ein ungeheuer wichtiger Aspekt. Er erfüllt uns mit Wohlfühlhormonen, vertieft die Atmung und ist von kolossaler Heilkraft.«

»Du bist doch verrückt.« Alice lachte und ließ ihn los. »Aber danke, dass du versuchst zu helfen.«

»Gib zu, dass es funktioniert.« Er grinste.

Alice nickte. Bevor Samuel aufgetaucht war, hatte sie mit den Tränen gekämpft und hätte fast die Flucht ergriffen, aber es war unmöglich, in seiner Gesellschaft nicht in bessere Laune zu kommen.

»Schön. Erst ins Café und dann ein bisschen rumlaufen?«

Nach Tee und Luciakringeln spazierten sie zwischen den Gewächshäusern umher und bewunderten, wie schön alles für Weihnachten hergerichtet war – die Dächer waren mit Lichterketten geschmückt, und die Frühbeete quollen über vor Amaryllis mit fetten Knospen, roten Christsternen, Hyazinthen und Christrosen. Es gab Adventsleuchter, schön illustrierte Geschenkbände und prachtvolle Teller. Und Keramikschalen mit einer Unmenge von handgemachten Weihnachts- und Adventsdekorationen.

»Alles in Ordnung bei dir?«, fragte Samuel.

»Ja, und das ist dir zu verdanken.« Sie lächelte. »Die haben hier wirklich viele schöne Sachen.«

»Hey, Alice, bist du das? Lange nicht mehr gesehen.«

Bei der vertrauten Stimme erstarrte Alice, dann drehte sie sich um.

»Hallo, Sebastian.« Sie schluckte mühsam und gab sich alle Mühe, unberührt auszusehen. Sicher, Rosendal war einer seiner Lieblingsorte, aber wie groß war die Wahrscheinlichkeit, ihn hier zu treffen?

»Du bist also Sebastian?« Samuel legte sofort einen beschützenden Arm um Alice. »Nett, dich kennenzulernen.«

»Und du bist …?« Sebastian ließ seinen Blick zwischen Alice und Samuel hin- und herwandern, am Ende blieb er bei Samuel hängen.

»Entschuldige, ich habe vergessen, mich vorzustellen. Ich heiße Samuel.« Er reckte sich und zog Sebastian an sich. Sebastian, der ungefähr eins achtzig war und immer viel trainiert hatte, sah neben ihm geradezu klein aus.

Sebastian wandte den Blick von Samuel ab und richtete seine Aufmerksamkeit wieder auf Alice. »Wie geht es dir?«

»Ganz gut. Ich habe …«

Er ließ sie nicht ausreden. »Und jobmäßig – hat sich da alles geklärt?«

Alice wäre am liebsten im Boden versunken. Er wusste ganz genau, dass Miranda sie ausgebootet hatte.

»Ich arbeite jetzt frei«, brachte sie schließlich heraus. »Schön, mir die Zeit selbst einteilen zu können.« Sie schluckte.

»Wolltet ihr was essen gehen?« Er lächelte, aber wie

immer gelang ihm das Kunststück, total uninteressiert an ihrer Antwort auszusehen. »Ich hab mit der Chefsgruppe ein Weihnachtsessen, also bleiben wir sicher einige Stunden hier.«

Alice wusste nicht, was sie sagen sollte. »Wir wollten gerade …«

»Los«, fügte Samuel hinzu und küsste hingebungsvoll ihren Haaransatz. »Was meinst du, Liebling, wollen wir gleich gehen oder willst du zuerst diesen mehrzweigigen Christstern kaufen? Wäre der nicht perfekt fürs Küchenfenster?« Er sah kurz zu Sebastian hinüber und sagte: »Dann wünsche ich guten Appetit. Ich hoffe, wir sehen uns bald wieder.«

Sowie sie das Gewächshaus verlassen hatten und von Sebastian nicht mehr gesehen werden konnten, ließ Alice sich auf eine Bank sinken, schlug die Hände vors Gesicht und kniff die Augen zu. Samuel setzte sich neben sie, streichelte tröstend ihren Rücken und fragte nach einer Weile: »Wie fühlst du dich?«

»Beschissen.« Lügen wäre hier nicht angebracht gewesen. Samuel sah immerhin, wie verstört und verletzt sie war.

»Entschuldige. Ich hätte nicht … ich hoffe, du nimmst mir das nicht übel?«

»Das war in Ordnung«, sagte sie mit zitternder Stimme, wagte aber nicht, aufzublicken. »Ich weiß nicht, was ich ohne dich getan hätte.«

»Du bist also nicht böse?« Er klang unsicher.

Sie schüttelte den Kopf und starrte die kahlen Apfelbäume an.

»Ganz sicher?«

»An dir ist ein Schauspieler verlorengegangen.« Sie wischte sich die Augen und sah ihn an. »Ich habe Sebastian noch nie so überrumpelt gesehen.«

»Das hatte er verdient.« Samuel blickte sie aufmunternd an. »Betrachte das hier als Teil der Therapie – diesen Moment nennen wir *unseren Dämonen gegenübertreten.* Du machst große Fortschritte, liebe Alice, und wir sind sehr stolz auf dich.«

»Du bist wirklich verrückt.« Sie schlug mit der Faust gegen seine Schifferjacke. »Ich bin in Panik geraten, als ich Sebastians Stimme gehört habe, und ich weiß nicht mal, was ich gesagt habe. Sicher irgendeinen zusammenhanglosen Unsinn.«

»Absolut nicht.« Samuel lächelte sie voller Wärme an. »In seinen Augen sahst du absolut gut aus, mit neuem Freund und allem. Du kannst sicher sein, dass er sich bei euren gemeinsamen Bekannten danach erkundigen wird, wer der lange Lulatsch ist, mit dem du dich neuerdings rumtreibst.«

»Danke, wirklich.« Sie erwiderte seinen ruhigen Blick. »Entschuldige, dass ich alles ruiniere, aber ich will jetzt nach Hause. Wir sind noch gar nicht dazu gekommen, über dein Manuskript zu reden, aber vielleicht können wir uns bald wieder treffen.«

»Da bleibt uns nichts anderes übrig, fürchte ich«, sagte er. »Wie gesagt baut unsere Therapiemethode auf Wiederholung auf. Wenn zwischen zwei Terminen mehr als eine Woche vergeht, war die Arbeit umsonst.« Er grinste. »Und ich brauche ja auch immer noch Hilfe beim Manuskript.«

»Ja, wenn das so ist«, sagte Alice und erhob sich. »Dann sollten wir möglichst bald eine neue Sitzung buchen.«

»Ganz genau.« Samuel folgte ihrem Beispiel. »Und ich habe auch schon eine Idee, was wir machen können.« Er nickte vor sich hin und sah zufrieden aus.

»Was denn?« Alice war jetzt neugierig.

»Muss erst mal rausfinden, ob das geht.« Er erwiderte ihren Blick. »Wir können doch später heute Abend weiterreden. Kann ich dich irgendwohin fahren, oder gehst du lieber zu Fuß?«

Alice zog den Sessel vor die Balkontür und öffnete sie einen Spaltbreit. Nach fünf Minuten stand sie auf, schaute hinaus in die Dunkelheit und öffnete die Tür etwas mehr. Wo steckte eigentlich Konfuzius, wenn sie ihn wirklich brauchte? Seine Nähe und die Möglichkeit, sein weiches Fell zu streicheln, würden sie jetzt beruhigen.

Die Begegnung mit Sebastian hatte sie erschüttert. Sie hatten sich seit Ostern nicht mehr gesehen, und da sie niemals ausging und die gemeinsamen Bekannten nicht mehr traf, hatte sie keine Ahnung, was er so tat und wie die Sache mit Miranda lief. So selbstzufrieden, wie er gewirkt hatte, waren sie sicher noch immer bis über beide Ohren verliebt. Die Vorstellung der beiden zusammen tat weh, aber durch Samuels rasche Reaktion und seinen Geborgenheit schenkenden Arm hatte sie die Begegnung immerhin heil überstanden. Sebastians frustrierte, verwirrte Miene, als Samuel sie geküsst und Liebling genannt hatte, sorgte dafür, dass sie alles nicht mehr ganz so schlimm fand. Samuels Fürsorge wärmte wirklich. Sein Verhalten hatte die

Begegnung als unerwartete und unwillkommene Störung erscheinen lassen, aber nicht als Katastrophe. Sie würde sich gerne erkenntlich zeigen. Nur wie?

Ehe sie zu Bett ging, schaltete Alice den Laptop ein, und genau wie sie erhofft hatte, wartete eine Mitteilung von Samuel:

Hast du dich von der Begegnung mit dem Ex erholt? Die neuen Erinnerungen mussten wir also unter erschwerten Bedingungen schaffen. Das ist sehr wirkungsvoll, glaub mir. Aber um zur nächsten Phase weitergehen zu können, ist eine baldige Wiederholung nötig. Und deshalb mein Vorschlag – und versprich mir, nicht sofort nein zu sagen, obwohl der ein bisschen verrückt wirken kann (und möglicherweise ein bisschen aufdringlich). Vor einiger Zeit habe ich einen Gutschein für eine Übernachtung mit Vollpension in der Sigtunastiftung gewonnen. Die haben eine erstklassige Bibliothek und sind schon lange dafür bekannt, sich wunderbar um Autoren zu kümmern. Viele der größten Literaten unseres Landes haben dort im Laufe der Jahre an ihren Werken gesessen. Das soll übrigens kein Vergleich sein, ich dachte nur, du und ich könnten uns da nächste Woche ganz intensiv mit meinem Text beschäftigen. Der Gutschein läuft zu Neujahr aus, und es wäre doch schade, ihn verfallen zu lassen. Ich habe mit ihnen gesprochen, und es gibt freie Zimmer von Montag auf Dienstag.

Oh! Samuel hatte sie zwar vor einer totalen Erniedrigung gerettet, aber das hier ging doch ein bisschen zu weit. So gut kannten sie sich nicht. Sie musste natürlich nein sagen, und sie begann bereits, eine Antwort zu formulieren, doch Samuel kam ihr zuvor:

Hat der Kerl denn vollständig den Verstand verloren, denkst du jetzt, aber natürlich wohnen wir in getrennten Zimmern. Es gibt wunderbares Essen und sehr schöne Arbeitszimmer, wo wir in aller Ruhe ans Werk gehen können. Ich stecke im Manuskript wirklich fest und wäre dankbar für deinen Input. Ich kann das überarbeiten, was du bisher gelesen hast, und wenn ich in den richtigen Flow gerate, kannst du den Text, den ich schon habe, noch einmal lesen, während ich schreibe. Auf diese Weise sind wir beide beschäftigt. Ich verspreche dir, du wirst von dem Haus begeistert sein. Es ist eine alte Volkshochschule, sieht aber eher aus wie ein Kloster. Im Innenhof gibt es einen schönen Rosengarten mit Skulpturen und einem kleinen Springbrunnen. Es ist sooo schön! Warte, ich schick gleich ein paar Bilder.

Einige Minuten später kamen einladende Fotos von einem großen, klosterähnlichen Steingebäude.

Ach, ich weiß nicht. Hast du niemanden, den du lieber mitnehmen würdest? Warum deinen Gutschein an mich vergeuden? Sie wollte schon schreiben, dass sie außerdem schon etwas anderes geplant hatte, aber das ging nicht. Sie konnte Samuel nicht anlügen.

Ich würde mich über deine Gesellschaft wirklich sehr freuen. Es nervt, festzustecken, aber mit deiner Hilfe hoffe ich, herausfinden zu können, wo das Problem liegt. Die Sigtunastiftung ist ein wunderbar ruhiger Ort (ich weiß, dass dir das wichtig ist), und mir sind zwei Forschungsplätze in der Bibliothek zugesagt worden, wo wir arbeiten können. Du würdest mir einen großen Gefallen tun. Bitte, sag ja!

Die Mitteilung endete mit einem flehenden Emoji. Alice seufzte. Was sollte sie antworten? Es war angenehm, mit ihm zusammen zu sein. Er brachte sie zum Lachen und ließ sie ihre vielen Sorgen vergessen. Ein ganzer Tag in seiner Gesellschaft würde ihr guttun. Und sie würden immerhin in getrennten Zimmern schlafen. Nicht zuletzt wäre es eine gute Möglichkeit, sich für den Rettungseinsatz in Rosendal zu bedanken. Die Sache war entschieden. Nachdem sie zugesagt hatte, bekam sie zur Antwort eine Reihe von tanzenden und lachenden Emojis, und sie verabredeten, dass er sie um neun Uhr am Montagmorgen vor dem Rival auf dem Mariatorg abholen würde.

Endlich wurde es Samstag und Zeit, zu Marguerite zu gehen. Alice wusste schon gar nicht mehr, wie oft sie zwischen Kleid, Rock und Hose gewechselt hatte. Am Ende entschied sie sich für ein weites kurzes Kleid mit einer betonten Naht in der Mitte. Das hatte ihr immer gefallen, aber sie hatte es seit Jahren nicht mehr angezogen. Es war ein wenig zu eng gewesen, und wenn sie es ein seltenes Mal anprobiert hatte, hatte Sebastian ein anderes vorgeschlagen. Jetzt saß es richtig gut, ja, geradezu perfekt. Mit hohen schwarzen Absätzen und einer dunklen Strumpfhose kam sie sich richtig schick vor. Vielleicht war sie zu fein angezogen für diese Einladung, aber Marguerite hatte ihr geraten, nicht mit der Munition zu sparen, und natürlich würde die Gastgeberin einen Glitzerfummel tragen und Alice im Vergleich wie eine prüde Sonntagsschullehrerin aussehen lassen. Ein weiteres Problem waren ihre Haare. Denen würde eine Generalüberholung guttun, aber es musste auch so gehen. Um die tristen Haarwurzeln zu tarnen, besprühte sie alles mit Trockenshampoo und rieb es richtig ein, dann steckte sie die Haare gekonnt achtlos hoch und ließ den nervigen Locken an den Ohren freies Spiel. In ihrem Schmuckkasten, der seit Monaten ungeöffnet im Badezimmer stand, fand sie ihre alten Partyohrringe – eine ovale Perle, umgeben von einer Reihe diamantartiger Steine, die einen großen Tropfen bildeten und an einer dünnen Silberbrisur befestigt waren. Die Ohrringe waren durch und durch unecht, aber ungeheuer elegant.

Alice öffnet die Schranktür und warf einen Blick in den Ganzkörperspiegel. Sie hätte sich fast nicht wiedererkannt. Nicht einmal ihre Augen waren die alten. Statt müde und hoffnungslos vor sich hinzustarren, blickten sie ihr erwartungsvoll entgegen. In letzter Zeit hatte sie sich wirklich richtig wohlgefühlt. Vielleicht, weil sie etwas aktiver gewesen war? Den ganzen Tag zu Hause zu sitzen, war nicht gesund, das war sogar ihr klar. Nicht einmal, wenn man zu Fitnessvideos trainierte und pro Tag zehntausend Schritte absolvierte. Sie hatte lange genug getrauert. Es wurde Zeit, wieder unter Leute zu gehen, sich Arbeit zu suchen und bei alten Bekannten zu melden. Wahrscheinlich würde sich ihr Leben nie wieder so perfekt anfühlen wie früher, aber das musste es auch gar nicht, dachte sie. Und was könnte ein besserer Neubeginn sein, als mit Elias Weihnachtspunsch zu trinken?

Alice wollte gerade auf ihren hohen Absätzen durch den Innenhof stöckeln, als sie völlig verzaubert stehen blieb. Im Laufe des Nachmittags hatte sich Marguerites Terrasse in den Inbegriff einer amerikanischen Weihnachtskarte verwandelt. Kleine Laternen in den Bäumen tauchten alles in ein märchenhaftes Licht, eine Lichterkette war an der Regenrinne des Haues befestigt, und auf der Terrasse funkelten drei Rentiere durch Hunderte von winzigen Leuchtdioden. Daneben knisterte ein Feuer in einer Feuerschale, und auf beiden Seiten der Haustür hießen große Leuchter die Gäste willkommen. Das Einzige, was fehlte, war Schnee, aber immerhin regnete es nicht.

Auf der Terrasse öffnete Elias gerade eine Flasche Champagner. Als er ihre Absätze hörte, drehte er sich um und strahlte. Er trug einen langen Mantel und hatte sich eine schwarze Mütze über die dunklen Haare gezogen. Ein Dreitagebart milderte seine markanten Züge ein wenig. Großer Gott, was war der Mann attraktiv! Alice schluckte ihre Nervosität hinunter und ging auf ihn zu.

»Hallo, du Schöne. Heute Abend bist du ein Bild für die Götter.« Seine braunen Augen funkelten, und Alice ertappte sich dabei, dass sie den Atem anhielt. »Ein Glas Champagner?« Als sie keine Antwort gab, fügte er hinzu: »Drinnen gibt es heißen Weihnachtspunsch, wenn dir das lieber ist?«

»Champagner geht in Ordnung.« Endlich fand sie die Sprache wieder. Und sie wusste jetzt auch, wem er ähnlich sah – diesem dunklen Schönling mit dem Schlafzimmerblick, der in *Bridgerton* auf Netflix den Herzog von Hastings spielte. Kein Wunder, dass ihre Knie in seiner Nähe nachgaben. Sie holte tief Luft und versuchte, das Prickeln im unteren Bauchbereich zu unterdrücken.

»Alice, wie schön, dass du kommst.« Marguerite tauchte in der Türöffnung auf. »Dieses Jahr sind wir lächerlich wenige, aber wir machen einfach das Beste draus.«

»Du kannst dir nicht vorstellen, wie eng es sonst ist, wenn Mama einlädt«, warf Elias dazwischen. »Sicher siebzig Personen, die sich in dem Häuschen drängen.«

»Und es gibt fast nur Champagner«, fügte Marguerite hinzu. »Du weißt, wie das mit dem Punsch ist. Nach einem Becher hat man genug. In einem Jahr musste ich irgendwann mit Prosecco auffüllen, und, glaube mir, dieser Abend ging in die Geschichte ein«, sagte sie mit amerikanischem Ostküstenakzent und breitem Lächeln. »Jetzt brauche ich wohl kaum den Punsch aufzuwärmen, und wir sind so wenige, dass der Champagner in jedem Fall reicht. Komm ins Warme, Liebes, damit du nicht frierst.«

Ehe Alice Marguerite ins Haus folgte, hob sie für Elias ihr Glas, erwiderte seinen Blick und trank einen Schluck von dem kalten, prickelnden Getränk.

15

Auch im Haus hatte Marguerite sich in keiner Weise zurückgehalten. Um alle Türöffnungen waren Tannengirlanden mit roten und goldenen Christbaumkugeln, glitzernden Lichterketten und großen roten Schleifen befestigt. Vor dem offenen Kamin im Salon reichte eine reich mit Rot und Gold geschmückte Tanne bis zu den Deckenbalken. Auch der Kamin war mit einer Girlande verziert, und an der Mauer hing ein großer Kranz mit glitzernden Weihnachtskugeln und einer roten Seidenschleife. Aus den Lautsprechern erklang *White Christmas* mit Bing Crosby, und Alice lächelte. Marguerites Haus war so übertrieben dekoriert, dass sie besser alle ihre Skepsis Weihnachten gegenüber bis auf weiteres an den Nagel hängte, sonst würde sie es hier drinnen keine fünf Minuten lang aushalten können.

»Wie du siehst, habe ich alles gegeben.« Marguerite öffnete die Arme und sah zufrieden aus. »Und dabei habe ich die Weihnachtswichtel noch nicht mal herausgeholt.«

»Das ist einfach unglaublich.« Alice schaute sich um. Durch die Girlanden und Lichterketten kam sie sich vor wie in einem kitschigen Weihnachtsfilm. »Jetzt fehlen nur noch Schnee und ein Weihnachtsmann mit einer riesigen Nase und einem üppigen weißen Bart.«

»Diese Jahreszeit ist hier in Schweden so deprimierend dunkel und traurig. Und da habe ich mir angewöhnt, Weihnachten am Tag vor dem zweiten Advent zu feiern, mit Punch, Champagner und allem Drum und Dran. Nicht alle Nachbarn sind hingerissen von meiner flächendeckenden Dekoration, aber die meisten haben sich inzwischen daran gewöhnt. Immerhin habe ich keinen leuchtenden Weihnachtsmann mit Schlitten und einem Satz Rentiere auf dem Dach. Ich muss zugeben, dass der auf meinem Wunschzettel steht, aber dann würde die Nachbarn wohl der Schlag treffen.« Marguerite lachte schallend. »Ihr Schweden seid so zaghaft und zurückhaltend.«

»Langweilig, meinst du?«

»Nein, kein bisschen.« Die Gastgeberin sah sie an, mit Augen, die eine Spur dunkler waren als die ihres Sohnes. »Aber klar, manchmal habe ich Lust, euch allesamt durchzuschütteln. Wir leben nur einen kurzen Moment auf dieser Erde, und warum Schwarz tragen, als ob man das Leben selbst betrauerte, wenn Farbe, Glitzer und Glamour uns doch so guttun?« Sie fuhr sich mit den Händen über das goldene Paillettenkleid, für das sie sich zur Feier des Abends entschieden hatte.

»Da hast du vielleicht recht.« Alice überlegte, ob der Kommentar auf die Schweden allgemein gemünzt gewesen war oder vor allem auf sie? Die bunten Kleider in ihrem Schrank ließen sich an einer Hand abzählen. Vielleicht würde es ihr helfen, knalligere Farben zu tragen.

»Ach, jetzt kommen meine Freunde vom Theater.« Marguerites Worte rissen sie aus ihren Gedanken. »Ich muss guten Tag sagen.« Marguerite lächelte bedauernd. »Nimm dir was zu essen und mach dir einen richtig schönen Abend.«

Alice bediente sich am Fingerfood, das auf dem Tisch bereitstand, und zwang sich danach, herumzugehen und sich unter Marguerites Freunde zu mischen. Obwohl sie nur zu acht waren, wurde es Alice schnell zu viel. Sie wollte sich gerade ihren Mantel suchen, als Elias auftauchte und ihr Glas wieder auffüllte.

»Ich habe eine Idee«, flüsterte er so dicht an ihrem Ohr, dass sein Atem sie im Nacken kitzelte. »Wir stopfen uns noch mit ein paar Schnittchen voll, trinken unsere Gläser aus und machen, dass wir hier wegkommen.«

»Und was sagt deine Mutter dazu?« Alice beugte sich vor, wollte mehr von seiner Nähe.

»Dass es eine großartige Idee ist.« Seine Bartstoppeln streiften die dünne Haut hinter ihrem Ohr. Alice hielt den Atem an, wollte sich nicht bewegen und hoffte, dass er noch mehr sagen würde. »Oder was meinst du?« Seine Lippen wärmten ihr Ohrläppchen. Alice brachte keinen Ton heraus, sie nickte nur.

»Darauf prost!« Elias lehnte sich zurück, schaute ihr in die Augen und leerte dann sein Glas in einem Zug.

»Prost!« Sie tat es ihm nach, obwohl sie schon mehr getrunken hatte als sonst, weshalb ihr ein bisschen schwindlig war. Ob das am Alkohol lag oder daran, wie Elias sie anschaute, wusste sie nicht.

Nach einer Handvoll Schnittchen und einem weiteren Glas Champagner gingen sie über den Hof. Alices Zehen taten weh, und sie schnitt eine Grimasse bei dem Gedanken, in Stöckelschuhen über die Pflastersteine zu gehen. Vier Glas Champagner machten die Sache auch nicht besser. Oder die Vorstellung, sich unter Leute zu mischen.

»Du siehst aus, als ob dich etwas quält. Möchtest du nach oben gehen und dir andere Schuhe anziehen?« Elias hielt die Tür fest, ehe sie zuschlug.

»Wartest du denn?«

»Natürlich.« Er hob den Arm und ließ sie vorbei. »Das dauert ja sicher nicht lange.«

»Danke, lieb von dir.«

Sie gingen die Treppe hoch in den ersten Stock. Vor der Wohnungstür fischte Alice mit zitternder Hand das Schlüsselbund aus der Handtasche, stieß aber gegen die Klinke und ließ es fallen. Auf halber Strecke zum Marmorboden stieß sie mit Elias zusammen, der die Schlüssel für sie aufheben wollte.

»Oh, entschuldige, hab ich dir weh getan?« Er legte ihr die Hand an die Wange.

»Nein, nein, alles gut.« Sie drehte sich um und fummelte an dem verflixten Schloss herum, wobei ihr die Wärme, die aus seiner Handfläche strahlte, und die Tatsache, dass sie gleich allein in der Wohnung sein würden, nur zu bewusst waren.

»Was für ein Glück.« Er lächelte, das konnte sie an seiner Stimme hören, aber sie wagte nicht, aufzublicken.

»Warte hier«, sagte sie, als sie endlich das Schloss geöffnet hatte und sie beide in der Diele standen. »Muss mir nur schnell bequemere Schuhe holen.«

»Was sagst du stattdessen zu einer Tasse Tee?«

»Tee? Hier?«

»Ja, wenn du dich traust.« Elias lächelte herausfordernd.

»Warum sollte ich mich nicht trauen?« Sie schob das Kinn vor und weigerte sich, den Blick zu senken, obwohl er ihr Inneres zum Kochen brachte.

»Vielleicht, weil du Angst hast …«

»Wovor denn?«

»Vor dem hier.« Er trat einen Schritt vor, legte ihr die Hände um den Nacken und legte seine Lippen auf ihre zu einem forschenden Kuss. Nach einer Weile zog er sich zurück, zupfte sie am Ohrläppchen und flüsterte: »Das wollte ich schon, seit ich dich zum ersten Mal lächeln gesehen habe.«

Alice konnte einen leisen Seufzer nicht unterdrücken, und obwohl sie sich wehren müsste, legte sie doch den Kopf zur Seite, damit er die dünne Haut in ihrem Nacken besser erreichte.

»Du bist wunderbar«, murmelte er und drehte sie so, dass er nun hinter ihr stand. »Was meinst du, soll ich dich hiervon befreien?« Mit sicherer Hand zog er ihr den Mantel aus. Gleich darauf fiel auch sein eigener zu Boden. »Mmmm, so ist's besser.« Auf sein Flüstern folgten zwei warme Lippen in ihrem Nacken und eifrige Liebkosungen über ihrem Kleid.

Alice stöhnte leise. Großer Gott, wie schön! Aber es ging zu schnell. Viel zu schnell. Sie drehte sich um, suchte seine Lippen und ließ ihre Zunge darübergleiten.

»Du willst also spielen.« Elias öffnete den Mund, nahm ihre Zunge auf und erwiderte den Kuss, sanft zuerst, dann immer intensiver.

Nach einer Weile hörte er auf und trat einen Schritt vor. Sie wich zurück und spürte die Wand in ihrem Rücken. Elias küsste ihren Hals bis hinunter zum Ausschnitt, während seine Hände sich den Weg zu ihrem Hintern suchten. Alice keuchte auf, lehnte den Kopf gegen die Wand und drückte sich gegen ihn. Sie wollte ihn näher bei sich spüren, wollte mehr.

»Ich will dich«, flüsterte er, während sich seine Hände unter ihr Kleid schoben. Er fuhr über ihren Hintern und strich mit seinen Fingern über die nackte Haut über dem Bund der Strumpfhose, bevor sie den Weg darunter suchten. »Darf ich?«

»Hm«, sagte sie mit gepresster Stimme. »Oder, warte … nein!« Sie bat ihn, seine Hände wegzunehmen, und war plötzlich um einiges nüchterner.

»Willst du nicht?« Er lehnte sich zurück und musterte sie mit einer Mischung aus Erregung und Enttäuschung.

»Doch, aber …« Plötzlich war ihr klar, woher das Klischee von den Samtaugen stammte. »Aber nicht so. Wir wollten doch Tee trinken.«

»Ich weiß, aber ich habe gemerkt, wie erregt du warst, und ich dachte, du wolltest es auch.«

»Entschuldige, wenn ich unentschlossen wirke, aber …« Sie biss sich in die Lippe. »Das geht mir zu schnell.«

»Bin ich zu forsch?«

Alice schüttelte den Kopf. »Du bist phantastisch, aber ich war seit Weihnachten nicht mehr mit einem Mann zusammen. Und mit dem letzten hatte ich über fünf Jahre lang eine Beziehung. Das hier kommt einfach unerwartet. Ich brauche noch etwas, um mich daran zu gewöhnen.«

»Wir können zuerst Tee trinken, und dann haben wir immer noch die ganze Nacht.« Wieder suchte Elias ihre Lippen.

Alice ließ ihre Zunge seiner folgen, aber ihre Gedanken bewegten sich ebenso schnell. Wäre es nicht gut, das erste Mal nach Sebastian hinter sich zu bringen? Elias war im Bett sicher wunderbar. War das hier nicht genau das, was sie brauchte?

»Ich verspreche, zu warten, wenn du findest, dass es zu schnell geht«, sagte Elias, als ob er ihre Gedanken gelesen hätte. Er küsste sie wieder, diesmal leidenschaftlicher. »Und sonst können wir einfach nebeneinander einschlafen.«

Er lächelte, und sie fragte sich, ob er wusste, wie attraktiv er war oder was für ein schlechter Lügner. Das Bett zu teilen, ohne Sex zu haben, wäre doch so gut wie unmöglich. Das wusste er auch.

»Tut mir leid, aber du gehst jetzt besser.« Alice küsste ihn auf den Mund und hoffte, überzeugend zu wirken und nicht so unsicher, wie sie sich fühlte. »Lass uns bald mal essen gehen.«

Einschlafen war unmöglich. Alice strich mit den Fingern über die frisch geküssten Lippen und fragte sich, ob sie die richtige Entscheidung getroffen hatte. Wäre eine heiße Nacht mit Elias nicht genau das, was sie brauchte? Sie zog die Hände unter die Decke, streichelte ihre üppigen Brustwarzen, strich über ihren Bauch und dann hinein ins Warme, Feuchte, bis sie sich wie eine gespannte Feder von aller Frustration und Sehnsucht befreite. Gleich darauf kam der Schlaf und mit ihm die Traumwelt.

Sie stand in einer weiten Heidelandschaft und trug ein Taftkleid mit Krinoline. Ein harter Wind riss an den weiten Röcken. Sie drohte fortgeweht zu werden, doch da kam Elias auf einem feurigen Rappen angaloppiert. Gerade als er sie fast erreicht hatte, störte ein hochgewachsener Ritter auf einem Schimmel die Szenerie. Rösser und Reiter kollidierten waffenklirrend in einer Staubwolke, und dann erklang ein schriller Schrei.

Ehe Alice begreifen konnte, was passiert war und welcher Mann aus dem Zweikampf als Sieger hervorgetreten war, fuhr sie aus dem Schlaf hoch. Ihr Schädel dröhnte, ihre Lippen waren ausgedörrt, und im Mund hatte sie den sauren Geschmack vom Champagner des Vortages. Nach einem Abstecher zum Badezimmerschrank und einer Kopfschmerztablette kehrte sie ins Bett zurück und versuchte, sich an den Traum von vorhin zu erinnern, doch er war ihr entglitten, wie Träume das oft tun.

Alice verbrachte den Sonntagvormittag im Bett und träumte vom nächsten Date mit Elias. Nach dem Aufenthalt in Sigtuna mit Samuel würde sie Elias zu sich zum Essen einladen. Dann brauchte sie nicht unter Leuten zu sein, und nach dem Essen könnten sie es sich auf dem Sofa gemütlich machen und Musik hören und Tee trinken. Das eine würde dann sicher zum anderen führen, und diesmal würde sie mutig sein und sich trauen, den ganzen Weg zu gehen, so ungewohnt sich das auch anfühlte. Der Gedanke an die warmen Lippen und die heißen Küsse von Elias waren berauschend. Wie wunderbar wäre es doch, mit den Händen über seine nackte Haut zu streicheln und ihn in sich zu haben? Sie schloss die Augen, schob die Hände unter die Decke, streichelte sich und schlief mit einem befriedigten Lächeln ein.

Gegen zwölf wachte Alice ein weiteres Mal auf, und nach einer kurzen Mahlzeit nahm sie ihren kleinen Rollkoffer aus dem Schrank. Nun bereute sie, Samuels Vorschlag angenommen zu haben, aber ein Tag ging ja schnell vorbei. Bestimmt könnte sie sich auch zwischendurch in ihr Zimmer zurückziehen und ein Buch lesen oder einen Spaziergang durch die Umgebung machen, während er arbeitete. Der Landkarte zufolge lag die Sigtunastiftung neben einer riesigen Grünfläche, und es schienen nur wenige hundert Meter bis hinunter zum Mälar zu sein. Was sollte sie mitnehmen? Bequeme Kleidung zum Arbeiten, natürlich. Und feste Schuhe zum Spazierengehen, Nachthemd und Kulturtasche. Was sonst? Samuel hatte erzählt, dass ein Menü mit vier Gängen im Gutschein inbegriffen war, also hatte das Hotel wohl ein gutes Restaurant, und sie brauchte etwas Elegantes für den Abend. Alice suchte zwischen Hosen und Blusen, aber ihr Kleiderschrank enthielt nur nichtssagende Teile in Moll. Jetzt begriff sie, was Marguerite mit der schwedischen Zaghaftigkeit gemeint hatte. Oder war es ihr nur um Alice gegangen? Das war durchaus möglich.

Sie seufzte. Wie hatte es nur so weit kommen können? Sie war doch immer so lebhaft und kreativ gewesen, bevor sie die Stelle bei Bremmers bekommen hatte. Damals hatte sie es geliebt, sich schick zu machen und auf Partys zu gehen, am besten in Glitzer und leuchtenden Farben. Erst dann hatte sie sich der monochromen Farbskala bei Bremmers angepasst und war schließlich zu der schüchternen grauen Maus geworden. Am Ende fiel ihre Wahl auf das Kleid vom Vorabend. Das war zwar auch schwarz, aber immerhin elegant und festlich. Vielleicht zu festlich; aber darin sah sie schlank aus und größer als ihre ein Meter fünfundsechzig. Was sie in Samuels Gesellschaft gut brauchen konnte. Der war sicher an die eins neunzig, und auch, wenn zwischen ihnen nichts lief, sollte er sie doch attraktiv finden. Nicht zuletzt, weil ihr Selbstvertrauen vor dem nächsten Date mit Elias noch etwas Bestätigung brauchte.

16

Die Räder des Trolleys tanzten auf den Pflastersteinen, und obwohl die Straße vor ihr alles andere als menschenleer war, lächelte Alice vor sich hin, als sie zum Mariatorg hinunterspazierte. Sie gewöhnte sich immer mehr daran, unter Leuten zu sein, und freute sich sogar auf den Ausflug mit Samuel. Es wäre natürlich spannender, mit Elias auf einen romantischen Herrensitz zu fahren, aber immerhin hatte sie Stockholm seit über einem Jahr nicht mehr verlassen, und so kam sie überhaupt mal raus. Sigtuna lag zwar nicht besonders weit weg, aber sie war einmal vor vielen Jahren auf Klassenreise dort gewesen und wusste noch, dass sie in einem gemütlichen Gartencafé gesessen und dass ihr die Anlage gefallen hatte. Sie freute sich auf das Wiedersehen mit Sigtuna. Ein passendes kleines Abenteuer, dachte sie, als sie das Rival erreichte.

Beim Warten schaute Alice zu den Weihnachtsbaumverkäufern im Park hinüber, die sich auf die Geschäfte des Tages vorbereiteten, bis schließlich wenige Meter vor ihr ein dunkelgrüner Toyota-SUV hielt. Samuel stieg aus, umarmte sie und legte ihren Koffer auf die Rückbank.

»Trinkst du gern starken Kaffee?«, fragte er, als sie losgefahren waren. »Ich hab sie einen doppelten Espresso reingeben lassen. Ich hoffe, er schmeckt dir.« Er reichte ihr einen Pappbecher.

»Du bist ein Engel.« Alice sah ihn dankbar an. »Dann bleiben wir den ganzen Vormittag über fit.«

Sie hatte Angst gehabt, die Stimmung im Auto könnte peinlich werden und die Fahrt sich ewig lang hinziehen. Aber so kam es nicht. Sie unterhielten sich ungezwungen den ganzen Weg aus der Stadt hinaus über Belanglosigkeiten, als wären sie an gemeinsame Reisen gewöhnt. Deshalb war Alice etwas überrumpelt, als Samuel plötzlich das Thema wechselte und fragte: »Wie ist es dir denn ergangen, seit wir uns zuletzt gesehen haben? War es schwierig?«

Alice begriff zuerst nicht, was er meinte. Woher konnte er etwas über Elias wissen? Dann begriff sie, dass er auf Rosendal und die Begegnung mit Sebastian anspielte, und sie sagte: »Eigentlich gar nicht schlecht. Das Schlimmste war wohl der Schock. Ich hatte einfach nicht damit gerechnet, ihm da über den Weg zu laufen.« Zu ihrer Überraschung hatte sie an den folgenden Tagen nicht im Bett gelegen und war alles wieder und wieder durchgegangen, während sie sich nach Sebastian sehnte, wie es den ganzen Frühling hindurch der Fall gewesen war.

»Du bist nicht sauer auf mich, hoffe ich.«

»Nicht doch, kein bisschen, Sebastian hat es nicht besser verdient.«

»Seine Miene war unbezahlbar.« Samuel sah zufrieden aus. »Aber schön, dann haben wir das geklärt. Beste Voraussetzungen, um uns voll und ganz auf die Arbeit zu konzentrieren. Ich habe ein paar Kapitel, bei denen es noch hakt. Habe alles ausgedruckt und hoffe, dass du sie lesen magst, wenn wir dort sind.«

»Natürlich. Ich will ja schon seit dem ersten Kapitel dringend wissen, wie es weitergeht.«

»Die Story gefällt dir also?«

»Ist das nicht klargeworden?«

»Anfangs warst du ziemlich streng.« Er warf ihr einen kurzen Seitenblick zu.

»Wenn ich ehrlich sein soll, war ich ein bisschen skeptisch. Ich dachte, du wärst noch so ein Krimiautor, der sich einbildet, mit dem Genre schnell und einfach Geld verdienen zu können.«

»Bin ich das denn nicht?« Samuel sah sie an. »Ich hoffe, dass ich für mein Buch einen guten Verlag finden und dann Erfolg haben werde.«

»Das tun alle.« Alice überlegte, wie sie weitermachen sollte. »Aber hattest du nicht erzählt, du hattest genug von den düsteren Geschichten …?«

»Macht das mein Vorhaben nobler? Mir kam eine Story in den Sinn, die geschrieben werden wollte. So einfach war das.«

»Aber …« Sie verstummte. Reichte es als Motivation nicht, einfach Lust zu haben, eine Geschichte zu erzählen? »Glaubst du, du wirst noch weitere Bücher in diesem Stil schreiben?«

»Kommt drauf an …« Er schaute aus dem Fenster, dann fuhr er sich mit der Hand durch die blonden Haare, so dass sie nach allen Seiten abstanden. »Vielleicht, wenn ich einen guten Verlag finde. Ansonsten hab ich eine Idee für ein Spin-off zu den Salanderbüchern, über das ich schon eine ganze Weile nachdenke, aber ich hab mich noch nicht getraut, mich darauf einzulassen.«

»So eine Art Fan-Fiction?« Alice schaute ihn an.

»Es ist eher eine Metaerzählung darüber, wieso Stieg Larsson anfing, über Lisbeth Salander zu schreiben.«

»Das klingt interessant. Erzähl.«

»Stell dir eine junge Frau vor, die mit angezogenen Beinen in einer Fensternische in einer riesigen Wohnung sitzt und eine Tasse pechschwarzen Kaffee trinkt, während sie auf die Dächer von Stockholm hinausblickt, ein bisschen wie Salander in ihrer Bruchbude in der Fiskargata.« Samuel sah sie kurz von der Seite an. »Kommst du mit?«

Alice nickte. »Aber diese junge Frau ist nicht Lisbeth, sondern eine andere?«

»Genau.« Samuel warf ihr wieder einen raschen Blick zu und fuhr fort: »Im Hintergrund läuft das Radio, und in den Nachrichten kommt dann, dass Stieg Larsson nach einem Herzinfarkt bei der Arbeit verstorben ist. Die Frau, die sich an den Fensterrahmen gelehnt hatte, setzt sich kerzengerade auf, schleudert die Tasse an die Wand gegenüber, und während die schwarze Flüssigkeit über die elegante Stuckatur läuft, strömt ein abgrundtiefer Schrei aus der Kehle der Frau. Es folgen heftige Flüche, und dann schreit sie: ›Der Teufel soll euch holen! Und der Teufel soll dich holen, Stieg! Du hast versprochen, mich zu beschützen. Warum hast du das nicht getan? Du hast gewusst, dass sie hinter dir her waren!‹ Sie fängt an zu schluchzen, dann murmelt sie: ›Wer soll das alles jetzt erzählen?‹ Sie schlägt mit dem Hinterkopf gegen den Fensterrahmen und beißt die Zähne zusammen, als die Erkenntnis in ihrem Magen anlangt. Das, was sie für das Ende gehalten hatte, ist in Wirklichkeit ein neuer Anfang. Die Jagd geht wieder los, und sie ist hier nicht mehr sicher. Sie muss verschwinden, wieder untertauchen, und zwar sofort. Aber zuerst muss sie dafür sorgen, dass niemand Zugriff auf Stiegs Notizen oder seinen Computer bekommt. Die junge Frau springt wütend auf, dann geht sie in die Küche, um ihren Laptop zu holen. Den Kaffeefleck an der Wand ignoriert sie einfach.«

»Großer Gott!« Alice starrte Samuel an. »Was machst du hier bei mir, wenn du zu Hause sitzen und den Bericht dieser Frau schreiben müsstest? Wer ist sie? Was ist passiert? Was hat sie mit Stieg Larsson zu tun? Verlage in aller Welt würden sich für eine solche Geschichte gegenseitig zerfleischen.«

»Sicher, sicher – und seine Familie würde mich vor Gericht zerren. Großartige Aussichten!«

»Damit müsstest du rechnen«, gab Alice zu. »Aber trotzdem. Irgendwie lässt sich das regeln.«

»Ich bin nicht überall auf dem neuesten Stand.« Samuel schnitt eine Grimasse. »Ich hatte schon länger keinen Kontakt mehr zur Unterwelt. Ich muss auch zugeben, dass ich mich nicht direkt danach sehne, mich wieder in Menschenhandel, Drogenkartellen und Mafiadreck zu vergraben.«

»Das kann ich verstehen.« Alice legte ihm die Hand auf den Arm. »Aber versprich mir, dir das mit diesem Buch zu überlegen. Die Idee ist sensationell, und wenn die Story trägt, dann bin ich ziemlich sicher, dass Verlage in aller Welt sich um die Rechte prügeln würden.«

»Ist das dein Ernst?« Er drehte sich zu ihr hin. »Ich weiß

nur nicht, ob ich es wirklich über mich bringe, mich wieder in diese Welt hinabzuwagen.«

»Danke jedenfalls, dass du mir davon erzählt hast.« Sie lächelte ihn an. »Der Kaffee, der die Wand hinabfließt, wird mich von jetzt an verfolgen. Ich will mehr über diese Frau wissen, wer sie ist und was sie durchgemacht hat.«

»Kannst du dich erst mal mit Julia, Noel und Jakob begnügen? Und mit Adam natürlich?«

»Natürlich«, sagte Alice, aber sie fragte sich doch, was nötig wäre, um Samuel dazu zu bringen, das Buch über Stieg Larssons Muse zu schreiben, und welcher Verlag Interesse haben könnte. Es juckte ihr regelrecht in den Fingern, dieses Projekt weiterzuverfolgen. Seltsam, sie war keine große Krimileserin und hatte absolut niemals mit diesem Genre arbeiten wollen, aber wie Millionen anderer hatte sie die Bücher über Lisbeth Salander verschlungen. Stieg Larsson war ein Meister in der Kunst, seine Gestalten und Schauplätze zu charakterisieren. Es war schon eine ganze Weile her, dass Alice die Millenniumbücher gelesen hatte, aber noch immer hatte sie Lisbeth Salander und Mikael Blomkvist deutlich vor Augen.

Nach Samuels Bekenntnis saßen beide in Gedanken versunken da. Samuel richtete den Blick auf die Straße und Alice auf die graue, triste Herbstlandschaft – jede Menge Nadelwald, braune Ackerflächen und kahle Laubbäume. Sie hätte sich niemals vorstellen können, unbedingt einen Krimi oder Thriller verlegen zu wollen. Oder überhaupt irgendein Buch. Eigentlich war sie mit der Branche fertig. Aber zugleich war da wieder dieses Kribbeln, das zuverlässig immer dann auftauchte, sobald sie ein vielversprechendes Manuskript in den Händen hielt. Wenn das passierte, dann wusste sie: Aus dieser Geschichte musste ein Buch werden. Ihr Instinkt hatte sie bisher noch nie betrogen. Zwar waren nicht alle Bücher, an denen sie gearbeitet hatte, zu einem Riesenerfolg geworden. Aber alle hatten ihre Kosten eingespielt und ein paar hatten sogar mehrere Wochen lang die Bestsellerlisten angeführt und waren zu richtigen Kassenschlagern geworden. Na ja, das hier war erst ein Embryo – keine Synopsis und kein Manuskript, zu dem jemand Stellung beziehen könnte, aber dennoch, die Vorstellung, Samuel dazu zu bringen, aus der Idee einen Roman zu machen oder womöglich sogar eine Serie, war unwiderstehlich. Was, wenn sie ihm helfen könnte, einen Verlag zu finden, der seinen Weihnachtsroman veröffentlichen würde und sich noch dazu für die Story von Stieg Larssons Muse interessierte? Alice schloss die Augen und lächelte bei der Vorstellung, wie Verlage in aller Welt sich im Kampf um die Rechte für Samuels Buch gegenseitig überbieten würden.

»Alice, wir sind da.«

»Was?« Sie fuhr blitzschnell hoch und setzte sich auf dem Beifahrersitz auf. Vor dem Wagen ragte ein Komplex aus hellen terracottafarbenen Steingebäuden auf, verbunden durch überdachte Brücken, einen hohen Turm und mehrere Säulengänge. »Ist das die Sigtunastiftung?« Jetzt verstand sie, was Samuel gemeint hat. »Was für ein Anblick!«

»Ja, ziemlich imposant, nicht wahr?« Er lächelte ihr zu. »Ich war schon zweimal hier, aber ich habe noch immer nicht begriffen, wie die vielen Erker, Säle und Häuser zusammenhängen.«

»Der Bau muss doch ein Vermögen gekostet haben.« Alice öffnete die Beifahrertür. »Gehen wir rein?« Sie wollte sehen, was sich hinter den dicken Mauern befand.

Die Rezeptionistin hieß sie willkommen, informierte sie über die Essenszeiten und reichte ihnen Schlüsselkarten für ihre Zimmer im zweiten Stock und dann noch eine für das Turmzimmer, in dem sie für den Rest das Tages und am folgenden Morgen arbeiten würden.

»Danke.« Samuel wandte sich an Alice. »Was sagst du? Schmeißen wir die Taschen ins Zimmer und drehen eine Runde?«

»Unbedingt.« Alice ging zum Fahrstuhl, machte auf halber Strecke jedoch kehrt, ging zurück zur Rezeptionistin und fragte: »Wurde das hier wirklich als ganz normale Schule gebaut? Es sieht aus, als ob es schon eine Ewigkeit hier steht.«

»Die Frage hören wir oft«, sagte die Rezeptionistin lächelnd. »Der Gründer wollte einen Ort der Stille im Einklang mit der Natur schaffen, der allen offensteht. Eine Kombination aus italienischem Klostermilieu und schwedischer Burg war das Resultat.«

»Was für ein Visionär«, sagte Alice staunend. »Es kann nicht leicht gewesen sein, ein dermaßen ambitioniertes Projekt durchzusetzen.«

»Es hat seine Zeit gedauert, aber zum Glück ließ der Gründer nicht locker. Wenn ihr mehr wissen wollt, dann stehen Bücher über die Geschichte der Gebäude in euren Zimmern.«

Alice bedankte sich für die Information und drehte sich zu Samuel um. »Erst mal müssen wir die Taschen loswerden, damit wir uns umschauen können.«

»Ich bin schon total verliebt in diesen Ort.« Alice betrachtete die im Winterschlaf ruhenden Pflanzen im Rosengarten und den beleuchteten Weihnachtsbaum, der über dem Springbrunnen in der Mitte aufgebaut war.

Der Rosengarten war von vier Säulengängen umgeben – zwei zum Schutz vor der Außenwelt und zwei als Teil des Erdgeschosses im Hauptgebäude. Sie ließ ihren Blick an den hohen Mauern emporwandern. Bis zum Dach hinauf kletterte daran wilder Wein. Die meisten Blätter waren heruntergefallen, aber einige tiefrote klammerten sich starrköpfig daran, und zusammen mit der terracottafarbenen Fassade gaben sie dem Innenhof ein mediterranes Flair. Hier und dort im Garten und an den Säulengängen gab es Sitzplätze zum Ausruhen und Arbeiten.

»Ich kann verstehen, warum du wieder herkommen wolltest.« Alice sah Samuel an. Er war anders als die meisten Männer, die sie kannte. So ruhig und gelassen. Er schien absolut nicht das Bedürfnis zu haben, sich zu behaupten oder ihr unter die Nase zu reiben, wie schlau und erfolgreich er war. Fühlte sie sich deshalb in seiner Gesellschaft so wohl und entspannt?

»Ich bin froh, dass du mitgekommen bist. Bist du bereit für ein neues Kapitel, oder willst du zuerst die Bibliothek sehen?«

»Ach, mehr Text!« Sie strahlte. »Hast du den versprochenen Ausdruck? Dann setze ich mich gern mit einer Decke, deinem Manuskript und einer Tasse Tee in den Hinterhof.«

»Hier.« Samuel zog einen Stapel Papier aus der Aktentasche und blätterte darin, bis er das Gesuchte gefunden hatte.

»Ich hatte auf ein bisschen mehr gehofft«, sagte Alice, als sie die Bögen in der Hand hielt.

»Hier arbeiten wir mit Qualität, nicht mit Quantität«, er grinste. »Der geringe Umfang bedeutet ja noch lange nicht, dass nichts passiert.«

»Es gibt also Action?«

»Wir werden ja sehen, was du davon hältst.« Er fuhr sich mit der Hand durch die zerzausten blonden Haare, und Alice hatte den Eindruck, dass er verlegen war.

Alice wickelte sich in eine Decke und fing an zu lesen. Das neue Kapitel spielte am ersten Weihnachtstag. Durch den Kuss von Julia und Noel am Vorabend hatte sich die Stimmung verändert. Julia hatte ein schlechtes Gewissen und redete sich ein, sie hätten zu viel getrunken, seien sentimental geworden und hätten sich deshalb aus Versehen geküsst. Noel dagegen schien gar nichts zu bereuen und warf ihr immer wieder warme Blicke zu. Julia wich seiner Nähe aus, war sich derer aber überdeutlich bewusst. Die Stimmung war angespannt, und als dann Jakob anrief und sie zum Mittagessen einlud, nahm sie das Angebot dankbar an. Nach einem Lunch mit stockendem Smalltalk gingen sie zu ihrem Auto, das endlich freigelegt worden war. Als Julia es sah, wäre sie fast wieder in Tränen ausgebrochen, konnte allerdings nicht begreifen, warum der Anblick ihr so zusetzte.

Alice schaute zum Säulengang hinüber. Julia und Noel waren ganz klar ineinander verliebt, und Samuel hatte Jakob ins Manuskript geschrieben, um die Leserin in die Irre zu führen und um der Handlung nun eine unerwartete Wendung zu geben. Vermutlich würde das Auto nicht starten, und Julia müsste noch eine Weile in Hälsingland bleiben. Und Alice behielt recht, die Autobatterie hatte sich entladen, und der Motor ließ sich mit Hilfe eines Startkabels zwar anwerfen, starb aber ab, sobald das Kabel abgenommen wurde. Jakob, Gentleman, der er war, sorgte dafür, dass die Batterie über Nacht aufgeladen wurde.

Nach dem Spaziergang war Julia müde und schlief auf Jakobs Sofa ein. Sie blieb zum Abendessen, die Zeit verflog nur so, und als sie endlich am späten Abend in die Sennhütte zurückkehrte, war Noel gereizt und fragte sie, was sie und Jakob den ganzen Tag getrieben hätten. Er war offensichtlich eifersüchtig, und Julia fand es klüger, schlafen zu gehen, aber plötzlich hatte sie die Arme wieder um Noel gelegt, ohne richtig zu begreifen, wie das passiert war. Er strich ihr den Pony aus dem Gesicht und berührte ihre Lippen sanft mit seinen, und bald waren sie in einen heißen Kuss vertieft. Endlich, wollte Alice rufen, aber genau wie beim vorigen Mal hatten sie gerade erst angefangen, als Julia einsah, wie falsch sie sich verhielt, und aus der Küche stürzte.

Eine typische Wendung, dachte Alice und starrte auf die Rosensträucher. Danach fand Julia natürlich die halbe Nacht keinen Schlaf und versuchte sich einzureden, dass der Kuss keine Bedeutung hatte, dass er einfach so passiert war (schon wieder!) und dass sie doch Adam liebte. Aber beim Kuss hatten wirklich Funken gesprüht, das musste sie sich schließlich eingestehen. Sobald Noel sie berührte, kribbelte es ihr bis in die Zehen. Julia kam zu der Erkenntnis, dass sie am nächsten Morgen, am besten ganz früh, aufbrechen musste, ehe noch mehr zwischen ihnen passierte. Und dann war das Kapitel zu Ende.

Alice seufzte frustriert auf und ließ sich im Sessel zurücksinken. Hier und dort am Himmel zogen sich dunkle Wolken zusammen und schienen auf Kollisionskurs zueinander zu gehen, wie eine Metapher für das, was Julia im Manuskript erlebte. Ihre Angst war spürbar, und Alice konnte die Panik der jungen Frau angesichts der unerwünschten, wachsenden Gefühle für den jungen Mann nachvollziehen, den sie durch einen Zufall kennengelernt hatte. Alice schielte zu Samuel hinüber, aber der schien total in den Inhalt seines Bildschirms vertieft zu sein. Sollte sie ihn stören? Aber was sollte sie dann sagen? Diskussionen über Inhalt, Text und Sprache gehörten zum Alltag in einem Verlag, aber aus irgendeinem Grund kam es ihr jetzt alles andere als einfach vor, eher unangenehm, aber da musste sie jetzt durch. Sie wurde für diese Arbeit schließlich bezahlt. Sie musste sich ganz einfach vorstellen, hier im Gespräch mit einem Verlagskollegen zu sitzen.

»Du, Samuel.« Sie räusperte sich. »Hast du mal kurz Zeit?«

»Sicher.« Er schaute auf und erwiderte ihren Blick.

»Jetzt passiert ja so einiges.« Sie verstummte. Es war schwer, die Wörter herauszubringen. »Ich habe das Kapitel gelesen. Willst du darüber reden?«

»Will ich das?« Er machte ein skeptisches Gesicht. »Kommt drauf an, was du daran auszusetzen hast.«

»Ich finde den Text wunderbar …« Sie wollte sagen, dass die Szene zwischen Noel und Julia sie berührt hatte, aber aus irgendeinem Grund kam ihr das zu persönlich vor, zu nah.

»Aber?« Samuel schien auf einen heftigen Angriff zu warten.

»Kein Aber.« Endlich fand sie Worte. Sie würde alles auf rationale Weise vorbringen. »Wir haben offenbar zwei wachsende Konflikte in der Geschichte – einen zwischen Noel und Jakob und dann Julias inneren Konflikt. Sie ist immerhin noch mit Adam zusammen, so aussichtslos das auch sein mag. Ein Kuss kann schnell mal passieren, aber zwei lassen sich nicht so leicht wegdiskutieren, und ich nehme an, dass noch weitere kommen.« Sie suchte seinen Blick.

»Das hatte ich eigentlich vor.« Samuel sprach sehr langsam und sah aus, als wäre ihm gar nicht wohl in seiner Haut. »Wie explizit muss man werden?«

»In Bezug auf Sex, meinst du?« Alice schluckte. Sie hatte im Verlag so oft über diese Dinge diskutiert, aber jetzt hätte sie sich am liebsten gedrückt.

»Genau.« Er hatte rote Flecken am Hals. »Mir liegen solche Szenen überhaupt nicht.«

Alice hätte ihn gern umarmt. »Die Entscheidung liegt letztlich bei dir, aber es ist schon wichtig, ein bisschen Romantik reinzunehmen, sonst fühlt sich die Leserin am Ende womöglich betrogen. Du brauchst dem Liebespaar nicht bis unter die Bettdecke zu folgen, wenn du das nicht willst. Es genügt, es anzudeuten, wenn man begriffen hat, was passieren wird.«

»Was für ein Glück!« Er sah erleichtert aus. »Das hat mir wirklich Albträume beschert.«

»Ein bisschen was musst du den Leserinnen aber schon präsentieren.« Alice sah ihn aufmunternd an. Endlich hatte sie ihre Fassung gewonnen und konnte wieder energisch sprechen. »Aber egal, was du tust, verwende keine verblümten Metaphern. Nenn die Körperteile bei ihrem richtigen Namen. Alles andere wird nur kitschig und peinlich.«

Samuel warf einen Blick auf sein Handy. »Ich glaube, es ist Zeit für das Mittagessen. Wollen wir?«

Das Gespräch beim Essen zog sich hin. Immer wieder saßen Samuel und Alice einander schweigend gegenüber und schienen nicht zu wissen, was sie sagen sollten. Die Leichtigkeit war verschwunden. Etwas zwischen ihnen hatte sich verändert, und Alice fand es eigentlich niedlich, dass Samuel, der ansonsten so selbstsicher und entschlossen wirkte, verlegen wurde, sobald das Gespräch auf Sexszenen kam. Vielleicht war er ein Typ, der lieber handelte als redete? Sie verdrängte diesen unpassenden Gedanken und suchte verzweifelt nach einem unverfänglichen Gesprächsthema.

»Was meinst du?«, fragte Samuel schließlich. »Wollen wir mal einen Blick in die Bibliothek werfen und uns danach mit einem Kaffee ins Turmzimmer setzen?«

»Gute Idee.« Alice sprang auf und schob ihren Stuhl zurück, dankbar, weil sie den Tisch verlassen konnte. »Ich muss nur schnell zur Toilette.«

Dort besserte sie ihren Lippenstift aus und strich die Haare glatt. War es richtig von ihr gewesen, mit Samuel herzukommen? Wenn das Gespräch am Nachmittag genauso ins Stocken geriet wie eben, würde der Rest des Aufenthaltes zu einer Qual werden.

17

»Was für ein Glück, eine solche Bibliothek zu haben.« Alice ließ den Blick über die scheinbar endlosen Regalreihen wandern. Der Raum war groß und hatte hohe Wände, sicher fünf, sechs Meter. Eine Buchreihe nach der anderen kletterte an den Wänden empor, und auf halber Strecke zur Decke befand sich eine Galerie, die Zugang zu den Büchern in der oberen Hälfte ermöglichte. Vom mehrere Meter hohen Fenster sickerte bleiches Tageslicht zwischen die Bücherschätze.

»Hier haben viele der großen schwedischen Dichterinnen und Dichter ihre Werke geschaffen«, sagte Samuel und breitete die Arme aus. »Alles von Vilgot Sjöman, Agneta Pleijel und Göran Tunström bis zu Märta Tikkanen und Sven Stolpe. Die Liste der Stipendiaten ist lang. Apropos Sven Stolpe: Offenbar war Alex Schulman mehrmals hier, als er *Verbrenn all meine Briefe* geschrieben hat.«

»Ich habe nichts von ihm gelesen«, gab Alice zu. »Von seinem Podcast war ich ehrlich gesagt nicht begeistert.«

»Er ist ein hervorragender Autor.«

»Das habe ich auch gehört, aber ich habe trotzdem meine Zweifel.«

»Gib seinen Büchern eine Chance, du wirst es nicht bereuen.«

»Mal schauen.« Alice wies mit der Hand auf die Buchreihen. Dass es so viele Bücher gab! Sicher Zehntausende allein hier in diesem Raum. Soviel sie auch las, sie würde doch nie mehr als einen Bruchteil schaffen.

»Gehen wir ins Turmzimmer und setzen uns an die Arbeit?« Samuel legte ihr die Hand leicht auf den Oberarm.

»Ja, das machen wir.« Sie folgte ihm in den Speisesaal, dankbar, weil die angespannte Stimmung offenbar verflogen war.

Dort nahmen sie sich eine Tasse Kaffee mit, verließen den Fahrstuhl im vierten Stock und gingen durch die Aufenthaltsräume zur Treppe ins Turmzimmer. Auf einem Fensterabsatz stand ein Gipsmodell des ursprünglichen Entwurfs für die Sigtunastiftung, und Alice dachte wieder daran, was der Gründer da für ein gewaltiges Projekt auf sich genommen hatte. Heutzutage würde wohl kaum jemand mehr ein so aufwendiges Gebäude errichten. Als sie ganz oben angekommen waren, schloss Samuel die Tür auf und ließ Alice das Zimmer betreten.

»Wow!« Sie blieb mitten auf dem kahlen Holzboden stehen. Das Turmzimmer war einfach eingerichtet, mit Bücherregalen und einem leeren Schreibtisch, und ohne die Fenster wäre es nicht weiter bemerkenswert gewesen, aber sie befanden sich hoch oben im Turm und drei hohe Fenster mit darunter befindlichen Schreibplätzen boten eine wunderbare Aussicht über Mälar, Sigtuna und ganz viel Wald.

»*Zimmer mit Aussicht.*« Samuel ging zu dem einen Fenster und schaute hinaus.

»Hast du das Buch gelesen?« Alice trat neben ihn und blickte auf die Mälarbucht, die zu ihren Füßen lag.

»Nein, aber ich weiß noch, dass der Film mir gut gefallen hat. Und du? Buch oder Film?«

»Beides, aber das Buch habe ich zuerst gelesen.« Das war eins ihrer Prinzipien. Sie wollte sich ihr eigenes Bild der Personen machen, und wenn sie mit dem Film anfing, konnte sie unmöglich beim Lesen etwas anderes vor sich sehen als die Darsteller in ihren Rollen. »Wie schwierig das Leben für die Frauen damals gewesen sein muss. Allein, dass ich niemals ohne Anstandsdame hier mit dir sein könnte.« Alice schnaubte. »Und keinen sinnvollen Job haben.«

»Stimmt«, meinte Samuel. »Aber der Film war trotzdem toll. Ich glaube, das war eins der ersten Kostümdramen, die ich gesehen habe. Es wäre spannend, irgendwann mal für einen Film oder eine Fernsehserie zu arbeiten.«

»Du schreibt auf eine filmische Art und würdest das sicher gut machen.«

»Meinst du?« Er strahlte. »Und du, wovon träumst du?«

»Die Fortsetzung deiner Geschichte lesen zu dürfen.« Sie grinste und hoffte, dass er keine weiteren Fragen stellen würde. »Fangen wir an?«

»Sicher.« Samuel sah sie unschlüssig an. »Ich will noch ein paar Details ausbessern, bevor du das nächste Kapitel haben kannst. Könntest du dir vorstellen, das überarbeitete Manuskript bis dahin noch einmal zu lesen?« Er öffnete seine Tasche und zog einen Papierstapel hervor.

»Ja, gern. Wo willst du sitzen? Am Tisch oder beim Fenster?«

»Eine leichte Wahl.« Er ließ sich an dem Fenster nieder, das auf Sigtuna hinabblickte, und Alice nahm das mit Mälarsicht.

Sie versanken in Schweigen, und Alice gab vor zu lesen, aber eigentlich dachte sie über Samuels Frage nach. Früher hatte sie sich nichts sehnlicher gewünscht, als entweder einen eigenen Verlag zu gründen oder ein Imprint unter einem der großen Verlage zu betreuen. In letzter Zeit hatte ihr jede Motivation dafür gefehlt. Sie hatte das Leben auf Pause gesetzt, aber nun wurde es Zeit für einen Neustart, Zeit, alles wieder anzupacken. Aber wo sollte sie anfangen? Und wie? Die Angst schien sich wie ein undurchdringlicher Panzer um ihre früheren Träume gelegt zu haben.

Alice starrte aus dem Fenster und folgte mit ihren Blicken dem Weg eines Vogels. Sie würde die Sache nach Weihnachten angehen. Auf irgendeine wundersame Weise musste sie Kraft und Mut für einen Neubeginn finden, aber so weit war sie eben noch nicht. Dagegen gab es etwas, das sie tun konnte, auch, wenn nicht sie davon profitieren würde, sondern Samuel. Sie zog ihren Laptop hervor, gab den Zugangscode des Hotels ein und begann mit einer Mail. Als sie und Samuel angefangen hatten, über seinen Weihnachtsroman zu sprechen, war sie davon ausgegangen, dass Star Publishing der perfekte Verlag für ihn wäre, aber jetzt, da sie von Samuels Idee für Stieg Larsson gehört hatte, hielt sie einen Verlag für besser, der sich auch um dieses Manuskript kümmern würde. Vorausgesetzt natürlich, sie konnte Samuel dazu überreden, der Story die Aufmerksamkeit zu schenken, die ein Projekt dieser Größenordnung verdiente. Brantzelius war auf der Suche nach aufsehenerregenden

Krimistoffen, das hatte sie von mehreren Seiten gehört, und wenn es stimmte, dass dieser Verlag den beiden Branchenriesen eins auf die Nase geben wollte, könnten Samuel und sein Metaroman genau das sein, was sie brauchten. Sie schrieb Johan Gravenströms Namen ins Adressfach. Zuerst stellte sie sich vor, für den Fall, dass der Cheflektor von Brantzelius nicht mehr wusste, wer sie war, dann erzählte sie, dass sie ein Weihnachtsmanuskript für Samuel Engman redigierte, und endete damit, dass Samuel ihr gegenüber eine sensationelle Idee skizziert hatte, die Brantzelius sich nicht entgehen lassen dürfte. Sie fügte hinzu, dass sie nicht wusste, wie Samuels Verhältnis zu seiner Agentur momentan aussah. Seine Kontaktperson schien von dem Projekt, an dem er gerade arbeitete, offenbar nichts zu wissen.

»Wie geht's?«, fragte Samuel. »Hast du keine Lust, weiterzulesen?«

»Doch, ich mach mir nur Notizen.« Sie gab vor, den neben dem Laptop liegenden Ausdruck zu überfliegen. »Wie läuft es bei dir?«

»Geht so. Können wir kurz darüber reden?«

»Sicher. Gib mir nur ein paar Minuten.« Sie las die Mail noch einmal, holte tief Luft und drückte auf Senden. Jetzt musste sie es darauf ankommen lassen. Wenn sie eine Absage bekam, würde Samuel niemals davon erfahren müssen. Sie klappte den Laptop zu, ging zu Samuel und setzte sich.

»Ich bin stecken geblieben. Wollte nichts sagen, aber außer dem Text, den du schon hast, habe ich nur noch ein Kapitel. Der Rest ist eigentlich nur eine lose Synopsis.«

»Das macht nichts«, sagte Alice. »Ich kann lesen, was

du hast, du erzählst mir, wie du dir die Fortsetzung vorstellst, und dann reden wir darüber.«

»Okay.« Samuel schien über etwas nachzudenken.

»Du wirkst skeptisch.«

»Ernsthaft?« Er schnitt eine Grimasse.

»Geht es um die Sexszenen? Ist das dein Problem?« Sie blickte ihn aufmunternd an.

»Anfangs wollte ich ungefähr da, wo du jetzt aufgehört hast, eine haben, aber jetzt habe ich lieber eine Wendung eingebaut.« Er kratzte sich am Kopf. »Ach, ich weiß nicht. Vielleicht hätte ich die Sexszene ja doch schreiben sollen. Ich weiß nicht, warum mir das so schwerfällt. Schließlich bin ich nicht verklemmt oder so. Und jetzt ... das hier ... das macht alles noch schwerer.« Er sah jetzt verlegen aus. »Entschuldige mein Gestammel.«

»Macht doch nichts.« Alice hatte keine Ahnung, wovon er redete, aber das würde sich bestimmt klären, wenn sie erst weitergelesen hatte.

»Als ich mich bei dir gemeldet habe, hatte ich nicht damit gerechnet ...« Samuel verstummte. »Ach was, lies erst mal, und dann ...«

»Maile ich dir mein Feedback?«, scherzte Alice. »Damit du nicht darüber reden musst.«

»Nein, aber versprich mir, bis heute Abend damit zu warten, nach dem Essen oder so, wenn ich einen anständigen Whisky getrunken habe.«

»Jetzt bin ich aber wirklich neugierig.« Sie lächelte.

»Kann ich den Text mailen?« Er erwiderte ihr Lächeln nicht. »Oder soll ich nach unten gehen und ihn in der Rezeption ausdrucken lassen?«

»Schick ihn einfach. Es ist ja nur ein Entwurf und braucht noch lange nicht perfekt zu sein.«

Sowie die Mail bei Alice ankam, ging sie zurück zu ihrem Platz und fing an zu lesen:

Es war unmöglich, sich zu verabschieden. Mehrmals versuchte Julia, etwas zu sagen, aber sie brachte kein Wort heraus. Stattdessen ließ sie sich von Noels Töchtern überreden, Scones zu backen. Nach dem Frühstück saßen sie und Noel sicher eine Stunde in ihren albernen Weihnachtspullovern am Frühstückstisch. Sie wollten gerade die Küche verlassen, um Schlitten zu fahren, als ein Auto vorfuhr und die Kinder unter glücklichem Geschrei aufsprangen und zur Haustür stürzten.

»Mama, Mama!« Die Mädchen lachten und lärmten. »Papa, komm! Beeil dich! Mama ist da!«

Noel erstarrte mitten in der Bewegung, dann stellte er die Teller auf den Küchentisch. Er wirkte vollkommen unschlüssig, wich Julias Blick aus und wollte schon die Küche verlassen, als sich rasche Schritte näherten und eine schlanke Blondine, dicht gefolgt von Maja und Lisa, in der Türöffnung erschien.

»Anna …« Noel sah verlegen aus. »Ich dachte, du bist in Stockholm.«

»Das Gerücht stimmt also. Du verdammter egoistischer …« Die Frau verstummte und starrte Noel wütend an. »Und du!« Sie warf Julia einen vernichtenden Blick zu, dann drehte sie sich zu Maja und Lisa um und sagte: »Ihr Süßen, geht in euer Zimmer und zieht euch was Schönes an. Wir fahren nämlich zu Oma und essen Kuchen bei ihr. Was sagt ihr dazu?«

»Jaaaaa!«, riefen die Mädchen wie aus einem Munde.

»Wunderbar.« Sie lächelte die beiden an, aber das Lächeln

kam nicht einmal in die Nähe ihrer Augen. »Dann zieht euch jetzt um und vergesst nicht, euch die Haare zu bürsten. Ich rede so lange mit eurem Papa und seiner Freundin.«

Kaum waren die Kinder verschwunden, drehte sie sich wieder zu Noel um und fauchte: »Wie kannst du es wagen?« Der mühsam beherrschte Zorn loderte aus ihren Augen. »Wir sind nicht mal geschieden, und du schleifst schon eine andere hierher, obwohl die Kinder bei dir sind. Das ist einfach unmöglich! Wir wollten sie da raushalten. Da waren wir uns doch einig.«

»Es ist überhaupt nicht so, wie du denkst«, widersprach Noel. »Julia hatte einen Unfall. Sie … wir sind nur Freunde.«

»Nicht so, wie du denkst … nur Freunde …« Wieder schnaubte Anna. »Und das soll ich dir glauben?« Sie verdrehte die Augen. »Hör doch selbst, wie jämmerlich das klingt.«

»Es stimmt aber.« Julia musste sich einfach einmischen. »Mein Auto ist im Schnee stecken geblieben und Noel hat angeboten, bei ihm unterzukommen.«

»Reden wir jetzt über denselben Sturm?« Anna kniff die Augen zusammen. »Soviel ich weiß, ist der seit mehreren Tagen vorbei.«

»Sie war krank und musste im Bett bleiben«, erklärte Noel.

»Das kann ich mir denken.« Annas Blick wanderte von Noel zu Julia und dann zurück zu Noel. »Und Pullover im Partnerlook … wirklich reizend!« Ihre Stimme troff vor Sarkasmus. »Für wie blöd haltet ihr mich eigentlich?«

Hoppla! Alice schaute hinaus auf das dunkle Mälarwasser. Diese Wendung hatte sie nicht vorhergesehen. Aber die war gut! Die Story gewann dadurch, dass unterwegs weitere Hindernisse auftraten. Sie las weiter, neugierig darauf, was jetzt passieren würde, und als Julia zu Jakob fuhr, um Noel und seiner Verflossenen beim Streit nicht im Weg zu sein, kam ihr das richtig vor.

Die Intrige verdichtete sich, als Jakob erzählte, dass er, Noel und Anna schon als Kinder befreundet gewesen waren und Jakob gewusst hatte, dass Anna in der Nähe war. Für einen Moment glaubte Julia, dass Jakob Anna über ihre Anwesenheit informiert hatte. Wollte er, dass Noel Schwierigkeiten bekam? Und wenn ja, warum? Wollte er Julia für sich haben? Und was war in der Vergangenheit geschehen, dass er Noel derart verabscheute?

Jakob und Julia fuhren mit dem Schneemobil zu Julias Auto und versuchten, es in Gang zu bringen, aber obwohl die Batterie inzwischen aufgeladen war, passierte gar nichts. Eine mit den Tränen kämpfende Julia rief Adam in Åre an und erzählte von den vielen Problemen – sie war in einen Schneesturm geraten, von der Straße abgekommen, hatte mehrere Tage mit hohem Fieber im Bett gelegen, und der Motor wollte nicht anspringen. Und damit nicht genug, jetzt wurde ihr auch noch unterstellt, einer anderen den Mann ausgespannt zu haben. Adam hörte offenbar nicht zu, er erzählte von dem heftigen Schneefall, der für den Abend im Gebirge erwartet wurde. Dann schien er endlich zu begreifen, denn er unterbrach sich und fragte, von was für einem Mann hier die Rede sei, müsse er sich Sorgen machen, und warum erzähle sie das erst jetzt? Das Gespräch artete in einen Streit aus. Schließlich hatte Julia genug, unterbrach Adam und erklärte, sie habe es satt, bei ihm nie an erster Stelle zu kommen, und dass jetzt Schluss zwischen ihnen sei. Danach drückte sie das Gespräch weg, brach in Tränen aus und sagte zu Jakob, sie brauche etwas Starkes zu trinken.

Der Text flimmerte vor ihren Augen, und Alice bemerkte, dass ihr Tränen über das Gesicht liefen. Samuels Text hatte sie härter getroffen als erwartet. Vielleicht, weil sie mit einer intimen Szene gerechnet hatte? Jedenfalls nicht mit dieser Wendung, oder genauer gesagt, mit diesen Wendungen. Sie wandte sich von Samuel ab und musterte die Mälarbucht unter dem Fenster. Der Wind kräuselte die Wasseroberfläche, und hier und dort tauchte weißer Schaum auf, um sich sogleich mit dem düsteren Wasser zu vermischen.

Sie zog ihr Telefon aus der Tasche, klickte sich bei Facebook ein und schrieb eine kurze Nachricht an Samuel, in der sie fragte, ob er ihre Meinung hören wolle. Dann räusperte sie sich und sagte:

»E-Mail für dich.«

»Was?« Verwirrt schaute er auf.

»Eine Nachricht.« Sie zeigte auf seinen Laptop.

Schon bald tauchte seine Antwort auf ihrem Display auf.

Es ist schon drei. Kaffeezeit, mit anderen Worten.

Feigling, schrieb sie zurück und schielte zu Samuel hinüber, während er seine Antwort formulierte. Er hatte die Stirn gerunzelt und sah alles andere als glücklich aus, als ob das, was er schrieb, ihm auf irgendeine Weise zu schaffen machte.

Eigentlich nicht, es ist bloß, dass … ach, vergiss es. Wir gehen nach unten. Er knallte seinen Laptop zu.

Okay, wie du willst.

Sie folgte seinem Beispiel, erhob sich und sagte: »Interessant, jemandem im selben Raum Mails zu schicken.«

»Ich weiß, total albern.« Samuel schüttelte den Kopf.

»Aber irgendwie auch lustig.« Alice lächelte ihn an. »Gehen wir?«

»Großer Gott, am Ende müssen die uns hier rausrollen.« Alices Blick wanderte über das Buffet, wo ein Dutzend Kuchen, Torten und Desserts in hübschen Glasschüsseln aufgetischt waren. Alles sah hausgemacht und einladend aus.

»Ein Glück, dass es alles auch in kleinen Portionen gibt.« Samuel lachte über ihre entsetzte Miene. »Sollen wir uns was mit aufs Zimmer nehmen? In den Turm, meine ich«, fügte er eilig hinzu.

Kurz darauf ließen sie sich in die Sessel im Turmzimmer zurücksinken. Alice war schläfrig nach den eilig verzehrten Kohlenhydraten, und immer wieder fielen ihr die Augen zu, aber als sie gerade den Kampf gegen die Müdigkeit aufgegeben hatte und einnickte, sagte Samuel: »Darf ich dir eine persönliche Frage stellen?«

»Klar.«

»Wie lange warst du mit Sebastian zusammen?«

»Etwas über fünf Jahre.« Alice wartete auf den Schmerz in der Brust, der sich automatisch einstellte, wenn sie an diese Beziehung dachte, aber er blieb aus. »Wieso?«

»Nur so.« Samuel deutete ein Schulterzucken an. »War nur Miranda der Grund, oder hättet ihr euch ohnehin getrennt?«

»Gute Frage.« Alice trank einen Schluck Tee und überlegte. Schon seit der Trennung war sie dem Gedanken ausgewichen, wie ihre Beziehung zu Sebastian ausgesehen hatte, bevor Miranda in sein Leben zurückgekehrt war und alles zerstört hatte. Aber die Wahrheit war, dass sie schon vorher angefangen hatten, sich langsam voneinander zu entfernen. Im letzten Jahr vor der Trennung hatten sie sich oft gestritten und fast nie Sex gehabt, aber Alice hatte die Probleme verdrängt und gedacht, sie hätten zu viel zu tun und alles würde schon in Ordnung kommen, wenn sie erst wieder Zeit füreinander hätten. Sebastians Heiratsantrag hatte ihrer Beziehung neuen Aufschwung gegeben, dabei war es eigentlich längst zu spät.

»Du brauchst nicht zu antworten, wenn du nicht willst.« Samuel schien die Frage zu bereuen.

»Wenn ich ehrlich sein soll, war es zum Ende hin ziemlich holprig. Wir haben beide sehr viel gearbeitet, und wenn wir frei hatten, gab es immer irgendeine Party oder ein Essen, zu dem Sebastian unbedingt wollte.« Sie waren fast nie zu Hause gewesen, sondern hatten die Wochenenden mit einer Aktivität nach der anderen gefüllt, zusammen mit Freunden und Bekannten. Wenn sie jetzt daran dachte, musste sie zugeben, dass sie all diese hochtrabenden Veranstaltungen und auch Sebastians Art restlos sattgehabt hatte, nie darauf zu achten, was sie dachte und sich wünschte, und dass er niemals gemütlich zu Hause sitzen oder mit ihr auf dem Sofa herumlungern wollte.

»Es wäre also vielleicht so oder so zu Ende gegangen?« Samuel sah sie an, und Alice zuckte zusammen. Sie hatte vergessen, wie tiefblau seine Augen waren.

»So richtig habe ich darüber nie nachgedacht, aber ja, vielleicht.« Dass Sebastian sie betrogen und verlassen hatte, hatte ihr so zugesetzt, dass sie keine Zweifel mehr zugelassen hatte. »Und du. Gibt es da jemanden in deinem Leben?«

»Das ist … ein bisschen kompliziert.« Er fuhr mit dem Finger über den Rand seiner Kaffeetasse und sah überaus verlegen aus.

»Und du willst nicht darüber reden?«

»Ich kann das später erzählen.«

»Okay.« Alice fragte sich, was so kompliziert sein konnte, dass er das nicht hier und jetzt tun konnte, aber sie wollte ihn nicht bedrängen. »Lass uns weiterarbeiten!«

Sie kehrten zu ihren Arbeitsplätzen am Fenster zurück. Alice öffnete Samuels Manuskript und schlug eine neue Seite in ihrem Notizblock auf, gähnte aber energisch, während Samuel an seinem Laptop klebte und vermutlich ein neues Kapitel schrieb. Mehrmals hörte sie ihn seufzen und vor sich hinmurmeln, ließ ihn aber in Ruhe. Ihre Augenlider wurden immer schwerer, und am Ende ließ sie sich im Sessel zurücksinken und schloss die Augen.

»Vielleicht solltest du dich ein bisschen hinlegen?«

»Hm, ja, vielleicht.« Sie brachte es nicht über sich, die Augen zu öffnen.

»Oder ein Bad nehmen.«

»Ein Bad?« Alice setzte sich gerade. Sie badete zu gern, aber in Sebastians Wohnung hatte eine Badewanne gefehlt, und in Ethels gab es auch keine. Immer, wenn Alice im Hotel wohnte, bat sie um ein Zimmer mit Badewanne statt mit Dusche. »Hast du eine Badewanne in deinem Zimmer?«

»Ja, du nicht?«

Sie schüttelte den Kopf.

»Wir können gern das Zimmer tauschen. Es ist ja gleich gegenüber.«

»Ich hab schon ausgepackt.« Außerdem spendierte Samuel ja das ganze Vergnügen, und da musste er natürlich das bessere Zimmer haben.

»Dann leg dich doch einfach in meine Badewanne, wenn du willst?« Er sagte das so nebenbei, als wäre es kaum der Rede wert.

»Danke, aber das wäre doch komisch.«

Samuel war ihr Auftraggeber, und wenn sie sein Badezimmer benutzte, dann wäre die Grenze zum Privaten endgültig überschritten.

»Sag Bescheid, wenn du dir die Sache anders überlegst. Ich kann mich gern so lange mit dem Laptop und einem Glas Wasser in einen Aufenthaltsraum setzen, und du schreibst mir eine Mail, wenn du fertig bist.«

»Danke, das ist lieb von dir, aber es ist wirklich nicht nötig.« Sie gähnte wieder. »Aber wenn du nichts dagegen hast, dann lege ich mich kurz hin. Sehen wir uns um sieben im Restaurant?«

18

In ihrem Zimmer streifte Alice die Kleider ab und schlüpfte zwischen die frisch gemangelten Laken. Schon bald war sie eingeschlafen und träumte von Elias. Sie lag in der Badewanne und wartete darauf, dass er sich auszog und neben sie gleiten ließ. Er hatte gerade erst den Pullover ausgezogen, da wurde die Tür aufgerissen, und Samuel trat mit verschränkten Armen in die Türöffnung und erklärte, er dulde kein Gefummel in seiner Badewanne. Elias riss seinen Pullover an sich und verschwand, aber statt die Tür zu schließen und Alice aus der Badewanne steigen und sich anziehen zu lassen, kam Samuel zu ihr und presste seine Lippen auf ihre. Sie waren warm und einladend, Alice keuchte auf.

Nein!!!!! Alice riss die Augen auf. Was hatte sie da gerade geträumt? Hatte Samuel sie geküsst? Sie fuhr sich mit den Fingern über die Lippen, und ihr Herz hämmerte wie wild. Großer Gott, was war nur los mit ihr? Sie war doch in Elias verliebt, nicht in Samuel! Sie raffte sich auf, um zu duschen, aber als sie die Augen schloss und sich Shampoo in die Haare rieb, waren Samuels sanfte Lippen wieder da. Oder waren es die von Noel? Sie schüttelte den Kopf. Sie musste wieder zur Vernunft kommen. Und doch dachte sie wieder an den Kuss, als sie vor dem Spiegel stand und sich die Haare zu wogenden Locken föhnte. Als sie Make-up auftrug, tuschte sie die Augen ein wenig stärker als sonst und entschied sich für einen tiefroten Lippenstift statt des blassrosa, den sie sonst meistens trug. Sie schlüpfte in die Strumpfhose, zog den Reißverschluss am Kleid hoch und konnte den Traum endlich abschütteln und die Herrschaft über Gedanken und Gefühle wieder zurückgewinnen. Es war ein Traum gewesen, mehr nicht. Sie hatte nicht vor, sich das Essen oder den restlichen Abend davon verderben zu lassen.

Dennoch musste Alice Samuel genau beobachten, als er in weißem Hemd, Pullover und schmaler dunkler Hose die Treppe herunterkam. Er war nicht auf offenkundige Weise attraktiv wie Elias, aber er war auch nicht so gewöhnlich, wie sie zuerst gedacht hatte. Er hatte das gewisse Etwas, eine Sicherheit und Selbstverständlichkeit, die vielen Männern fehlte. Sie betrachtete sein markantes Kinn, die gerade Nase und die Lippen. Die sahen so üppig und weich aus wie in ihrem Traum. *Jetzt hör schon auf!* Sie verfluchte sich selbst. Er war ein Kollege, mit dem sie sich zum Essen verabredet hatte. Höchstens ein Freund, mehr nicht.

»Du siehst schön aus.« Er musterte sie anerkennend. »Toll, dich so herausgemacht zu sehen. Wirklich ein sehr elegantes Kleid.«

»Das ist doch schon ur...« Sie schluckte die negative Bemerkung hinunter und sagte stattdessen danke. »Das Kompliment kann ich nur zurückgeben.«

»Wollen wir fragen, ob wir dort sitzen dürfen?« Samuel

zeigte auf einen Tisch, der allein in dem verglasten Gang zwischen Rosengarten und Restaurant stand.

Alice nickte und musterte ihn verstohlen, als er zu einem Kellner ging und einige Minuten lang mit ihm sprach. Er schien für alle ein entwaffnendes Lachen zu haben, und seine tiefen Lachgrübchen und der widerspenstige blonde Schopf ließen ihn spitzbübisch aussehen, wenn er lächelte.

»Ja das ist kein Problem«, sagte er, als er zurückkam. »Nehmen wir zuerst einen Aperitif? Vielleicht ein Glas Sekt?«

»Sekt wäre gut.« Alice hoffte, dass der Kellner sie bald bedienen würde. Sie brauchte etwas, worauf sie sich konzentrieren konnte, denn plötzlich war es unmöglich, an etwas anderes zu denken als daran, was Samuel für schöne Augen hatte. Immer schien in seinen Mundwinkeln ein einladendes Lächeln auf der Lauer zu liegen, wenn er sprach, und er hatte wirklich überaus niedliche Ohrläppchen ...

»Hallo, hörst du mich? Erde an Alice.«

»Entschuldigung, ich war in Gedanken.«

»Ja, das habe ich gemerkt.« Samuel lachte, und die reizenden Lachgrübchen tauchten wieder auf. »Sie haben Cava und Champagner. Was ist dir lieber?«

Alice zögerte. Champagner war sicher mindestens doppelt so teuer wie Cava, aber sie war seit einer Ewigkeit nicht mehr fein essen gewesen. Die Kerzen auf dem Tisch und die gedämpfte Beleuchtung machten den Abend zu etwas, das gefeiert werden musste, trotz der vielen verwirrenden Gedanken. »Bitte ein Glas Champagner.«

»Sehr gern.«

Als der Kellner erklärte, der trockene Champagner würde

ausgezeichnet zur Topinambursuppe passen, aber auch zu den Jakobsmuscheln, dem zweiten Gang des Abends, schlug Samuel mit einer ganzen Flasche zu und Alice hätte fast protestiert. Sie wollte ja nicht geizig wirken, aber solche Extravaganzen konnte sie sich einfach nicht leisten.

»Was für ein Luxus, hier mit dir zu sitzen«, sagte Samuel, als die Getränke serviert worden waren. Er hob sein Champagnerglas und prostete ihr zu.

Alice tat es ihm gleich, und als sie seinem Blick begegnete, schlug ihr Magen einen Purzelbaum. Sie trank einen Schluck und wies sich in Gedanken zurecht. Samuel war ihr Auftraggeber, und sie wollten hier gemeinsam an seinem Manuskript arbeiten. Das war alles. Außerdem hatte seine Bemerkung von vorhin auf ein kompliziertes Liebesleben hingedeutet. Mit anderen Worten: Er hatte bestimmt eine Partnerin. Vielleicht eine wahnsinnige Exfrau. Sie schüttelte diesen Gedanken ab und lächelte Samuel an. So schlimm war es sicher nicht, aber jedenfalls durfte sie wirklich nicht riskieren, ihren einzigen Kunden zu verlieren.

Der Kellner kam und ging, servierte die verschiedenen Gerichte und füllte die Gläser nach, aber Alice merkte kaum, wie das Essen schmeckte. Sie lachte über Samuels Scherze, und er war höflich genug, ihre unterhaltsam zu finden. Sie sprachen über das Leben vor der Pandemie und darüber, wie besorgniserregend es jetzt war, sich zwischen den Menschen in der Stadt zu bewegen, über das schlechte Gewissen, wenn man auch nur die kleinste Veranstaltung organisierte oder besuchte, und dass Samuel vorübergehend alle Freelance-Aufträge eingebüßt hatte. Sie konnten sich nicht einigen, ob man bei Vollmond schlechter schlief, und diskutierten über eine Reihe unwichtiger, aber dennoch interessanter Themen. Nur einmal geriet das Gespräch ins Stocken, und zwar, als Alice Samuel ein Kompliment dafür machen wollte, wie geschickt er die Beziehung zwischen Noel und dessen Töchtern gestaltet hatte. Da zog eine dunkle Wolke über sein Gesicht. Er bedankte sich für das Kompliment und wechselte dann schnell das Thema.

Als die Rechnung kam, war die Champagnerflasche schon lange geleert. Sie hatten außerdem jeweils ein Glas vom Rotwein des Hauses getrunken und die Mahlzeit mit französischem Käse abgerundet. Alice ließ sich zurücksinken und beobachtete Samuel, während der sich mit dem Kellner unterhielt. Wie hatte es ihr entgehen können, wie locker und charmant er war und wie aufmerksam und freundlich allen gegenüber, die ihm über den Weg liefen? Samuel war sicher jemand, der niemals jemanden hintergehen würde. Nicht wie Sebastian, der offenbar keine Bedenken dabei gehabt hatte, Alice viele Monate lang zu betrügen.

»Einen Zehner für deine Gedanken.« Samuels tiefe Stimme ließ Alice zusammenzucken.

»Entschuldigung?«

»Du bist ja vielleicht eine Träumerin!« Er lächelte sie an. »Das hätte ich nie gedacht.«

»Wenn ich ehrlich sein soll, wusste ich das auch nicht«, sagte sie und rümpfte die Nase.

»Ein scharfes Gehirn und ein träumendes Herz. Was für eine verheißungsvolle Kombination.«

»Der Autor hat gesprochen.« Alice trank den letzten Schluck Rotwein.

»Das ist mein Ernst. Du bist eine richtig angenehme Gesellschaft.«

»Du auch.« Sie erwiderte seinen Blick.

»Das bringt uns zum nächsten Punkt auf der Tagesordnung. Dem Musikquiz.«

»Was ist das nun wieder für ein Einfall?«

»Ein Musikquiz.« Er grinste. »Es geht los in meinem Zimmer in genau …« Er schaute auf sein Handy. »Sieben Minuten und vierzig Sekunden. Wenn du dich beeilst, kannst du dir vorher noch schnell die Nase pudern.«

»Ich hab keine Ahnung von Musik.« Sie schnitt eine Grimasse.

»Das ist nicht so schlimm. Ich auch nicht, und alle Teilnehmenden bekommen einen Preis.«

»Na, dann.« Sie kicherte über seine verrückten Ideen. »Muss ich irgendwas mitbringen?«

»Aufgeschlossenheit und dein wunderbares Lächeln sind mehr als genug. Geh schon vor, wenn du willst, ich kümmere mich um die Rechnung.«

Zehn Minuten später klopfte Alice an Samuels Zimmertür. In der Hand hielt sie ein Tablett mit einer Kanne Tee und zwei Tassen.

»Du bist mir ja eine dekadente Person«, sagte Samuel, als er die Teekanne sah.

»Wir wollen morgen Vormittag doch arbeiten.« Sie ging zum Schreibtisch und stellte das Tablett ab. »Wenn wir noch mehr Alkohol trinken, werden wir jedenfalls ganz schön verkatert sein.« Ihr war ohnehin schon schummerig, und sie musste wieder einen klaren Kopf bekommen.

»Da hast du recht. Außerdem passt Tee perfekt hierzu.« Er hielt ihr eine Schale mit allerlei Süßigkeiten hin. »Das ist der erste Preis, aber wenn du brav bist, bekommst du was ab.«

»Moment mal, steht der Sieger etwa schon fest?« Sie kniff die Augen zusammen und versuchte, ein empörtes Gesicht zu machen. »Und ich hatte dich für einen ehrlichen Menschen gehalten.«

»Im Spiel und in der Liebe ist alles erlaubt, heißt es nicht so?« Er grinste.

»Im Krieg und in der Liebe, sagt man.« Alice versuchte, sich eine Toffeekugel zu schnappen.

»So nicht!« Samuel versteckte die Schale hinter seinem Rücken. »Das Quiz hat noch nicht angefangen.«

»Bitte, nur eins!« Sie ließ ihre Wimpern klimpern und sah ihn flehend an.

»Na gut, eins bekommst du.« Er hielt ihr ein Bonbon hin, aber als sie danach greifen wollte, schloss sich seine Hand um ihre Finger. »Ich habe vielleicht vergessen, das zu erwähnen, aber die Zeit saust dahin, und es ist ungeheuer wichtig, dass wir mit deinem Entzugsprogramm weitermachen. Am besten fangen wir heute schon mit der nächsten Phase an.«

»Und was ist der nächste Schritt?« Alice schaute zu ihm auf. Der Blick, der ihren erwiderte, sorgte für ein wohliges Gefühl in ihrem Bauch.

»Wir arbeiten normalerweise mit der Ersatzmethode. Kennst du die? Ungeheuer effektiv, das muss ich sagen.«

»Und wie genau sieht die aus?« Sie feuchtete sich die Lippen an.

»Vor allem geht es um Nähe. Wie wir bereits betont haben, ist die von grundlegender Bedeutung für das erfolgreiche Vorankommen.« Samuel öffnete die Hand und ließ ihre los, aber Alice konnte sich nicht bewegen. »Ich vergleiche unsere Methode gern mit der alten Devise aus der Bibel – Auge um Auge, Zahn um Zahn. Nur haben wir die Aussage ein wenig abgeändert. Es geht darum, dass man die alten, unerwünschten Erinnerungen durch neue, positivere ersetzt. Sozusagen Kuss um Kuss.« Er trat einen Schritt vor und seine Lippen streifen ihre. »Erscheint dir das als machbarer Weg?«

Es gab kein Musikquiz. Und auch keinen Tee. Stattdessen ein Austausch alter Erinnerungen gegen neue – Kuss um Kuss und Zärtlichkeit um Zärtlichkeit.

»Ich wusste ja nicht, ob du das willst«, murmelte Samuel an ihrem Hals, als sie lange auf der Bettdecke gelegen und einander geküsst hatten.

»Ich auch nicht.« Alice sog seinen wunderbaren, frischen Duft ein. »Aber jetzt weiß ich es. Deine Methode ist überaus effektiv.«

»Die einzige Gefahr ist, dass sie sich leicht zu einer neuen Gewohnheit entwickelt, ja, vielleicht sogar zu einem Bedürfnis. Und schlimmstenfalls zu einer Sucht.«

»Das klingt gefährlich.« Zärtlich küsste sie sein verlockendes Lächeln. »Aber ich würde es darauf ankommen lassen.«

»Na, dann.« Er befreite sich aus ihrer Umarmung und stützte sich auf die Ellbogen. »Wie wäre es mit einem Schaumbad?«

»Jetzt? Wie spät ist es denn?«

»Bestimmt nicht später als halb elf. Und schlafen werden wir wie ein Stein, das verspreche ich dir.«

»Kommen deine Ideen und Einfälle denn nie an eine Grenze?« Sie schüttelte den Kopf, konnte aber ein Lachen nicht unterdrücken.

»Ich fürchte nein.« Er hob die Hände, als ob er um Entschuldigung bitten wollte. »Was meinst du, flüssige Seife müsste doch als Badeschaum durchgehen? Das Badezimmer ist nicht das charmanteste der Welt, aber es hat eine Eckbadewanne mit Platz für mindestens zwei Personen, und wenn wir die Lampe ausknipsen, müsste die Straßenlaterne unten vor dem Fenster ein ziemlich romantisches Licht liefern.«

Alice zögerte. War das wirklich klug, was sie hier machten? Sie hatten zwar die Grenze dessen, was als freundschaftlich gelten konnte, bereits überschritten, aber ein gemeinsames Bad würde das Spiel auf eine ganz neue Ebene heben. Außerdem wurde sie nervös bei der Vorstellung, sich vor Samuel nackt zu zeigen. Sie hatte sich vor Marguerites Feier zwar unter den Armen und an den Schienbeinen rasiert, trotzdem hatte sie Hemmungen, sich ihm so vollkommen entblößt zu zeigen.

»Du weißt doch, dass die Kombination von Wärme und Nähe nahezu unschlagbar ist, wenn es darum geht, neue Erinnerungen zu schaffen.« Samuel zog sie vom Bett hoch. »Wir baden doch nur, mehr nicht. Und ich verspreche, dass es ziemlich dunkel und gemütlich wird, wenn man die Lampe ausmacht.«

19

Samuel goss jede Menge Seife in die große Eckbadewanne, ließ Wasser einlaufen und wartete, bis Alice sich ausgezogen hatte und in das warme Wasser geglitten war. Dann lagen sie einander gegenüber im Halbdunkel und redeten über alles Mögliche. Nach einer Weile entspannte Alice sich und gestand, dass alles, was sie durchgemacht hatte, eine solche Belastung gewesen war, dass sie sich den gesamten Frühling, Sommer und Herbst eingeschlossen hatte und nun nicht wusste, wie sie aus dieser Isolation hinausfinden sollte. Samuel erzählte, dass er schon, solange er sich zurückerinnern konnte, davon träumte, Schriftsteller zu werden.

»Was hat dich dazu gebracht, schreiben zu wollen?« Alice füllte ihre Hand mit dem fluffigen Schaum und sah zu, wie er sich langsam auflöste.

»Ich hatte immer schon so eine lebhafte Phantasie und fand es wunderbar, wenn meine Eltern uns abends Märchen vorlasen. Lesen hab ich mir schon in der Vorschule beigebracht, und seither war Schreiben meine Art, mich auszudrücken. Ich habe mich in Gruppen nie wohlgefühlt und war in der Schule so still wie eine Maus.«

»Das hätte ich nie gedacht. Du wirkst so entspannt und selbstsicher, wenn du mit anderen zusammen bist.«

»Du hättest mich als Teenager sehen sollen.« Samuel schnitt eine Grimasse. »Meine Geschwister haben jede Gelegenheit genutzt, um beim Essen die Diskussion an sich zu reißen, egal, um welches Thema es gerade ging. Sie waren lebhaft, schlagfertig und hatten immer das letzte Wort. Ich hatte keine Chance, mich mit ihnen zu messen, und es wurde meine Strategie, entweder Fragen zu stellen oder den Mund zu halten. In der Schule war es genauso. Wenn ich nicht so groß und sportlich gewesen wäre, hätte man mich bestimmt gemobbt. Und alles, was ich nicht sagen konnte, kam eben aufs Papier.«

»Darf ich dich was fragen?« Alice legte ihm die Hand aufs Knie. »Du brauchst nicht zu antworten, wenn du nicht willst.«

»Klar. Schieß los.« Er legte die Hand auf ihre und drückte sie.

»Was hast du gemeint, als du …« Sie verstummte, verlor den Mut und sagte stattdessen: »Du hast behauptet, ich bräuchte Wärme und Nähe, aber bald ist das Wasser kalt.«

»Ach, Entschuldigung, da müssen wir Maßnahmen ergreifen.« Er sah sie mit Expertenmiene an. »Darf ich eine kleine Umarmungstherapie vorschlagen?« Er breitete die Arme aus.

»Können wir das außerhalb der Badewanne machen?« Plötzlich fror sie so sehr, dass sie zitterte.

»Natürlich.« Er zog den Stöpsel heraus und kniete sich hin. »Ich hab bei der Therapie wohl ein bisschen den Faden verloren, aber wenn du jetzt herkommst, dann wärme ich dich.« Er schnappte sich ein Badetuch, und als sie aufstand, wickelte er sie beschützend hinein.

»Danke.« Ihre Zähne klapperten.

»Komm, wir gehen rüber.« Er reichte ihr eine stützende Hand, als sie aus der Badewanne stieg, und als sie im Schlafzimmer standen, öffnete er die Arme und zog sie an sich. »Was meinst du, wollen wir versuchen, wieder warm zu werden? Die Therapie ist noch nicht zu Ende.«

»Ach, was du nicht sagst.« Sie lehnte sich zurück und schaute zu ihm auf. »Was ist der nächste Schritt?«

»Wie du weißt, bin ich ein Mann weniger Worte, aber ich zeige es dir gern. Das ist immer das Beste.«

»Du bist witzig.« Sie hatten sich jetzt auf dünnes Eis begeben, auf hauchdünnes. Es wurde höchste Zeit, dass sie in ihr Zimmer zurückkehrte. Aber das war unmöglich. Sie wollte das hier, sie wollte Samuel, mehr, als sie seit sehr, sehr langer Zeit jemanden gewollt hatte. Seltsam, dass ihr das erst jetzt aufging. »Okay. Dann verpass mir deine beste Umarmungstherapie.« Sie setzte sich auf die Bettkante und machte neben sich Platz für ihn.

»Jetzt bist du im Prinzip geheilt«, flüsterte Samuel ihr viel später ins Ohr.

Er hatte sie langsam aus dem Handtuch gewickelt, und danach hatten sie sich mit einer Intensität geliebt, die sie beide überraschte. Während sie kam, hatte Samuel ihr ins Ohr geflüstert, dass ihre alten Erinnerungen nun endlich ausgelöscht wären.

»Dann bin ich jetzt austherapiert?« Sie fing seine eine

Brustwarze mit ihren Lippen und zupfte daran, ohne besondere Absicht, einfach, weil sie in Reichweite war.

»Ja und nein. Man muss die Behandlung einige Male wiederholen, um ganz sicher sein zu können.« Er küsste ihren Haaransatz. »Aber vorher sollten wir uns ausruhen. Ich bin total erschöpft.«

Alices Mund war wie ausgedörrt und ihr Kopf schwer, als sie am nächsten Tag früh erwachte. Zuerst wusste sie nicht, wo sie war, aber dann war der Vorabend wieder da – Samuel, der Champagner, die heißen Küsse, das Schaumbad und wie sie über seine Entzugsmethoden gescherzt und spielerisch den Körper des anderen erforscht hatten, um die alten Erinnerungen auszulöschen und durch neue zu ersetzen.

Sie schielte zu Samuel hinüber. Er kehrte ihr den Rücken zu, atmete tief und regelmäßig und schien von ihrer Nähe nichts zu wissen. Das Spiel hatte sie dazu gebracht, Dinge zu sagen und zu tun, die sie besser gelassen hätten. Nicht zuletzt, da Samuel doch zugegeben hatte, dass es noch jemanden in seinem Leben gab, und nachdem er sie sogar davor gewarnt hatte, nach dem, was sie hier machten, süchtig zu werden. Jetzt bei Tageslicht war es klar, dass alles ein gefährliches Spiel gewesen war. Sie hatten ihre Freundschaft aufs Spiel gesetzt, und aller Wahrscheinlichkeit würde Alice noch dazu ihre einzige Verdienstquelle verlieren.

Alice stahl sich aus dem Bett und ins Badezimmer, wo sie sich am Vorabend ausgezogen hatte, und begann bitterlich zu weinen. Wie zum Henker hatte sie so dumm sein können, auf Samuels Spielchen hereinzufallen? Und sich außerdem in ihn zu verlieben! Ihren einzigen Kunden! Und als ob das nicht genug wäre, musste sie nun in den Kleidern und den Stöckelschuhen von gestern Abend in ihr Zimmer zurückgehen. Eigentlich nur quer über den Gang, und hoffentlich schliefen alle anderen Hotelgäste noch, aber trotzdem. Sie starrte in der Dunkelheit den Wald vor dem Fenster an und wollte gerade ihre Kleider vom Boden auflesen, als die Badezimmertür geöffnet wurde.

Samuel trat hinter sie, küsste sie in den Nacken und flüsterte: »Guten Morgen, schöne Frau. Ohne dich war es so kalt und leer im Bett.«

»Aber … guten Morgen.« Sie ließ ihre düsteren Gedanken los und lächelte.

»Ich weiß ja nicht, wie es dir geht, aber ich sehne mich nach mehr.« Er zupfte an ihrem Ohrläppchen und ließ seine Lippen über ihren Nacken und den Hals wandern.

»Ist das …« Sie schloss die Augen und genoss die Berührung, biss sich dann aber auf die Lippe und fragte: »Ist das so klug?«

»Es besteht natürlich die Gefahr der Suchtentwicklung, wenn wir weitermachen, aber …« Er legte die Hände an ihre nackten Oberschenkel und ließ sie nach oben wandern.

»Dann sollten wir es vielleicht lassen«, sagte sie und stöhnte leise.

»Im Gegenteil, finde ich.« Er streichelte ihren Bauch und dann ihre Brust. »Man muss immer Für und Wider abwägen, und Wiederholung ist, wie du weißt, die Mutter der neuen Gewohnheiten.«

»Hm, wenn du meinst.«

Nachdem sie sich geliebt hatten und sich schwer atmend in den Armen lagen, nahm Alice all ihren Mut zusammen und stellte die Frage, die ihr seit dem Vortag nicht aus dem Kopf gehen wollte. Sie musste wissen, was Sache war.

»Was hast du damit gemeint, dass dein Liebesleben kompliziert ist?«

»Na ja ...« Samuel verstummte und schien dann doch etwas sagen zu wollen. Er entfernte die Hand von ihrem Bauch und kratzte sich am Kopf, bevor er endlich fragte: »Ist das nicht offensichtlich?«

»Nein, wieso denn?«

»Dass ich in dich verliebt bin.« Er sah sie auf eine Weise an, die ihr Herz wieder wie wild loshämmern ließ.

»Das hier ist also nicht nur ein Spiel für dich?«

»Ein Spiel?« Samuel ließ sich zurücksinken und legte ihr die Hand an die Wange. »Wie kommst du denn auf die Idee?«

»All dein Gerede über das Entzugsprogramm.«

»Ach, das hab ich doch nur erfunden, um an dich ranzukommen.«

»Ganz sicher?«

»Ja, natürlich.« Er küsste ihre Nase. »Sonst wäre ich doch nicht hier mit dir.«

»Das war also nicht nur, um ... mich ins Bett zu kriegen?« Sie schnitt eine Grimasse.

»Ich muss zugeben, dass ich nicht ganz unzufrieden damit bin, wie sich alles entwickelt hat.« Er grinste und küsste ihr die düstere Miene weg. »Außerdem hoffe ich, dass wir das bald wieder tun können. Aber nicht nur. Ich bin wirklich gern mit dir zusammen.« Er küsste ihren Mundwinkel.

»Und du – du nutzt mich hoffentlich nicht nur aus, um deine alten Dämonen zu vertreiben?«

»Welche Dämonen?« Sie drückte ihre Lippen auf seine. »Ich weiß nicht, wovon du redest …«

Am Ende konnten sie sich voneinander losreißen, und nachdem sich Alice in ihr Zimmer geschlichen, sich umgezogen und frisch gemacht hatte, gingen sie zum Frühstück nach unten. Ein großzügiges Buffet war mitten im Speisesaal aufgebaut, aber Alice brachte kaum einen Bissen hinunter. Genauso wenig wie Samuel. Die meiste Zeit sahen sie einander nur an. Am Ende schoben sie die Teller zur Seite, liefen die Treppe hoch und kehrten in Samuels Zimmer zurück.

Kaum war die Tür hinter ihnen zugefallen, da setzte Alice sich auf die Bettkante und sah ihn an. Etwas in der Stimmung zwischen ihnen hatte sich verändert, und als Samuel auf sie zukam, war das Ausgelassene, Spielerische verschwunden. Seine Pupillen waren groß, und in seinem Blick lagen eine Tiefe und ein Ernst, die Alice nach Luft schnappen ließen. Sie schluckte, als er vor ihr auf die Knie fiel und den obersten Knopf ihrer Bluse öffnete. Langsam teilte er den dünnen Stoff und erforschte die Haut darunter mit neugierigen Lippen. Sie erschauerte und biss sich in die Oberlippe, während er einen Knopf nach dem anderen öffnete und mit den Fingerspitzen den Spalt zwischen den BH-Körbchen hinunterwanderte. Als die Bluse auf den Boden fiel und Samuels Lippen ihre geschwollenen Brustwarzen berührten, schloss sie die Augen und legte den Kopf in den Nacken. Und gleich danach, als er nackt auf ihr lag, war sie so bereit für ihn, wie sie nur sein konnte.

»Ist da jemand?« Ein durchdringendes Klopfen an der Tür ließ Alice die Decke über ihre nackten, eng umschlungenen Körper ziehen. »Sie hätten schon vor einer halben Stunde auschecken müssen«, rief nun die Frau auf der anderen Seite.

»Ach, Entschuldigung. Wir beeilen uns«, rief Samuel zurück.

Sie sprangen aus dem Bett auf und kicherten dermaßen dabei, dass Alice ihre Bluse zweimal falsch knöpfte.

Als sie zum Packen in ihr Zimmer hinüberlaufen wollte, zog Samuel sie an sich und flüsterte: »Das hier machen wir bald wieder, oder?«

»Hm, gern.« Sie lächelte, bestimmt ein wenig albern, aber das spielte keine Rolle. Sie wollte mehr von Samuel, viel mehr. Und je eher, desto besser.

»Hast du gewusst, dass Sigtuna die erste Stadt in Schweden war und dass es hier früher einmal nicht weniger als sieben Kirchen gab? St. Peter, hier links, wurde zum Beispiel im 12. Jahrhundert erbaut und gehört zu Schwedens ältesten Sakralbauten.« Samuel zeigte auf die Kirchenruine neben dem Weg in den kleinen Ortskern.

»Was du alles weißt.« Alice war beeindruckt. »Wo hast du das gelernt?«

»Aus einer der Broschüren auf dem Zimmer. Ich musste mich ja gestern vor dem Essen irgendwie beschäftigen, um mich abzulenken.«

»Ach was, und wovon wolltest du dich ablenken?«

»Buchführung und Steuererklärung und so was.« Er grinste. Dann blieb er stehen und zog sie an sich. »Oder eher von den Gedanken an dich, aber das musst du doch mittlerweile begriffen haben, oder?«

»Du warst mein Kunde«, sagte sie und überlegte, wie sie weiterreden sollte.

»Das bin ich hoffentlich immer noch.« Samuel ließ sie nicht aus den Augen.

»Natürlich.«

Es war natürlich nicht ideal, zusammenzuarbeiten, wenn sie zugleich eine Beziehung miteinander hatten. Bei Bremmers wäre so etwas undenkbar gewesen. Aber Samuel würde ja nicht in alle Ewigkeit an seinem Weihnachtsmanuskript arbeiten, und irgendwie würden sie es schon hinbekommen. Falls er das, was zwischen ihnen passierte, ernst meinte und nicht nur als Spiel sah. Sie hoffte es, aber ganz sicher war sie nicht.

»Was meinst du, drehen wir eine Runde durch die Stadt und setzen uns dann in ein gemütliches Café, bevor wir nach Hause fahren?«

»Hier ist es fast noch idyllischer als in meiner Erinnerung.« Alice blieb stehen und schaute auf eine Reihe aus niedrigen alten Holzhäusern mit schiefen Fassaden. Jedes Haus war in einem eigenen Farbton angestrichen – alles von Schwedenrot mit goldgelben Fenstersprossen über Pistaziengrün, Gelb, Grau, Hellrosa und Weiß. Zwischen den Häusern in der Hauptstraße hingen wogende Tannengirlanden mit Weihnachtslichtern, und jedes Schaufenster war üppig und weihnachtlich dekoriert. Es gab Boutiquen für Kunst, Geschenke, Einrichtung, Kleider, Schuhe, Delikatessen, hausgemachte Pralinen, Tee und frisch gerösteten Kaffee. Und aus Bäckereien und Cafés duftete es verführerisch nach Vanille, Zimt, Safran und Nelken.

»So was von pittoresk! Jetzt fängt es sogar an zu schneien.« Samuel streckte die Hand aus und versuchte, einige der leichten weißen Flocken einzufangen, die vom Himmel rieselten und auf den Pflastersteinen landeten, ohne zu schmelzen. »Es ist so perfekt, dass es fast kitschig wird.« Er legte den Arm um Alice.

»Mir gefällt es.« Sie hob das Gesicht zum Himmel und versuchte, mit dem Mund eine Schneeflocke zu erhaschen. Nicht einmal die anderen Spaziergänger, von denen es zum Glück nicht viele gab, schienen ihr etwas auszumachen.

»Ich dachte, du kannst Weihnachten nicht ausstehen.«

»Was ich nicht ertragen kann, sind vor allem böse Erinnerungen und die Hysterie meiner Mutter, aber das hier ist schön. Schau mal.« Alice zeigte auf ein Schaufenster. »Ein ganzer Laden mit selbst gemachten Bonbons und Pralinen.«

»Du bist also auch eine Naschkatze?« Samuel zog sie an sich und küsste ihren Haaransatz.

»Ab und zu. Ich muss zugeben, dass ich eine heimliche Schwäche für Punschpralinen habe.«

»Wirklich?« Er lachte. »Geht mir genauso. Ich liiiiiiiebe Punschpralinen. Komm, wir kaufen uns eine Tüte.« Samuel wollte gerade die Ladentür öffnen, als das Telefon in seiner Jackentasche klingelte. Er ließ Alices Hand los und zog es heraus. Als er sah, wer anrief, verdüsterte sich seine Miene. »Tut mir leid, da muss ich rangehen.«

Er machte einige Schritte zur Seite, außer Hörweite von Alice, und lehnte sich an eine Hauswand. Aus seinen aufgeregten Gesten ging hervor, dass es kein angenehmes Gespräch war, und als er endlich das Telefon wieder in die Tasche steckte und zu ihr zurückkam, war seine Miene düster und seine Augen hatten ihren Glanz verloren. »Du, es tut mir leid, aber es ist etwas passiert«, sagte er kurz und fuhr sich mit der Hand durch die Haare. »Ich muss nach Hause. Wir müssen das Sightseeing und das Essen sausen lassen.«

»Okay, kein Problem.« Alice lächelte ihn an, bekam aber kein Lächeln zur Antwort. Was war nur los? Seine Miene war angespannt und die frühere Vertrautheit verflogen.

»Komm, wir gehen zum Auto.« Er machte auf dem Absatz kehrt. Dann lief er mit raschen Schritten zurück zum Parkplatz bei der Sigtunastiftung, und Alice musste über die schneeglatten Pflastersteine rutschen, um ihn einzuholen.

Als sie dann im Auto saßen, hatte Samuel sich offenbar beruhigt und bat um Entschuldigung für das abrupte Ende des Stadtrundgangs. Er nahm ihre Hand, zog sie an seine Lippen und küsste sie.

»Ist doch nicht schlimm.« Alice hätte gern gewusst, was passiert war und warum er es so eilig hatte, wollte aber nicht fragen. Sie kannten einander trotz allem nicht besonders gut, und wenn er Lust hätte, es ihr zu erzählen, würde er das vermutlich tun.

Samuel schaltete das Radio ein, und auf der weiteren Fahrt waren sie meist in ihre eigenen Gedanken versunken, während ein nichtssagender Hit nach dem anderen aus den Lautsprechern dröhnte.

Als sie sich Södermalm näherten, brach Samuel das

Schweigen: »Wo soll ich dich absetzen?« Sein Gesicht war verschlossen, und es war unmöglich, seine Gedanken zu erraten.

»Beim Rival, wenn das geht.« Alice verdrängte die Fragen, die ihr durch den Kopf wirbelten. Waren der wunderbare Abend, die Nacht und der Morgen nur eine Illusion gewesen, ein einmaliges Ereignis, das bereits zur Vergangenheit geworden war?

Samuel lotste sie mit sicherer Hand durch den Stadtverkehr und hielt einige Meter von der Stelle, wo er sie am Vortag abgeholt hatte. Es waren nicht viel mehr als vierundzwanzig Stunden vergangen. Und doch hatte sich alles verändert. Sie waren zu einem Liebespaar geworden, doch nach diesem Anruf musste sie sich die Frage stellen, ob sie das tatsächlich waren.

Vielleicht begriff Samuel, wie seltsam er sich verhielt, denn er wandte sich ihr zu und sagte: »Entschuldige, dass es so gekommen ist. Beim nächsten Mal mache ich alles wieder gut.«

»Klar, kein Problem.« Was hätte sie sonst sagen sollen? So steif und verschlossen, wie er plötzlich geworden war, konnte sie wohl kaum erzählen, dass ihr seine Küsse, seine Nähe und seine warme Umarmung bereits fehlten.

»Du.« Er beugte sich vor und legte ihr die Hand an die Wange. »Das hier ist nicht ganz einfach, und mir ist klar, dass ich mich seltsam verhalte, aber du musst mir glauben, dass ich alles, was ich zu dir gesagt habe, auch so meine. Ich hoffe, dass wir uns bald wiedersehen können.«

»Okay.«

»Ich muss verreisen, das kann ein paar Tage dauern. Ich

hatte absolut nicht damit gerechnet, und ich habe wirklich keine Lust, aber es lässt sich nun mal nicht ändern.«

»Wo fährst du hin?«

»Zu unserer Sennhütte in Hälsingland. Ich muss da ein paar dringende Sachen erledigen.«

»Okay.« Alice wollte sich noch nicht von ihm trennen und wünschte sich den Mut, zu fragen, ob sie mitkommen und bei dem helfen könnte, was so dringend erledigt werden musste.

»Vergiss mich nicht, ja?« Samuel zog sie in eine hastige Umarmung. Dann öffnete er die Autotür und nahm ihren Koffer.

»Natürlich nicht«, erwiderte Alice. Sollte sie sich einfach verabschieden und gehen? Wie zum Teufel hatte sich alles zwischen ihnen so schnell ändern können? »Danke fürs Fahren.«

»Du.« Er zog sie ein weiteres Mal an sich. »Glaub mir, ich würde viel lieber in der Stadt bleiben und mit dir zusammen sein.« Er küsste sie eilig auf den Mund, und bevor er sie losließ, sagte er noch: »Ich ruf dich an, wenn ich heute Abend angekommen bin.«

20

In der Wohnung war es stickig und im Kühlschrank gab es nichts, was sie anlachte. Nach einem dürftigen Mittagessen riss Alice die Balkontür sperrangelweit auf und setzte sich in den Sessel im Wohnzimmer, um online Lebensmittel zu bestellen. Als sie die Bestellung erst halb erledigt hatte, knallte sie den Deckel des Laptops zu und erhob sich. Ihre Brust tat schon weh vor Sehnsucht nach Samuel. Zugleich schmerzte es, wie abrupt der Besuch in Sigtuna geendet hatte, und sie konnte es nicht abwarten, dass Samuel nach Hause kam und sie sich sehen und, was immer passiert war, hinter sich lassen könnten. Nein, sie wollte nicht mehr daran denken. Es half auch nichts, wenn in der Stadt Gedränge herrschte. Sie brauchte frische Luft.

Eine Stunde später füllte Alice den Kühlschrank mit allerlei Dingen, die sie eigentlich gar nicht hatte kaufen wollen – kalt geräucherter Lachs, Käse aus Västerbotten und eine große Tüte Clementinen, aber auch eine Flasche Fertigpunsch, Butter, Quark und Hefe. Beim Ladeneingang hatte es einen Berg Luciagebäck gegeben, und der Duft nach Safran war so verführerisch gewesen, dass sie beschlossen hatte, ihr eigenes zu backen. Das gehörte sowieso zu ihren

Spezialitäten. In diesem Jahr hatte sie die Weihnachtsbäckerei ausfallen lassen wollen, doch der Tag mit Samuel und seinem Manuskript in Sigtuna hatte ihr doch ein wenig Weihnachtsstimmung gebracht, und beim Gedanken an frisch gebackene Luciakringel lief ihr das Wasser im Mund zusammen. Aber zuerst wollte sie wieder in die Hornsgata gehen. So viele Menschen waren nicht dort gewesen, und auf dem Weg zum Lebensmittelladen hatte sie in einem Schaufenster einen gestrickten dunkelroten Polopullover gesehen, der Samuel hoffentlich gefallen würde.

Im Laden gab es jede Menge Kleider in gedämpften Herbst- und Winterfarben, und neben dem Pullover, der nicht allzu teuer war, fand Alice ein weinrotes Kleid, dem sie einfach nicht widerstehen konnte. Es hatte in der Taille ein breites Band, und sie sah schon vor sich, wie Samuel die Schleife löste, den Reißverschluss im Rücken herunterzog und sie beeindruckt musterte, wenn er die schwarze Spitzenunterwäsche darunter entdeckte. Die hatte sie seit einer Ewigkeit nicht mehr angezogen, aber jetzt konnte sie es kaum erwarten, sich darin vor ihm zu zeigen. Wenn sie die Gelegenheit dazu bekam. Sie seufzte frustriert, beschloss aber, positiv zu denken. Natürlich hatte ihre Nacht ihm ebenso viel bedeutet wie ihr. Sonst hätte sie das doch wohl gemerkt.

Zu Hause ließ Alice eine Playlist mit jazzigen Weihnachtsliedern laufen, dann wusch sie sich die Hände, mischte in einem Kochtopf Milch und Butter und zerkrümelte die Hefe. Ein exotischer Duft strömte ihr entgegen, als sie die kleinen Safrantüten öffnete und über die Hefe kippte. Sie lächelte. In diesem Jahr würde es kein gewöhnliches Weihnachtsfest werden, aber auch kein schlechtes. Zum ersten Mal wollte sie nach ihren eigenen Bedingungen feiern. Das ganz allein zu tun, hatte allerdings nie auf ihrem Wunschzettel gestanden, aber besser das als die nervenaufreibende Veranstaltung bei ihrer Mutter. Wenn sie Glück hatte, wollte Samuel ihr noch immer die Hütte überlassen, und bestenfalls könnte er sogar hinkommen und ihr Gesellschaft leisten.

Alice rührte im Kochtopf mit der Milch-und-Buttermischung und wollte gerade den Finger hineinstecken, um festzustellen, wie warm sie schon war, als ihr Telefon klingelte. Sie schielte auf das Display. Die Nummer sagte ihr nichts, und sie wollte den Anruf zuerst ignorieren und das Handy auf lautlos stellen, aber die Neugier siegte, und als sie sich meldete, hörte sie eine tiefe Männerstimme: »Hallo, Alice, wie schön, dass ich dich erreiche. Hier ist Johan Gravenström von der Verlagsgruppe Brantzelius.«

»Oh.« Alice nahm den Topf von der Herdplatte und setzte sich an den Küchentisch. »Hallo.«

»Zuerst wollte ich ja ein paar Zeilen schreiben, aber persönlich zu reden ist doch immer schöner, nicht wahr?« Er wartete ihre Antwort nicht ab, sondern fuhr fort: »Danke für deine Mail. Du weißt ja, jetzt vor Weihnachten haben wir hektische Tage, aber ich wollte dir doch kurz eine Rückmeldung geben. Samuels Bücher kenne ich natürlich. Sein Erstling war richtig spannend, aber wenn ich ehrlich sein soll, dann finde ich, dass Thamm es mit den Nachfolgern zu eilig hatte. Die Bände waren eher mittelmäßig und sind zwischen der starken Konkurrenz mehr oder weniger untergegangen. Oder wie siehst du das?«

»Sie haben immerhin einen Versuch gemacht, einen neuen Autor zu fördern. Bei meinem ehemaligen Arbeitgeber hat nur selten jemand, der nicht schon etabliert war, eine Chance erhalten. Da wurde sich immer auf die Hochliteratur konzentriert, egal, wie zaghaft die sich verkaufte. Und auf die Bestseller natürlich, aber viele kommerzielle Titel, die mit etwas Unterstützung ihre Möglichkeiten gehabt hätten, rangierten unter ferner liefen.« Sie verstummte, weil ihr plötzlich aufging, dass sie ein bisschen zu offen gewesen war. »Ich habe natürlich nichts gegen literarische Bücher, im Gegenteil, es ist ungeheuer wichtig, dass die Branche weiterhin auf Qualität achtet, nicht zuletzt auf Lyrik«, fuhr sie fort. »Ich meine nur, dass es manchmal ein bisschen zu vornehm zugeht. Die Titel, die Geld einbringen, sollten ebenfalls entsprechend gewürdigt werden.«

»Da bin ich ganz deiner Meinung, und ich wage zu behaupten, dass wir bei Brantzelius ein bisschen moderner sind als bei Bremmers.«

»*Alle* sind moderner als Bremmers«, sagte Alice mit Nachdruck.

»Was müssten sie tun, um den Anschluss nicht zu verlieren, was meinst du?«

»Auf eine Frauenliste setzen. Nicht nur, natürlich, aber gut geschriebene Unterhaltung würde ihnen guttun.«

»Reicht es nicht, wenn sie mehr Krimis herausbringen?«, fragte Johan.

»Das könnten sie natürlich. Der Markt ist da groß, aber er ist auch ziemlich gesättigt. Und in Zeiten wie diesen braucht die Welt meiner Meinung nach Bücher, die zu Herzen gehen, die uns für einen kurzen Moment alles andere vergessen lassen. So wie ich das sehe, hat die Nachfrage nach Feelgood noch lange nicht ihren Höhepunkt erreicht.«

»Und dieser Samuel, meinst du, er bringt das mit, was nötig ist? Hat er's noch drauf?«

»Wenn ich nicht an ihn glauben würde, hätte ich mich nicht an dich gewandt. Was er schreibt, hat Tempo, ist unterhaltsam, und er ist großartig darin, Spannung zu erzeugen. Und dann ist er …« Sie verstummte und überlegte. War das eine Überlegung, die sie besser für sich behielt? Ach was, sie konnte auch gleich ehrlich sein. »Er ist ein Mann in einem von Frauen dominierten Bereich.«

»Ist das ein Vorteil oder ein Nachteil?«

»Kommt drauf an.« Alice wählte ihre Worte mit Bedacht. »Bisher hat sich noch kein Mann in diesem Bereich richtig durchgesetzt, falls Bergstrand und Backman nicht zum Genre gezählt werden. Mit anderen Worten müsste es Platz für weitere geben. Vor allem für einen, der überall ankommt, ein medientaugliches Auftreten hat und schon einen gewissen Bekanntheitsgrad besitzt.«

»Und du meinst, das alles trifft auf Samuel Engman zu? Kann er mit diesem Buch in den Bestsellerlisten landen?«

»Mit einem guten Lektorat, unbedingt.«

»Was sagst du dazu, wenn wir uns vor Weihnachten noch zu einem kleinen Mittagessen treffen und weiterreden? Ich habe in dieser Woche viel zu tun, aber Ende nächster Woche sieht es etwas besser aus.

»Willst du dich nicht lieber gleich mit Samuel treffen?«, fragte Alice. Dann fiel ihr dessen Agentur ein, und sie fügte hinzu: »Das Manuskript befindet sich noch in einem frühen Stadium, und ich weiß nicht, ob er seinem Agenten schon davon erzählt hat.« Alice schämte sich plötzlich. Sie war so darauf erpicht gewesen, Samuel zu helfen, dass sie ganz vergessen hatte, dass es da eine Agentur gab, die für den Kontakt zu den Verlagen zuständig war. Aber Samuel hatte seinen Agenten bisher nie erwähnt, also war das Verhältnis nach dem Misserfolg der beiden letzten Bücher womöglich abgekühlt. »Mit anderen Worten, die Situation ist nicht ganz einfach.«

»Gut, dass du das erwähnst. Wenn wir ins Geschäft kommen, gehen wir natürlich über den Dienstweg, aber es schadet doch nie, schon mal über alle Möglichkeiten zu sprechen. Vielleicht kannst du ihn bitten, dir die ersten drei Kapitel mitzugeben, dann kann ich reinschauen, wenn wir uns treffen.«

»Absolut, das mach ich gern.«

»Super, Alice. Wie nett, mal mit dir zu plaudern«, sagte Johan am anderen Ende der Leitung. »Ich mail dir dann einen Terminvorschlag. Mach's gut.«

Sie legten auf. Alice starrte noch eine Weile das Display an und konnte nicht fassen, dass sie soeben mit einem der Giganten der Verlagswelt gesprochen hatte. Sie stieß einen Jubelruf aus und machte am Herd ein paar Tanzschritte. Samuel würde vollkommen aus dem Häuschen sein, wenn er später anrief.

Da sie keine Küchenmaschine hatte, knetete Alice den Teig mit der Hand und summte dabei Weihnachtslieder. Während der Teig aufging, lief sie durch die Wohnung. Eine Runde durch alle Zimmer machte zwischen hundertfünfzig und zweihundert Schritte, je nachdem, wie weit sie den Möbeln auswich und wie heftig sie die Arme bewegte. Sie machte noch einige Tanzschritte, um den Schrittzähler auf Trab zu bringen. Nicht, dass sie zu schummeln versuchte, aber oft ließ sie das Handy im Wohnzimmer liegen, wenn sie zur Toilette ging, und deshalb war das Tanzen eine gute Möglichkeit, die Schrittrechnung zu korrigieren.

Nach drei Runden durch die kleine Zweizimmerwohnung hatte sie genug. Warum sollte sie eigentlich den ganzen Tag zu Hause sitzen, wenn sie in hundert Meter Entfernung einen der schönsten Spazierwege der Stadt hatte? Nachmittags waren die Gassen von Mariaberget sicher wie ausgestorben, und so schlimm könnte es doch nicht sein, einem oder zwei Menschen zu begegnen? Sie zog ihre Joggingschuhe an, nahm Mütze, Mantel und Fäustlinge und stellte den Wecker ihres Handys auf zwanzig Minuten. Der Teig musste vor dem Backen eine halbe Stunde gehen, es würde also ein kurzer Spaziergang werden.

Schnee rieselte vom grauen Himmel. Alice ging durch die Bastugata, zog den einen Fäustling aus und versuchte, die zarten Schneeflocken mit der Hand zu fangen, aber die schmolzen schon beim ersten Kontakt mit der warmen Handfläche. Vielleicht würden sie ja endlich einmal weiße Weihnachten haben. Sie konnte sich nicht erinnern, wann es zuletzt etwas anderes als grau, trist und regennass gewesen war.

Egal, hoffentlich würde sie nach Hälsingland fahren können, und dort würde sicher tiefer Schnee liegen. Der Gedanke an eine knisternde, schneeweiße Winterlandschaft brachte sie unvermeidlich weiter zu Samuel. Sie hatten sich viermal geliebt, und jedes Mal war es anders gewesen als die Male davor – am Abend neugierig und verspielt, der Sex vor dem Frühstück intensiv und die danach empfindsamer und offen. Der Ernst in Samuels Blick hatte sie den Atem anhalten lassen, und sie hatte bei der geringsten Berührung gezittert. Sie fuhr mit dem Finger über die wund geküssten Lippen. Immer noch unglaublich, wie sich alles entwickelt hatte! Ihre Gefühle für Samuel hatten in aller Ruhe wachsen können und sie am Ende überrumpelt, anders als ihr Begehren nach Elias, das eher rau und unmittelbar gewesen war. In Elias' Nähe wurde sie schüchtern und befangen und konnte kaum an etwas anderes denken als an seine warme weiche Haut und seinen hypnotischen Blick. Natürlich würde sich mit ihm nie etwas Ernstes entwickeln. Ihre Gefühle für Samuel waren nicht so intensiv, aber er hatte sie dazu gebracht, zu lachen, sich zu entspannen und sich wohlzufühlen. Er hatte sie ganz einfach vergessen lassen, was für eine Hölle das vergangene Jahr für sie gewesen war. Sein kindisches Spiel mit der Entzugstherapie war gar nicht so verkehrt gewesen. Schade nur, dass sie Sigtuna so überstürzt hatten verlassen müssen. Sie sehnte sich schmerzlich danach, seine starken, Geborgenheit schenkenden Arme zu spüren, seine heißen Lippen und seine eifrigen Hände auf ihrer nackten Haut. Was sie nach dem Tag in Sigtuna mit Samuel für Elias empfand, wusste sie nicht so ganz, aber etwas sagte ihr, dass er doch niemals ihr gehören könnte. Also warum nicht diese neue, unerwartete Wendung genießen?

Sie zuckte zusammen, als der Wecker klingelte. Sie hatte

nicht darauf geachtet, wohin sie ging, und war schon fast bei Slussen angekommen. Nun musste sie sich beeilen, um rechtzeitig nach Hause zu kommen.

Nach dem Essen machte Alice es sich mit einer großen Tasse Tee und nicht weniger als zwei frisch gebackenen Luciakringeln gemütlich. Die schmeckten gut, aber sie war beim Backen nicht ganz bei der Sache gewesen und hatte vergessen, gehackte Mandeln und Rosinen in den Teig zu geben, deshalb waren sie nicht ganz so süß und saftig wie sonst. Immer wieder schielte sie zu ihrem Telefon hinüber, aber die Uhr schien stillzustehen, und am Ende sah sie sich einen Film an, um die Zeit vergehen zu lassen. Gegen zehn hatte Samuel noch immer nicht angerufen, und um halb elf ging sie schließlich ins Badezimmer, um sich zum Schlafengehen fertig zu machen. Erst um Viertel vor elf piepste endlich ihr Handy.

> *Angekommen, aber verdammt miese Fahrverhältnisse. War so müde, dass ich schon ins Bett gefallen bin. Volles Programm morgen, aber wir können vielleicht gegen Abend telefonieren? Umarmung, Sam*

Alice hatte sich die ganze Zeit danach gesehnt, seine Stimme zu hören, aber ihr war schon klar, wie müde er sein musste, und so antwortete sie:

Schön zu wissen, dass du trotzdem gut angekommen bist. Schlaf gut und träum süß. Dann bis morgen. Umarmung.

Seine Antwort kam prompt.

Ich hab auf der ganzen Fahrt von dir geträumt und nehme diese Gedanken mit in den Schlaf.

Alice lächelte, als sie das las, und schickte ein Herz als Antwort.

Am Mittwochmorgen erwachte Alice voller Energie, so gut hatte sie sich seit Ewigkeiten nicht mehr gefühlt, ja, eigentlich nicht mehr seit Bremmers Weihnachtsfeier im vorigen Jahr. Der Tag lag wie ein unbeschriebenes Blatt vor ihr, und sie konnte machen, wozu sie gerade Lust hatte. Aber wozu hatte sie Lust? Alice seufzte. Sie hatte wie üblich keine Pläne, aber es wäre doch Unsinn, den ganzen Tag zu Hause zu verbringen und sich nach Samuel zu sehnen. Wie hatte sie eigentlich den ganzen Frühling, Sommer und Herbst hinter sich gebracht? Sie hatte sich eingesperrt und gewissermaßen vor sich hin vegetiert, das war die traurige Wahrheit, und dieser Gedanke kam ihr jetzt erschreckend und furchtbar peinlich vor. Sie hatte aber eigentlich auch keine Lust, irgendwelche Bekannten anzurufen, und noch weniger, sich zu verabreden. Also würde sie noch mehr backen. Vielleicht auch Toffee, Karamellbonbons und Schokotrüffel? Ihre Pfefferminztoffees mit Flockensalz und einer Messerspitze Chili eigneten sich gut als Geschenk. Sofort schrieb Alice eine Einkaufsliste und machte sich gleich nach neun auf den Weg in den Laden.

Kurz vor Mittag strömte Weihnachtsmusik aus ihrem Handy, das Toffee war fertig und die Karamellen auf dem richtigen Weg. Im Laden hatte es hübsche Gläser mit rotem Seidenband gegeben, und Alice hatte drei davon gekauft. Nach dem Mittagessen, wenn sie die Toffeemasse in Stücke geschnitten hätte und alles abgekühlt wäre, würde sie die Stücke auf Butterbrotpapier ausrollen, ein Glas füllen und damit unten bei Marguerite an die Tür klopfen. Es waren zwar erst einige Tage seit der kleinen Feier bei ihr vergangen, aber es kam ihr vor wie eine Ewigkeit, und Alice wollte sich bei ihr für den schönen Nachmittag bedanken.

»Aber meine Liebe. Das wäre doch wirklich nicht nötig gewesen.« Marguerite strahlte und nahm das Glas entgegen. »Und du hast das so schön gemacht, mit Weihnachtsbändchen und allem.«

»Ich wollte mich für die Einladung neulich bedanken.« Alice erwiderte das Lächeln. »Wir konnten ja kaum miteinander reden.«

»Es war so wunderbar, einige von meinen liebsten Freunden wiederzusehen. Und wie schön, dass ich dich nun auch dazuzählen kann. Darf ich dich zu einer Tasse Tee einladen?«

»Gern.«

Bald darauf saßen die beiden Frauen an dem mit englischem Porzellan für zwei gedeckten Tisch im Salon. Neben eine Schüssel mit Alices Salztoffees stellte Marguerite noch einen Teller mit Plätzchen und ein Kännchen Milch.

»Wie ist es dir denn ergangen, meine Liebe?« Marguerite musterte sie forschend. »Hast du dich endlich rausgetraut? Es bringt nichts, die ganze Zeit zu Hause zu sitzen, musst du wissen.«

»Ich war die letzten Tagen richtig aktiv, habe Spaziergänge gemacht und auch sonst noch alles Mögliche.« Alice war noch nicht bereit, von Samuel zu erzählen, nicht, solange sie nicht wusste, ob das zwischen ihnen nicht doch nur eine einmalige Sache gewesen war. Und Elias würde sie erst recht nicht erwähnen. Je weniger Marguerite über diese Angelegenheit wusste, desto besser.

»Ja, meine Güte, das seh ich dir an. Du strahlst wie die Sonne, und deine Wangen sind so rosig, dass sie fast leuchten.« Marguerite lächelte und schien noch mehr sagen zu wollen.

»Jetzt übertreibst du«, sagte Alice, hatte aber den Verdacht, dass Marguerite recht hatte. »Nach Weihnachten werde ich mich wieder auf Jobsuche machen, aber so kurz vor den Feiertagen hat das keinen Sinn.«

»Das kann ich verstehen. Die letzten Wochen vor den Feiertagen ist einfach ein Wahnsinn. Es ist schon ein Kamikazeprojekt, einen Liter Milch kaufen zu wollen. Die Leute sind wie verwandelt, und niemand denkt offenbar noch daran, Abstand zu halten.«

»Ja, danke, das weiß ich«, sagte Alice zustimmend. Die wenigen Male, wenn sie einen Laden betrat, musste sie sich zusammenreißen, um nicht zu schreien, die Leute sollten ihr vom Leib bleiben. »Es wird auch nicht besser davon, dass meine Mutter der ärgste Weihnachtsbazillus ist.«

Sie erzählte von Familie Rosanders ambitionierten Weihnachtsfeiern und dass sie sich in diesem Jahr von allem davonstehlen wollte. Über die Lügen sagte sie dagegen nichts – dass alle in ihrer Familie glaubten, dass sie noch immer bei Bremmers arbeitete, noch immer mit Sebastian zusammen war und dass sie über Weihnachten zusammen wegfahren würden. Sie würde den anderen bald die Wahrheit erzählen, aber das musste bis nach Weihnachten warten. Ihre Mutter wollte Sebastian so schrecklich gern zum Schwiegersohn haben, und sie würde am Boden zerstört sein, wenn sie erfuhr, wie es wirklich aussah. Nur weil Alice zu Weihnachten die Flucht ergreifen wollte, brauchte sie der restlichen Familie nicht auch noch das Fest zu verderben.

»Ich kann deine Mutter verstehen. Du weißt doch, ich bin auch verrückt nach Weihnachten.« Marguerite wies auf die vielen glitzernden Tannenzweige. »Nach Lucia wird es endlich Zeit, die Weihnachtswichtel abzustauben.«

»Aber bei dir wirkt es so entspannt. Für meine Mutter ist das alles blutiger Ernst. Sie hat für die Tage davor einen strengen Fahrplan und für Heiligabend und die Tage danach auch. Nichts darf schiefgehen.« Alice seufzte. »Und dieses Jahr bringe ich es einfach nicht über mich, mir ein Lächeln ins Gesicht zu kleben.« Oder mich durch den ganzen Heiligabend hindurchzulügen und so zu tun, als ob alles in Ordnung wäre, dachte sie dann und sah plötzlich ein, dass das einer der Hauptgründe war, warum ihr Weihnachten bei der Familie so unmöglich vorkam.

»Das kann ich verstehen, meine Liebe.« Marguerite warf ihr einen mitfühlenden Blick zu. »Bei mir geht es an Weihnachten um Freude und Gemeinschaft. Es kommt nicht so drauf an, wie alles wird oder was man isst, wenn alle nur zufrieden und mit den Menschen zusammen sind, die sie gernhaben – egal, ob Familie oder nicht.«

»Wie bist du nur so klug geworden?« Alice schaute zu Boden, wollte die Tränen in ihren Augen nicht zeigen. Warum konnte ihre Familie nicht genauso entspannt sein und sich einfach nur umeinander kümmern? Wenn sie sich das jetzt überlegte, war es doch nicht so seltsam, dass sie ihnen nicht die Wahrheit über Sebastian und ihre Arbeit gesagt hatte.

»Vielleicht, weil ich so jung war, als ich die USA verlassen habe und nie meine Familie in der Nähe hatte. Viele Jahre war ich mit Elias allein. Wir wurden an Weihnachten häufig zu Leuten vom Theater eingeladen, und kein Heiligabend war wie die anderen. Mit der Zeit sah ich ein, dass Gemeinschaft und Vertrautheit das Wichtigste sind, nicht, dass die Feier auf eine bestimmte Weise vor sich gehen muss. Deshalb habe ich jedes Jahr mein Adventstreffen, aber auch eine kleine Feier am Tag vor Heiligabend, wo alle, die Zeit haben, vorbeischauen können. In manchen Jahren wird es ganz schön eng, und in anderen hat fast niemand Zeit. Aber dann wird es eben intim und gemütlich. Wenn Heiligabend anbricht, habe ich schon genug gefeiert und bin zufrieden, egal, wie der Tag danach wird. Oft weiß ich vorher gar nicht, wie ich feiern werde. Es kommt ein bisschen darauf an, ob Elias eine Freundin hat und ob er zu ihrer Familie will oder ob er den Weihnachtsabend lieber bei mir verbringt.«

»Ich wünschte, meine Familie könnte das so entspannt sehen.« Oder ein bisschen in diese Richtung wenigstens, dachte Alice. Sie hatte seit vielen Jahren nicht mehr mit ihrem Vater und dessen Frau und den Zwillingen gefeiert. Zwillinge als Schwestern zu haben war eine besondere Herausforderung. Die beiden waren immer energiegeladen und laut gewesen, und sie hingen so sehr aneinander, dass Alice sich oft ausgeschlossen fühlte. Viele Male hatte sie gedacht, dass sie gar nicht richtig dazugehörte. Vielleicht lag das vor allem am Altersunterschied, denn mittlerweile hatte sich die Lage zumindest etwas entspannt. Nicht, dass sie in diesem Jahr mit ihnen feiern wollte, aber sie könnte ihren Vater doch zumindest mal wieder anrufen. Seit über einem Monat hatten sie nichts mehr voneinander gehört.

»Hast du mit deiner Mutter darüber gesprochen?« Marguerite sah sie mit ernstem Blick an. »Es ist oft gar nicht so schlecht, offen zu sagen, was man empfindet.«

»Sie würde das niemals verstehen.« Alice schüttelte den Kopf. »Meine Mutter will alles auf ihre Art machen. Jede Kritik prallt an ihr ab.«

»Sei dir da nicht so sicher. Ich habe die Erfahrung gemacht, dass wir Menschen unendlich viel tun, weil wir uns dazu verpflichtet fühlen und uns einbilden, dass andere ein bestimmtes Verhalten von uns erwarten.«

»Kann sein«, sagte Alice, aber sie war ziemlich sicher, dass das nicht für ihre Mutter galt. Solange sie sich erinnern konnte, hatte sie die Familie mit eiserner Hand regiert, und nur wenige waren je auf die Idee gekommen, ihr zu widersprechen. »Du, danke für den Tee. Ich bin mitten in der Weihnachtsbäckerei und muss wieder hoch.«

»Wenn du Zeit hast, dann schau doch am frühen Freitagnachmittag noch mal vorbei. Dann kommt Poppy her und spielt für mich Lucia.«

»Wie schön, das will ich nicht verpassen«, sagte Alice, stand auf und stellte fest, dass es wirklich so war. Sie fand Poppy und Marguerite einfach wunderbar und wollte sich diese Darbietung absolut nicht entgehen lassen. »Wo steckt eigentlich Konfuzius? Den hab ich schon lange nicht mehr gesehen.«

Marguerite wies auf das Fenster. »Ich nehme an, er ist auf Jagd, aber ob nach Katzen, Vögeln oder Mäusen könnte ich nicht sagen. Er kommt, wenn er Hunger hat oder wenn ihn jemand braucht.«

21

Nach dem Besuch bei Marguerite legte Alice sich ins Bett und starrte zur Decke hoch. Es war erst vier. Was sollte sie mit dem restlichen Nachmittag und dem Abend anfangen? Sie hatte keine Lust zu lesen, und das Filmeanschauen hatte sie satt. Noch mehr Weihnachtsplätzchen backen? Brot? Etwas richtig Gutes kochen? Nein, um diese Tageszeit wäre ein Besuch im Lebensmittelladen ein klaustrophobischer Schock. Auf der Jagd nach Essen für den Abend, nach Schinken, Hering, Rote-Bete-Salat und Grünkohl, würden gestresste Eltern kleiner Kinder sich in den Gängen mit distanzschwachen Jugendlichen drängeln. Vielleicht könnte sie die Wohnung weihnachtlich schmücken, sich einen Glühwein aufwärmen und dabei stimmungsvolle Musik hören? Da sie über Weihnachten verreisen wollte, wäre das ja eigentlich nicht nötig, aber Samuel müsste doch zum Wochenende wieder zu Hause sein, und dann könnte sie ihn zu sich zum Essen einladen.

Alice ging ins Wohnzimmer und schaute sich um. Die Möbel standen noch genau so wie bei ihrem Einzug. Einerseits, weil es ja nicht ihre Wohnung war und sie nicht wusste, wie lange sie hier wohnen dürfte, andererseits, weil sie keine Lust und keine Energie gehabt hatte, irgendetwas zu verändern oder schöner zu machen. Das Regal quoll fast über von Ethels alten Büchern. Das mochte sie nicht versetzen, aber wenn sie das Sofa an die andere Wand stellte und den Sessel näher an die Balkontür heranrückte, würde es viel gemütlicher aussehen, und sie würde den Sessel nicht dauernd ins Licht ziehen müssen. Und wenn sie aus irgendeinem Grund nicht nach Hälsingland fahren könnte, wäre es ja schön, in die Ecke beim Balkon einen Weihnachtsbaum zu stellen. Der Christbaumschmuck war in Sebastians Kellerraum geblieben, aber wenn sie sich richtig erinnerte, lag in einem der Kartons weiter hinten im Abstellraum mindestens eine Lichterkette. Alice sah nach, fand zwei Kartons mit der Aufschrift »Weihnachten« und trug sie zum Couchtisch.

Ganz oben in dem einen Karton lagen zwei große Adventssterne, die sie und Sebastian auf einem Designermarkt gekauft hatten, als sie gerade zusammengezogen waren. Sie hatten sich für sein riesiges Wohnzimmerfenster die größten ausgesucht, die sie überhaupt finden konnten. Als sie die Sterne aufstellen wollten, waren sie so mit Küssen beschäftigt gewesen, dass sie das kaum geschafft hatten. Alice seufzte bei diesen unwillkommenen Erinnerungen. Wäre es nicht besser, die Sterne zurückzulegen und die Kartons wieder wegzustellen? Wozu sollte sie die Wohnung denn überhaupt schmücken, wenn sie doch nicht vorhatte, dort Weihnachten zu feiern?

»Nein, jetzt reiß dich zusammen«, sagte sie laut.

Die Sterne und der übrige Weihnachtsschmuck sollten aufgestellt werden, so war das einfach. Sebastian gehörte in die Vergangenheit, und es wurde Zeit für etwas Neues. Ehe sie sich die Sache anders überlegen konnte, ging sie in die Küche und holte sich die Trittleiter. Die Adventssterne waren eigentlich viel zu groß, aber es half nichts. Lieber so als zu klein. Je mehr, desto besser, das war ihr Weihnachtsmotto. Alice machte ein paar Tanzschritte und summte zu Frank Sinatra und *White Christmas*.

Irgendwo im Wohnzimmer klingelte ihr Telefon. Alice konnte es am Ende zwischen allen Gegenständen auf dem Couchtisch ausfindig machen.

»Ach, du klingst aber atemlos«, sagte Samuel. »Joggst du gerade?«

»Nicht direkt.« Sie lächelte, als sie seine tiefe, warme Stimme hörte. »Ich bringe Weihnachtsschmuck an und hatte das Handy unter der Verpackung eines Adventssterns verkramt.«

»Wie witzig. Also gibt es bei dir trotz allem Weihnachten?«

»Nach Sigtuna war ich dann doch in der Stimmung.« Sie legte sich aufs Sofa und genoss das stimmungsvolle Licht des Adventssterns vor dem Fenster und der Lichterkette, die sie um das Balkongeländer gewickelt hatte. Wenn sie doch einen Weihnachtsbaum wollte, würde sie eine weitere Kette kaufen. »Was so ein kurzer Ausflug doch für eine positive Wirkung haben kann.«

»Sigtuna war die beste Therapie.« Seine Stimme klang neckend. »Und wo wir gerade davon reden, weißt du noch, was ich über Wiederholung gesagt habe?«

»Hm, dass die ungeheuer wichtig ist.« Alice lachte über diesen flirtenden Kommentar, auch wenn es ihr eigentlich nicht gefiel, dass er das, was zwischen ihnen passiert war, als Spiel darstellte.

»Ich fahre morgen Nachmittag nach Stockholm zurück. Dafür brauche ich den ganzen Abend. Dann bin ich leider am Wochenende mehr oder weniger ausgebucht, aber ich könnte am Sonntagabend zu dir kommen. Hast du dann Zeit und Lust?«

»Gern.« Bis Sonntag war es noch eine halbe Ewigkeit, und Alice musste ihre Enttäuschung hinunterschlucken. Sie hatte gehofft, ihn sehen zu können, sobald er nach Hause kam.

»Jetzt, vor Weihnachten ist schrecklich viel zu erledigen, aber hoffentlich schaffen wir ein Essen.«

»Ich weiß, ich hab auch viel zu tun«, sagte sie. Das war eine glatte Lüge, aber er sollte nicht glauben, dass sie nur dasitzen und die Stunden bis zu ihrem Wiedersehen zählen würde.

»Super. Dann reden wir am Wochenende weiter und verabreden, wann und wo wir uns sehen.« Er klang kurz angebunden.

»Alles klar, okay.« Sie hätte gern noch ein bisschen mit ihm geredet, aber Samuel schien jetzt unbedingt auflegen zu wollen.

»Entschuldige, dass ich es so kurz mache, aber ich hab stundenlang Schnee geschaufelt und bin total erledigt.«

»Oh, es hat also stark geschneit?«

»Heute zweiunddreißig Zentimeter und vorige Woche einen halben Meter.«

»Das klingt wunderbar. In Stockholm gab es nur ein paar jämmerliche Flocken, die dann sofort geschmolzen sind.«

»Hier haben wir ein glitzerndes Winterwunderland. Du wirst begeistert sein. Und apropos, ich habe die Heizung im Gästehaus auf Grundwärme gestellt und dir zwei volle Wasserkanister gebracht. Extraschlüssel hängen unter der Decke des Haupthauses. Ich schicke dir jetzt sofort eine Wegbeschreibung und ein Foto, auf dem du siehst, wo genau die sind, damit ich das nicht vergesse.«

»Wie umsichtig von dir.«

»Wir feiern dieses Jahr Weihnachten bei meiner Schwester, sonst hätte ich vielleicht mitkommen können.« Er gähnte. »Entschuldige, ich bin total erledigt und muss auflegen, aber ich melde mich, wenn ich wieder in Stockholm bin.«

Sie beendeten das Gespräch, und Alice ließ sich aufs Sofa fallen. Es war vermutlich unsinnig, dass sie jetzt Zweifel hatte. Samuel hatte wie versprochen angerufen, und es war wunderbar gewesen, seine Stimme zu hören, aber das Gespräch war kurz und angestrengt gewesen, ganz ohne die Offenheit und Aufrichtigkeit, die ihren Tag in Sigtuna geprägt hatten. Und offenbar hatte er ja nicht vor, Weihnachten mit ihr zusammen zu verbringen. Vielleicht hatte sie alles missverstanden? Nein, sie wollte sich jetzt nicht den Kopf zerbrechen, beschloss sie dann. Er hatte sich schließlich gemeldet und wollte sie sehen. Das war das Einzige, was zählte.

Als sie im Bett lag, musste sie doch noch einen Blick auf ihr Telefon werfen, für den Fall, dass er eine Nachricht geschickt hatte. Ihr Herz machte einen Sprung, als sie das kleine rote Symbol im Display aufleuchten sah.

Wie du vielleicht gemerkt hast, ist Telefonieren nicht

meine große Stärke. Hab vergessen zu sagen, dass ich mich danach sehne, dich wiederzusehen. Umarmung, Sam

Alice lächelte und antwortete:

Ich bin auch kein großer Fan davon, aber es war wunderbar, deine Stimme zu hören. Versprich mir, morgen vorsichtig zu fahren. Umarmung.

Am Donnerstagmorgen wachte Alice schon um halb sieben auf und konnte nicht wieder einschlafen. Schließlich stand sie auf, zog ihre Trainingshose an und ging in die Küche. Dort füllte sie den Kochtopf mit Teewasser, schaltete den Herd ein und zündete zwei Kerzen auf dem Küchentisch an. Womit sollte sie den Tag füllen, abgesehen davon, die Weihnachtskartons wegzupacken und eine rasche Runde mit dem Staubsauger zu drehen? Es gab jede Menge zu tun, ging ihr dann auf.

Zusammen mit klassischer Weihnachtsmusik, Tee und aufgewärmtem Luciagebäck schrieb sie eine Liste über das, was sie schaffen wollte: Die zehntausend Schritte des Tages absolvieren, ihren Vater anrufen, auf Social Media verbreiten, dass sie weitere Aufträge annahm, Samuels Manuskript noch einmal ganz lesen und vor dem Treffen mit Johan von Brantzelius Änderungen vorschlagen. Ach, verflixt, sie hatte vergessen, Samuel von diesem Anruf zu erzählen. Sollte sie ihm eine Mail schicken? Aber jedenfalls nicht vor sieben Uhr morgens. Das würde ein Punkt für ihre Aufgabenliste werden. Dort landete auch ein Gespräch mit Wilma, einerseits, um zu fragen, ob sie noch jemanden kannte, der an einem Coaching oder Lektorat interessiert wäre, andererseits auch, weil sie um Entschuldigung dafür bitten wollte, dass sie sich so selten gemeldet hatte. Und natürlich, um mehr über den Mietvertrag zu erfahren. Sie hatten keine Frist in den Vertrag aufgenommen, also wusste Alice nicht, wie lange sie noch hier wohnen könnte. Die Freundin würde allerdings bestimmt auch wissen wollen, wie es mit Samuel und dessen Manuskript lief. Aber die Beziehung, wenn man das so nennen konnte, war noch zu neu und verletzlich, um ins Licht gehalten und untersucht zu werden. Mit anderen Worten, der Anruf bei Wilma musste bis nach dem Wochenende warten, wenn sie Samuel gesehen hätte und hoffentlich ein bisschen sicherer sein könnte.

Der Tag verging, während Alice die Posten auf ihrer Liste abarbeitete. Zuerst ein langer Spaziergang durch die menschenleeren Gassen von Mariaberget, danach allerlei Papierkram. Alice kam zu dem Schluss, Samuel erst von der Sache mit Brantzelius zu erzählen, wenn sie ihn sah. Sie wollte sein Gesicht sehen, nicht nur die Freude in seiner Stimme hören. Den Anruf bei ihrem Vater schob sie vor sich her, aber am späten Nachmittag fasste sie sich dann ein Herz und wählte seine Nummer.

»Hallo, Papa, hier ist Alice.«

»Hallo, Herzchen, wie schön, dass du anrufst.« Er schien sich ehrlich zu freuen. »Hast du schon Feierabend?«

»Ich mache eine späte Kaffeepause«, brachte Alice heraus. Für einen Moment hatte sie alle Lügen vergessen, die sie ihrer Familie in den letzten Monaten aufgetischt hatte.

»Sitzt du auch im Homeoffice? Mona und ich sind beide zu Hause. Es ist ein Glück, dass wir hier Platz genug haben. Dein Zimmer und das alte der Zwillinge müssen als

Büroräume herhalten.« Er legte eine kurze Pause ein. »Wie geht es Sebastian? Sitzt der auch zu Hause?«

»Japp. Der wechselt zwischen Homeoffice und Kundenbesuchen«, sagte Alice, kniff die Augen zusammen und schüttelte angesichts dieser idiotischen Lüge den Kopf.

»Muss ja derzeit hart sein, Beratungen durchzuführen. Aber klar – die Technik hat sich beträchtlich entwickelt. Inzwischen kann man ja sogar Konferenzen und Nachbereitung per Zoom erledigen. Ist er da? Wäre nett, ein paar Worte mit ihm zu wechseln.«

Alice überlegte fieberhaft. »Er ist vorhin losgegangen. War mit einem Kunden zum Mittagessen verabredet, oder war das ein Kollege?«

»Dann wohnt er also doch ab und zu bei dir in dem kleinen Unterschlupf? Besteht noch Hoffnung für euch zwei?«

»So ist es.« Alice stöhnte innerlich auf. Sie mochte ihren Vater wirklich nicht anlügen, aber was blieb ihr anderes übrig? »Wir übernachten in regelmäßigen Abständen beieinander und reden. Versuchen, weiterzukommen.«

»Das klingt gut, meine Süße. Und wie läuft es bei der Arbeit? Ich weiß gar nicht, wie viele Bücher ich im Herbst verschlungen habe.«

»Den Buchhandlungen geht es leider gerade nicht so gut«, sagte Alice, ohne lügen zu müssen. »Dafür sind E-Books und Hörbücher wieder sehr im Kommen.«

»Kann ich mir vorstellen. Mona und ich streiten uns derzeit fast darum, wer Staubsaugen darf«, gestand er. »Mit einem Hörbuch in den Ohren wird sorgfältig gearbeitet, und alles ist sauberer denn je.«

»Das klingt gut.« Alice wurde es warm ums Herz, als

sie sich ihren Vater mit Staubsauger und Kopfhörern vorstellte.

»Es wäre nett, wenn du und Sebastian während der Feiertage mal vorbeikommen könntet. Oder du allein, wenn er zu viel zu tun hat.« Die Stimme ihres Vaters wurde weich. »Ich nehme an, dass du Heiligabend wie immer bei Christina feierst, aber wir haben uns schon viel zu lange nicht gesehen, und ich habe Sehnsucht nach dir.«

»In diesem Jahr bin ich nicht bei Mama«, sagte Alice, und ihr Magen krampfte sich zusammen, ob nun wegen der vielen Lügen oder der plötzlichen Sehnsucht danach, sich in Papas Umarmung zu verkriechen. »Sebastian und ich fahren über Weihnachten für einige Tage nach Hälsingland, aber danach vielleicht.«

Alice verdrehte die Augen. Was war sie doch für eine Superidiotin, dass sie sich auf eine so gigantische Lüge eingelassen hatte. Das war nicht nur ihren Eltern, sondern auch Samuel gegenüber unfair. Ihr Gesicht wurde heiß, und ihre Augen brannten.

»Ja, wenn das so ist. Jedenfalls bist du jederzeit willkommen. Unsere Tür steht immer offen für dich, ich hoffe, du weißt das.«

»Danke, Papa.« Alice blinzelte das Feuchte aus ihren Augenwinkeln und sagte: »Ich muss wieder an die Arbeit, aber ich melde mich bald, um einen Tag vorzuschlagen.«

Nach diesem Anruf setzte sich Alice in den Sessel und starrte in das warme Licht des Adventssterns, ohne sich zu einer sinnvollen Tätigkeit aufraffen zu können. Anfangs war es ihr so schlecht gegangen, dass sie mit niemandem hatte reden wollen, aber das hatte schließlich dazu geführt, dass sie mittlerweile fast alle Menschen, die sie gernhatte, belog. Ihr Magen verkrampfte sich wieder, wenn sie daran dachte. Wenn mit der Hütte in Hälsingland alles gut ging, würde sie hinfahren und dort Weihnachten verbringen. Und wenn sie nach den Feiertagen zurückkehrte, würde sie all ihren Mut zusammenraffen und die Wahrheit sagen, so schwer ihr das auch fallen würde.

Gegen zehn Uhr abends schickte sie Samuel eine SMS und fragte, ob die Fahrt gut verlaufen sei. Erst kurz vor Mitternacht kam eine Antwort.

Zuerst Schneegestöber, dann Regen. Jetzt total fertig, aber immerhin heil nach Hause gekommen. Schlaf gut und bis bald. Umarmung.

Alice ließ alle düsteren Gedanken los und schickte ein rotes Herz zurück.

22

Obwohl es noch immer mitten am Tag war, knisterte bereits ein Feuer im Feuerkorb vor Marguerites Terrasse, und die Hunderten von kleinen Leuchtdioden und die vielen Lichter in den Bäumen beim Gartenhaus funkelten einladend. Alice zog das Handy aus der Jackentasche und machte ein Foto von diesem aufsehenerregenden Anblick. Einen Moment lang überlegte sie, ob sie das Bild auf Instagram posten sollte, wie sie es früher gemacht hätte, vor der Katastrophe. Dann schüttelte sie den Kopf und ging mit raschen Schritten weiter zum Gartenhaus. Als sie gerade anklopften wollte, wurde die Tür aufgerissen.

»Perfektes Timing, meine Liebe. Poppy kann jeden Augenblick hier sein.« Marguerite breitete die Arme aus. »Hereinspaziert, hereinspaziert!«

»Bitte sehr.« Alice reichte ihr eine Tüte Luciakringel. »Ich nehme an, du hast schon ein beeindruckendes Buffet aufgebaut, aber die hier habe ich neulich gebacken, und ich dachte, vielleicht freust du dich ja trotzdem.«

»Wie lieb von dir.« Marguerite lächelte. »Dann tauschen wir die gegen die aus, die ich heute Morgen gekauft habe.« Sie holte die Keksschale vom Tisch im Salon. »Ich muss zugeben, dass ich dieses Jahr keine Lust zum Backen hatte. Auch keine Pfefferkuchen, aber ich habe für alle große Herzen gekauft und mit Glasur verziert, und da wird Poppy sicher trotzdem zufrieden sein.«

»Toll, dass du sie eingeladen hast.«

»Das ist doch nur schön für mich. Sie ist so witzig und phantasievoll und hält mich auf Trab. Außerdem lenkt sie mich von all dem Schlechten auf der Welt ab. Wenn man sich die Nachrichten ansieht, kann man doch den Eindruck bekommen, dass auf der Welt überhaupt nichts Positives mehr passiert.«

»Deshalb lese ich so gern Romane«, sagte Alice. »Ich finde fast nichts so schön, wie mich mit einem Buch in einem Sessel zu verkriechen und mich einfach mitreißen zu lassen.«

»Lesen ist die pure Therapie«, stimmte Marguerite zu.

»Unbedingt. Die Menschen brauchen Geschichten voller Wärme, Mitmenschlichkeit und Liebe. Keine düsteren Untergangserzählungen, sondern Dinge, die ihnen Hoffnung geben.«

»Ich merke schon, dass du für Literatur brennst. Und dass es dir besser geht.« Marguerite musterte sie forschend.

»Du hast recht. Das ist so. Einerseits, weil ich einen interessanten Lektoratsauftrag habe, und …« Alice zögerte. Sollte sie von Samuel erzählen? »Ich habe jemanden kennengelernt, bei dem ich mich sehr wohlfühle.«

»Das freut mich für dich. Und es erklärt, warum du so strahlst. Ein wunderschöner Anblick übrigens.« Dann trat irgendeine Änderung ein, und Marguerite sah plötzlich ernst aus. »Aber vergiss nie, dass du deines eigenen Glückes Schmiedin bist. Es entsteht in deinem Inneren.«

»Es ist auch noch alles ganz neu, aber er ist ein wunderbarer Mensch, und wir bauen da etwas Schönes auf. Ich habe das Gefühl, richtig Glück zu haben.«

»Das hast du aber auch verdient, meine Liebe. Vor allem, wenn ich daran denke, was in diesem Jahr so alles passiert ist.« Marguerite nickte, dann schaute sie aus dem Fenster und schlug die Hände zusammen. »Ich glaube, wir bekommen hohen Besuch. Da machen wir lieber alle Lampen aus und lassen bloß die Kerzen brennen.«

Der Türklopfer ertönte. Dann wurde die Haustür geöffnet. Gleich darauf tauchte Poppy in der Tür zum Salon auf, sie hielt ihre elektrische Kerze in der Hand, und ihre roten Haare glühten im Schein der Lichter ihrer Luciakrone. Der weiße Kittel schleifte über den Boden, trotz des breiten roten Bandes um ihre Taille. Poppy grinste und verschwand wieder außer Sichtweite. Gleich darauf füllte eine zarte, helle Stimme die Diele, und Lucia hielt ihren Einzug in den Salon.

Nacht war so groß und stumm,
nun hört man ein Brausen
ums stille Haus herum
wie Flügelrauschen.
Seht dort, wie wunderbar,
kommt her mit Licht und Haar
Sankta Lucia, Sankta Lucia.
Bald flieht die Dunkelheit
aus dieser Welt.
Bald steigt dieser Tag erneut
vom Himmelszelt.

»Das reicht doch, oder? Und ich bin ja wohl richtig gut, findet ihr nicht?« Poppy zeichnete mit ihrer Kerze liegende Achten in die Luft.

»Bitte, noch ein Lied«, bat Marguerite. »Du singst so schön!«

»Okay.« Poppy kratzte sich mit der Kerze am Kopf. »Aber nicht das traurige, oder?«

»Ist nicht nötig. Nimm eins, das dir gefällt.«

Poppy lutschte an der Kerze und überlegte, dann richtete sie sich kerzengerade auf, holte Luft und stimmte an: »Wir kommen, wir kommen aus Pfefferkuchenland und wandern und wandern zusammen Hand in Hand.« Sie marschierte in festem Schritt und mit schwingenden Armen durch den Salon, machte dann eine theatralische Verbeugung und kicherte über Marguerites und Alices begeisterten Beifall. »Gibt's jetzt Kuchen, Margi Poppins?«

»Natürlich, Herzchen.« Marguerite lächelte. »Möchtest du Saft oder Malzbier?«

»Bekomme ich Bier?« Poppy riss die Augen auf. »Echt?«

»Malzbier ist kein richtiges Bier.« Marguerite zwinkerte Poppy zu. »Ansonsten ist auch nur einmal im Jahr Lucia.«

»Zweimal, eigentlich.« Poppy ließ sich auf einen freien Stuhl am Tisch fallen. »Erst heute und dann das richtige Luciafest am Sonntag. Aber schlimm für alle alten Leute, denen niemand mehr das Lucialied singt.« Sie schob die Unterlippe vor.

»Da hast du wirklich recht.« Marguerite nickte nachdenklich, während sie für alle Malzbier eingoss.

»Ich kann nicht so lange bleiben. Mama ist heute Abend

im Fernsehen, deshalb holt Papa mich ab.« Poppy strahlte, als wäre es besonders schön, von ihrem Papa geholt zu werden.

»Das ist ja nicht schlecht. Dann lasst uns loslegen.«

Alice fühlte sich, als würde sie keinen Bissen mehr hinunterbekommen, als sie nach einem Luciakringel, einem großen Pfefferkuchen mit süßer Glasur und zwei Glas Malzbier zu sich nach oben ging. Sie war so schnell wie möglich aufgebrochen, unter dem Vorwand, noch allerlei erledigen zu müssen, aber eigentlich wollte sie Marguerite und Poppy die Möglichkeit geben, ein bisschen unter sich zu bleiben. Man spürte deutlich, dass die beiden gern zusammen waren. Es war wirklich schön zu sehen, wie gut sie sich verstanden, dachte Alice und öffnete die Balkontür einen Spaltbreit. Vielleicht könnte sie Konfuzius herbeilocken?

Sie schaute zu dem Feuerkorb vor Marguerites Haus hinunter und entdeckte einen breitschultrigen Mann in einer dunklen Jacke. Er hielt ein kleines Mädchen an der Hand. Das Mädchen strahlte und schaute erwartungsvoll zu ihm hoch. Danach sagte er offenbar etwas Komisches, denn nun prustete sie los. Das war bestimmt Poppys Schwester, begriff Alice, und sie hoffte, einen Blick ins Gesicht des Mannes werfen zu können. Poppy hatte ihr von ihrem lustigen Papa erzählt, der oft an seinem Laptop saß und arbeitete, und nun war sie neugierig darauf, wie dieser Papa aussah. Der Mann ging vor der Kleinen in die Hocke, und endlich konnte sie ihn besser sehen.

Er lächelte strahlend, hatte blonde Haare und ziemliche

Ähnlichkeit mit Samuel. Gleich darauf drehte er sein Gesicht etwas weiter zur Seite, und Alice fuhr zusammen.

Das durfte nicht wahr sein! Sie schlug sich die Hand vor den Mund. Nein, das konnte einfach nicht stimmen. Sie musste sich geirrt haben. Sie hielt den Atem an und starrte in dieses viel zu bekannte Gesicht. Nein, kein Zweifel möglich. Der Mann, dessen Gesicht vom Feuerschein beleuchtet wurde, war Samuel. Was machte er dort unten? Kannte er Marguerite? Und Poppy? Denn er konnte doch unmöglich … »Nein, nein, nein!«, jammerte sie. Das konnte einfach nicht sein.

Sie wollte das alles eigentlich gar nicht sehen und war trotzdem unfähig, sich abzuwenden. Es dauerte nicht lange, bis Poppy aus dem Gartenhaus gestürzt kam und sich in Samuels Arme warf. Er drückte sie an sich und küsste sie mehrere Male auf beide Wangen, und bei jedem Kuss wurde Alice von einer Welle aus Schmerz durchjagt. Samuel drehte sich zum Gartenhaus um und wechselte einige Worte mit Marguerite, dann richtete er sich auf, hob das kleinere Mädchen auf seine Schultern und nahm Poppys Hand. Danach ging er mit den beiden Kindern unter munterem Geplauder zum Durchgang zum Treppenhaus. Alice lief in die Diele, legte das Ohr an die Wohnungstür und hörte Poppy und ihre kleine Schwester dermaßen kichern, dass es im ganzen Treppenhaus widerhallte.

Gleich danach fiel die schwere Tür zur Straße ins Schloss, und Samuel und seine Töchter waren nicht mehr zu hören. Alice stand mit hämmerndem Herzen da und versuchte, die soeben gesehenen Bilder zusammenzufügen. Und während die Wahrheit in sie einsank, schienen die Freude und Zuversicht, die sie neuerdings verspürt hatte, zu verblassen. Stattdessen wurde sie in die Dunkelheit hinabgezogen, tiefer und tiefer.

23

Alice fror und musste dringend zur Toilette, aber sie brachte es nicht über sich, vom Dielenboden aufzustehen, wo sie sich zu einer Kugel zusammengerollt hatte. Wozu sollte das Aufstehen denn auch gut sein? Sie konnte auch gleich hier liegen bleiben und verdorren. Ihr Verschwinden würde niemanden interessieren, und niemand würde es bemerken.

Sie starrte die Wand an und schlug dann mit dem Kopf auf den Boden. Alles, was Samuel gesagt hatte, von Anfang bis Ende, hatte sich als Lüge herausgestellt. Sie hatte doch angefangen, ihm zu vertrauen, und war sicher gewesen, dass er anders war als Sebastian. Er hatte zwar angedeutet, dass es da jemanden gab, aber davon, dass er verheiratet war und sogar zwei Kinder hatte, war nie die Rede gewesen. So frech war nicht einmal Sebastian gewesen. Das erklärte auch, warum er das Verhältnis zwischen Noel und dessen Kindern im Roman so überzeugend rübergebracht und warum er so seltsam reagiert hatte, als sie das erwähnte. Natürlich war er aus diesem Grund auch mit Alice in ein Hotel gegangen, statt sie zu sich nach Hause einzuladen, wie jeder normale Mensch es getan hätte. Deswegen wollte er sie nur zur Bürozeit treffen und meldete sich erst spätabends, wenn der Rest der Familie schon schlief. Wirklich berechnend von ihm! Lachte er über sie, jetzt, da er sie rumgekriegt und sich geholt hatte, was er haben wollte? Plötzlich war klar, dass dieser blödsinnige Vorschlag von Entzug und neuen Gewohnheiten kein albernes Spiel gewesen war, sondern kalte Berechnung, eine Methode, um sie zu manipulieren und dahin zu bringen, wo er sie haben wollte. Und sie war darauf eingegangen, hatte ihm bereitwillig alles geglaubt, was er ihr erzählte. Ach, wie hatte sie so naiv und leichtgläubig sein können?

Victoria Engman, ja, so hieß sie, die Nachrichtensprecherin, Poppys Mutter. Alice stöhnte. Wie hatte sie dieses Detail übersehen können? Tatsache war, dass sie alle Hinweise darauf, dass hier etwas nicht mit rechten Dingen zuging, einfach ignoriert hatte. Sie hatte glauben wollen, dass Samuel anders war, dass sie ihm wirklich etwas bedeutete und dass er sie richtig kennenlernen wollte. Dabei war sie nur der Seitensprung, mit dem er seine langweilige Ehe aufpeppen wollte. Alice schluchzte und zog die Knie an die Brust. Sie würde niemals wieder aufstehen, niemals die Wohnung verlassen und niemals einem Mann vertrauen. Nie wieder!

Sie musste aber trotzdem zur Toilette, starr vor Kälte, nachdem sie zu lange hier gelegen und sich zurückgehalten hatte. Beim Anblick ihres Spiegelbildes im Badezimmer wich sie zurück. Das Make-up war verschmiert und unter ihren Augen verlaufen, und ihr Blick war leer und hoffnungslos.

Für den restlichen Abend lag Alice auf dem Sofa und starrte an die Decke. Sie war nicht imstande, sich etwas zu essen zu machen oder sich zu irgendetwas aufzuraffen. Um halb zwölf ging sie ins Bett und legte sich hin, ohne sich abzuschminken. Stattdessen starrte sie nun hier die Decke an und ging alles durch, was im vergangenen Monat passiert war. Wie hatte sie sich in Samuel dermaßen irren und wie hatte sie auf seine Lügen hereinfallen können? Er hatte so lieb und anständig und zuverlässig gewirkt, aber wie hieß es noch, stille Wasser, Wolf im Schafspelz … Alice zählte in Gedanken die Klischees auf, schniefte und verdrängte immer wieder das Bild von Samuels intensivem Blick.

Nachdem sie eine Ewigkeit wach gelegen hatte, griff sie wie automatisch zu ihrem Telefon und zuckte zusammen, als sie eine Mitteilung von Samuel entdeckte:

Ich sehne mich nach dir und freue mich auf Sonntag. Hektik hier zu Hause. Wollen wir bei dir essen?

Was für eine Unverschämtheit! Alice putzte sich die Nase und wischte die Tränen ab, die ihr wieder in die Augen getreten waren. Er sollte sich ja nicht einbilden, dass sie sein hinterhältiges Spiel weiter mitspielen würde. Ehe sie sich die Sache anders überlegen konnte, klickte sie sich zu seinem Profil durch, entfernte ihn als Freund und entfolgte ihm auf Instagram. Wo sie schon einmal dabei war, löschte sie seine Nummer in ihrem Telefon und stellte es auf lautlos.

»Auf Nimmerwiedersehen, Samuel«, schnaubte sie. »Das war's mit uns!«

Am Ende schlief sie dann doch noch ein paar wenige Stunden. Als sie am Samstagmorgen erwachte, war es allerdings erst halb sechs. Mindestens eine Stunde blieb sie mit geschlossenen Augen im Bett liegen, konnte aber einfach nicht wieder einschlafen. Am Ende setzte sie sich auf. Wozu sollte es überhaupt gut sein, das Bett zu verlassen? Der Tag würde ja doch nur aus einer Reihe inhaltsloser Stunden bestehen, die sie hinter sich bringen musste, bis es spät genug wäre, sich wieder hinzulegen. Da konnte sie auch hierbleiben und die Decke anstarren. Aber die Vorstellung, den ganzen Tag im Bett zu weinen, war noch unerträglicher, als aufzustehen, und am Ende zwang sie sich dazu, das Schlafzimmer zu verlassen. Nach einem Spaziergang würde es ihr hoffentlich ein winziges bisschen besser gehen.

Draußen regnete es, und ein frischer Wind wehte.

»Typisch«, murmelte Alice und zog an den Bändern ihrer Kapuze, bis die enger um ihren Kopf schloss. Es war noch immer dunkel, und die Gasse war in einen regensatten Dunst gehüllt. Keine Menschenseele war zu sehen, und Alice setzte einen Fuß vor den anderen, ohne sich zu überlegen, wohin sie unterwegs war.

Einige Zeit später fand sie sich ganz oben auf Skinnarviksberget wieder, dem höchsten Punkt von Stockholm, der normalerweise einen prachtvollen Blick auf Riddarfjärden und die Dächer der Stadt bot. Nun waren die Häuser in Nebel gehüllt, und die Fassaden auf dem anderen Ufer kaum zu erkennen. Die Felsen waren regennass und glatt, und Alice wäre mehrmals fast ausgerutscht. Sie schaute sich um, und als sie sicher sein konnte, dass kein Mensch in der Nähe war, ballte sie die Fäuste, öffnete den Mund

und brüllte eine Menge Flüche in den Regen hinaus – und meinte damit Samuel, das Universum und alles, was schiefgegangen war. Danach hob sie das Gesicht zum heller werdenden Himmel und vermischte ihre Tränen mit dem peitschenden Regen.

Zu Hause machte Alice sich ihren Haferbrei und eine Tasse Tee. Beim Essen kehrte eine gewisse Energie zurück, und mitten in einem Schluck Tee stellte sich die Erkenntnis ein – sie war seit dem Frühling ohne einen Mann zurechtgekommen, und das würde sie auch jetzt schaffen. Samuel war ein Idiot, dem sie keine Träne mehr hinterherweinen sollte. Und sie hatte es satt, zu Hause herumzuhängen und Trübsal zu blasen. Mit energischen Bewegungen aß sie ihren Brei auf und goss sich eine neue Tasse Tee ein. Kein Mann sollte über ihr Glück entscheiden, schon gar nicht ein treuloser Trottel. Sie war ihres eigenen Glückes Schmiedin, genau wie Marguerite gesagt hatte. Es war ein abgenutzter Ausdruck, den sie in einem Manuskript sofort gestrichen hätte, aber trotzdem traf er zu.

Kaum hatte sie das alles gedacht, klingelte ihr Telefon. Ihre Mutter, verriet das Display. Alice atmete einmal tief ein und aus, ehe sie sich meldete.

»Hallo, Mama, wie geht's dir?«

»Dass du dich nicht schämst!« Christinas Stimme war schrill. »Monatelang hast du mich glauben lassen, dass alles wieder gut wird, dabei war alles nur eine einzige Lüge!«

»Aber, Mama, wovon redest du da?« Alice schluckte und spürte, wie an ihrer Schläfe eine Ader pochte.

»Das weißt du genau. Ich habe gerade ein höchst aufschlussreiches Telefongespräch mit Sebastian geführt.«

»Was? Wa… warum das denn?«

»Ja, das habe ich mich auch gefragt. Ich dachte doch ernsthaft, es sei eine gute Idee, meinem ehemaligen angehenden Schwiegersohn ein paar Weihnachtsgeschenke für meine Tochter mitgeben zu wollen. Warum, kann man sich ja fragen, jetzt, wo mir klar ist, dass du mich monatelang an der Nase herumgeführt und über euch beide belogen hast.«

»Warte. Ich kann alles erklären.«

»Ja, danke, das kannst du bestimmt.« Christina schnaubte. »Aber das hat Sebastian bereits in aller Deutlichkeit erledigt. Ich begreife nicht, warum du nicht einfach erzählt hast, dass ihr euch auseinandergelebt habt.«

»Auseinandergelebt?« Alice konnte es nicht fassen. »Das hat Sebastian gesagt?«

»Nicht wortwörtlich, aber sinngemäß schon. Es war ungeheuer peinlich, kann ich hinzufügen, und ich kam mir ja so lächerlich vor. Wann wolltest du mir denn davon erzählen?«

»Mama, so war das doch gar nicht. In Wirklichkeit war er derjenige, der …«

»Es ist genug«, fiel Christina ihr ins Wort. »Ich bin dermaßen außer mir, dass ich nicht weiß, wie ich irgendetwas Vernünftiges zustande bringen soll, weder für Weihnachten noch hier bei der Arbeit.« Ihre Stimme schlug ins Falsett um. »Wie konntest du mir das antun?«

»Mama, hör zu!« Alice versagte die Stimme. »So ist das doch überhaupt nicht. Er hat mich hintergangen und …«

Alice hörte ein Klicken. Ihre Mutter konnte doch wohl nicht … »Hallo, bist du noch da?«

Keine Antwort.

»Verdammt!« Alice legte das Telefon beiseite. Dann griff sie wieder danach, und ehe sie den Mut verlor, suchte sie nach Sebastians Nummer und rief an. Der sollte hier nicht ungeschoren davonkommen.

»Hallo, du.« Er schien sich zu amüsieren. »Ich hatte mir schon gedacht, dass ich bald von dir hören würde.«

»Warum hast du gelogen? Warum hast du nicht die Wahrheit gesagt?« Sie unterdrückte den Gedanken, wie demütigend es war, dass Sebastian nun über ihre Lügen Bescheid wusste. Er musste doch glauben, sie habe den Verstand verloren und könne nicht ohne ihn leben. Aber das half nun nichts. Alice fuhr fort: »Jetzt denkt meine Mutter, dass alles meine Schuld ist.«

»Alice.« Seine Stimme war kalt. »Ich kann nichts dafür, dass du konfliktscheu bist und solche Angst vor deiner Mutter hast.« Er schnaubte. »Sie hat sich natürlich nicht gerade gefreut, als ich ihr erzählt habe, dass du mit diesem Typen zusammengezogen bist. Was du mir gern hättest mitteilen können. Das war ja so peinlich, als wir uns in Rosendal begegnet sind.« Er klang wütend. »Du hast dir alles selbst zuzuschreiben. Mit dem Chaos, das du hier angerichtet hast, hab ich nichts zu tun.«

Alice keuchte auf. »Hast du meiner Mutter etwas von Samuel erzählt?« Sie ließ die Information sacken und versuchte, ihre Gedanken zu sortieren. »Das mit ihm ist überhaupt nicht so, wie du denkst.« Sie verstummte. Nein, Sebastian durfte nichts davon erfahren. Nie im Leben würde sie ihm die Genugtuung gönnen, dass sie sich in Samuel geirrt und er sich als treuloser Trottel entpuppt hatte.

»Es war einfach nicht in Ordnung von dir zu behaupten,

dass wir beide über Weihnachten nach Hälsingland fahren würden, obwohl du in Wirklichkeit mit diesem Typen dahin willst.«

»Das stimmt nicht. Ich kann …«

Sebastian fiel ihr ins Wort. »Weißt du, Alice, deine Ausflüchte interessieren mich nicht. Außerdem hab ich keine Zeit mehr. Miranda und ich wollen in die Stadt und Weihnachtsgeschenke besorgen.«

Alice stöhnte auf, legte das Telefon beiseite und schlug die Hände vors Gesicht. Sie sollte ihre Mutter zurückrufen und alles erklären, aber genauso gut könnte sie gegen eine Mauer anreden, und bei der Vorstellung, wie dieses Gespräch verlaufen würde, drehte sich ihr der Magen um. Das Telefon piepste.

Kannst du mich anrufen? Wir müssen über den Mietvertrag reden.

Was? Alice starrte Wilmas Mitteilung an. Verlor sie nun auch noch die Wohnung? Was ging denn noch alles schief? Sobald Samuel begriff, dass sie seine Lügen durchschaut hatte, würde sie auch noch ihren einzigen Auftrag verlieren und schlimmstenfalls nicht einmal für die bereits investierte Zeit bezahlt werden. Na, großartig. Sonst noch was? Ja, richtig, dann stand ja auch noch Weihnachten vor der Tür …

Alice seufzte tief auf und ging ins Bad. Dort zuckte sie zusammen, als sie sich im Spiegel sah. Sie hatte total vergessen, dass sie sich am Vorabend nicht abgeschminkt hatte. Aber eigentlich spielte das ja auch keine Rolle mehr. Wen interessierte es schon, wie es ihr ging oder dass sie aussah wie ein Gespenst?

In ihrem Versuch, sich die Frustration aus dem Leib zu laufen, marschierte Alice immer wieder in der Wohnung hin und her. Nach fünftausend Schritten machte sie sich zwei Stück Knäckebrot mit Makrele. Nicht, weil sie Hunger oder überhaupt nur Appetit gehabt hätte, sondern in der Hoffnung, dass es ihr mit mehr Energie etwas besser gehen würde. Als auch das nichts half, duschte sie, und nachdem sie sich die Haare gewaschen und das heiße Wasser mindestens eine Viertelstunde über ihren Kopf hatte laufen lassen, fühlte sie sich nicht mehr ganz so elend. Sie wickelte sich in ihren Bademantel und verknotete den Gürtel. Dann kehrte sie zurück in die Küche und verschlang einen Luciakringel, ohne auch nur darauf zu warten, dass das Teewasser kochte. Sie wollte gerade eine Salztoffeekugel hinterherschieben, als es an der Tür klingelte.

Alice schlich in die Diele. Wusste Samuel, wo sie wohnte? War er gekommen, um sich für sein Verhalten zu entschuldigen? Aber als sie durch den Spion lugte, stand dort nicht Samuel. Alice fuhr zurück. Hilfe, was wollte der denn hier?

»Alice, ich weiß, dass du da bist«, sagte Elias draußen im Treppenhaus.

Schweigend blieb sie hinter der Tür stehen und rührte sich nicht.

»Bitte, mach auf!«

Was sollte sie tun? Könnte sie sich einfach totstellen?

»Ich hab Wein mitgebracht.« Er hielt eine Flasche vor den Türspion. »Ich dachte, du würdest den vielleicht mit mir teilen.«

Alice überlegte. Es war völlig klar, was Elias vorhatte, aber wollte sie das auch?

»Sag einfach, wenn ich gehen soll, dann tu ich das. Aber es wäre lustiger, wenn du aufmachtest.«

Ach, verdammt, warum nicht. Dass Elias kam, war genau das, was sie brauchte. »Gib mir ein paar Minuten«, sagte sie schließlich durch den Briefschlitz zu ihm. »Ich hab eben erst geduscht und bin noch nicht angezogen.«

»Alles klar, ich warte.«

Alice stürzte zum Kleiderschrank und suchte sich ihre schickste Unterwäsche heraus, dann zog sie ihre engste Jeans an und das dünne T-Shirt, das ihre Kurven betonte. Danach lief sie ins Badezimmer, tuschte sich die Wimpern und tupfte ein bisschen Rouge auf die Wangen. Nach einigen Strichen mit der Haarbürste öffnete sie ihm. Elias kam gerade im richtigen Moment. Samuel sollte sich zum Teufel scheren, alles andere war ebenfalls ein Mist, und Alice hatte keine Ahnung, wie sie ihr Leben in Ordnung bringen sollte, aber wenn Elias sie noch immer wollte, dann würde sie allen Trost, alle Wärme und alle Nähe entgegennehmen, die sie bekommen konnte.

24

»Wenn der Prophet nicht zum Berg kommt, muss der Berg eben zum Propheten kommen«, sagte Elias und winkte ihr durch den Türspalt zu.

»Entschuldige, dass ich nicht angerufen habe.« Alice hielt die Tür etwas weiter auf.

»Ist schon gut.« Er streifte die Handschuhe ab. »Ich war gerade in der Nähe. Darf ich reinkommen?«

»Okay.« Sie ließ die Türklinke los, und er trat ein.

»Wie schön.« Elias reichte ihr die Rotweinflasche und hängte seinen Mantel auf. Darunter trug er enge Jeans und ein weißes Hemd, das die Konturen seines durchtrainierten Oberkörpers erahnen ließ.

»Ich hab leider nicht besonders viel anzubieten.« Sie versuchte zu überlegen. »Nur Nüsse und Weihnachtsgebäck.«

»Macht doch nichts. Ich bin ja nicht zum Essen gekommen …« Er warf ihr einen Blick zu, der ihre Überlegungen vollkommen über den Haufen schmiss.

»Ach wirklich.« Sie schluckte, aber ihr fiel keine passende Antwort ein.

»Was meinst du, machen wir die auf?« Er zeigte auf die Weinflasche. »Ein Pinot noir aus dem Sonoma Valley.«

»Bestimmt.« Alice lachte nervös, ehe sie ihm den Rücken zukehrte und Richtung Küche ging.

»Wow, hier kommt man sich ja vor wie in einer Zeitkapsel.« Elias schaute sich um, als er über die Schwelle zu der kleinen Küche trat. »Juckt es dir nicht in den Fingern, hier ein bisschen zu renovieren?«

»Doch, schon.« Sie hob die Hände. »Aber es ist nun mal so.«

»Hast du einen Korkenzieher?«

Alice öffnete die große Küchenschublade, fand dort einen Korkenzieher und reichte ihn an Elias weiter, dankbar für die Hilfe, da ihr in seiner Nähe vor Nervosität die Hände zitterten.

»Isst du gern Schokolade?« Sie legte einige selbst gemachte Schokotrüffel in eine Schale.

»Wer tut das nicht?« Elias warf ihr einen vielsagenden Blick zu, und Alice spürte, wie sich die Hitze in ihren Wangen ausbreitete.

Sie wandte sich von ihm ab, öffnete den Küchenschrank und stellte sich auf Zehenspitzen, um die Weingläser zu erreichen.

»Warte, ich helfe dir.« Er trat dicht hinter sie, so dass seine Brust ihre Schulter berührte, als er die Hand nach einem und dann nach noch einem Glas ausstreckte.

Alice schloss die Augen und spürte, wie ihre Brustwarzen hart wurden.

»Soll ich die ins Wohnzimmer bringen?«, flüsterte Elias ihr ins Ohr. Seine Nase berührte ihr Ohrläppchen, und sie brachte nur ein Nicken zustande.

Erst, als er die Küche verlassen hatte, bekam sie Gesichtszüge und Motorik unter Kontrolle. Sie kippte Erdnüsse in eine Schale und brachte die Trüffel auf zitternden Beinen hinüber ins Wohnzimmer.

»Bitte sehr.« Elias reichte ihr ein Weinglas. »Ich habe gehofft, dass du anrufst.«

»Ich hatte viel zu tun.«

»Aber jetzt sind wir hier.« Er sah Alice mit einem Blick an, der ihr den Atem verschlug. Sie konnte sich nicht erinnern, jemals so stark auf einen Mann reagiert zu haben.

»Prost!« Sie hob ihr Glas und trank einen großen Schluck.

»Gib zu, dass du mich ein kleines bisschen vermisst hast.« Er ließ ein Glas sinken und grinste sie an.

»Kann schon sein.« Sie trank noch einen Schluck und dann noch einen.

»Alice, sieh mich an.« Elias stellte sein Glas auf den Couchtisch.

»Hm.« Sie nippte noch einmal an ihrem Wein, dann wagte sie es endlich, aufzuschauen.

»Du weißt es sicher schon.« Er nahm ihr Glas und stellte es auf den Tisch. Dann streckte er die Hand aus und legte sie um ihre Wange. »Du bist wunderbar.« Er streichelte ihre Wange und bewegte die Hand dann zu ihrem Mund. »Darf ich?«, flüsterte er, und ohne auf Antwort zu warten, beugte er sich vor und schloss seine Lippen um ihre.

Eine Welle der Begierde schlug über Alice zusammen, und als Elias mit seiner Zunge ihre Lippen streifte, öffnete sie den Mund und ließ es zu. Der Kuss wurde intensiver, und als Elias nach einer Weile ihr T-Shirt hochstreifte und sie bat, die Arme zu heben, tat sie wie ihr geheißen. Als er den BH aufknöpfte, dachte Alice, dass das alles hier ziemlich schnell ging, aber seine Hände waren warm und zärtlich, und sie wollte das hier ja schließlich. Oder? Bald schlossen sich seine Lippen um ihre eine Brustwarze, und die Hitze seines Mundes ließ sie aufstöhnen. Das war die Ermutigung, die er gebraucht hatte, und jetzt biss er, er zupfte und saugte, bis sie wimmerte. Dann wanderte er zur anderen Brust hinüber und machte dort weiter.

»Hilf mir aus dem Hemd«, flüsterte er, und Alices Hände waren mehr als bereit zu helfen. Elias hatte eine absolut glatte Brust, und sie fragte sich, ob er sich eben erst rasiert hatte oder ob er von Natur aus haarlos war. Sie ließ ihre Hände über seinen sehnigen Rücken wandern, und als seine Zunge sich einen Weg über ihren Bauch suchte und er sich an ihrem Hosenbund zu schaffen machte, keuchte sie auf. Sekunden später öffnete er ihren Hosenschlitz, streifte die Jeans nach unten und befreite ihre Füße von den Hosenbeinen.

»Du bist einfach herrlich«, murmelte er und öffnete ihre Beine. Seine Zunge spielte am Rand ihres Höschens und wanderte langsam tiefer. Als seine Lippen ihren Schoß erreichten, blies er heiße Luft durch den Slip, schob den dünnen Stoff beiseite und ließ seine Zunge in sie hineinwandern.

Alice fuhr zusammen, lehnte sich zurück und wimmerte leise. Die Gedanken, die in ihrem Kopf herumflüsterten, wurden energisch verdrängt, wollten jedoch nicht verstummen. Alles ging so schnell. Sollte sie ihn bitten, aufzuhören? Kaum hatte sie das gedacht, als er auch schon zwei Finger in sie hineinsteckte und saugte und leckte. Sie stöhnte auf, wollte mehr, brauchte das, wollte absolut nicht an Samuel denken, doch dessen blaue Augen starrten sie unbeeindruckt an. Als Antwort drückte sie sich energisch gegen Elias' wirbelnde Zunge und seine Hand. Samuel sollte sich zum Teufel scheren, und mit der Hilfe von Elias würde sie diesen Blick ein für alle Mal aus ihrem Kopf verbannen.

»Hier will offenbar jemand mehr.« Elias zog die Hand weg, ließ seine Zunge aber munter weiterwandern.

Alice merkte, dass er jetzt seine Hose öffnete. Am besten brachte sie es einfach hinter sich, denn sie wollte es ja schließlich auch. Als er ihr den Slip auszog, sich ein Kondom überstreifte und in sie eindrang, stöhnte sie und ließ es geschehen. Das Sofa war eng und schmal, und auf halber Strecke des Geschehens hob Elias sie hoch und trug sie ins Bett im Schlafzimmer. Die kleine Pause brachte Ordnung in Alices Gedankenwirbel, und als Elias dort weitermachen wollte, wo sie aufgehört hatten, schüttelte sie den Kopf und spürte Tränen in ihren Augen brennen.

»Was ist los, hab ich was falsch gemacht?« Er ließ sich neben sie sinken und küsste sie auf den Mund.

»Das geht zu schnell«, brachte sie heraus, wollte ihm aber nichts von dem Sturm, der in ihr tobte, erzählen.

»Entschuldige.« Elias legte die Hand um ihre eine Brust. »Ich dachte, du wolltest es genauso sehr wie ich.« Er suchte ihre Lippen und gab ihr einen sanften Kuss. »Sollen wir es ein bisschen langsamer angehen?«

Alice schloss die Augen und nickte, obwohl sie eigentlich wollte, dass er ging. Oder vielleicht doch nicht? Das mit Samuel hätte ohnehin keine Zukunft, und das Beste, was sie tun könnte, wäre, zu vergessen und weiterzumachen.

Eine bessere Gelegenheit als jetzt würde sich niemals wieder ergeben, dachte sie, und erwiderte den Kuss.

Eine Weile später, als Elias sich auf die Arme stützte und sich noch einmal über sie legte, widersprach sie nicht. Mit geschlossenen Augen nahm sie ihn auf, und als er schneller wurde, hielt sie sich an ihm fest und bewegte sich in seinem Rhythmus. Für kurze Zeit vergaß sie dann wirklich. Elias war ein hingebungsvoller Liebhaber und ließ erst locker, als sie wirklich befriedigt war.

Danach lag Alice in seinen Armen, seine Hand ruhte auf ihrem Schoß.

»Du«, murmelte er. »Ist es schlimm, wenn ich nicht hier übernachte? Ich hab morgen früh gleich Probe.«

»Schon gut«, sagte Alice in einer Mischung aus Enttäuschung und Erleichterung.

»Du hast meine Nummer.« Er fuhr mit der Hand über ihren Bauch.

»Hm.«

»Es wäre schon, wenn wir uns bald sehen und das hier wiederholen könnten.« Er küsste sie auf den Mund und stand auf.

Dann ging er, nackt, wie er war, ins Wohnzimmer hinüber, und Alice dachte, dass sie noch nie einen schöneren Mann gesehen hatte. Aber der Anblick weckte rein gar nichts in ihr. Begehren, das schon, aber es reichte nicht in die Tiefe, nicht so, wie es bei Samuel gewesen war. Sie unterdrückte ein Schluchzen, zog den Bademantel enger um sich und folgte Elias ins Wohnzimmer.

Großer Gott, hatte sie wirklich gerade einen One-Night-Stand gehabt? Alice kicherte, nachdem sie die Tür hinter Elias geschlossen hatte. Dann kamen auch schon die Tränen, und sie schluchzte und lachte wild durcheinander. So etwas war ihr noch nie passiert. Als sie Sebastian kennengelernt hatte, war sie ziemlich unerfahren gewesen, hatte nur zwei kurze Beziehungen gehabt, und auch, wenn sich die Nacht mit Samuel äußerst zufällig ergeben hatte, hatte sie es nicht so empfunden. Nach dem Frühstück in Sigtuna war sie sicher gewesen, dass sie gemeinsam etwas Wunderschönes und Einzigartiges aufbauten, dass sie einander zutiefst berührten. Aber da hatte sie sich offensichtlich geirrt. Alice schluchzte auf. Es ging ihr kein bisschen besser, nachdem sie mit Elias geschlafen hatte. Im Gegenteil.

Sie duschte und spülte den Geruch von Sex und die Erinnerung an seine Berührungen weg. Danach verkroch sie sich im Bett und zog die Decke über den Kopf. Wenn sie Glück hätte, würde sie bald einschlafen und das ganze Elend für eine Weile vergessen können.

Ihr Telefon summte und teilte mit, dass eine SMS von einer unbekannten Nummer eingetroffen war. Nicht schwer zu erraten, wer sich da unmittelbar vor Mitternacht zu Wort meldete.

Warum hast du mich als Freund gelöscht? Hab ich etwas falsch gemacht? S

Das weißt du genau, antwortete sie. Dann löschte sie die Mitteilung und stellte das Handy auf lautlos. Aber die Antwort musste sie dann trotzdem lesen:

Sorry, aber ich kapier rein gar nichts. Ich ruf an.

Wie konnte er es wagen, den Begriffsstutzigen zu spielen! Alice ballte die Hand zur Faust und schlug damit mehrere Male auf das Kissen. Dann sah sie Samuels Nummer im Display, einmal, dann noch einmal. Nie im Leben würde sie diesen Anruf annehmen. Sie legte das Telefon weg und versuchte einzuschlafen, aber das gelang ihr natürlich nicht. Stundenlang lag sie wach und wälzte sich von einer Seite auf die andere, und obwohl sie geduscht und sich sorgfältig gewaschen hatte, glaubte sie, den Duft von Körperflüssigkeiten und von Elias wahrzunehmen. Sie kniff die Augen zusammen und zählte bis hundert. Danach ließ sie Schäfchen über einen Zaun springen. Als auch das nichts half, suchte sie sich im Handy eine Meditation, die versprach, dass man innerhalb von zehn Minuten in den Schlaf fand. Danach probierte sie die nächste.

»Fröhliche Scheiß-Lucia«, murmelte Alice, als sie die Augen aufschlug. Irgendwann spät in der Nacht war sie offenbar doch eingeschlafen, hatte aber das Gefühl, die ganze Nacht kein Auge zugetan zu haben. Trotzdem mochte sie nicht in dem unbequemen Bett liegen bleiben, deshalb zog sie sich an und ging hinaus.

Draußen fiel ein heftiger Schneeregen, und nach nur wenigen Minuten war Alice vollkommen durchnässt und hatte eiskalte Füße. Das spielte keine Rolle. Niemand würde sich darum kümmern oder es auch nur bemerken, wenn sie wochenlang zu Hause krank im Bett lag, dachte sie und bog in die nächste Gasse ab. Nach einer Stunde fror sie dermaßen, dass sie nach Hause gehen und eine glühend heiße Dusche nehmen musste. Als sie aus dem Badezimmer kam, hatte Wilma ihr eine SMS geschickt:

Ruf bitte an, wir müssen reden.

Alice seufzte tief, während sie den Kochtopf mit Teewasser füllte. Sie konnte jetzt einfach nicht noch mehr Unglück ertragen. Zum Frühstück stopfte sie lustlos einen Luciakringel in sich hinein. Und wo sie schon dabei war, schob sie drei Karamellbonbons hinterher. Die waren zäh und klebten ihr an den Zähnen. Deshalb konnte sie sich einfach nicht melden, als ihr Telefon klingelte. Nicht, dass sie es sonst getan hätte, dachte sie, als sie sah, dass es Samuel war. In der folgenden Stunde rief er dreimal an. Sie ignorierte jeden Anruf. Stattdessen rührte sie einen Schokoteig an. Sie nahm einen Löffel von der dunklen Masse, tunkte ihn in Kokosflocken und steckte ihn sich in den Mund.

Hm! Lecker. Alice nahm noch einen Löffel, und noch einen, aber den vierten spuckte sie ins Spülbecken. Nein, sie musste sich zusammenreißen. Samuel hatte sie zwar betrogen, und sie musste sich eingestehen, dass ihr nach der Sache mit Elias nur noch elender zumute war, aber nichts davon wurde besser, nur weil sie wahllos Süßes in sich hineinstopfte. Wollte sie wirklich die Kilos zurückhaben, die sie endlich losgeworden war? Ehe sie sich die Sache anders überlegen konnte, kippte sie den Teig in den Mülleimer, ließ sich auf einen Küchenstuhl sinken und brach in Tränen aus.

25

In der Hoffnung, die ganze Unruhe loszuwerden, die sich in ihr festgesetzt zu haben schien, lief Alice immer wieder durch die Wohnung. Nach zwanzig Runden gab sie auf und legte sich ins Bett. So ging das nicht weiter. Sie konnte doch nicht ihr Leben damit verbringen, Tag für Tag in einer muffigen alten Wohnung herumzuturnen? Aber was sollte sie stattdessen tun? Vielleicht ihren Vater anrufen? Der war immer ein guter Zuhörer, vor allem, wenn es ihr nicht gut ging und sie jemandem ihr Herz ausschütten musste, anders als ihre Mutter, die sie immer nur ermahnte, sich zusammenzureißen, egal, um welches Problem es ging. Bei der Erinnerung an ihr letztes Gespräch stöhnte Alice auf. Sie sollte ihre Mutter anrufen, brachte es aber einfach nicht über sich. Und ihr Vater und Mona kochten sicher gerade das Sonntagsessen. Da Lucia war, hatten sie wohl die Zwillinge zu Besuch. Er würde keine Zeit für sie haben. Was sollte sie also tun? Etwas Konstruktives. Sie müsste sich um ihre Jobsituation kümmern. Dieses Projekt kam ihr alles andere als verlockend vor, aber wenn sie weiterhin tatenlos in der Wohnung herumlungerte, war es nur eine Frage der Zeit, bis sie in das trostlose Loch zurücksinken würde, in dem sie Frühling, Sommer und Herbst verbracht hatte. Der Gedanke daran ließ sie wieder aufstehen, und sie setzte sich an den Laptop.

Im Laufe des Abends aktualisierte Alice ihren Lebenslauf. Sie bewarb sich auf zwei Jobs, die sie online gefunden hatte, und gleich nach dem Abendessen postete sie auf Facebook, Instagram und LinkedIn, dass sie jetzt neue Freelance-Aufträge annehmen könnte. Samuels Freundschaftsanfrage löschte sie, seine Mail jedoch konnte sie nicht entfernen. Offiziell war er ja immer noch ihr Auftraggeber. Wie sie damit umgehen sollte, wusste sie nicht, aber vermutlich würde sich die Lage von selbst klären, wenn er erst begriff, dass sie sein doppeltes Spiel durchschaut hatte. Sie verdrängte den Gedanken daran, wie er sie hinters Licht geführt hatte, und als sie dann zu Bett ging und den Kopf auf das Kissen sinken ließ, schlief sie fast augenblicklich ein.

Als Alice am nächsten Morgen erwachte, spürte sie immer noch die Energie des vergangenen Tages in sich. Sie hatte nicht vor, sich von zwei Idioten, oder dreien, wenn sie Elias mitzählte, das Leben ruinieren zu lassen. Samuel war das nicht wert. Und Sebastian auch nicht, auch wenn sie mehrere Jahre zusammengelebt hatten. Durch seinen Verrat durfte sie sich nicht von allen zurückzuziehen und ihr Leben aufgeben. Sie hatte damals nicht anders gekonnt, dann war es zur Gewohnheit geworden, aber jetzt war es genug. Sobald sie sich ein wenig gefasst hätte, würde sie ihre Eltern anrufen, erklären, was passiert war, und alle Lügen aus der Welt schaffen. Sie würde auch Wilma anrufen, obwohl ihr das widerstrebte, wegen der Wohnung, vor allem aber wegen Samuel.

»Eins nach dem anderen«, murmelte Alice und zog die Jeans und den neuen dunkelroten Pullover an. Heute würde sie dickere Schuhe nehmen, ehe sie losging. Zum Glück regnete es nicht, aber ein eisiger Wind jagte durch die Gassen, und sie war dankbar, weil sie daran gedacht hatte, Handschuhe und Mütze anzuziehen.

Mit raschen Schritten ging sie in Richtung Monteliusväg und folgte dem kurvenreichen Aussichtsweg entlang an Mariabergets Steilhang, dann wanderte sie durch Pryssgränd nach Slussen hinunter und schließlich durch die steile Brännkyrkagata nach Hause. Es tat so gut, das Herz vor Anstrengung in der Brust hämmern zu spüren, und Alice drehte noch eine Runde in Richtung Slussen, nahm diesmal auf dem Rückweg jedoch die Bastugata.

Als sie nach Hause kam, atmete sie auf, warm und auch bis zu einem gewissen Grad zufrieden. So müsste sie jeden Tag beginnen, fand sie, dann ging sie in die Küche. Während das Teewasser kochte, schaltete sie den Laptop ein. Außer der üblichen Reklamemenge am Montagmorgen waren Mails von Samuel und von Johan Gravenström bei Brantzelius gekommen. Alice schluckte. Womit sollte sie anfangen? Die Wahl fiel auf Johans Mail.

Der erzählte, dass er am nächsten Tag Zeit hatte, und schlug ein Treffen um zwei Uhr im Verlagshaus Brantzelius auf Skeppsbron vor. Hilfe, was sollte sie tun? Kontakte waren das A und O der Branche, und sie wollte keine Begegnung absagen, die auf ihre Initiative zurückging. Zum Glück erwähnte er Samuels Manuskript mit keinem Wort.

Sie würde sich mit ihm treffen und so tun, als wäre alles in Ordnung. Wenn Johan den Anfang des Weihnachtsromans lesen wollte, könnte sie nach dem Treffen die ersten Kapitel schicken. Bis dahin wüsste sie hoffentlich auch, wie sie sich Samuel gegenüber verhalten sollte.

Samuels Mail musste bis nach dem Frühstück warten, und als sie sich dann mit dem Laptop im Wohnzimmersessel niederließ, zitterten ihr die Hände.

Hallo, Alice, ich begreife nicht, was los ist, aber ich wünschte, du würdest es mir sagen. Ich weiß nicht, was ich glauben soll. Wüsste auch gern, was aus unserer Zusammenarbeit werden soll. Wir sind noch lange nicht fertig, und nichts wäre mir lieber, als weiter mit dir zu arbeiten. Bitte, melde dich. Umarmung, Samuel

Alice fragte sich, wie es weitergehen sollte, und sosehr ihr das widerstrebte, sie musste ihm antworten. Bald, dachte sie und legte den Laptop beiseite. Nach dem Treffen bei Brantzelius. Samuel hatte ihr die Wahrheit wochenlang vorenthalten, da geschah ihm das nur recht. Sie schluchzte auf. Nein, nicht mehr weinen. Wie viele Tränen steckten eigentlich in so einem Körper?

Von der Balkontür her war ein Geräusch zu hören, und Alice blickte auf. Da stand Konfuzius und schaute sie aus seinen unergründlichen gelben Augen an. Sie hatte die Tür gerade erst einen Spaltbreit geöffnet, als er auch schon hereinschlüpfte und in den Sessel sprang. Alice ging zu ihm, schob den Kater zur Seite und setzte sich. Dann streichelte sie sein warmes, weiches Fell. Woher hatte er gewusst, wie sehr sie ihn brauchte? Hatte Marguerite nicht so etwas gesagt, dass er auftauchen würde, wenn es nötig war? Aber woher hatte sie das gewusst? Egal wie, die Wärme und das Gewicht des sehnigen Körpers ließen ihr Herz langsamer schlagen, und die unruhigen Gedanken kamen ein wenig zur Ruhe. Alice blieb lange so sitzen, ohne etwas anderes zu tun, als das weiche Fell des Katers zu streicheln. Das Schnurren ließ sie wünschen, sie hätte auch ein Haustier – einen treuen Freund, der sie nie im Stich ließ, anders als gewisse andere.

»Hallo, Alice, wie nett, sich mal wiederzusehen.« Ein hochgewachsener schlanker Mann ragte vor ihr auf, als sie an der Rezeption des renovierten Verlagshauses mit Blick auf Grand Hotel und Nationalmuseum und den am Westufer von Skeppsholmen vertäuten Dreimaster HMS *af Chapman* wartete. Johan Gravenströms Faible für britische Kultur und Literatur war allgemein bekannt, genauso wie sein extravaganter Kleidungsstil. Heute trug er einen dreiteiligen braunen Tweedanzug. Oberhalb der Weste lugten ein weißes gestärktes Hemd und eine weinrote Krawatte mit Paisleymuster hervor. »Ist ja schon eine Weile her. Voriges Jahr auf der Buchmesse, nicht wahr?«

»Ja, ich glaube schon«, sagte Alice.

Sie waren sich damals am späten Samstagabend in der Bar des Parkhotels über den Weg gelaufen. Johan Gravenström war ein bisschen beschwipst gewesen und hatte ihr zum Erfolg von zwei Titeln im Genre Commercial Fiction gratuliert. Sie hätte gern widersprochen, dass es sich um zwei Feelgood-Titel handelte, nicht um Commercial Fiction, hatte sich aber zusammengerissen. Dass sich viele Männer nur ungern mit von Frauen für Frauen geschriebener Literatur befassten, wusste sie. Die übliche Auffassung war offenbar, dass alle diese Bücher süßlich, glatt und oberflächlich waren, und natürlich gab es im Angebot auch die eine oder andere Story, die dieser Vorstellung entsprach, aber solche Bücher reizten Alice nicht besonders. Im Gegenteil, sie brannte für ergreifende Geschichten, die mit leichter Hand geschrieben waren, aber auch mit einer Tiefe und Wärme zwischen den Zeilen, die noch lange vorhielten, wenn die Leserin das Buch zugeklappt und weggestellt hatte. Statt ihn zu korrigieren, berichtete sie begeistert davon, was sie suchte, wenn sie Ausschau nach neuen Titeln für Bremmers hielt. Er schaute sie daraufhin mit einem schwer zu deutenden Blick an und meinte, dass er damit nicht gerechnet hätte. Warum denn? Hatte er ernsthaft geglaubt, dass sie, nur weil sie sich für Liebesromane einsetzte, nicht für das brannte, was sie tat? Sie hatte es so satt, sich immer wieder rechtfertigen zu müssen, aber statt sich zu verteidigen, bat sie um Entschuldigung und steuerte einige Kolleginnen am Tresen an.

Alice ließ diese Erinnerungen los, als Johan sie in ein geräumiges Besprechungszimmer führte und sie fragte, ob sie Kaffee oder Tee wollte. Gleich darauf kehrte er mit zwei großen Teetassen und einer Porzellankanne zurück.

»Du glaubst also, wir können Samuel Engmans fallendem Stern zu neuem Glanz verhelfen?«, fragte Johan und füllte dabei die Tassen mit Tee. »Nimmst du Milch oder Zucker? Meine Partnerin hat mir beides ausgeredet, aber ich kann gern was davon besorgen, wenn du möchtest?«

»Danke, so passt es.« Alice überlegte, was sie antworten sollte. »Samuel hatte nach dem Debüt eine Schreibblockade, und so, wie ich das verstanden habe, hat er sich die Nachfolger mit Gewalt abgerungen. Aber jetzt ist er wieder mit vollem Herzen dabei und hat sich an mich gewandt, weil dieses Genre ihm noch neu ist. Er will sicher sein, dass er den richtigen Ton trifft«, sagte sie ein wenig vage.

Auch wenn Samuel ein Lügner war, wollte sie doch professionell vorgehen und ihre Darstellung seiner Arbeit nicht von ihren privaten Problemen beeinflussen lassen. Die Sehnsucht danach, selbst Bücher herauszubringen, hatte sie während des Besuches in Sigtuna wieder gepackt, und dieses Treffen hier konnte, wenn sie Glück hatte, zu Aufträgen von Brantzelius führen. Ihre Gefühle für Samuel durften einer solchen Möglichkeit nicht im Weg stehen.

»Und tut er das, was meinst du?«

»Er ist jetzt ungefähr bei der Hälfte, würde ich sagen, und klar, es muss noch einiges daran gemacht werden, aber was ich bisher gelesen habe, ist für eine erste Fassung schon sehr gut. Der Text hat ein hohes Tempo und mehrere unerwartete Wendungen. Es kann ein wunderschöner, stimmungsvoller Weihnachtsroman daraus werden.«

»Aber nichts Herausragendes?«

Wie sollte sie es formulieren, ohne zu lügen? »Der Text hat Potenzial. Und ein paar mehr männliche Autoren würden dem Genre guttun.«

»Du bist diplomatisch. Das gefällt mir.« Er lächelte. »Und du hast recht, das Genre würde davon profitieren. Du hast erwähnt, dass er noch eine andere Idee hat. Kannst du darüber etwas sagen?«

»Ich halte sie für genial«, sagte Alice und fragte sich, was Samuel wohl davon halten würde, dass sie hier über seine Idee sprach. Wäre es ihm überhaupt recht? Und wie würde seine Agentur reagieren? Andererseits konnte er wohl kaum etwas dagegen haben, wenn sie seine Idee einem von Schwedens wichtigsten Lektoren vortrug, und Johan Gravenström hatte ja versprochen, bei Interesse den Dienstweg zu nehmen. »Kannst du versprechen, es noch für dich zu behalten?«

»Wenn du das sagst, werde ich richtig neugierig.« Johan beugte sich vor. »Natürlich bleibt alles, was wie hier besprechen, unter uns.«

»Gut.« Alice nickte. »Stell dir eine heruntergekommene Jugendstilwohnung in der Nähe von Mosebacke vor, mit Blick über die Dächer der Stadt. In einer Fensternische sitzt mit angezogenen Beinen eine junge Frau und trinkt Kaffee, während im Hintergrund das Radio läuft. Als die Nachrichten beginnen und die Meldung kommt, dass der Autor Stieg Larsson nach einem Herzinfarkt verstorben ist, erstarrt die Frau. Gleich darauf stößt sie einen wilden Schrei aus und schleudert ihre Kaffeetasse gegen die verschlungene Stuckatur an der gegenüberliegenden Wand. Sie schreit so ungefähr, dass Stieg ihr versprochen hatte, ihre Geschichte zu erzählen, dass sie noch nicht fertig waren und er geschworen hatte, sie zu beschützen. Dann hat sie es eilig. Sie ist dort, wo sie ist, nicht mehr sicher, die anderen können ihr bereits auf der Spur sein.« Alice legte eine Kunstpause ein, dann erzählte sie alles, woran sie sich sonst noch erinnerte. Zuletzt erwähnte sie Samuels Hemmungen, die Story zu schreiben, weil die juristischen Fragen ungeklärt waren.

Als sie fertig war, schwieg Johan Gravenström. Die Sekunden verstrichen. Am Ende verschränkte er die Arme hinter dem Kopf und rief: »Grandios! Ganz einfach verdammt brillant! Natürlich wird es Ärger mit der Familie und deren Anwälten geben. Gerichtstermine und die ganze Chose, vermute ich mal. Aber damit können wir umgehen. Schlimmstenfalls eine Abmachung, die ihnen ein Stück vom Kuchen sichert. Andererseits wäre der PR-Wert eines solchen Konfliktes ja auch nicht zu verachten.« Langsam massierte er sich mit Daumen und Zeigefinger das Kinn. »Glaubst du, wir können Samuel dazu bringen, die Story zu schreiben? Oder könnten wir sonst die Idee und seine Synopsis kaufen? Wir haben einige verdammt fähige Krimiautoren in unserem Stall, die daraus sicher etwas machen können.«

»Das glaube ich«, sagte Alice, der plötzlich nur zu bewusst war, wie falsch sie sich verhielt. »Und wie denkst du über den Weihnachtsroman?«

»In Anbetracht der Tatsache, dass er noch nicht mal die Hälfte hat und dass die Idee alles andere als originell ist, müssten wir ein Rohmanuskript sehen, bevor wir uns entscheiden. Aber es ist ohnehin zu spät, das Buch noch zwischen die Herbsttitel zu quetschen. Mit anderen Worten, er hat Zeit genug, um das Buch fertig zu schreiben.« Johan beugte sich vor und senkte die Stimme. »Eine Metaerzählung über Stieg Larssons Muse ist etwas ganz anderes. Wie schnell schreibt Samuel? Ich habe vor diesem Treffen seine Krimiserie quergelesen, und sie gefällt mir. Buch zwei und drei sind natürlich schwächer. Ich vermute da ein nachlässiges Lektorat. Der Verlag hätte die Bücher erst veröffentlichen dürfen, wenn die Qualität des Erstlings erreicht wäre. Aber Thamm wollten natürlich jede Krone herausquetschen, solange das möglich war.« Er kratzte sich am Kopf. »Egal, ich würde meine besten Leute auf eine Metaerzählung über Stieg Larsson ansetzen. Wann, glaubst du, kann ich eine Zusammenfassung lesen? Es ist leider eine Utopie, das schon zum Weihnachtsgeschäft im nächsten Jahr herauszubringen, aber in der besten aller Welten wird Samuels Buch das große Gesprächsthema im nächsten Jahr.«

»Wie schön, dass dir die Idee gefällt.« Alice trank einen Schluck Tee und versuchte nachzudenken.

»Wie kann ich ihn erreichen? Hast du seine Kontaktinfos?«

»Sicher, aber ...« Alice räusperte sich. Hier bewegte sie sich auf dünnem Eis, auf sehr dünnem. »Seine Agentur. Die muss noch mit einbezogen werden.« Sie schrieb Samuels Mailadresse und seine Mobilnummer, die sie zum Glück auswendig wusste, auf den Block, der vor ihr lag, und schob ihn auf die andere Seite des Tisches.

»Natürlich.« Johan nickte. »Aber ein sondierendes Gespräch mit Samuel schadet ja wohl niemandem. Wenn wir uns einig werden, kann er sich an seine Agentur wenden und ihr den Rest überlassen.«

»Wie gut.« Sie seufzte erleichtert auf und schob ihren Stuhl zurück. »Danke, dass du dir die Zeit für dieses Treffen genommen hast.« An den letzten Tagen vor Weihnachten war in einem Verlag immer viel zu erledigen, und sie wollte Johan Gravenströms kostbare Zeit nicht weiter beanspruchen.

»Moment noch, Alice.« Er hob die Hand. »Wir sind noch nicht fertig.«

»Ach?« Sie schob den Stuhl wieder vor.

»Du erinnerst dich sicher, dass du mir bei unserem letzten Treffen einen leidenschaftlichen Vortrag über die Zukunft des Feelgood-Genres gehalten hast.«

»Das weißt du noch?« Alice schnitt eine Grimasse und versuchte, sich zu erinnern, ob sie trotz allem etwas Unpassendes gesagt hatte.

»Natürlich. Ich hatte mich nach der Buchmesse dann bei dir melden wollen, aber wie immer gab es wahnsinnig viel nachzubereiten, und dann habe ich es einfach vergessen. Einige Zeit danach habe ich von diesem unangenehmen Zwischenfall bei Bremmers gehört.«

Alice seufzte lautlos, sagte aber nichts. Dass alle in der Branche offenbar wussten, was passiert war, ließ sich nicht ändern, aber es war so ungerecht. Sie hatte nichts verbrochen, und doch wurde sie bestraft. Wie lange sollte das noch so weitergehen?

»Dann ist diese verdammte Pandemie eskaliert, die Leute gerieten in Panik und niemand wusste, wie es in der Branche weitergehen würde.«

»Stimmt«, sagte Alice und fragte sich, worauf er wohl hinauswollte.

»Das hat seine Spuren hinterlassen, nicht zuletzt im physischen Buchhandel, aber allgemein ist durch die Krise das Interesse an Literatur stark gestiegen. Wir sehen in gewissen Kanälen sogar einen Zuwachs. Und wie du weißt, steigt der Umsatz an Hörbüchern explosionsartig.« Er schlug die Hände zusammen. »Wie sieht es derzeit arbeitsmäßig bei dir aus? Bist du ausgebucht, oder hast du vielleicht schon eine neue Stelle in Aussicht?«

»Na ja … da läuft so einiges«, sagte Alice und hoffte, dass die Lüge nicht zu deutlich zu hören war.

»Lass mich gleich zur Sache kommen.« Er hob den Blick und sah sie an. »Auch wenn ich das nur ungern zugebe, hinken wir ein wenig hinterher. Wir haben zwar ab und zu einen Titel eingekauft, aber ohne richtigen Fokus, mit der Folge, dass wir wertvolle Zeit verloren und der Konkurrenz das Feld überlassen mussten, vor allem bei Hörbüchern. Aber jetzt wollen wir da Abhilfe schaffen.«

»Klingt gut«, sagte Alice, war aber weiterhin unsicher, wovon er da redete und was dabei herauskommen sollte.

»Was sagst du also?« Johan blickte sie auffordernd an. »Könnte das etwas für dich sein?«

»Für mich?«

»Ob es eine eigene Abteilung sein soll oder ein Imprint, müssen wir uns noch überlegen, aber es wird Zeit, dass Brantzelius aktiv wird und den Feelgood-Romanen mehr Raum gibt.«

»Meinst du …?« Alice starrte ihn sprachlos an.

»Ich kann mir keine Person vorstellen, die besser oder mit größerer Hingabe arbeiten würde.« Er lächelte. »Also, was sagst du? Könnte das etwas für dich sein?«

»Ist das dein Ernst?« Endlich begriff Alice, was er da zu sagen versuchte.

»Darf ich das so deuten, dass du meinen Vorschlag nicht direkt ablehnst?« Johan musterte sie forschend. »Ich kann verstehen, wenn du Bedenkzeit brauchst.«

»Nein!«, rief Alice. »Oder, ich meine, ja.« Sie verstummte, dachte kurz nach und fügte hinzu: »Eine genaue Jobbeschreibung wäre toll, und ich würde gern mehr über die Bedingungen und alles erfahren.« Sie brauchte ja nicht zu verraten, wie verzweifelt sie war und dass sie den Job eigentlich auch unbesehen nehmen würde.

»Das ist doch klar.« Johan lächelte strahlend. »Grob gesagt stelle ich mir vor, dass du das Programm gestaltest und etablierte schwedische Autorinnen und Autoren unter Vertrag nimmst, aber auch, dass du neue Schätze aufspürst. Wir sind strikt organisiert, und die Kosten werden streng kontrolliert. Anfangs wirst du Leute aus anderen Abteilungen ausleihen und zur Not auf Freie zurückgreifen müssen. Aber wenn die Sache abhebt, bauen wir aus. Was sagst du dazu?«

»Das klingt vernünftig.« Alice nickte und gab sich alle Mühe, um nicht laut loszujubeln. Großer Gott, Brantzelius wollte sie einstellen! »Wie frei wäre ich in meinen Entscheidungen? Es gibt mehrere interessante Namen, die einen Verlag suchen.« Sie legte eine kurze Pause ein und überlegte. »Zum Beispiel hatte ich kürzlich mit einer jungen Autorin zu tun, an die ich wirklich glaube. Ihre Geschichte hat eine einzigartige und deutliche Erzählstimme, und die Story ist temperamentvoll und witzig, hat aber auch eine Botschaft und einen ernsthaften Unterton. Ein bisschen wie eine moderne Marian Keyes.«

»Wunderbar, dass du schon Feuer gefangen hast.« Johan lachte. »Das trifft sich gut, denn wir wollen, dass du so bald wie möglich loslegst.« Er schob einige Unterlagen über den Tisch. »Hier hast du einen ersten Vertragsentwurf, den kannst du zu Hause in aller Ruhe durchlesen und prüfen. Ich werde unseren Personalchef bitten, von dir deinen Lebenslauf und deine Zeugnisse anzufordern. Das ist eine Formalität, aber es geht nicht ohne.«

»Ach so.« Alice seufzte in Gedanken. Nie im Leben würde Miranda ihr ein gutes Zeugnis ausstellen. Und damit wäre der Job verloren, noch ehe sie sich überhaupt hätte bewerben können.

»Apropos Zeugnisse, ich spiele Golf mit Lars-Erik Bremmer«, sagte Johan jetzt. »Der hat nur Gutes über dich zu sagen und ist offenbar nicht so ganz zufrieden damit, wie die Sache im Frühjahr gelaufen ist.« Er sah sie an. »Reine Formalität, wie gesagt.«

»Ich verstehe.« Alice atmete auf und war überrascht darüber, dass sogar der Verleger von Bremmers wusste, was passiert war.

»Ich dränge dich nur ungern, aber wir haben schon wertvolle Zeit verloren, und ich will so schnell wie möglich in Gang kommen. Am liebsten würden wir dich schon im Januar an Bord holen. Meinst du, das wäre möglich?«

26

Große, weiche Schneeflocken rieselten zu Boden, und obwohl sich der Schnee wie eine dünne weiße Decke über die Pflastersteine legte und sie glatt und schwer begehbar machte, hob Alice ihr Gesicht zum weißgrauen Himmel und lächelte. Immer wieder ging sie das Gespräch von eben durch. Auf dem Hinweg hatte sie sich Sorgen darüber gemacht, was sie über Samuel und dessen Manuskript sagen sollte, und dann hatte sich herausgestellt, dass Johan Gravenström sich vor allem für ihre Kompetenz interessierte. Am Ende hatte er sogar noch deutlich gemacht, dass es, sofern sie das Angebot annahm, ihre Entscheidung sein würde, ob sie Samuel Engmans Weihnachtsroman herausbringen sollten oder nicht. Was die andere Story anging, würde Johan sich selbst an Samuel wenden und versuchen, ihn dazu zu überreden, sich voll und ganz darauf zu konzentrieren.

Der Vertragsentwurf brannte in ihrer Handtasche, aber sie wollte ihn erst zu Hause lesen. Natürlich würde sie zusagen, auch wenn ihre Knie vor Nervosität und Angst zitterten bei dem Gedanken, sich wieder in ein Büro voller Menschen zu wagen. Aber auch wenn sie die Stelle annehmen würde, wäre es doch klug, mit jemandem über die Bedingungen zu sprechen. Die Einzigen, die ihr einfielen, waren ihre Mutter und Wilma, aber ihre Mutter kannte sich in der Verlagsbranche nicht aus, und so selten, wie Alice sich bei Wilma gemeldet hatte, würde die ehemalige Kollegin vermutlich kaum besonderes Interesse daran haben, ihr zu helfen. Dennoch nahm sie sich vor, Wilma so bald wie möglich anzurufen.

Der Gedanke an Wilma führte sie weiter zu Samuel. Nun, nach dem Angebot von Brantzelius, war es vermutlich ohnehin besser, dass es zwischen ihnen nicht ernster geworden war. Sie verstand nach wie vor nicht, wie er ihr seine Familie hatte verschweigen können. Er hätte die Wahrheit sagen müssen, statt sie in dem Glauben zu lassen, das, was zwischen ihnen geschehen war, sei der Anfang einer ernsthaften Beziehung. Welche Ironie, dass vielleicht sie entscheiden würde, ob sein Weihnachtsroman bei Brantzelius erscheinen sollte oder nicht. Sie lachte bitter. Dann fluchte sie, als sie ausrutschte und einer ihrer Absätze im Spalt zwischen zwei Pflastersteinen stecken blieb. Zum Glück war sie nicht gestürzt. Als sie endlich bei Slussen ankam, ging sie dann über den glatten Bürgersteig der Hornsgata weiter. Wenn sie die Stelle bekäme, könnte Samuel einen Vertrag für seinen Weihnachtsroman vergessen. Jedenfalls, was Brantzelius betraf. Obwohl ihr die Geschichte gefiel, krampfte sich ihr Herz bei dem Gedanken zusammen, noch monatelang mit ihm zusammenzuarbeiten. Die Gefühle würden sich irgendwann legen, das war ihr klar, aber im Moment kam es ihr vor, als ob sie ihn niemals wiedersehen wollte. Wenn aus der Stieg-Larsson-Story etwas würde, könnten sie einander ab und zu im Verlag über den Weg laufen, aber das wäre etwas ganz anderes, als ihn selbst zu betreuen. Sie musste sich natürlich bei ihm melden und von dem Job erzählen und ihm sagen, dass sie die Zusammenarbeit beenden wollte, aber erst, wenn mit Brantzelius alles geklärt wäre und sie den Vertrag unterschrieben hätte.

Zu Hause zog Alice das Telefon aus ihrer Handtasche. Sie hatte es während der gesamten Besprechung lautlos gestellt. Alice starrte das Display an. Sie hatte sieben verpasste Anrufe und drei SMS. Die erste von ihrer Mutter: *Alice, ruf mich an, wenn du Zeit hast!*

Die nächste war von Wilma: *Liebes, bitte, melde dich. Wir müssen reden!*

Die letzte kam von einer Nummer, die sie leider immer noch auswendig kannte: *Hatte gerade ein unerwartetes Gespräch mit Johan G von Brantzelius. Ruf mich schnellstmöglich zurück!*

Alice schluckte, holte Luft und ließ die Luft dann in einem tiefen Seufzer entweichen. Großer Gott, Samuel war stocksauer! Sie hätte Johan nicht von dieser Idee erzählen dürfen. Das war unethisch, obwohl sie ja nur helfen wollte. Aber wollte sie das wirklich? Sie fand diese Idee wunderbar, aber um ganz ehrlich zu sein, hatte sie sich auch bei Johan Gravenström einschmeicheln wollen. Was war los mit ihrem moralischen Kompass? Schlimmstenfalls würde Brantzelius die Idee stehlen. In der Branche waren immer wieder Gerüchte über Affären und Verlagswechsel im Umlauf, bei denen nicht jedes Mal alles mit rechten Dingen zuging. Johan Gravenström aber hatte einen guten Ruf, und sie war ziemlich sicher, dass er nicht zu solchen Tricks greifen würde. Außerdem war es Samuels Idee, und die Story hatte er sich vermutlich schon größtenteils zurechtgelegt. Das Klügste wäre natürlich, ihn selbst dieses Buch schreiben zu lassen. Trotzdem hätte sie ihn und seinen Agenten nicht übergehen dürfen. Und nachdem sie Samuels Mails und Anrufe so konsequent ignoriert hatte, war es nur verständlich, dass er wütend war. Sicher hatte er Johan Gravenström mittlerweile nachdrücklich erklärt, dass Alice nicht befugt war, über sein Projekt zu sprechen. Mit anderen Worten, den Job bei Brantzelius konnte sie vergessen. Wer würde denn eine Person anstellen, der man nicht vertrauen konnte? Niemand. So einfach war das.

Und ihre Mutter, was wollte die? Sie weiter beschimpfen, das war klar. Dann Wilma, die sich vermutlich gemeldet hatte, um den Mietvertrag zu kündigen. Alice biss die Zähne zusammen, konnte ihre Tränen jedoch nicht zurückhalten, und die strömten ihr nur so über die Wangen. Alles in ihrem Leben war ein Chaos. Absolut alles. In dem Versuch, sich zu beruhigen, streifte Alice die Stiefel ab und drehte eine Runde in der Wohnung, aber je mehr Raum sie ihren Überlegungen gab, um so finsterer kam ihr die Situation vor. Kein Wunder, dass manche Menschen sich das Leben nahmen, dachte sie, bog um den Sessel, machte einen falschen Schritt und stieß mit dem Fuß an.

»Au, verdammt!« Sie hüpfte auf einem Fuß zur Balkontür und öffnete sie einen Spaltbreit.

»Hat irgendwer noch mehr Gemeinheiten für mich auf Lager?«, murmelte sie und ließ sich in den Sessel fallen. »Bitte, Konfuzius, komm her. Ich brauche dich.«

Fünf Minuten vergingen. Zehn. Fünfzehn. Nach zwanzig Minuten holte sie sich eine Decke, aber kein grau getigerter Kater tauchte in der Türöffnung auf, und schließlich war es so kalt im Zimmer, dass sie zur Balkontür hüpfte und diese schloss. Dann hüpfte sie weiter in die Küche, um sich etwas zu essen zu machen, aber nichts dort wirkte verlockend. Sie brauchte Kohlenhydrate, massenhaft Kohlenhydrate. Sie schaltete den Backofen ein und nahm zwei Luciakringel aus dem Gefrierfach. Mit etwas mehr Energie im Leib würde sie sich sicher wohler fühlen. Das passierte aber nicht, und auch eine Handvoll Salztoffees machte die Sache nicht besser. Im Gegenteil, nach so viel Zucker drehte sich ihr alles im Kopf. Alice öffnete einen Schrank nach dem anderen und fand schließlich die halb volle Erdnusstüte, die sie geöffnet hatte, als Elias zu Besuch gekommen war. Die Nüsse waren jetzt zäh, aber etwas Besseres gab es nun mal nicht, und nach zwei Händen voll fühlte sie sich ein bisschen besser. Noch immer drehte sich alles in ihrem Kopf, aber daran waren eher die vielen Gedanken schuld als der Zucker. Sie musste Klarheit bekommen und mit irgendjemandem über alles reden. Natürlich könnte sie ihren Vater anrufen, aber wie der ganzen Familie hatte sie ihm seit dem Frühling eine Lüge nach der anderen aufgetischt. Er würde sicher auch wütend sein. Es gab nur eine, die zuhören würde, ohne zu urteilen, und die vielleicht mehr über Samuel erzählen könnte.

Ehe Alice sich die Sache anders überlegen konnte, ging sie ins Badezimmer, wischte sich das verwischte Make-up unter den Augen weg und wusch sich die Hände. Dann schob sie die Füße in ein Paar Turnschuhe, zog ihre Daunenjacke an und schnappte sich im Vorübergehen die Schlüssel. Hoffentlich war Marguerite zu Hause. Sonst wüsste sie nicht, was sie tun sollte.

27

Der Schnee war in einen Dauerregen übergegangen, und die Bäume und Sträucher im Innenhof sahen dunkel, kahl und tieftraurig aus. Dünne Rinnsale liefen über die Fenster, aber in Marguerites Salon war ein schwacher Lichtschein zu erkennen. Alice klopfte an die Tür, erst einmal, dann noch einmal, als nicht geöffnet wurde. Schließlich waren doch Schritte zu hören, die sich der Haustür näherten.

»Hallo, du Liebe«, sagte Marguerite, als sie die Tür öffnete und sah, wer dort stand.

»Entschuldige, wenn ich störe.« Alice blinzelte in dem Versuch, die Tränen zurückzuhalten, aber das half nichts. »Hast du einen Moment Zeit?« Sie schniefte und wischte sich mit dem Handrücken die Tränen von der Wange.

»Aber meine Liebe, was ist denn los? Was ist passiert?« Marguerite trat beiseite, damit Alice in die Diele gehen könnte.

»Ach, Marguerite. Ich war so dumm.« Es sprudelte nur so aus Alice heraus. »Alles ist ruiniert. Einfach alles. Zuerst bin ich auf seine gemeinen Lügen reingefallen, und jetzt hab ich die Chance meines Lebens verspielt, weil ich zu viel geredet und ihn hintergangen habe. Das hätte ich nicht tun dürfen, egal, wie widerlich er sich verhalten hat. Es ist alles ein großer Mist, und ich weiß nicht, wie ich da Ordnung schaffen oder an welchem Ende ich anfangen soll.«

»Jetzt hol erst mal Luft. Danach erzählst du mir alles noch einmal, und zwar langsamer, damit ich mitkomme.« Marguerites Stimme war warm und tröstend. »Während du durchatmest, sage ich meinem Besuch, er soll sich erst mal gedulden, damit du das Wichtigste loswerden kannst.«

»Ach, entschuldige, ich wusste nicht, dass du Besuch hast. Ich kann später wiederkommen.«

»Nichts da. So aufgewühlt, wie du aussiehst, bleibst du besser gleich hier.« Marguerite musterte sie mit sanftem Blick.

»Das ist wirklich nicht so schlimm. Entschuldige die Störung.«

»Was ist hier eigentlich los?« Eine dunkle Männerstimme war aus dem Salon zu hören. Gleich darauf trat der Mann in die Türöffnung und rief: »Alice! Was machst du denn hier?«

»Samuel?« Alice keuchte auf und starrte ihn an wie versteinert. Dann hatte sie es plötzlich schrecklich eilig und wich zur Tür zurück. »Entschuldigt mich, ich muss los.«

Kaum hatte sie die Haustür erreicht, da machte sie auf dem Absatz kehrt und stürzte zum Durchgang am Treppenhaus hinüber. Auf halber Strecke rutschte sie auf nassem Laub aus, stolperte und schlug hin. Rasch kam sie wieder auf die Beine und setzte den Weg zum Hauptgebäude fort. Auf der Treppe zum ersten Stock nahm sie immer zwei Stufen auf einmal, während sie in ihrer Hosentasche nach den Schlüsseln kramte, aber ihre Hände zitterten so sehr, dass die Schlüssel zu Boden fielen. Sie fluchte, packte das Schlüsselbund und versuchte sich so hinzustellen, dass sie aufschließen konnte. Nach mehreren Versuchen gelang es ihr endlich, sich in der Wohnung in Sicherheit zu bringen.

Großer Gott, was wollte Samuel hier? Sie holte tief Luft. Würde er bei Marguerite bleiben oder hinter ihr herkommen? Marguerite wusste, wo sie wohnte, und würde es ihm sicher sagen, wenn er fragte. Sollte sie losstürzen, in ein Café vielleicht, und erst in ein paar Stunden zurückkommen, wenn sie sicher sein konnte, dass er zu seiner Familie nach Hause gegangen wäre? Oder wäre es besser, sich im Bett zu verkriechen, sich die Decke über den Kopf zu ziehen und zu hoffen, dass er sie in Ruhe ließ? Weiter kam sie nicht mit ihren Gedanken, denn nun erklang die schrille Türklingel in ihren Ohren. Hilfe, was sollte sie tun? Ihr Herz hämmerte unter der Daunenjacke, die Tränen liefen ihr über die Wangen, und ihre Hände zitterten.

»Bitte, Alice, mach auf!« Samuels Stimme war durch das Schlüsselloch zu hören.

Alice hielt den Atem an, wollte nicht verraten, dass sie gleich hinter der Tür stand.

»Ich weiß nicht, warum du so wütend bist oder was ich dir Schreckliches angetan habe.« Er klang traurig. »Bitte, lass mich rein, damit wir das wenigstens klären können.« Dann wurde er leiser. »Ich will das alles unbedingt in Ordnung bringen.«

»Ich weiß nicht, ob ich jetzt mit dir reden kann.« Alice legte die Hand an die Tür und sprach durch das obere Schlüsselloch.

»Wenn du willst, dann gehe ich, das verspreche ich dir.

Aber zuerst möchte ich wissen, was da schiefgelaufen ist.« Er schluchzte auf, oder vielleicht räusperte er sich auch nur. »Ich halte es nicht aus, so, wie es jetzt ist.«

»Okay, wenn du versprichst, zu gehen, wenn ich dich darum bitte«, sagte sie mit den Lippen an dem grauen Metall.

Alice öffnete die Tür, schlang sich die Arme um den Leib und starrte ihn wütend an. »Also, was hast du zu deiner Verteidigung zu sagen?«

»Müssen wir das hier im Flur besprechen?« Samuel sah sie mit traurigem Blick an.

»Na gut, dann komm rein«, sagte sie kurz. »Ich setze Teewasser auf.« Nachdem sie Schuhe und Mantel ausgezogen hatte, kehrte sie ihm den Rücken zu, ging in die Küche, füllte einen Kochtopf mit Wasser und drehte die Kochplatte an, wobei sie intensiv auf seine Schritte hörte. Sie verstummten, als er in der Türöffnung stehen blieb. Beobachtete er sie? Sie starrte in den Topf und weigerte sich, aufzuschauen.

»Bitte, sag mir, was los ist. Ich begreife es wirklich nicht.« Samuel kam in die Küche und blieb einen Meter vor ihr stehen. »Ich dachte, dass du dich auf unser Wiedersehen freust, genau wie ich.«

»Warum hast du gelogen?«, flüsterte sie. »Das ist ja keine Kleinigkeit, was du mir verschwiegen hast.«

»Wovon redest du?« Er lehnte sich an den Küchentisch.

»Ich hab dich gesehen!« Sie wurde lauter und starrte die Bläschen an, die vom Topfboden aufstiegen. »Wie kannst du denn überhaupt mit dir und deinen vielen Lügen leben?«

»Alice, sieh mich an und erklär mir, wovon du redest.«

»Poppy, natürlich, oder Polly. Oder wie zum Teufel sie heißt.«

»Wieso denn Polly? Was hat sie mit allem zu tun?«

»Machst du Witze?« Alice drehte sich um und starrte ihn an. »Alles! Ich hab am Freitag gesehen, wie du sie abgeholt hast. Bei Marguerite!«, fügte sie hinzu, als Samuel sie noch immer verständnislos anstarrte. »Wann wolltest du mir erzählen, dass du mit Victoria Engman verheiratet bist und zwei Kinder hast? Oder hattest du vor, das alles für dich zu behalten, während du eine nette kleine Affäre mit mir hast?«

Alice wusste nicht, was sie als Antwort erwartet hatte, aber jedenfalls nicht Samuels schallendes Lachen, das die altmodische Küche füllte.

»Du findest das vielleicht komisch«, fauchte sie. »Ein perverses Spiel, mit dem du dich amüsierst, während deine Frau im Studio sitzt.«

»Entschuldige, aber das ist einfach zu viel!« Samuel hielt sich den Bauch, konnte sein Gelächter aber nicht unterdrücken.

»Was ist denn so witzig?«, fragte sie wütend. »Hast du vor, es mir zu sagen? Wenn nicht – da ist die Tür!« Alice hob die Hand, um in Richtung Diele zu zeigen, und stieß dabei den heißen Kochtopf an, so dass das Wasser überschwappte. »Au, verdammt!« Sie riss ihre Hand zurück.

»Hast du dich verbrannt?« Samuel stürzte zum Spülbecken und drehte den Kaltwasserhahn auf. Dann nahm er Alices Hand und hielt sie unter den Wasserstrahl. »Tut's weh?« Gleich darauf schaltete er den Herd aus und zog den Topf mit dem kochenden Wasser von der Platte.

»Nicht so schlimm.« Ihr Kinn zitterte, und Alice kniff die Augen zusammen, um nicht zu zeigen, dass sie weinte. Ihre Tränen hatten nichts mit dem heißen Wasser zu tun, das glaubte sie wenigstens. Dagegen viel mit Samuels Nähe, seinen Lügen und dem schallenden Lachen. Wie konnte er es wagen, das, was er ihr angetan hatte, nun auch noch ins Lächerliche zu ziehen?

»Wir machen dir einen kalten Wickel um die Hand, und dann setzt du dich, und ich kümmere mich um den Tee.« Samuel nahm sich ein Geschirrtuch, feuchtete es mit eiskaltem Wasser an und wickelte es um Alices Hand. Mit routinierten Bewegungen goss er das heiße Wasser in die Teekanne. Dann öffnete und schloss er die Schubladen auf der Suche nach Tee und Bechern. »Kamillentee, ist dir das recht?«

»Von mir aus, aber jetzt erzähl!« Alice nahm den Becher und erwiderte Samuels Blick. Ihr Missgeschick und Samuels rasches Eingreifen hatten ihren Zorn verfliegen lassen und durch einen Druck auf der Brust ersetzt. Er hatte recht, sie mussten reden, und was immer er zu sagen hätte, sie würde es mit Ruhe und Würde hinnehmen. Den Kopf in den Sand zu stecken wie ein trotziges Kind half nicht weiter. Das immerhin müsste sie aus dem vergangenen Jahr eigentlich gelernt haben.

»Jetzt begreife ich endlich.« Er nickte.

»Dann kannst du es vielleicht erklären.«

»Du hast mich für ihn gehalten.«

»Wovon redest du da?« Sie sah ihn verständnislos an. »Versuch nicht, dich rauszureden, sondern bleib bei der Wahrheit. Ich kann ja noch irgendwie verstehen, dass es langweilig werden kann mit zwei Kindern und einer Ehefrau, die viel arbeitet, aber du hättest ehrlich sein und mir sagen müssen, worauf ich mich einlasse.«

»Alice.« Er sah sie mit seinem warmen Blick an. »Polly ist mein Patenkind. Du hast mich am Freitag mit den Kindern meines Bruders gesehen.«

»Deines Bruders?« Sie starrte ihn an, unfähig, das soeben Gehörte zu begreifen. »Poppy hat erzählt, dass ihr Papa sie abholen würde. Sie hat sich so darauf gefreut. Dann bist du gekommen.«

»Mein Bruder ist Auslandskorrespondent und ziemlich oft verreist.« Samuel schnaubte. »Wie so oft hatte er zu viel versprochen, und da Vicky Dienst hatte, musste ich einspringen.«

»Du bist also nicht mit ihr verheiratet?«

»Mit Vicky? Kann ich mir nicht vorstellen.« Samuel schüttelte den Kopf. »Sie ist wirklich hochintelligent, und ich bewundere sie, aber genau wie mein Bruder lebt sie für ihre Arbeit. Es ist sicher kein Verbrechen, auf die Karriere zu setzen, aber ich werde wütend, wenn meine Lieblingsnichten darunter leiden müssen, und in letzter Zeit haben mein Bruder und ich uns deshalb ziemlich oft gestritten. Darum habe ich in Sigtuna so heftig reagiert. In diesem Jahr hätte er die Sennhütte für den Winter fertig machen müssen. Den ganzen Herbst hat er das vor sich hergeschoben. Diesmal hatte er hoch und heilig versprochen, es rechtzeitig zu erledigen, aber wie immer kam die Arbeit dazwischen, und am Ende musste ich wieder hinfahren. Ich durfte einen ganzen verdammten Meter Schnee von den Terrassenmöbeln schaufeln, bevor ich sie in den Schuppen bringen konnte, ganz zu schweigen von dem eingeschneiten und gefrorenen Feuerholz, das ich allein zersägen und aufstapeln durfte. Nur, weil der Herr es wieder mal nicht geschafft hat, rechtzeitig hinzufahren.« Samuel hatte die Augen zusammengekniffen.

»Oh!« Langsam begriff Alice, was geschehen war und wie gewaltig sie alles missverstanden hatte. »Ich habe vom Wohnzimmerfenster aus gesehen, wie Poppy sich in deine Arme warf. Du hast sie mit Küssen überschüttet und …« Sie stöhnte und rieb sich die Schläfen. »Das hat auch erklärt, wieso du so glaubwürdig über Noel und seine Töchter schreiben konntest. Ich dachte … entschuldige! Ich habe das alles in den falschen Hals bekommen! Wie dumm von mir!« Sie hob den Kopf und erwiderte seinen Blick.

»Wenn weder Polly noch Marguerite dir erzählt hatten, was Sache war, konntest du das ja auch nicht wissen. Vor allem nicht, wenn Polly gesagt hat, dass ihr Papa sie abholen würde. Und Vicky hat ja denselben Nachnamen wie mein Bruder und ich.«

»An sich ja.« Alice errötete vor Verlegenheit, nicht zuletzt bei dem Gedanken daran, wozu das Missverständnis noch geführt hatte. »Ich hätte dich direkt fragen müssen, statt mich wie ein unreifer Teenager aufzuführen.«

»Das wäre wirklich besser gewesen.« Samuel lächelte zaghaft.

»Wenn wir schon bei den Geständnissen sind.« Sie holte tief Luft und ließ sie durch die Nase langsam entweichen. »Es gibt noch etwas anderes.«

»Was habe ich denn sonst noch verbrochen?« Er hob abwehrend die Hände.

»Du nicht.« Sie seufzte. »Sondern ich.«

»Denkst du eventuell an ein gewisses Treffen?«

»Kannst du mir verzeihen? Ich hatte eigentlich nichts sagen wollen, aber als Johan Gravenström seine Fragen stellte, ist mir alles herausgerutscht. Natürlich musste er mir versprechen, niemandem etwas von deiner Idee zu erzählen, aber dennoch. Ich kann verstehen, dass du sauer bist.« Wie sie mit dem anderen umgehen sollte, der Sache mit Elias, wusste sie nicht. Energisch verdrängte sie den Gedanken daran, welchen Fehler sie da begangen hatte.

»Das ist …«

Sie fiel ihm ins Wort. »Ich hab deine Story verraten. Und hinter dem Rücken deines Agenten gehandelt. Das war nicht in Ordnung.«

»Stimmt.« Er machte ein ernstes Gesicht. »Du hättest zuerst um Erlaubnis bitten müssen.«

»Ich weiß, entschuldige.« Sie wich seinem Blick aus.

»Es ist ja auch tausendmal besser, das Projekt in der Schreibtischschublade verschimmeln zu lassen.«

»Bist du …?« Sie schaute auf und sah ein Lächeln. »Bist du nicht sauer?«

»Wohl kaum.« Samuel schüttelte den Kopf. »Obwohl du mich für einen treulosen Lügner gehalten hast, hast du einem der wichtigsten Lektoren des Landes mein Manuskript vorgestellt. Wie sollte ich da sauer sein können?« Er warf ihr einen warmen Blick zu. »Diese Idee ist seit mehreren Jahren in meinem Kopf, aber ich habe nicht gewagt, daran zu glauben, und noch viel weniger, sie einem Verlag vorzulegen. Ich hab mich ja nicht mal getraut, mit meinem Agenten darüber zu reden. Ich konnte nur an die vielen

Klagen denken, die mich erwarten würden, wenn ich das Buch jemals schreibe.«

»Was hat Johan dazu gesagt?«

»Dass Brantzelius Juristen hat, die sich um solche Dinge kümmern, und ich mir keine Sorgen zu machen brauche. Er will eine Synopsis sehen, bevor wir irgendetwas entscheiden, aber er hat angedeutet, dass er bereit ist, mit meiner Agentur über einen saftigen Vorschuss zu reden und mir ein Rechercheteam zur Verfügung zu stellen, wenn die Synopsis ihm zusagt. Er meint, meine Idee habe die Voraussetzungen für einen internationalen Bestseller auf dem Niveau der Millennium-Variationen von David Lagercrantz.«

»Wie spannend!« Endlich wagte Alice ein Lächeln. »Du bist also nicht sauer?«

»Im Gegenteil, ich bin dankbar.« Er erwiderte ihren Blick. »Und du? Alles in Ordnung? Ist jetzt alles wieder gut?«

»Absolut.« Sie nickte und wischte sich mit dem Handrücken eine verirrte Träne ab. »Ich muss allerdings zugeben, dass ich das Gefühl habe, soeben mal kurz durch die Mangel gedreht worden zu sein. Und ich begreife noch immer nicht, wieso du ohne Poppy bei Marguerite warst. Kennt ihr euch?«

»So viel, wie mein Bruder und Vicky arbeiten, habe ich Polly schon ziemlich oft bei ihr abgeholt. Ab und zu lädt Marguerite mich zum Kaffee ein, und dann fliegen die Stunden nur so dahin. Sie ist, wie du weißt, eine phantastische Zuhörerin. Und jetzt … ich war frustriert und musste mich einfach aussprechen.« Er lächelte Alice zaghaft an. »Es tut mir leid, dass alles dermaßen schiefgegangen ist, aber was meinst du? Können wir einen Schlussstrich unter das alles ziehen? Bei diesen Projekten brauche ich dich unbedingt an meiner Seite.«

»Und worauf hast du dich mit Johan geeinigt?« Alice versuchte, munter zu klingen. Sie hatte gehofft, dass Samuel etwas Romantischeres sagen würde, nicht, dass er sie als Arbeitspartnerin brauchte, aber nachdem sie sich auf der Suche nach Trost geradewegs in Elias' Arme geworfen hatte, hatte sie es auch nicht besser verdient.

»Dass ich noch vor Weihnachten eine erste Synopsis schicke. Ich habe zu Hause eine, die ich jetzt lesen und überarbeiten werde. Ich weiß nicht, wie viele Versionen ich geschrieben und wie viele Stunden ich daran herumgefeilt habe oder wie oft ich beim Gedanken an das Unmögliche bei diesem Projekt alles hingeschmissen habe.« Er schüttelte den Kopf. »Aber tatsächlich habe ich schon die ersten fünfzig Seiten geschrieben.«

»Wirklich?« Sie sah ihn an. »So hat es sich nicht angehört, als du mir von dieser Idee erzählt hast.«

»Ich dachte, das bringt nichts, das Projekt hätte ohnehin keine Aussicht, veröffentlicht zu werden. Außerdem sind Teile des Inhaltes ganz schön brutal und blutig.« Er massierte sich die Schläfen. »Das war auch ein Grund, warum ich mit dem Weihnachtsroman angefangen habe. Um Klarheit in meine Gedanken zu bringen und mich mit etwas Fröhlicherem beschäftigen zu können.«

»Und was wird jetzt aus dem Weihnachtsmanuskript?«

»Gute Frage. Es wäre schon lustig, Julias Geschichte fertig zu schreiben, aber wenn Brantzelius die Stieg-Larsson-Sache veröffentlichen will, muss ich mich ganz und gar darauf konzentrieren. Ehrlich gesagt schien Johan sich für meinen Weihnachtsroman nicht besonders zu interessieren, und nächsten Herbst können sie ihn sowieso nicht herausbringen. Dafür ist es zu spät.«

»Sogar darüber habt ihr gesprochen?« Alice hätte gern gewusst, ob Johan auch den Job erwähnt hatte, den er ihr anbieten wollte.

»Nur kurz. Er braucht zumindest ein Rohmanuskript, bevor er sich entscheiden kann.«

»Aha.« Sie erwiderte seinen Blick. »Kennst du dich aus mit Einstellungsverträgen und so was?«

»Ich bin im Laufe der Jahre durchaus schon hier und da eingestellt worden. Wieso fragst du?«

»Johan hat mir einen Job angeboten. Brantzelius will auf Feelgood setzen, und ich soll das übernehmen. Würdest du dir seinen Vertragsentwurf mal ansehen?«

»Das ist doch phantastisch! Ich gratuliere!« Samuel strahlte sie an. »Her mit dem Vertrag, den schau ich mir gleich an.«

Samuel las sich die Jobbeschreibung und die Einstellungsbedingungen zweimal durch, dann schaute er auf. »Das Gehalt sieht ordentlich aus. Sechs Wochen Urlaub haben jetzt wohl viele, das ist also nichts Ungewöhnliches. Wie auch die dreimonatige Kündigungsfrist. Wie steht es mit Provision, wenn deine Titel sich richtig gut verkaufen? Habt ihr so was in der Verlagsbranche?«

»Machst du Witze?« Alice schnaubte. »Provision kannst du vergessen. In meiner Branche arbeiten nur Leute, die sich das leisten können.«

»Aber ein Jahresbonus? Ich habe bei Thamm einige gute

Verträge gesehen. Ich kann mal fragen, wie deren Bedingungen aussehen.«

»Danke, aber die Mühe brauchst du dir meinetwegen nicht zu machen.« Alice schaute in ihren Becher und trank einen großen Schluck Tee.

»Das tu ich doch gern.« Samuels Stimme wurde weicher, und Alice schaute auf.

»Wirklich?« Sie trank noch einen Schluck Tee, in dem Versuch, die frisch erwachten Schmetterlinge in ihrem Bauch wieder zur Ruhe zu bringen.

»Alice, könntest du dir vorstellen, noch mal neu anzufangen? Darf ich dich zum Essen zu mir einladen? Morgen, zum Beispiel?« Samuel streckte ihr über dem Tisch die Hand hin.

»Gern.« Sie verflocht ihre Finger mit seinen und schluckte hart, als sie seinem warmen Blick begegnete.

28

Am Mittwochmorgen blieb Alice noch lange, nachdem der Wecker geklingelt hatte, im Bett liegen. Sie ging alle Ereignisse des Vortags durch und seufzte frustriert, als sie daran dachte, wie scheu Samuel und sie einander angesehen hatten, bevor sie auseinandergegangen waren. Sie hatte auf einen Kuss gehofft, hatte aber nicht gewagt, den ersten Schritt zu machen. Er hatte auch keine Anstalten unternommen, weder zu einer Umarmung noch zu mehr. Wollte er, dass sie als Freunde einen neuen Anfang machten oder als Liebende? Und müsste sie ihm dann berichten, was mit Elias geschehen war? Das würde der Abend zeigen, entschied sie schließlich. Aber vorher gab es noch einige Dinge zu erledigen, vor allem musste sie ihre Eltern anrufen.

»Endlich lässt du von dir hören.« Christina meldete sich sofort, als ob sie mit dem Telefon in der Hand gewartet hätte.

»Ich hatte gestern Abend zu tun«, verteidigte sich Alice, irritiert über diese unterschwellige Kritik.

»Es war wirklich traurig, das mit Sebastian zu erfahren.«

»Bitte, Mama, hör mir zu. Es ist wirklich nicht so gewesen, wie du …«

Christina fiel ihr ins Wort. »Liebling, lass mich zur Sache kommen. Ich habe viel über unser Gespräch nachgedacht und möchte mich bei dir entschuldigen.«

»Ach wirklich?« Alice wusste nicht, was jetzt kommen würde – eine richtige Entschuldigung oder eine weitere versteckte Zurechtweisung.

»Es tut mir schrecklich leid, dass du das Gefühl hast, mir nicht alles erzählen zu können.«

»Aber …«

»Warte, Herzchen, ich bin noch nicht fertig.« Christina räusperte sich. »Nach unserem Gespräch habe ich eingesehen, dass ich mir deine Version dieser traurigen Geschichte hätte anhören müssen, statt einfach nur Sebastians Aussage für bare Münze zu nehmen. Schließlich bin ich Juristin.«

»Wenn du es wirklich wissen willst, dann hat er mich mit meiner Chefin hintergangen«, sagte Alice leise. »Und die wiederum hat dann dafür gesorgt, dass ich gefeuert wurde, als die Pandemie losging.«

»Aber, Liebes, das ist ja entsetzlich! Warum hast du nichts gesagt? Ich hätte dir helfen können, deine Stelle zu behalten.«

»Das ist mir jetzt auch klar, aber damals habe ich keinen Ausweg gesehen. In den ersten Wochen konnte ich mich kaum aus dem Bett aufraffen, geschweige denn über alles reden, was schiefgelaufen war, oder mich wehren.« Alice seufzte. »Natürlich wollte ich es erzählen, aber die Zeit verging, und nach einer Weile kam es mir leichter vor, euch in dem Glauben zu lassen, alles sei wie immer.«

»Und dieser Samuel, den Sebastian erwähnt hat? War der auch gelogen?«

»Ja und nein«, sagte Alice wahrheitsgemäß. »Samuel hat mich vor einiger Zeit als Lektorin und Schreibcoach angeheuert, und bei einer Arbeitsbesprechung sind wir in Rosendal Sebastian über den Weg gelaufen. Als Samuel sah, wie betroffen ich war, hat er sich als mein Freund ausgegeben, um die Lage ein bisschen erträglicher für mich zu machen. Und vielleicht auch, um Sebastian eins auszuwischen.«

»Aha, verstehe.« Christina klang belustigt. »Aber du hast ja und nein gesagt. Wie ist das zu verstehen?«

»Ich hab mich in ihn verliebt.«

»In deinen Mandanten? Oje!«

»Es ist einfach so passiert«, verteidigte sich Alice und konnte fast sehen, wie ihre Mutter mahnend ihren eleganten Zeigefinger bewegte.

»Bei euch ist das wohl nicht ganz so tabu wie in meiner Branche, schätze ich mal. Wer ist denn dieser Samuel?«

»Er ist Schriftsteller und einfach wunderbar.« Alice lächelte. »Und sehr lieb und sympathisch, und anders als Sebastian mag er mich genau so, wie ich bin.«

»So schlimm war Sebastian ja wohl nicht«, widersprach Christina. »Ich habe ihn immer überaus sympathisch und liebenswert gefunden.«

»Solange Leute in der Nähe waren, ja.« Alice seufzte. »Zu Hause war das anders. Alles, was ich tat, war falsch, und ich habe mich nie gut genug oder attraktiv genug gefühlt.«

»Aber, Herzchen, warum hast du denn nichts gesagt? Ich hatte ja keine Ahnung!«

»Du hättest es ja doch nicht hören wollen, Mama.«

Alice wurde lauter. »Du wolltest nur seine Familie treffen und sichergehen können, dass wir bald heiraten.«

»Jetzt bist du ungerecht. Ich habe immer …«

»Absolut nicht.« Nun fiel Alice ihr ins Wort. »Immer, wenn wir im letzten Jahr miteinander gesprochen haben, hast du danach gefragt. Wie es mir ging oder was ich wollte, hat dich nie interessiert.«

»Aber Liebling, hast du das wirklich so empfunden?«

»Ja.« Alice schluchzte auf. »Für dich musste immer alles perfekt sein, und Sebastian und seine Familie schienen dir wichtiger zu sein, als dass es deiner Tochter gut ging.«

»Aber, mein Schatz, so sollte das nicht rüberkommen.«

»So hat es sich für mich angefühlt.« Jetzt, da Alice sich in Rage geredet hatte, fiel es ihr schwer, aufzuhören. »Deshalb finde ich es so schrecklich, zu Hause bei euch Weihnachten zu feiern. Der ganze Heiligabend ist so eine steife, durchgetaktete Veranstaltung. Alles, von morgens bis abends, ist bis ins kleinste Detail inszeniert, und niemand darf traurig oder schlechtgelaunt sein. Ich hasse das.« So, nun hatte sie endlich gesagt, wie ihr zumute war.

»Es ist traurig, das zu hören. Wie gesagt, ich hatte doch keine Ahnung, dass du das so siehst.« Christinas Stimme zitterte.

»Das liegt daran, dass du nie richtig zuhörst. In deiner Welt muss immer alles perfekt sein. Wenn es mir schlecht geht, sagst du, ich soll mich zusammenreißen, statt zuzuhören und dir Zeit zu nehmen, um die Sache zu verstehen.«

Es wurde still in der Leitung, und Alice hielt den Atem an. War sie zu weit gegangen? Aber es war ihr jetzt egal, ob ihre Mutter beleidigt war.

»Entschuldige, Alice. Es war immer mein Ziel, dich aufzumuntern, nicht, dich noch trauriger zu machen.«

»Das hast du aber getan«, murmelte Alice und konnte mit dem Kritisieren noch immer nicht so ganz aufhören.

»Dann bedauere ich das sehr.« Christina holte hörbar Luft und fügte hinzu: »Kannst du nicht zu Weihnachten herkommen, und wir reden über alles?«

»Nicht zu Weihnachten.« Alice schüttelte den Kopf. »Aber vielleicht zwischen den Jahren.«

»Was machst du denn an Heiligabend? Bei deinem Papa feiern?« In der Stimme der Mutter lag jetzt ein Hauch von Unsicherheit.

»Nach Hälsingland fahren. Das war nicht gelogen, auch wenn ich nicht mit Sebastian fahren werde.« Sie wusste zwar nicht, ob Samuels Angebot noch galt, aber egal wie, sie hatte nicht vor, mit ihren Eltern Weihnachten zu feiern. Nicht in diesem Jahr.

Nachdem sie vereinbart hatten, vor Heiligabend noch einmal zu telefonieren, beendeten sie das Gespräch. Alice legte sich aufs Sofa und starrte mit hämmerndem Herzen zur Decke hoch. Endlich hatte sie es gewagt, die Dinge offen anzusprechen. Und dass ihre Mutter die Kritik wirklich angenommen hatte, ohne eine langwierige Diskussion loszutreten, war noch nie passiert. Jetzt würde sie auch ihren Vater anrufen. Und Wilma.

Das Gespräch mit ihrem Vater war nicht so schwierig wie gedacht. Als Alice von Sebastians Verrat und ihrer Kündigung erzählt hatte, war er bestürzt und wollte wissen, ob er irgendwie helfen könnte. Sie versicherte ihm, dass es ihr endlich besser ging, und lehnte seine Weihnachtseinladung dankend ab. Allerdings würde sie gern zu Weihnachten sein Auto ausleihen, falls das möglich sei. Sie verabredeten, dass sie den Wagen holen würde, sobald sie Zeit hätte. Alice lächelte, als sie auflegte. Vielleicht sollte sie auch Papa und Mona eine neue Chance geben, trotz allem?

Wilma schien unendlich erleichtert, als Alice sich dazu aufraffen konnte, sie anzurufen.

»Endlich meldest du dich! Ich dachte schon, wir finden dich irgendwann auch noch tot in der Wohnung meiner Großmutter.«

»Wieso *auch*? Du hast doch gesagt, Ethel sei in ein Heim gezogen?« Sofort hatte Alice das Bild der alten Frau vor Augen, die auf den Boden gesunken den letzten Atemzug tat.

»Nimm das nicht so wortwörtlich.« Wilma lachte. »Ich wollte nur sagen, dass du resigniert wirkst. Ich hab mir wahnsinnige Sorgen um dich gemacht, das kannst du mir glauben. Man hört kaum noch was von dir. Niemand weiß, wo du steckst oder was du jetzt so treibst. Und du rufst nie zurück. Da könntest du doch auch gleich tot in der Diele liegen.«

»Aber das tu ich nun mal nicht.« Alice gab sich alle Mühe, ihr schlechtes Gewissen zurückzudrängen.

»Offenbar nicht. Aber das wusste ich ja schon, weil Samuel Bericht erstattet hat.«

»Ach, hat er? Und was hat er gesagt?« Alice fragte sich, wie viel Wilma wusste.

»Dass du deine Sache gut machst und unglaublich sympathisch bist.« Wilmas Stimme klang neckend.

»Sonst nichts?«

»Es gibt also noch mehr zu berichten?«

»Vielleicht …« Alice verstummte und sah Wilmas neugierigen Blick vor sich.

»Schieß los!«, verlangte ihre Freundin.

»Erst, wenn du mir erzählt hast, warum du mich mit Mitteilungen bombardierst. Es klang brandeilig.«

»Halt dich fest!« Wilma legte eine kurze Pause ein. »Der Hausbesitzer hat sich bei meiner Oma gemeldet und wollte wissen, was wir mit der Wohnung vorhaben. Er will den Vertrag kündigen.«

»So was habe ich mir schon gedacht.« Alice zog einen Küchenstuhl heran und setzte sich. »Wann muss ich raus?«

»Es gibt drei Monate Kündigungsfrist«, sagte Wilma. »Hast du etwas anderes in Aussicht?«

»Keine Ahnung.« Alice überlegte fieberhaft. »Aber ich werde schon irgendwas finden.« Schlimmstenfalls müsste sie vorübergehend zu einem Elternteil ziehen, aber diese Vorstellung war so scheußlich, dass sie sie sofort verdrängte.

»Wir geben nicht so leicht auf«, sagte nun Wilma. »Meine Oma hat den Hausbesitzer angerufen und gesagt, dass sie damit rechnet, wieder nach Hause zu kommen, wenn ihre Beine erst wieder in Ordnung sind. Das ist natürlich gelogen, aber das kann der Kerl ja nicht wissen. Und da du schon seit dem Sommer den Untermietvertrag hast, glaubt meine Mutter, dass du den Mietvertrag vielleicht übernehmen kannst.«

»Geht das wirklich?«, fragte Alice skeptisch. »Sind Hausbesitzer in solchen Fällen nicht knallhart?«

»Bei Verwandten kann es gehen, und zum Glück hat meine Oma behauptet, du seist das Enkelkind ihrer Schwester, das schon länger bei ihr wohnt, und dass es nur fair wäre, den Mietvertrag in der Familie weiterzureichen, wenn sie irgendwann nicht mehr hier wohnen kann.« Wilma verstummte. »Würdest du sie denn überhaupt übernehmen wollen?«, fragte sie dann.

»Ist das dein Ernst?« Alice wagte nicht, das zu glauben. »Aber was ist mit euch? Mit dir und deinem Bruder?«

»Erstens haben wir beide schon eine Wohnung, und zweitens muss man schon eine Weile im Untermietvertrag stehen, bevor man auch nur daran denken kann, den Hauptvertrag zu übernehmen.«

»Danke, das wäre zu schön!« Wenn Wilma da gewesen wäre, hätte Alice sie gern umarmt.

»Es steht natürlich noch nicht fest, ob es so kommen wird, aber ich wollte zumindest fragen. Du hast schon recht damit, dass Hausbesitzer sich immer alle Mühe geben, um Schwierigkeiten zu machen, aber wenn du da mindestens ein Jahr mit Oma zusammengewohnt hast, auf dem Papier, meine ich, haben wir immerhin eine Chance. Vielleicht können wir Gewohnheitsrecht geltend machen, oder so.«

»Wie lieb von euch, an mich zu denken.«

»Nach diesem elenden Jahr für dich ist das ja wohl das mindeste.«

»Du bist die Beste auf der Welt, weißt du das?« Alice lächelte. »Hat Samuel übrigens erzählt, dass wir in Rosendal Sebastian über den Weg gelaufen sind?«

»Mit keinem Wort. Was ist dann passiert?«

»Da hättest du sicher gern Mäuschen gespielt.« Kichernd erzählte Alice, wie Samuel den Arm um sie gelegt, sich als ihren neuen Freund vorgestellt und so getan hatte, als wohnten sie zusammen.

»O mein Gott, unbezahlbar!«, sagte Wilma. »Ich hätte ja zu gern Sebastians Gesicht gesehen. Entschuldige, dass ich das sage, aber der Mann ist ein Idiot. Er findet sich so perfekt und interessant mit seinem vornehmen Nachnamen und seinem tollen Job, aber in Wirklichkeit ist er bloß ein selbstzufriedener, aufgeblasener Trottel.«

»Das hast du nicht gesagt, als wir noch zusammen waren.«

»Als ob du auf mich gehört hättest!« Wilma schnaubte. »Du bist so clever und hattest immer schon ein unglaubliches Gespür dafür, was funktioniert und was sich durchsetzen wird, aber wenn es um Sebastian ging …« Die ehemalige Kollegin klang empört. »Er hat dich so kleingehalten, dass du dich nicht einmal gewehrt hast, als diese verdammte Miranda dich aus dem Job rausgekegelt hat.«

»Da hast du vielleicht recht«, murmelte Alice.

»Nicht vielleicht. So war es.« Wilma schien wütend zu sein. »Aber vergiss das jetzt. Wie geht es dir, und ist in Rosendal noch mehr passiert?«

»Mit Samuel, meinst du?« Alice musste sie einfach ein bisschen aufziehen.

»Zum Beispiel.«

»Ich gehe heute Abend zum Essen zu ihm, aber vorher rufe ich Johan Gravenström an und nehme sein Jobangebot an.«

»Der Cheflektor von Brantzelius? Hör auf!«, rief Wilma.

»Wie großartig! Hast du deine Trauerphase also endlich überwunden und gehst zum Angriff über?«

»Schätze schon.« Alice kicherte.

»Gut, das passt nämlich viel besser zu dir. Bitte, erzähl mehr von Samuel. Ich will alles wissen!«

Sie redeten fast eine Stunde, und danach lief Alice mit einem breiten Grinsen in der Wohnung hin und her. Wie hatte sie nur vergessen können, wie gut es ihr immer wieder tat, mit ihrer Freundin zu reden? Sie war diejenige, die sie immer zum Lachen bringen konnte. Alice wollte gerade Johan Gravenström anrufen, als ihr Telefon piepste.

Hast du den Wetterbericht über den Schneesturm gesehen? Aftonbladet *hat einen Artikel und eine Siebentagesprognose, die du lesen solltest. Kuss, Papa*

Danke, ich seh sofort nach.

Alice klickte sich zu *Aftonbladets* Website durch und stieß auf eine dicke schwarze Schlagzeile:

Legt der Schneesturm den Weihnachtsverkehr lahm?

Sie verdrehte die Augen. Wie üblich war diese Überschrift unterirdisch. Trotzdem klickte sie weiter, um mehr zu lesen. Aus dem Artikel ging hervor, dass Schneewetter und kräftige Winde von Westen her auf Skandinavien zutrieben und dass das Unwetter mit großer Wahrscheinlichkeit am Freitag und Samstag Mittelschweden erreichen würde. Bedeutete das, dass sie erst nach dem Wochenende losfahren könnte? Und wie sah es eigentlich mit Samuels

Angebot aus? Galt das überhaupt noch? Statt Johan bei Brantzelius anzurufen, wählte sie Samuels Nummer, ließ es eine Weile klingen und drückte dann die Wiederholungstaste.

»Hallo!« Samuel schien sich zu freuen. »Hast du die SMS mit meiner Adresse bekommen?«

»Ja, danke. Aber du, ich habe eine Frage.« Alice verstummte und überlegte, wie sie sich ausdrücken sollte.

»Ja, was denn?«

»Das Angebot von der Hütte in Hälsingland, besteht das noch?«

Die Antwort kam sofort. »Natürlich. Ich habe doch alles für dich vorbereitet. Warum fragst du?«

»Na ja, ich hab mir gerade die Wettervorhersage angeschaut, und offenbar hast du in deinem Manuskript alles vorausgesehen.«

»Es wird also schneien?«

»Jepp«, sagte Alice. »Schneegestöber überall in Mittelschweden am Freitag und Samstag, sagt *Aftonbladet*. Genau wie in deiner Geschichte.«

»Ich fasse es nicht.« Samuel stieß einen Pfiff aus.

»Und dabei wollte ich am Freitag hinfahren. Aber nachdem ich dein Manuskript gelesen habe, trau ich mich nicht so richtig.«

»Du brauchst ja nicht so früh zu fahren. Am Freitag vor Weihnachten ist in der Regel der schlimmste Verkehr des Jahres. Ich weiß ja nicht, wie es in diesem Jahr aussieht, aber du willst sicher nicht im Verkehr stecken bleiben, weder im Stau noch im Schneesturm.«

»Das habe ich mir auch gedacht. Und da wollte ich fragen, ob du weißt, ob eure Sennhütte an den Feiertagen besetzt ist, und wenn ja, ob ich trotzdem hinkann.« Aus irgendeinem Grund fand sie es wichtig, rauszukommen. Sie wollte ihre Familie nicht mehr belügen, aber sie war auch noch nicht bereit, sie zu treffen, und die Vorstellung, über Weihnachten in der Wohnung zu hocken, kam ihr unerträglich vor. Was sie brauchte, waren weiße Schneelandschaften, frische Luft und Zeit und Ruhe zum Überlegen, zum Nachdenken, zum Krafttanken und nicht zuletzt, um für den neuen Job im Januar Mut zu fassen.

»Das sollte kein Problem sein, aber warte mal kurz.« Samuel verstummte. »Ich bilde mir ein, dass meine Mutter irgendwas davon gesagt hat, dass sie und mein Vater vielleicht doch in die Sennhütte fahren wollen. Soll ich mich mal erkundigen?«

»Ja, bitte, wenn es nicht zu viel Mühe macht.«

»Gib mir einen Moment Zeit, ich melde mich wieder.«

Zehn Minuten darauf rief er zurück.

»Entschuldige, ich hatte recht. Meine Eltern wollen tatsächlich am Tag vor Heiligabend nach Hälsingland fahren.«

»Ach.« Alice schluckte. Sollte sie also doch zu Weihnachten hier in der Wohnung hocken müssen?

»Du kannst trotzdem gern in das Gästehaus, während sie da sind. Sie haben nichts dagegen.«

»Das wäre sicher nicht optimal, aber sag ihnen danke für das nette Angebot.« Alice versuchte, nicht allzu niedergeschlagen zu klingen. »Ich werde schon etwas anderes finden.«

»Oder du fährst schon morgen. Dann hast du fast eine Woche für dich, bevor meine Eltern kommen.«

»Morgen?« Das war der Donnerstag. Alice rechnete kurz. »Das wird zu knapp. Ich muss das Auto bei meinem Vater holen. Und Johan von Brantzelius will sich noch vor dem Wochenende mit mir treffen, um den Vertrag zu unterzeichnen.« Außerdem würde sie dann am Tag vor Heiligabend nach Stockholm zurückfahren müssen, und ausgerechnet vor diesem Tag hatte sie doch flüchten wollen.

»Ach, den Vertrag könnt ihr doch sicher digital unterzeichnen. Oder euch morgen früh ganz kurz treffen. Und wenn du den Wagen schon heute Abend holst?«

»Dann fällt unser Essen aus …«

»Worauf wartest du noch?«, war Samuels Antwort. »Wir können jederzeit über mein Manuskript diskutieren, dazu brauchen wir uns nicht einmal zu sehen.«

»Natürlich nicht.« Alice versuchte, nicht enttäuscht zu klingen. Wenn er doch nur über das Manuskript reden wollte, konnte sie auch fahren. Ein gemütliches kleines Holzhaus mit einem knisternden Feuer, einem Stapel Bücher, weißen Schneelandschaften vor den Fenstern und etwas Gutem zu essen und zu trinken wäre genau der Trost, den sie brauchte. Wenn sie sich beeilte und sofort aufbrach, könnte sie noch vor dem Nachmittagsrush den Pendlerzug nach Sollentuna erwischen. Auf dem Heimweg könnte sie irgendwo Lebensmittel für die Reise einkaufen und danach den Abend zum Packen verwenden. Johan von Brantzelius wollte sie vor Weihnachten noch treffen, und wenn sie ihm die Situation erklärte, würde er sicher morgen früh Zeit für sie freischaufeln können.

»Wenn du fahren möchtest, solltest du die Gelegenheit nutzen. Das Essen können wir nachholen. Übrigens habe ich das mit dem Bonus nachgeprüft. Mein Bekannter hat schallend gelacht, als ich das Wort Provision in den Mund genommen habe. Genau wie du gesagt hast, diese Neuerung scheint die Verlagswelt noch nicht erreicht zu haben, und ein Bonus ist offenbar auch nicht gerade üblich.«

»Meine Mutter wäre begeistert, wenn sie dich hören könnte. Sie hat immer schon behauptet, dass ich mich für die falsche Branche entschieden habe«, sagte Alice mit munterer Stimme, auch wenn sie eigentlich nur daran denken konnte, dass Samuel offenbar kein besonderes Interesse an einem Treffen mit ihr hatte.

»Aber Geld macht schließlich nicht glücklich.«

»Das sagen nur die, die genug Geld haben«, widersprach Alice. »Es stimmt möglicherweise, wenn man ein gewisses Niveau erreicht hat, aber wenn man nicht einmal genug für das Alltägliche hat, sieht es anders aus.«

»Vielleicht hast du recht.« Anders als Sebastian es getan hätte, beharrte Samuel nicht auf seiner Argumentation. »Aber um diese Jahreszeit ist es dort jedenfalls wunderschön, das kannst du mir glauben.«

»Okay, du hast mich überzeugt.« Sie versuchte weiterhin, fröhlich zu klingen, obwohl seine Zurückweisung immer noch an ihr nagte. »Kannst du mir noch mal die Wegbeschreibung schicken und das Bild davon, wo der Schlüssel liegt?«

29

Gleich hinter Gävle atmete Alice auf. Obwohl sie noch vor zehn die Besprechung mit Johan von Brantzelius hinter sich gebracht hatte, waren die Straßen, die aus der Stadt herausführten, bereits überfüllt gewesen. Mittlerweile hatte sich der Verkehr ausgedünnt, aber dafür schneite es jetzt. Sie gähnte und schnappte sich ein paar Nüsse aus der Tüte auf dem Beifahrersitz.

Nach dem Telefongespräch mit Samuel am Vortag hatten sich die Ereignisse überstürzt. Nach einem eiligen späten Mittagessen war Alice zum Bahnhof gegangen, und im Zug nach Sollentuna hatte sie Johan Gravenström angerufen und ein Treffen am frühen Morgen vereinbaren können. Zu ihrem Glück arbeitete ihr Vater zu Hause und konnte ihr die Wagenschlüssel überreichen. Sie hatten sich seit August nicht mehr gesehen. Und doch standen sie zwei Meter voneinander entfernt im Garten und redeten dort miteinander, um sich nicht gegenseitig anstecken zu können. Es ist so traurig, wie alles geworden ist, dachte Alice, als sie eine Luftumarmung andeuteten, und sie meinte damit die Pandemie und ihren lückenhaften Kontakt. Immerhin würden sie sich in der folgenden Woche schon wieder treffen, wenn sie das Auto zurückbrachte. Vielleicht könnte das für sie beide ein neuer Anfang werden.

Da es erst kurz nach vier war, als sie Sollentuna verließ, fuhr sie am Großmarkt vorbei, um Lebensmittel zu kaufen, aber die auf einem Parkplatz wartenden Autos blockierten die gesamte Einfahrt. Alice geriet in Panik bei der Vorstellung, sich durch das Gewimmel in den Gängen drängen zu müssen, und deshalb fuhr sie unverrichteter Dinge wieder in die Stadt. Am Abend war sie mit Packen beschäftigt gewesen, vor allem bequeme Trainingssachen, aber auch Skikleidung, ein Paar Jeans, einige dicke Pullover und Filzpantoffeln. Außer dem Laptop packte sie einen Notizblock und nicht weniger als fünf Bücher ein – drei Weihnachtsromane und zwei Klassiker, die schon seit einer ganzen Weile in ihrem Bücherregal standen. Gegen acht ging sie in den Laden an der Ecke. Trotz der späten Stunde drängten sich auch dort die Menschen in den Gängen. Alice holte zweimal tief Luft, ließ ein Hörbuch laufen, starrte ihre Liste an und arbeitete sie so schnell und effektiv ab, wie sie nur konnte.

Gegen elf fiel sie erschöpft ins Bett. Aber schlafen konnte sie trotzdem nicht. Zu viele Gedanken wirbelten ihr durch den Kopf – Samuel, die Reise, die Gespräche mit ihren Eltern und nicht zuletzt der neue Job. Würde sie die Erwartungen von Brantzelius überhaupt erfüllen und in einem Büro unter all den Menschen konzentriert arbeiten können? Sie hoffte, dass sie häufiger von zu Hause aus arbeiten und sich nach und nach an Menschen gewöhnen könnte. Wenn es zu schwierig würde, könnte sie sicher therapeutische Hilfe in Anspruch nehmen. Auf irgendeine Weise würde sie es schaffen. Den Job bei Brantzelius abzulehnen, wäre keine Alternative.

Früh am nächsten Morgen stand Alice auf, um das Auto zu beladen und um rechtzeitig bei Brantzelius zu sein. Johan Gravenström bot Tee und Rosinenbrötchen an, während sie den Vertrag durchgingen. Sie entschieden, dass ihr erster Arbeitstag Mitte Januar sein sollte, und als sie beide den Vertrag unterschrieben hatten, gingen sie durch den Verlag und begrüßten die wenigen Kolleginnen und Kollegen, die gerade anwesend waren. Trotz der unruhigen Nacht mit so wenig Schlaf hatte Alice sich aufgekratzt gefühlt, wenn auch sehr nervös, aber jetzt konnte sie das Gähnen nicht mehr unterdrücken. Bei Tönnebro, wo sie die Straße ins Binnenland nehmen musste, fuhr sie bei einer Tankstelle vor und verputzte zwei Würstchen mit Kartoffelpüree. Mit einem großen Kaffee im Halter setzte sie dann die Fahrt nach Norden fort. Bald würde es dunkel werden, und da sie an das Fahren im Winter nicht gewöhnt war, wollte sie vorher noch so weit wie möglich kommen.

Der Schnee fiel jetzt dichter, und die Landschaft zu beiden Seiten der Straße war nur noch eine weiße Fläche. Zum Glück war hier weniger Verkehr als auf der Autobahn, und Alice konnte ein einigermaßen gutes Tempo halten. Mit beiden Händen auf dem Lenkrad und den Blick auf die Fahrbahn gerichtet ließ sie ihren Gedanken freien Lauf. Dass sie wirklich fast eine komplette Woche in einer kleinen Hütte in einer winterlichen Schneelandschaft verbringen wollte, weit weg von allem Gedränge und mit der Möglichkeit zu langen Wanderungen und Skitouren mit

Thermosflasche und Proviant – das würde großartig werden. Bestimmt auch ein bisschen einsam und unheimlich, aber an Einsamkeit war sie gewöhnt, und es gab so vieles, woüber sie in Ruhe nachdenken wollte – über das, was im vergangenen Jahr passiert war, aber auch das, was sie im kommenden erwartete.

Es wurde mit jeder Minute dunkler, der Schnee wirbelte vor den Autoscheinwerfern, und bald würde es draußen pechschwarz sein. Was, wenn sie den Weg zur Hütte nicht fand oder wenn der Schlüssel nicht da lag, wo Samuel es gesagt hatte? Alice holte tief Luft und versuchte, sich keine Sorgen mehr zu machen. Auf irgendeine Weise würde sich schon alles finden.

Als ihr Telefon klingelte, zuckte sie zusammen, konnte aber das Gespräch annehmen und auf die Lautsprechertaste drücken.

»Hallo, hier ist Samuel. Wie sieht's aus?«

»Gut. Bin gerade durch Kilafors gefahren.«

»Schneit es sehr?«

»Ziemlich, aber es gibt immerhin keinen Sturm.«

»Gut, dass du schon so weit bist. Hab mir eben den Wetterbericht angesehen. Gegen Abend soll Wind aufkommen, und dann wird das ganze Wochenende lang ein heftiger Schneesturm toben.«

»Ich hab ein bisschen Sorge, dass ich die Hütte nicht finde«, gab Alice zu. »Draußen ist es schon stockfinster. Was ist, wenn ich die Abfahrt verpasse?«

»Hast du im Auto GPS? Sonst kannst du doch irgendwo halten und die Adresse in das Navi deines Handys eingeben.« Samuel klang ruhig und kein bisschen besorgt.

»Die Lampen im Fenster des Haupthauses werden über eine Zeitschaltuhr gesteuert und leuchten, wenn du da ankommst. Der Nachbar hat außerdem versprochen, beim Gästehaus vorbeizuschauen und heute Nachmittag in der Einfahrt Schnee zu schaufeln.«

»Wie lieb von dir, daran zu denken.«

»Er hat sich vor ein paar Jahren eine schweineteure Schneeschleuder gekauft und freut sich wahnsinnig, wenn er die einsetzen kann«, erzählte Samuel. »Übrigens, ich habe ein Paar Tourenskier neben die Tür im Gästehaus gestellt. In der Gegend gibt es wunderbare Loipen, aber mit diesen Skiern kannst du auch einfach so durchs Gelände laufen. Warte nur, bis sich der Sturm gelegt hat.«

»Ich hab mir einen ganzen Stapel Bücher eingepackt. Ich will am Feuer sitzen, Tee trinken und lesen, bis sich das Wetter beruhigt hat.«

»Klingt gemütlich. Geht es mit dem Fahren gut? Du hast dich doch hoffentlich warm angezogen, so für alle Fälle?«

»Ja, Papa.« Das konnte sie sich einfach nicht verkneifen. »Ich habe Winterstiefel, eine warme Mütze, Skihandschuhe und eine Daunenjacke. Ich will ja keine Julia-Nummer hinlegen und mich darauf verlassen, dass ich von einem wortkargen Noel gerettet werde.«

»Haha, klug von dir.« Samuel lachte.

»Übrigens. Willst du das Buch über Julia jetzt überhaupt noch fertig schreiben? Und wenn ja, wie soll es enden?«

»Ich hab sogar ein paar Gedanken über die Auflösung hingekritzelt, als ich da oben war. Ich habe einen Ausdruck auf den Esstisch im Gästehaus gelegt. Du kannst es gern lesen und mir deine Meinung sagen.«

»Natürlich.« Sie zwang sich dazu, munter zu klingen, fragte sich aber, wohin die romantische Stimmung zwischen ihnen verschwunden war. »Warte mal, ich muss einen Traktor überholen.«

»Dann legen wir jetzt besser auf. Fahr vorsichtig und versprich, mich anzurufen, sobald du angekommen bist.«

Alice folgte Samuels Vorschlag und hielt in Bollnäs, um zu tanken, Spülflüssigkeit nachzufüllen und die Adresse in die App einzugeben. Als sie wieder auf die Straße hinausfuhr und den Ort hinter sich ließ, dauerte es nicht lange, dann schloss sich die Dunkelheit um den Wagen wie ein Handschuh. Es schneite heftig. Im Radio war die Rede davon, dass das Unwetter jetzt Mittelschweden erreicht hatte, und der Bevölkerung wurde geraten, in den kommenden Tagen lieber zu Hause zu bleiben. Alice drosselte ihr Tempo und gab sich alle Mühe, um nicht daran zu denken, wie es Julia im Schneesturm ergangen war. Es war schon unheimlich, wie ihr eigenes Leben mit den Ereignissen in Samuels Roman zu verschmelzen schien, und als sie einer Schneewehe mitten auf der Straße ausweichen musste, biss sie die Zähne zusammen und umklammerte das Lenkrad.

Zum Glück kam Alice wohlbehalten in Järvsö an. Danach achtete sie ganz besonders auf die Anweisungen in der App. Trotz des Schneegestöbers fand sie die richtige Abfahrt, und gleich darauf auch die kleine Abzweigung zur Sennhütte. Genau wie Samuel versprochen hatte, war der Schnee geräumt worden, auch wenn der schmale Weg an einigen Stellen schon wieder zugeschneit war. Weiter vorn war eine größere Fläche schneefrei, und Alice vermutete, dass sie dort parken sollte. Im Licht der Wagenscheinwerfer sah sie die Umrisse eines Hauses, und hinter zwei Fenstern brannte wirklich ein schwaches Licht.

Endlich am Ziel. Alice schaltete den Motor ab, ließ sich auf dem Sitz zurücksinken und atmete auf. Sie war seit der Pause in Bollnäs restlos angespannt gewesen. In ihrem Kopf wirbelte alles durcheinander, und sie zitterte vor Anstrengung. Sollte sie das Auto sofort ausladen oder warten, bis sie sich häuslich eingerichtet hatte? Zuerst den Schlüssel finden, beschloss sie dann und zog ihre dicke Jacke über. Sobald die Autoscheinwerfer erloschen waren, wurde es stockdunkel, und das bisschen Licht der Lampen in den Fenstern war keine große Hilfe. Mit der Handytaschenlampe brachte sie die Meter bis zum Haus hinter sich. Sie konnte in dem scharfen Wind nur mit Mühe aufrecht stehen, und der Schnee wirbelte um sie herum. Großer Gott, wie musste Julia in ihrer dünnen Stadtkleidung gefroren haben! Falls das wirklich passiert wäre, rief Alice sich zur Ordnung und kicherte hinter ihrem Schal.

Der Schlüssel lag genau an der Stelle, die Samuel beschrieben hatte. Jetzt musste sie nur noch das Gästehaus hinter dem Haupthaus finden. Alice schaltete erneut die Taschenlampe ein und machte sich bereit, durch hohen Schnee zu stiefeln, aber der Nachbar mit der Schneeschleuder hatte in weiser Voraussicht einen schmalen Gang um die Hausecke und bis zu der kleinen Hütte freigelegt. Einige Meter vor dem Gästehaus blieb Alice stehen und hielt die Hand vor die Taschenlampe. Der Schnee wirbelte, und obwohl es keine zehn Meter bis zum Haupthaus waren, konnte sie die Lampen im Fenster nur erahnen. Der

Wind tobte, ein Baum knackte unheilverkündend, und irgendwo in der Nähe hörte sie Zweige gegen etwas Hartes peitschen. Gott sei Dank machte der Schlüssel keine Schwierigkeiten. Nachdem sie das Schloss aufgestochert und die Deckenlampe eingeschaltet hatte, lief sie zum Auto zurück und lud ihr Gepäck aus.

Die Heizkörper in der kleinen Hütte waren auf niedriger Wärme eingeschaltet, wie Samuel es versprochen hatte. Alice drehte sie auf zwanzig Grad hoch, behielt jedoch die Jacke an und suchte die Filzpantoffeln in ihrem Koffer. Dann schaute sie sich um. Die Hütte war wirklich klein und schlicht eingerichtet, aber sie war gemütlich mit ihren abgenutzten Flickenteppichen auf dem Boden und den Wandbehängen an den Holzwänden. Außer einem ramponierten Leuchter im Fenster gab es nur drei Lampen – einen eisernen Kronleuchter, der an einer langen Kette von der Decke hing, eine Petroleumlampe über dem Küchentisch und eine Leselampe beim Sessel. Vor dem Fenster standen ein kleiner Marmortisch, eine Küchenbank und zwei Holzstühle, und in der hintersten Ecke sah Alice den Kamin und den Lesesessel. Unter der Leiter zum Hochbett entdeckte sie eine Kochnische mit zwei Kochplatten, einem Wasserkocher und einer minimalen Arbeitsfläche. Ein Spülbecken oder fließendes Wasser gab es nicht, aber hinter einem Vorhang unter der Arbeitsfläche fand Alice einen Kühlschrank, zwei Fächer mit Küchengeräten und eine Spülschüssel. Neben der Arbeitsfläche standen zwei mit Wasser gefüllte Kanister, und zwei offene Regalfächer oberhalb der Kochplatte waren mit Porzellangeschirr, Gläsern, Bechern und Ähnlichem gefüllt. Hier gab es alles, was sie brauchte, sah Alice nun, und plötzlich spürte sie, wie hungrig sie war.

Eine Stunde später hatte sie ein Feuer entfacht, die Matratze auf dem Hochbett bezogen und sich einen Teller Suppe, zwei Käsebrote und eine Tasse Tee gemacht. Sie versuchte, Samuel anzurufen, erreichte aber nur seinen Anrufbeantworter. Nach dem dritten Versuch schrieb sie eine SMS, sie sei angekommen und alles sei gut gegangen. Es war noch immer ein bisschen kühl in der Hütte, aber Alice tauschte ihre Jacke gegen einen dicken Pullover. Nach einem kurzen Besuch auf der Toilette würde sie es sich im Sessel gemütlich machen und lesen.

O nein! Sie hatte ganz vergessen, dass es keine Toilette gab. Was hatte Samuel noch über das Plumpsklo gesagt? Sie schaute zur Tür hinüber, aber der Schnee heulte um die Hausecke, und wenn es dort draußen ein Klo gab, dann war das jedenfalls außer Sichtweite. Nie im Leben würde sie sich in dieses Unwetter hinauswagen. In der Ecke der Kochnische fand sie zwei Eimer – einen blanken Blecheimer und einen schwarzen aus zerkratztem Kunststoff, auf den jemand mit weißem Stift »Abfall« geschrieben hatte. Alice hoffte, dass es in Ordnung wäre, wenn sie den als Nachttopf benutzte.

Sie legte zwei Holzscheite in den Kamin, suchte sich die Bücher aus der Tasche und ließ sich damit im Sessel nieder. Mit welchem wollte sie anfangen? Sie gähnte. Es war erst zehn, aber sie konnte die Augen kaum noch offen halten. Sie musste ganz einfach ins Bett. Nach eiligem Zähneputzen zog sie einen Schlafanzug an, löschte Lampen und Kerzen und kletterte mit der Taschenlampe auf das Hochbett.

Dort schlüpfte sie sofort unter die Decke und knipste das Licht aus.

Es war ja so dunkel! Alice hielt sich die Hand vors Gesicht, konnte deren Umrisse aber nicht erkennen. Und was für ein Unwetter! Einige Zweige schlugen wütend gegen das Dach, der Wind heulte, und ein Stück entfernt war ein ohrenbetäubender Krach zu hören. Hilfe, war da ein Baum umgestürzt? Wie sollte sie bei diesem Getöse schlafen? Stand die Hütte sicher, oder gab es in der Nähe Bäume, die umfallen könnten? War es wirklich so klug gewesen, ganz allein herzufahren? Was, wenn es so sehr schneite und stürmte, dass die Straßen mehrere Tage lang unpassierbar wären, wie in Samuels Manuskript? Was sollte sie dann machen?

Alice versuchte sich damit zu beruhigen, dass die Hütte seit vielen Jahren hier stand, dass sie in Sicherheit war und dass nichts passieren würde. Schlimmstenfalls könnte sie immer noch Samuel fragen, wo der Nachbar mit der Schneeschleuder wohnte. Am Ende schlief sie dann ein, aber es war ein unruhiger Schlaf, und sie wachte in dieser Nacht mehrmals auf. Jedes Mal griff sie nach dem Telefon unter ihrem Kissen und sah nach der Uhrzeit. Halb zwölf. Zwei. Viertel nach drei. Fünf. Selten war eine Nacht dermaßen langsam vergangen.

Als sie das nächste Mal aufwachte, war es auf dem Hochbett noch immer stockdunkel. Wie spät es wohl war? Nach einigem Suchen fand sie ihr Telefon. Der Akku war mittlerweile auf drei Prozent gesunken. Sie konnte unmöglich noch länger liegen bleiben. Und es wäre klug, nach unten zu klettern und es aufzuladen. Das hätte sie natürlich schon am Vorabend tun können, aber sie hatte einfach nicht daran gedacht, so todmüde, wie sie gewesen war.

Ihre Nasenspitze war kalt, und sie hatte nicht die geringste Lust, irgendeinen Körperteil unter der Decke hervorzuschieben. Der wilde Sturm vom Vorabend war nichts gegen das Getöse, das jetzt herrschte. Es war ein Wunder, dass die Hütte überhaupt noch stand. Ununterbrochen knackte es in den Dachbalken, die Zweige schlugen gegen die Wände, es heulte im Schornstein, und immer wieder schien der Wind das Blechdach packen und vom Haus reißen zu wollen.

»Alles klar, jetzt tu ich es.« Alice holte tief Luft, schaltete die Taschenlampe in ihrem Handy ein und hoffte, dass der Akku nicht seinen Geist aufgeben würde, bis sie unten wäre und den Lichtschalter gefunden hätte. Dafür, dass sie abends die Heizung hochgedreht hatte, war es erstaunlich kalt in der Hütte.

Was zum Henker? Nichts passierte, als sie auf den Lichtschalter drückte. O nein, offenbar war der Strom ausgefallen. Das erklärte, warum es so kalt war. Alice zündete in aller Eile die Kerzen auf dem Tisch an, schaltete die Taschenlampe aus und überzeugte sich davon, dass ihr Handy auf Stromsparmodus eingestellt war, auch wenn das wohl kaum eine Rolle mehr spielte, da der Akku ja ohnehin fast leer war. »Okay«, murmelte sie. »Nicht in Panik geraten!« Als Allererstes musste sie im Kamin ein Feuer machen. Und danach?

Sobald das Feuer im Kamin knisterte, war alles nicht mehr ganz so schlimm. Hatte sie am Vorabend nicht zwischen den Küchenutensilien einen Gaskocher und beim Eingang eine Stirnlampe gesehen? Alice stieß einen Triumphschrei aus, als sowohl Lampe als auch Gaskocher funktionierten. Sie hätte natürlich einen eigenen mitbringen können, aber sie hatte einfach nicht daran gedacht, als sie in aller Eile gepackt hatte. Einige Zeit später goss sie Teewasser in eine große Thermoskanne, summte dazu ein Weihnachtslied und packte die Himbeermarmelade für ihr Müsli aus. In der Hütte waren es inzwischen zwölf Grad, und sie würde bald die dicke Jacke wieder ausziehen können. Neben der Tür lag ein großer Brennholzstapel, und das Wasser in den Kanistern reichte für einige Tage. Sie würde zurechtkommen. Wenn es im Zimmer nur etwas wärmer wäre, dann würde sie alles haben, was sie brauchte, um den Sturm durchzustehen.

Eine halbe Stunde später hatte sie gespült, sich die Zähne geputzt und das Plumpsklo gefunden. Sie schenkte sich Tee nach und ließ sich mit *The Most Wonderful Time of the Year* von Joanna Bolouri im Sessel nieder. Obwohl dieses Buch schon einige Jahre alt war, war sie noch nicht dazu gekommen, es zu lesen. Sie hatte gehört, es sei vorhersagbar, aber überaus unterhaltsam und witzig, und das war genau das, was sie jetzt brauchte.

30

Alice hielt sich den Bauch. Sie hatte in den letzten Stunden so viel gelacht, dass ihr die Bauchmuskeln weh taten. Das Buch hatte den typischen britischen Humor und war unfassbar lustig. Die Story war total verrückt. Emily, achtunddreißig, wird eine Woche vor Heiligabend von ihrem Freund Robert sitzengelassen. Da sie versprochen hat, mit ihm nach Schottland zu fahren und ihren Freund endlich ihrer Familie zu präsentieren, gerät sie dermaßen in Panik, dass sie eines Tages nach zu viel Alkohol ihren Nachbarn, einen jungen Playboy, überredet, mitzukommen und sich als Robert auszugeben.

Alice wollte sich gerade neues Teewasser aufsetzen, als eine SMS von Samuel eintraf:

Wunderbar, dass du heil angekommen bist. Geht's dir gut? Konntest du ein Feuer machen? Hast du alles, was du brauchst? S

Sie lächelte, und während das Wasser aufkochte, überlegte sie, was sie antworten sollte.

Es stürmt, und ich hab keinen Strom, aber es geht

mir gut. Ich habe alles, was ich br… Das Display wurde schwarz.

»Mist, verdammt!« Nach zwei weiteren Versuchen, das Handy wieder einzuschalten, und einer langen Reihe von Flüchen legte sie es weg und wandte sich wieder ihrem Buch zu. Wie ärgerlich! Sie hätte eine Powerbank mitnehmen müssen, aber nun war es zu spät, und sie konnte nichts mehr daran ändern. Sie würde ihm antworten, sobald der Strom wieder da wäre.

Der Tag verging, und der Sturm tobte ohne Pause weiter. Der Stromausfall hielt ebenfalls an. Alice wollte die Batterie in der Stirnlampe und das Petroleum in der Lampe schonen und setzte sich zum Lesen ans Fenster, solange es hell war, mit kurzen Pausen, um im Kamin Holz nachzulegen und sich eine Suppe warm zu machen. Sie hatte ziemlich bald erraten können, wie das Buch wohl enden würde, aber das spielte keine Rolle, denn sie hatte seit einer Ewigkeit nicht mehr so gelacht. Etliche Stunden und allerlei Verwicklungen später klappte sie das Buch mit einem warmen Gefühl im Bauch zu. Der Schluss war ungefähr so, wie sie vermutet hatte, aber mit einer überraschenden Wendung am Ende, wie sie in schwedischen Romanen eher unüblich war. Sie legte im Kamin Holz nach, machte sich noch eine Tasse Tee und schaute dem Schnee zu, der in der Dunkelheit am Fenster vorbeijagte. Sie hatte es wirklich geschafft, sich endlich aus dem Teufelskreis und dem beschränkten Leben befreien können, das sie seit Sebastians Verrat geführt hatte. Zum großen Teil konnte sie sich dafür bei Poppy, Konfuzius und Marguerite bedanken. Und natürlich bei Samuel. Sogar Elias war ihr eine Hilfe gewesen, auch wenn sie sich niemals auf Sex mit ihm hätte einlassen dürfen. Es war idiotisch von ihr gewesen, und sie bereute es zutiefst. Wenn sie die Wahrheit über Samuel gewusst hätte, wäre es niemals passiert. Sie wollte doch ihn, keinen anderen. Wie schön wäre es jetzt, ihn bei sich zu haben. Aber beruhten diese Gefühle überhaupt auf Gegenseitigkeit? Sie war unsicher. Es war schwer, das nicht zu wissen, aber egal, wie er für sie empfand und was noch zwischen ihnen passieren würde, würde sie sich niemals wieder zum Opfer machen oder sich so hängen lassen wie im Frühjahr. Und es reichte jetzt mit Lügen, Ausflüchten und selbstverordnetem Hausarrest. Sie musste wieder anfangen zu leben. Als Allererstes würde sie die Tage hier in der Hütte genießen. Hoffentlich würde sich der Wind bald legen, damit sie ins Freie und auf Skitour gehen könnte. Das würde ihr guttun.

Seltsamerweise schlief Alice trotz des Unwetters schnell ein und wachte während der gesamten Nacht kein einziges Mal auf. Am Sonntagmorgen dann stellte sie aber schnell fest, dass sie ihre geplante Skitour wohl wieder verschieben musste. Der Schnee toste und wirbelte noch immer um die Hütte, nicht mehr ganz so heftig wie gestern, aber doch so sehr, dass eine Anfängerin wie sie sich nicht ins Unwetter wagen sollte. Stattdessen also ein weiterer Tag zum Lesen am Kaminfeuer. Es könnte schlimmer sein, dachte Alice und ging zu ihrem Bücherstapel. Was sollte sie jetzt lesen? Sie konnte sich nicht entscheiden und loste aus, aber der Klassiker, der gewann, war düster und konnte ihr Interesse nicht fesseln. Nach dem Mittagessen legte sie das Buch weg, schaltete den Laptop ein, der zum Glück voll aufgeladen war, und suchte sich die letzte Version von Samuels

Manuskript heraus. Sie war ziemlich sicher, dass sich die Geschichte von Julia und Noel in dieser Sennhütte in ihrer Nähe abspielte, und sie wollte das Manuskript erst noch einmal lesen, ehe sie sich Samuels Ideen für den Schluss ansah. Auf diese Weise hoffte sie, ein Gefühl für die Geschichte als Ganzes zu bekommen.

Zwei Stunden später rieb Alice sich die Augen und legte den Laptop beiseite. Samuels Stil gefiel ihr, und wieder war sie betroffen davon, wie glaubwürdig er die Beziehung zwischen Noel und dessen Töchtern schilderte. Kein Wunder, dass sie Poppy und die kleine Schwester für Samuels Kinder gehalten hatte. Ab und zu machte er es sich vielleicht zu leicht, und die Story war auch nicht besonders originell. Da musste sie Johan Gravenström recht geben. In gewisser Weise war die Geschichte eine Mischung aus mehreren Büchern dieses Genres, aber so war es ja häufig, und wenn Samuel bereit wäre, sich Mühe zu geben, die Personen auszuarbeiten und den Plot zurechtzufeilen, würde es keine größeren Probleme geben.

Alice streckte die Hand nach dem Blatt mit den Notizen aus, das auf dem Tisch lag, und las nun über die Verwicklungen, die Samuel sich noch überlegt hatte.

Nachdem Julia mit Adam per Telefon Schluss gemacht hat, fährt sie zu Jakob, sie essen zusammen, trinken zu viel und landen schließlich im Bett, aber im letzten Moment kommt Julia zur Vernunft und weist ihn ab, zu Jakobs großer Enttäuschung. Sie trennen sich nicht gerade im besten Einvernehmen, und am nächsten Tag kommt es zu einem neuen Konflikt, als Noel Julia anbietet, noch ein paar Tage in der Sennhütte zu bleiben, bis ihr Auto repariert ist. Seine Exfrau Anna ist außer sich vor Wut und erklärt, Noel könne es vergessen, die Kinder während der Feiertage wiederzusehen. Als ob das nicht schon genug wäre, taucht dann auch noch Adam auf und will um Entschuldigung bitten und Julia nach Stockholm fahren. Julia zögert – soll sie Adam noch eine Chance geben? Er hat immerhin ihretwegen den ganzen Weg von Åre auf sich genommen. Oder soll sie bei Noel bleiben, trotz der komplizierten Familiensituation? Am Ende kommt heraus, dass Adam Åre durchaus nicht Julia zuliebe verlassen hatte, sondern weil in den Bergen nun Wind und Tauwetter eingesetzt haben. Julia erfährt außerdem, dass Jakob und Anna einmal zusammen waren, in dem Sommer, als Noel verreist war. Seither hasst Noel Jakob. Anna ihrerseits hat immer Noels Chaos mit Jakobs Ordnung verglichen, und das hatte Noel das Gefühl gegeben, niemals gut genug zu sein, und am Ende scheiterte die Ehe daran. Als endlich alle Unklarheiten beseitigt und Noel und Julia allein in der Sennhütte sind, fallen sie einander in die Arme, und endlich bekommt die Leserin eine stimmungsvolle Liebeszene und darf hoffen, dass die beiden zusammenbleiben werden.

Alice las das alles dreimal und kratzte sich dann am Kopf. Sie glaubte, so ungefähr zu verstehen, welche Verwicklungen Samuel sich vorstellte, auch wenn es immer schwierig war, die Handlung einer Geschichte in holpriger, komprimierter Form zu lesen, ohne weitere Ausformung oder Dialoge. Das Ende erinnerte ziemlich an das Buch von Joanna Bolouris und war viel zu vorhersehbar. Natürlich ähnelten die Grundideen vieler Bücher einander, und vor allem die Ausführung entschied, ob es ein guter Roman war oder nicht. Sonst wäre der Schriftstellerberuf ja schon vor langer Zeit ausgestorben. Die Vorhersagbarkeit könnte Samuel tilgen, wenn er den eigentlichen Text schrieb, aber etwas anderes war ein größeres Problem: War das Manuskript nicht viel zu kurz? Alice schaltete den Laptop wieder ein und überprüfte die Sache. Etwas mehr als zwanzigtausend Wörter hatte Samuel bisher zustande gebracht. Ein fertiger Roman hatte meistens achtzig- oder neunzigtausend, manchmal hunderttausend, aber nur selten weniger als siebzigtausend. Wenn Samuel seine Geschichte nicht mit vielen ausführlichen Verwicklungen füllte, würde kein Buch dabei herauskommen. Nicht einmal, wenn er die Verwicklungen übertrieb, würde das Material reichen. Was er bisher geschrieben hatte, musste ausgeschmückt werden, und vermutlich müsste er noch einige Nebenhandlungen in den eigentlichen Plot einbauen. Vielleicht könnte die Leserin Julia über längere Zeit begleiten, während sie nach Åre fuhr, um dort Weihnachten zu feiern, und möglicherweise ließe sich ein Kapitel aus der Perspektive einer anderen Person einbauen, und die müsste dann Noel sein. Das Manuskript könnte aber auch mit einer Nebenhandlung angereichert werden, die am Ende mit dem Hauptplot zusammengeführt wurde.

Alice rieb sich mit den Fingerspitzen die Stirn. War Samuel klar, dass er erst ein Viertel des Manuskripts geschrieben hatte, sich nun aber schon der Auflösung näherte? Wie würde er reagieren, wenn sie ihn darauf ansprach? War er ausreichend engagiert, um noch einige Monate Arbeit in dieses Projekt zu stecken? Zweifelhaft. In Sigtuna hatte sie das Gefühl gehabt, dass er nicht weiterkam. Lag das vor allem an seiner Abneigung dagegen, intime Szenen zu schreiben, oder gab es einen anderen, gewichtigeren Grund? Vielleicht ahnte er ja schon, dass die Story nicht ausreichte. Es war nicht immer … Plötzlich hämmerte es an der Tür. Alice fuhr zusammen und sprang aus dem Sessel auf. Wer zum Henker kam denn in der Dunkelheit her? Sollte sie überhaupt öffnen oder sich lieber mit einem Messer bewaffnen?

»Alice, bist du da?«

Es klang wie Samuel. Was machte der hier?

Sie ging zur Tür. »Wer ist da?«, rief sie, um sicherzugehen, dass sie sich nicht irrte.

»Ich bin's, Samuel. Kannst du aufmachen?«

31

»Großer Gott, du hast mich ja vielleicht erschreckt!« Alice zog die Jacke fester um sich.

»Entschuldige, ich wollte dich überraschen.« Samuel trat durch die niedrige Tür und zog sie hinter sich zu.

»Das ist dir jedenfalls gelungen.« Sie lächelte besorgt. »Wann bist du hergekommen?«

»Eben erst. Als du gestern Morgen nicht auf meine SMS geantwortet hast und den ganzen Tag nicht zu erreichen warst, hatte ich Angst, es könnte etwas passiert sein, und bin hergekommen.«

»Hier ist alles in Ordnung, aber es gibt keinen Strom, und der Akku von meinem Telefon ist leer.«

»So was hab ich mir fast gedacht, aber ich wollte mich vergewissern, dass dir wirklich nichts zugestoßen ist.« Er musterte sie aus zusammengekniffenen Augen. »Außerdem kommen meine Eltern am Mittwoch und ich dachte, ich könnte einen Weihnachtsbaum besorgen, die Heizung höher drehen und das Haus ein bisschen weihnachtlich schmücken.«

»Okay«, sagte Alice und hätte gern gewusst, ob er eher ihretwegen gekommen war oder seinen Eltern zuliebe.

»Ich geh dann mal ins Haupthaus und werfe den Kamin an. Wie wäre es nachher mit einem Tee? Ich habe Kuchen mitgebracht.« Er hielt eine Papiertüte hoch.

»Ach, wie schön. In einer Viertelstunde vielleicht?«

»Fünf Grad im Haus«, sagte Samuel, als er aus dem Haupthaus zurückkam. »Hast du gemerkt, dass eben der Strom zurückgekommen ist? Bis zum Schlafengehen bringen wir die Temperatur dann jedenfalls auf zehn.«

»Ja, das hab ich gemerkt. Schön«, sagte Alice, aber eigentlich fand sie es schade. Abgesehen davon, dass es ungewohnt und ein bisschen unheimlich war, niemanden erreichen zu können und nicht erreicht zu werden, war es gemütlich gewesen, vor dem warmen Kamin zu sitzen und auf dem Gaskocher Essen zu machen.

»Hast du meine Ideen für den Schluss gelesen?« Sein Blick fiel auf die Notizen auf dem Tisch.

»Japp. Vor einer Weile.«

»Es hat dir nicht gefallen, oder?« Samuel sah sie an.

»Doch, aber ...« Alice starrte in ihre Teetasse und überlegte, wie sie sich ausdrücken sollte. »Es ist immer schwer zu sagen, wie die Verwicklungen und Wendungen aussehen werden, wenn man nur so eine Zusammenfassung hat. Und der Plot, er ist ein bisschen zu vorhersehbar.«

»So ist es doch immer bei Feelgood.« Samuel ließ sich auf dem Stuhl zurücksinken. »Wir haben alles schon mal gehört und gelesen.«

»Na ja, ganz so würde ich das nicht sagen. Die Geschichte kann neu wirken, auch wenn man die Grundstory schon kennt.«

»Mit anderen Worten, du findest nicht, dass die Geschichte trägt?«

»Das habe ich nicht gesagt.« Alice erwiderte seinen Blick. »Das meiste von dem, was du bisher geschrieben hast, ist sehr gut.«

»Aber?« Er runzelte die Stirn und schien mit dem Schlimmsten zu rechnen.

»Das Manuskript ist zu kurz. Du hast fünfundzwanzig Prozent des Buches geschrieben oder höchstens ein Drittel. Bei so wenig Material lässt sich nur schwer etwas über das Endresultat sagen.« Sie hielt den Ausdruck hoch. »Vor allem, wenn sich die Story offenbar der Lösung schon nähert. Weißt du, wie viele Wörter du jetzt hast?«

»Nicht so genau.« Samuel fuhr sich mit der Hand durch die Haare.

»An die zwanzigtausend. Wie viele Wörter hast du sonst in deinen Büchern?«

»Zwischen neunzig- und hunderttausend.«

»Eben.« Sie nickte. »Mit anderen Worten: Du musst du noch siebzigtausend produzieren. Wenn du das mit der Storyline in deinen Notizen zusammenbringen willst, musst du zaubern – oder die ganze Geschichte erweitern, vielleicht noch eine Person hineinbringen, eine Nebenhandlung oder ein Kapitel aus der Perspektive von jemand anderem. So oder so bleibt noch ganz schön viel zu tun, ehe du ein fertiges Rohmanuskript hast. Und wenn ich an deine andere Story denke, dann frage ich mich, ob du bereit bist, die Mühe überhaupt auf dich zu nehmen.« Das waren harte Worte, aber sie wollte ihm keine falschen Hoffnungen machen.

»Du hast recht, es ist noch eine Menge zu tun.« Samuel sah hoffnungslos aus. »Glaubst du, die Sache kann gut genug für Brantzelius werden?«

»Unbedingt, aber sie wollen eben erst das fertige Rohmanuskript sehen.« Alice erwiderte seinen Blick. »Wenn du weiterschreiben willst, lese ich gern alles noch einmal. Und auch während du arbeitest, wenn du möchtest.«

»Bei dem anderen Roman klang er nicht so vorsichtig.«

»Ich weiß«, sagte Alice. »Er ist total begeistert von deiner Idee.«

»Da reicht eine Synopsis.«

»Du kannst zwei so unterschiedliche Romane nicht miteinander vergleichen. Die Geschichte von Stieg Larssons Muse ist einzigartig.«

»Die hier aber nicht?« Samuel schnitt eine Grimasse.

»Na ja.« Was sollte sie sagen? »Das heißt nicht, dass diese Geschichte hier kein Potenzial hat, nur, dass der Verlag ein fertiges Manuskript braucht, um sich für eine Veröffentlichung entscheiden zu können. Das ist ganz normal, und das weißt du auch.« Sie hatte keine Lust, um den heißen Brei herumzureden. Samuel war kein Neuling in der Branche und wusste, wie es dort ablief. Wenn ihre Ehrlichkeit das zwischen ihnen zerstörte, dann war es eben so.

»Ach, ich weiß.« Er seufzte. »Entschuldige mein Gejammere. Du kannst schließlich nichts dafür, dass mir die Motivation fehlt. Oder, irgendwie ist es das ja, aber dann auch wieder nicht …«

»Ist es so schlimm?« Sie begriff nicht, was der letzte Kommentar bedeuten sollte, aber vielleicht würde er das noch erklären.

»Abgesehen hiervon«, sagte er und wies auf seine Notizen, »habe ich seit Sigtuna kein Wort mehr geschrieben.«

»Ich hoffe, das liegt nicht an etwas, das ich gesagt oder getan habe?«

»Als ich anfing zu schreiben, war ich Feuer und Flamme. Ich musste das alles loswerden.« Er verstummte. »Aber dann haben wir mit unserer Zusammenarbeit angefangen, und …« Er zuckte mit den Schultern. »Ich brenne ganz einfach nicht mehr für die Story. Nicht so wie für meine andere Idee.«

»Der Anruf von Johan von Brantzelius hat da sicher auch eine Rolle gespielt.« Sie schluckte. Hatte sie sich unprofessionell verhalten oder ihn zu wenig ermutigt? Anfangs hatte sie ja nicht einmal mit ihm zusammenarbeiten wollen, aber ihre Aufgabe war es, den Autor zu ermutigen, nicht, ihn den Mut oder die Lust verlieren zu lassen.

»Ich habe kaum schlafen können, seit er angerufen hat«, gestand Samuel. »Auf der ganzen Fahrt hierher habe ich über den Plot nachgedacht. Ich könnte mich jetzt sofort an den Laptop setzen und eine Woche lang ununterbrochen durcharbeiten, mit kurzen Pausen zum Essen und Schlafen.«

»Da hast du die Antwort.« Alice sah ihn aufmunternd an. »Es ist schwer, einen Roman zu verfassen, wenn man nicht bereit ist, Herz und Seele hineinzulegen.«

»Das stimmt.« Er runzelte die Stirn. »Ich weiß nicht, was ich gedacht hatte. Dass das Manuskript sich von selbst schreiben würde?«

»Da wärst du nicht der erste Autor, der sich das wünscht.« Alice lächelte verständnisvoll. »Du, etwas ganz anderes, gibt es im Haupthaus zufällig eine Dusche? Ich fühle mich nach zwei Tagen Feuermachen hier in der Hütte ziemlich verdreckt. Es wäre wunderbar, alles abspülen zu können.«

»Hu, hier ist es ja eiskalt.« Alice schob sich die Hände unter die Arme, als sie eine Weile später das Haupthaus betraten. »Aber was für ein wunderschöner Raum!« Sie schaute sich im Wohnzimmer um. Ein weißer offener Kamin mit hohem Mauerwerk bildete den Mittelpunkt des Zimmers, und wie in Samuels Manuskript war er umgeben von einem durchgesessenen Sofa und zwei Sesseln. Vor dem Fenster zum Gästehaus stand ein Esstisch mit acht Stühlen, und vor einer Wand gab es ein Regal mit einer wilden Mischung von Literatur, wie sie leicht in einem Ferienhaus zusammenkommt, wo sich Freunde und Verwandte sammeln.

»Wie du siehst, ist die Einrichtung ziemlich bunt zusammengewürfelt. Man könnte auch chaotisch sagen.« Samuel schnitt eine Grimasse. »Aber ich fühle mich wohl.«

»Es sieht genauso aus, wie du die Hütte von Noel und seinen Töchtern beschrieben hast.«

»Ja, ich hab es mir leicht gemacht. Komm, dann zeig ich dir die Küche.«

Alice ging hinter Samuel her in die gemütliche Bauernküche, schaute sich um und sagte: »Genau wie im Roman. Dir ist die Beschreibung wirklich gut gelungen. Die Farbe der Schranktüren und der fehlende Weihnachtsschmuck sind die einzigen Unterschiede zu dem, was ich mir vorgestellt habe.« Der Ausziehtisch in der Küche sah alt aus und wies die gleiche Patina auf wie der in Samuels Manuskript.

Das galt auch für die Holzstühle und die schmale Küchenbank. Das Einzige, was fehlte, war die rote Tischdecke, und es gab auch keine Weihnachtsleuchter oder Blumen. Ansonsten war die Küche fast genauso wie die in Alices Vorstellung.

»Was du dir alles gemerkt hast.« Er wirkte beeindruckt. »Möchtest du jetzt duschen?«

»Es ist ganz schön kalt hier. Ich warte lieber, bis es etwas wärmer geworden ist.«

»Ich habe einen weiteren Heizkörper ins Badezimmer gestellt und hochgedreht. So klein, wie der Raum ist, müsste es da jetzt mollig warm sein.«

»Danke, wie lieb von dir. Und das Badezimmer, liegt das gleich bei der Diele, wie im …«

»Manuskript«, sagte er verlegen. »Du, Alice …«

»Ja?« Sie blieb stehen.

»Ich hoffe, es stört dich nicht, dass ich ohne Vorwarnung hier aufgetaucht bin.« Er fuhr sich mit der Hand durch die blonden Haare, die nun in alle Richtungen abstanden, und sie musste sich alle Mühe geben, um nicht ihre Hand auszustrecken und die widerspenstigen Strähnen zu bändigen.

»Solange keine durchgedrehte Exfrau auftaucht, freue ich mich, dass du gekommen bist«, sagte sie, drehte ihm den Rücken zu und ging zum Badezimmer.

Als sie gerade die Tür hinter sich schließen wollte, hörte sie ihn murmeln: »*Das* kann ich immerhin versprechen.«

»Hat das gutgetan?«, fragte Samuel, als sie aus dem Badezimmer kam. »Möchtest du hier im Haupthaus schlafen oder im Gästehaus bleiben?«

»Die Dusche war wunderbar, aber die Wärme im Gästehaus ist mir lieber als das hier.« Sie zog sich den Reißverschluss der Daunenjacke bis ans Kinn.

»Wieso denn? Wir haben jetzt immerhin doch neun Grad. Die pure Sommerwärme. Was bist du für ein Weichei!«

»Mach das Angebot noch mal, wenn sich die Temperatur den zwanzig Grad nähert.«

Als Alice im Bett lag, konnte sie nicht einschlafen. Zwei Stunden drehte sie sich von einer Seite auf die andere, ohne Ordnung in ihre Gedanken bringen zu können. Samuel war hier, und nur, um seinen Eltern zu helfen, hätte er erst einen Tag später kommen können oder sogar erst am Dienstag. Aber er hatte keinen Annäherungsversuch gestartet. Nicht einmal einen Gute-Nacht-Kuss hatte sie bekommen. Mit hängenden Armen hatten sie sich in der Diele gegenübergestanden, sich eine gute Nacht gewünscht und sich dann getrennt. Sie seufzte und drehte sich wieder um. Wenn sie nicht bald einschlief, könnte sie sich auch gleich vor den Kamin setzen und ein Buch lesen.

Alice wurde von ihrem Telefon geweckt.

Guten Morgen, Siebenschläfer. Hier in der Küche steht das Frühstück bereit, mit Sauerteigbrötchen und vielen anderen Köstlichkeiten. Hunger? Die Mitteilung wurde mit einem Smiley beendet.

Du hattest mich schon bei dem Wort Frühstück. Alice schickte die Antwort ab und schlug die Decke zurück. Dann tippte sie noch eine Nachricht. *Bin in 5 Minuten bei dir.*

Nachdem Alice sich fertig gemacht hatte, stapfte sie durch den frisch gefallenen Schnee zum Haupthaus hinüber. Auf halber Strecke blieb sie stehen und schaute hinüber zur Lichtung und zum Waldrand, die nun endlich zu sehen waren. Es war noch immer bewölkt, aber es schneite nicht mehr, und der Wind hatte sich endlich gelegt. Die obersten Zweige in den Baumwipfeln bewegten sich fröhlich, ansonsten war alles still und ruhig. Es war, wie in weiche Watte gehüllt zu sein, dachte Alice und ging weiter. Ihr Magen knurrte, und sie freute sich auf das Frühstück.

Samuel strahlte, als sie die Küche betrat, und bat sie, Platz zu nehmen.

»Magst du lieber Sauerteigbrötchen oder normale? Ich hab sie gestern unterwegs in einer Bäckerei gekauft. Wenn wir sie kurz in den Backofen legen, sind sie bestimmt lecker.«

»Wunderbar. Sauerteig, bitte.« Alice zwängte sich zwischen Tisch und Küchenbank und setzte sich. »Das sieht richtig schön aus.«

Nun lag die rote Decke auf dem Tisch, und Samuel hatte ein beeindruckendes Frühstück aufgetischt, mit gekochten Eiern, Brötchen, Saft, Teetassen, Pulverkaffee, allerlei Aufschnitt und Käse, Joghurt, Milch und Müsli. Mitten auf dem Tisch standen zwei duftende Hyazinthen, im Küchenofen knisterte das Feuer, die Kerzen in den Leuchtern brannten, und vom Fenster her verbreitete ein Adventsleuchter sein goldenes Licht im Raum.

»Hier ist im Laufe der Jahre schon oft und ausgiebig gefrühstückt worden.« Samuel hob die Teekanne. »Du trinkst lieber Tee als Kaffee, oder?«

»Zum Frühstück immer.« Sie hielt ihm ihre Tasse hin, damit er sie füllen könnte.

Nachdem sie gefrühstückt hatten, fragte Samuel sie nach ihrer Schuhgröße.

»Wieso willst du das wissen?«

»Ich dachte, wir könnten den Weihnachtsbaum holen.«

»Anders als Julia habe ich Winterstiefel mitgebracht. Das müsste doch reichen, um nach Järvsö zu fahren, oder wo immer hier Weihnachtsbäume verkauft werden?«

»Haha, du bist witzig. Hier brauchst du Schneestiefel und gefütterte Hosen. Wir fällen einen Baum, im Wald, du weißt schon.« Samuel grinste. »Ich weiß eine Stelle, wo wunderschöne Weihnachtsbäume wachsen.«

»Du willst damit sagen, wir stehlen einen?«

»So spannend wird es nun auch wieder nicht. Sie stehen auf dem Grundstück das Nachbarn, und jedes Jahr zu Weihnachten dürfen wir uns zwei holen.«

»Wie weit ist es denn?«

»Hier.« Er hielt ihr einen Sturzhelm und eine Skibrille hin. »Und zieh dich so warm an wie möglich.«

32

Alice war total erschöpft. Zwei Stunden lang hatte sie hinter Samuel auf dem Schneemobil gesessen und die Arme um seine Taille gelegt, so fest, als ob ihr Leben davon abhinge. Das Schneemobil war immer wieder aus der Spur gesprungen, der Gestank des Auspuffs hatte ihr Kopfschmerzen bereitet, und sie zitterte vor Kälte. Aber der Ausflug war trotzdem wunderbar gewesen. Es lag hoher Schnee. Kiefern, Föhren und Laubbäume waren weiß gepudert. Wenn die Sonne zwischendurch hinter den Wolken hervorlugte, funkelten die Schneekristalle wie Diamanten und malten eine zerbrechliche, winterweiße Schneelandschaft umgeben von Hügelkämmen und Bergen. Es dauerte seine Zeit, den passenden Baum auszusuchen, aber am Ende konnten sich Samuel und Alice auf zwei Prachtexemplare einigen, von denen das eine jetzt an der Hauswand lehnte. Den anderen hatte Samuel vor dem Haupthaus in den tiefen Schnee gerammt, und dann hatten sie ihn mit funkelnden Lichterketten und großen roten Christbaumkugeln geschmückt.

»Wie geht es dir? Bist du müde?« Er sah Alice an, die mit halb geschlossenen Augen in dem Sessel vor dem offenen Kamin im Wohnzimmer kauerte.

»Es war wunderschön, rauszukommen, aber ich wusste nicht, dass es so anstrengend ist, Schneemobil zu fahren.« Oder ob es daran lag, dass sie nicht mehr an frische Luft gewöhnt war? Unter einer Decke zu Hause im Sessel zu sitzen und die Balkontüren einen Spaltbreit zu öffnen, zählte ja wohl kaum, und die kurzen Spaziergänge durch die Gassen von Mariaberget waren nicht viel besser.

»Leg dich doch eine Runde aufs Sofa, und ich erledige so lange ein paar Dinge.«

»Hm, gute Idee.« Sie ließ sich nicht lange bitten. »Weckst du mich dann?«

Schon nach wenigen Minuten fielen ihr die Augen zu, und als Samuel eine Decke über sie legte, dankte sie, brachte es aber nicht über sich, die Augen zu öffnen. Zwei Meter weiter knisterte es gemütlich im Kamin. Ihr war endlich wieder warm, und aus den Lautsprechern strömte leise jazzige Weihnachtsmusik. Könnte es noch besser sein?

»Hör mal, du Schlafmütze. Zeit zum Aufwachen.« Samuel beugte sich über sie. »Möchtest du vor dem Essen duschen?«

»Essen?«

»Genau, du hast über eine Stunde geschlafen.«

»Echt?« Sie setzte sich hellwach auf. »Warum hast du mich nicht geweckt?«

»Du hast so niedlich geschnarcht. Und du bist mir ziemlich müde vorgekommen.«

»Jetzt werde ich heute Nacht nicht schlafen können.«

»Wie gut!« Er lächelte sie vielsagend an. »Hier wird nämlich gefeiert.«

»Hier?«

»Genau. Das Essen ist bald fertig. Wenn wir gegessen haben, schmücken wir den Baum und feiern schon mal Weihnachten.«

»Moment. Das ist doch erst in drei Tagen.«

»Kleinkram.« Er wischte den Einwand beiseite. »Da meine Eltern übermorgen kommen, müssen wir nun mal im Voraus feiern. Also fangen wir heute Abend an. Mach dich jetzt am besten gleich fertig.«

Nach einer erfrischenden Dusche ging Alice hinüber ins Gästehaus, um sich zu schminken und umzuziehen. Sie entschied sich für Jeans und den dunkelroten Pullover, steckte sich die Haare mit Spangen und Klammern locker hoch, trug tiefroten Lippenstift auf und nahm danach die kleinen Diamantohrringe, die sie zwei Jahre zuvor von ihrem Vater zum Dreißigsten bekommen hatte. Das musste reichen. Es gab in der Hütte keinen Spiegel, aber durch die tiefrote Farbe des Pullovers fühlte sie sich weihnachtsfein und festlich. Sie nahm die Filzpantoffeln in die Hand, schob die Füße in die Stiefel und ging hinüber ins Haupthaus.

»Du bist aber schön.« Samuel erwartete sie schon in der Diele. Auch er hatte sich umgezogen und trug jetzt dunkelblaue Jeans und ein kariertes Flanellhemd.

»Danke. Und meine guten Schuhe hab ich auch mitgebracht.« Sie hob die Filzpantoffeln hoch.

»Da sind wir schon zwei.« Er lachte und zeigte auf seine dicken grauen Socken.

»Möchtest du Glühwein?« Samuel nahm zwei Becher von einem Tablett.

»Ja, danke.« Sie stieß mit ihm an, nahm einen Schluck und hustete. »Oh, der ist aber stark!«

»Kann sein, dass ich ihn ein bisschen zu heftig angereichert habe.« Er schnitt eine Grimasse.

»Ich werde es überleben«, sagte sie lachend. »Jedenfalls, wenn wir bald essen. Kann ich irgendwas helfen?«

»Es gibt Bœuf bourguignon. Ich hoffe, das magst du. Du kannst gern den Wein einschenken.« Er zeigte auf eine geöffnete Weinflasche, die auf der Anrichte stand. »Bevor du mich für meine Kochkunst lobst, gebe ich lieber gleich zu, dass meine Mutter gekocht hat, und ich das Gericht nur aus der Tiefkühltruhe genommen habe.«

»Trotzdem vielen Dank für alles.« Alice füllte die Gläser mit dem dunkelroten Wein.

»Ich hoffe, du hast Hunger.« Er stellte den gusseisernen Kochtopf auf einen Untersatz mitten auf dem Tisch und holte dann noch eine Schüssel mit gekochten Kartoffeln.

Nach zwei Portionen war Alice mehr als satt und hätte sich gern für eine Weile auf das Sofa gelegt, aber Samuel wollte jetzt den Weihnachtsbaum schmücken und sah so erwartungsvoll aus, dass sie kaum ablehnen konnte.

»Meinst du, das reicht? Steht er auch gerade genug?« Samuel hörte auf, am Christbaumständer herumzuschrauben und kroch unter den stechenden Zweigen hervor.

»Glaub schon.« Vorsichtig ließ Alice den Baum los, trat zwei Schritte zurück und musterte das Ergebnis. »Mein Vater sagt immer, dass ein bisschen schief auch gerade ist, aber das kommt wohl darauf an, ob du Perfektionist bist oder nicht.«

»Dann muss es so reichen.« Samuel grinste. »Jetzt müssen wir ihn behängen.« Er richtete sich auf und wischte sich Tannennadeln von den Knien.

»Habt ihr Regeln dafür?«, fragte Alice. »Wie, dass es nur weiße und silbrige Kugeln sein dürfen?«

»Wir haben eine einzige wichtige Regel hier in der Sennhütte, wenn es um Weihnachten geht, und die müssen alle einhalten.« Er hob einen Bananenkarton mit der Aufschrift »Weihnachten« auf den Couchtisch.

»Okay, und die lautet?«

»Je mehr, desto besser.« Wieder grinste er. »Designerchristbäume brauchen sich gar nicht erst zu bewerben.«

»Gute Regel.« Alice lachte. »Fangen wir an?«

Eine Stunde darauf war der Baum behängt mit funkelnden Lichtern, roten, goldenen und dunkelblauen Kugeln, glitzernden Girlanden, dicken Knallbonbons, Strohsternen mit roten Bändern und einer wilden Mischung aus selbst gebasteltem Schmuck, bei dem Alice den Verdacht hatte, dass Samuels Mutter ihn aus dem Familienhaus verbannt hatte, sowie die Kinder dort ausgezogen waren.

»Wenn du die Pralinenschachtel aus der Speisekammer holst, rücke ich den Stern gerade«, sagte Samuel. »Der ist wohl ein bisschen verrutscht.«

Nach einigem Suchen fand Alice die Pralinenschachtel unter einem Netz mit Clementinen. In der Tür zum Wohnzimmer stieß sie mit Samuel zusammen, der gerade von einer Leiter stieg.

»So, ah. Ich meine, hoppla, was machen wir jetzt?« Er zeigte nach oben. »Wir stehen ja offenbar unter dem Mistelzweig.«

»Da hängt doch kein …« Sie schaute zur Decke hoch, und wirklich, da hing jetzt ein olivgrüner Mistelzweig mit weißen Beeren von einem Band am Türpfosten.

»Du weißt doch, dass es großes Unglück bringt, gegen uralte Traditionen zu verstoßen?«

»Wie, dass die Ziege lahm wird und die Kuh saure Milch gibt?« Sie kicherte. »Das dürfen wir nicht riskieren.«

»Gut, dass dir der Ernst der Lage bewusst ist.« Er zog sie an sich, legte ihr die Hände um die Wangen und berührte ihre Lippen mit seinen zu einem sanften und behutsamen Kuss.

»Ist nur die Frage, ob das als Kuss zählen kann.« Sie sah ihn an. »Das war zu kurz, würde ich sagen. Jetzt gibt es ein ganzes Jahr lang saure Milch.«

»O weh, das ist ja gar nicht gut.« Samuel legte ihr die Hand in den Nacken. »Und was sagst du hierzu?« Er suchte wieder ihre Lippen, diesmal drängender. Seine Zunge war würzig vom Wein – und warm, und sie erwiderte diesen intensiven Kuss, so sehr, dass ihr die Knie zitterten.

»War das besser?«

»Einmal ist keinmal«, hauchte sie atemlos, worauf er die Lippen öffnete und sie noch einmal küsste.

»Oh.« Alice wand sich aus seinen Armen und holte tief Atem, ihr war furchtbar schwindlig. »Das war vielleicht ein bisschen zu viel.« Sie ging zum Couchtisch und stellte die Pralinenschachtel ab. »Wo waren wir noch stehen geblieben?«

»Beim Baumschmücken.« Der aufgeladene, fast schon elektrisierende Kuss schien ihn ebenso mitgenommen zu haben wie sie. »Und jetzt müssen noch Adventsleuchter aufgestellt werden, hier im Wohnzimmer und in den Schlafzimmern.«

»Wo finde ich die?«, fragte Alice.

»In der Abstellkammer gegenüber dem Badezimmer. Wenn du die holst, mache ich eine neue Weinflasche auf.«

Alice schnappte sich eine Praline aus der Schachtel und ging hinaus in die Diele. Hinten in der Abstellkammer stand ein Umzugskarton, aus dem die obersten Kerzen von zwei Adventsleuchtern hervorragten. Sie wollte schon nach dem Karton greifen, als sie eine ausgebeulte Tüte mit etwas sah, das aussah wie ein Pullover mit Weihnachtsmannmotiv. Alice ermahnte sich, wegzugehen und nicht herumzuwühlen, aber ihre Hände übernahmen die Führung. Sie konnte nichts dagegen tun. Als sie einen grauen Pullover mit einem kitschigen Weihnachtsmotiv aus der Tüte zog, schnappte sie nach Luft. Dann war da noch einer und zwei rote in Kindergröße mit niedlichem Rentieraufdruck. Was hatte das zu bedeuten? Die Gedanken wirbelten ihr durch den Kopf, und Alice konnte keine Ordnung hineinbringen. Was sollte sie tun? Die Pullover wieder in die Tüte stopfen oder ihn danach fragen?

»Was ist los? Kannst du sie nicht finden?« Samuel verdeckte nun das Licht in der Diele.

Sie drehte sich mit den Pullovern im Arm um und konnte kein Wort herausbringen.

»Ach, die da ...« Er fuhr sich mit den Fingerspitzen durch die Haare. »Ich wollte es dir erzählen, aber es hat sich bisher noch nie so richtig ergeben.«

»Was genau wolltest du erzählen?« Sie schluckte. Hatte er jetzt doch Kinder und eine rabiate Exfrau, so wie Noel?

»Komm, wir gehen ins Wohnzimmer. Dann erzähle ich alles von Anfang an.«

Samuel schwieg eine Weile und nippte am Wein, aber als er dann endlich etwas sagte, sprudelte es nur so aus ihm heraus, über Carin, eine Frau mit zwei Kindern, die er vor fast fünf Jahren bei einer Fortbildung kennengelernt hatte und mit der er dann sehr bald zusammengezogen war.

»Wir waren im vorigen Jahr zu Weihnachten hier, aber nach einem heftigen Streit am Tag vor Heiligabend ist sie abgehauen und hat die Mädchen mitgenommen. Wir haben dann einige schwierige Monate lang versucht, die Beziehung zu kitten, aber zu Ostern sagte sie dann, dass sie sich trennen wollte.« Samuel starrte zu Boden. »Offenbar hat sie einen anderen kennengelernt, und der hat eine sichere, gut bezahlte Stelle und ein geregeltes Leben. Ich war wohl zu chaotisch und habe mein Schreiben viel zu ernst genommen, vor allem, wo ich doch offiziell gescheitert bin.« Er klang bitter.

»Was, das hat sie gesagt? Es hat sicher weh getan, das zu hören.« Alice legte ihm eine tröstende Hand auf den Arm.

»Das und noch viel mehr.« Er nahm einen großen Schluck Wein. »Jedenfalls war sie zu dem Schluss gekommen, dass ein Leben ohne feste Routinen für ihre Töchter nicht gut war.«

Das Gespräch hatte eine Wendung genommen, mit der Alice nicht gerechnet hatte, und sie wusste nicht, was sie sagen sollte. »Es klingt, als ob ihr sehr verschieden wart«, brachte sie endlich heraus.

»Ja, danke, das kannst du wohl sagen. Aber bei den

Mädchen war das anders. Ihr Vater ist abgehauen, als die Jüngste gerade geboren war, und ich habe mich um sie gekümmert, als wären es meine eigenen Kinder. Wir hatten bald ein gutes, enges Verhältnis, aber …« Jetzt zitterte Samuels Stimme. »Als Carin mich verlassen hat, waren sie von einem Tag auf den anderen verschwunden, und ich konnte rein gar nichts dagegen tun.« Wieder trank er einen großen Schluck Wein.

»Das muss hart gewesen sein.« Alice hatte keine Erfahrung mit Kindern und konnte sich nicht vorstellen, was das für ein Gefühl wäre. Aber es musste sehr schmerzhaft sein.

»Ich brachte keine einzige Zeile mehr zustande. Ob es nun an dem Misserfolg lag oder dass Carin mir immer wieder unter die Nase rieb, was für ein Verlierer ich sei, weiß ich nicht, aber ich konnte mich nicht mehr beherrschen. In meiner Wut habe ich einen Satz nach dem anderen hingehauen, anfangs, ohne daran zu denken, dass ein Buch dabei herauskommen könnte. Ich wollte nur meinen Frust und meine Wut loswerden.«

Er schaute auf, und seine Augen glänzten.

»Hat es geklappt?«

»Es hat mich immerhin vom Alkohol und Schlimmerem ferngehalten.« Er holte tief Luft und ließ sie in einem langen Seufzer wieder entweichen.

»Wie viel von der Geschichte im Manuskript ist tatsächlich wahr?«

»Das meiste, auch wenn ich alles verdreht habe.« Samuel schnitt eine Grimasse. »Adam ist Carins Mistkerl von Ex, der sie mit zwei kleinen Kindern verlassen hat. Maja und Lisa erinnern an Carins Kinder, aber ich habe natürlich die Namen geändert und in Wirklichkeit haben sie und Carin dunkle Haare. Wie du sicher begriffen hast, ist Jakob ihr neuer, perfekter Mann – Ordnung, geregelter Alltag, regelmäßiges Einkommen, solche Dinge.« Samuel schnaubte.

»Und du bist Noel?«

»Mehr oder weniger.« Er fuhr sich mit der Hand durch die Haare, und sie hatte inzwischen den Eindruck, dass das bei ihm eine Geste der Verlegenheit war.

»Bleibt Julia? Wer ist sie?«

»Ja …« Samuel überlegte. »Ich nehme an, sie steht für meine Hoffnungen und Träume«, sagte er schließlich. »In meinen Phantasien kann Liebe so sein – einfach und unkompliziert, mit einer Frau, die mich so mag, wie ich bin.« Er schaute auf. »Zu Anfang war alles, was ich geschrieben habe, sehr bitter, aber ein Teil davon hatte was, und dann kam mir der Gedanke, dass daraus ein Roman werden könnte. Ich fing an, Fiktion in den Text zu weben, machte ihn ein bisschen positiver und reicherte die Ereignisse mit einer Story an. Warum nicht Geld an dem Elend verdienen, wenn ich es doch nicht lassen konnte, darüber zu schreiben?«

»Gut mitgedacht«, sagte Alice und wartete darauf, dass er weiterredete.

»Ich dachte, ich wäre nach der Sache mit Carin Frauen gegenüber immun, aber dann kamst du, verletzt und verzweifelt, genau wie ich selbst.« Er sah sie an. »Gleich von Anfang an konnten wir so ungezwungen miteinander reden. Den Eindruck hatte ich jedenfalls. Wie bei unserem ersten Treffen, als wir stundenlang Kaffee getrunken haben.« Er streckte die Hand nach ihrer aus. »Ich fühlte mich wohl in deiner Gesellschaft, alles kam mir so einfach und unkompliziert vor. Danach habe ich mir alle Mühe gegeben, um dich davon zu überzeugen, dass wir uns wiedersehen und weiter zusammenarbeiten müssten. Das Komische ist, je mehr Kontakt wir hatten, umso weniger Lust hatte ich, an dem verdammten Roman weiterzuschreiben.«

»Das ist kein verdammter Roman.« Alice schluckte, überrumpelt von seinem Geständnis.

»Vielleicht nicht, aber ich brauche ihn nicht mehr. Ich muss mich nicht rächen, Streit suchen und allen Mist zu Papier bringen, wie ich das zuerst vorhatte.« Er drückte ihre Hand. »Als du aufgetaucht bist, rückte alles, was passiert war, in den Hintergrund, und die Lust, oder eher das Bedürfnis, die Wut am Leben zu erhalten, verflog.« Er lächelte sie müde an. »Denn ich will im Hier und Jetzt sein. Mit dir.«

»Stimmt das?« Ihre Stimme war kaum zu hören. »Deine Ex kann also nicht jeden Moment mit zwei Kindern im Schlepptau hier auftauchen?«

Er schüttelte den Kopf. »Außer mir ist niemand hier. Und ich will mit dir zusammen sein.«

»Sicher?« Noch wagte sie nicht, seinen Worten wirklich zu glauben. Sie spürte, wie die Hoffnungen, die sie in den vergangen Tagen verdrängt hatte, in ihrem Bauch wieder zu prickeln begannen. Sie könnten aber auch leicht Feuer fangen und sich in einen unkontrollierbaren Flächenbrand verwandeln.

»Ich war mir schon lange nicht mehr so sicher.«

»Dann sollten wir darauf anstoßen.« Mit zitternder Hand hob sie ihr Glas.

»Auf uns?«

»Nein, auf das Ende von *Ein Sturm zur Weihnachtszeit.* Das war mein Titelvorschlag für dein Manuskript.«

»Nicht so eilig. Vielleicht schreibe ich es ja doch noch.«

»Vergiss es, jetzt ist es Zeit für eine neue Geschichte.« Sie beugte sich vor und berührte seine Lippen in einem sanften Kuss.

»Du.« Samuel ließ sich zurücksinken. »Da ist noch was.«

»Okay?« War es eine schlechte Gewohnheit von ihm, immer die perfekte, romantische Schlussszene zu zerreden?

»Ich muss gleich morgen früh zurückfahren. Es gibt noch eine Sache zu erledigen. Oder eigentlich zwei.« Seine Miene zeigte, dass er nicht sicher war, ob sie das, was er nun sagen würde, gern hören wollte.

»Schon morgen? Wieso denn? Du bist doch gerade erst gekommen!« Alice machte sich auf das Schlimmste gefasst.

»Carins Kinder möchten mich gern treffen. Sie hat gestern Abend angerufen und gesagt, die Mädchen wollten mir ein Weihnachtsgeschenk überreichen. Entschuldige, dass ich das nicht sofort erwähnt habe, aber ich wusste nicht, wie ich das erklären sollte.«

»Du hast also immer noch Kontakt zu ihnen?« Alice hatte das wirklich nicht hören wollen, aber wenn sie nun schon einen Mann mit einer Vergangenheit kennengelernt hatte, musste sie natürlich akzeptieren, dass er nicht alle Bindungen sofort kappen konnte.

»Auch wenn mein Kontakt zu Carin gelinde gesagt eisig ist, war ich doch fünf Jahre lang eine Vaterfigur für ihre Kinder, und ich habe sie seit dem Frühling zweimal getroffen. Sie werden mich bald vergessen und sich an den neuen Mann gewöhnen, aber solange sie das wollen, sage ich ungern nein. Und ich möchte sie wirklich gern sehen.«

»Das kann ich verstehen«, sagte Alice. »Und das andere?« Es war besser, lieber gleich das Pflaster von der Wunde zu reißen.

»Polly möchte, dass ich am Mittwoch mit ihr zu Marguerites Vorweihnachtsfeier komme. Wegen der Pandemie können ihre Freunde vom Theater nicht teilnehmen, und Polly will nicht, dass sie allein da sitzt.«

»Ach …« Alice befreite sich aus seiner Umarmung, während ihre Gedanken sich überstürzten.

»Hättest du vielleicht Lust, uns zu begleiten?« Samuel blickte sie bittend an. »Ich würde mich so freuen!«

»Zu Marguerite?« Alice biss sich in die Wange. Was sollte sie antworten? Würde Elias auch da sein, und was sollte sie Samuel dann erzählen? Und was Elias? Sie hatte sich alle Mühe gegeben, alle Gedanken an Elias und ihren gemeinsamen Abend zu verdrängen, aber sie hätte ahnen müssen, dass die Ereignisse sie einholen würden. Ihr Magen krampfte sich zusammen, als sie an das Chaos dachte, das sie da angerichtet hatte.

»Ihr Sohn kann offenbar nicht kommen, und da bleiben nur Polly, Marguerite und ich. Und hoffentlich du.«

»Das klingt … nett.« Alice konnte sich einfach kein Lächeln abringen, aber sie hoffte, wenigstens gelassen und ruhig zu wirken.

»Du kommst also mit? Polly und Marguerite würden sich wirklich freuen!«

»Sie möchte lieber Poppy genannt werden«, sagte Alice.

Was für eine blödsinnige Bemerkung, aber sie konnte ihre wild durcheinanderjagenden Gedanken nicht unter Kontrolle bringen. Sollte sie Samuel von Elias erzählen? Eigentlich war sie ihm keine Rechenschaft schuldig. Sie und Samuel hatten einander nichts versprochen, und nach Sigtuna hatte er sie hängen lassen. Aber ihm nichts zu sagen, kam ihr falsch vor. Indirekt wäre es gelogen, und sie wusste ja nur zu gut, was für schlimme Folgen Lügen haben konnten. Wenn sie nichts sagte, würde sie niemals ihren Seelenfrieden finden. Aber wenn sie es jetzt erzählte, wäre der Rest des Abends ruiniert, und schlimmstenfalls auch das, was sich hier zwischen ihnen entwickelte. Wäre es nicht besser, bis morgen zu warten oder bis zu einer späteren Gelegenheit, wenn alles zwischen ihnen nicht mehr so neu und zerbrechlich wäre?

Nein, ging ihr dann auf, es musste jetzt passieren. Keine weiteren Lügen.

Das Essen schien in ihrem Magen aufzuquellen und sich zur Kehle hochzupressen, aber es half nichts. Sie holte tief Luft und fasste sich ein Herz. »Ich muss dir zuerst auch noch etwas sagen. Etwas, das mir sehr schwerfällt.« Sie trank einen Schluck Wein und räusperte sich, dann erzählte sie ohne Umschweife alles, was mit Elias passiert war.

Als sie fertig war, musterte Samuel sie mit unergründlicher Miene. Sie hielt den Atem an und wartete darauf, dass er etwas sagte, aber die Minuten vergingen, und als er dann schließlich das Wort ergriff, meinte er nur: »Und was soll ich jetzt dazu sagen?«

»Ich weiß nicht.« Ihre Augen brannten. »Entschuldige, es war so dumm und unnötig von mir. Es war nur, weil …«

Sie verstummte und strich sich eine Strähne weg, die ihr dauernd ins Gesicht fiel. Nichts konnte die Tatsache aus der Welt schaffen, dass sie nur kurze Zeit nach ihrem wunderbaren Tag mit Samuel in Sigtuna Sex mit Elias gehabt hatte. »Hab ich jetzt etwas zwischen uns zerstört?«

»Es ist gut, dass du ehrlich bist, nehme ich an.« Samuel klang nicht gerade überzeugend.

Alice schluckte, aber ihr fiel nichts ein, was sie sagen könnte.

»Ich kann verstehen, warum das passiert ist«, meinte er nun. »Aber ...«

Sie hielt den Atem an. Würde er jetzt sagen, dass er nichts mehr mit ihr zu tun haben wollte?

»Und das war nur dieses eine Mal? Es ist nur einmal passiert?«

»Nur einmal, glaub mir bitte.« Sie sah ihn flehend an. »Ich wollte es nicht mal, aber ich war so wütend und enttäuscht von dir, und ich hoffte, dadurch könnte ich vergessen, was zwischen uns passiert war.«

»Das war wirklich hilfreich.« Samuels Stimme troff vor Sarkasmus.

»Es war total schwachsinnig, das gebe ich zu, aber ich war verzweifelt und konnte nicht mehr klar denken. Verzeih mir, wenn ich dich enttäuscht habe.«

»Enttäuscht ...« Er presste die Zähne aufeinander und schien zu überlegen, was dieses Wort wohl bedeutete.

Sie blinzelte und wartete darauf, dass er noch mehr sagte. Die Tränen, die hinter ihren Augenlidern brannten, drängte sie mit aller Macht zurück.

»Du musst entschuldigen, aber ich brauche ein wenig

frische Luft.« Samuel sprang auf und trampelte hinaus in die Diele. Gleich darauf fiel die Haustür mit einem Knall zu.

»O verdammt!« Alice schlug die Hände vors Gesicht. Hatte sie jetzt alles zerstört? Vermutlich. Sie konnte nicht fassen, dass sie so dumm gewesen war, etwas zu ruinieren, was so schön hätte werden können, alles nur wegen eines Missverständnisses und weil sie falsch gedacht oder eher gar nicht gedacht hatte. Wie hatte sie so leichtfertig und naiv sein können?

Die Minuten vergingen, aber Samuel kam nicht zurück. Sie konnte ihn verstehen. Sie hatte sich wie eine Idiotin benommen, und er hatte jedes Recht, wütend zu sein. Es wäre kein Wunder, wenn er nichts mehr mit ihr zu tun haben wollte. Sie blinzelte und konnte schließlich die Tränen, die sich in ihr aufgestaut hatten, nicht länger zurückhalten.

Nach einer Viertelstunde kam Samuel endlich zurück. Er setzte sich auf den Couchtisch und sah Alice lange an, ehe er schließlich sagte: »Woher soll ich wissen, dass es nur eine einmalige Sache war?«

»Weil ich nur dich will und keinen anderen. Das schwöre ich.«

»Ich muss wissen, dass ich mich auf dich verlassen kann, dass es nie wieder passieren wird.«

»Ich …« Alice schniefte und wischte sich mit dem Pullover die Tränen ab. »Es war ein Fehler, der mir nie wieder passieren wird, glaub mir bitte. Es wird sich nicht wiederholen. Ich dachte doch, du hättest mich belogen und mir deine Familie verschwiegen.«

»Wenn du mich fragst, ist das ein verdammt mieser Grund, um mit jemandem ins Bett zu gehen.« Er kniff die Augen zusammen.

»Da stimme ich dir zu, aber was soll ich denn sagen oder tun, damit du mir verzeihst? Ich kann die Sache ja nicht ungeschehen machen.«

»Ich weiß nicht.« Er fuhr sich mit den Händen durch die Haare und massierte die Kopfhaut. »Du musst verstehen, dass mich das sehr verletzt.«

»Und was glaubst du, wie sehr es mich verletzt hat, als ich dich mit Poppy und ihrer kleinen Schwester gesehen habe?« Sie schluchzte auf. Jetzt zum Angriff überzugehen war kein besonders erwachsener Umgang mit der Situation, aber sie wusste nicht, was sie sonst tun sollte. Wie oft konnte man »entschuldige« sagen, ohne diesem Wort seinen Inhalt zu nehmen?

»Verdammt übel, nehme ich an.«

Alice nickte. »Du musst mir glauben. Es war eine einmalige Sache. Ich will dich und keinen anderen.« Sie wusste, dass sie sich wiederholte, aber was sollte sie sonst noch sagen?

»Ich muss das erst mal verdauen, Alice.« Seine Stimme war kaum zu hören. »Eine Nacht drüber schlafen und in Ruhe nachdenken, schätze ich.«

»Du gibst also nicht sofort auf?« In ihr erwachte ein schwacher Hoffnungsschimmer.

»Ich kann dir nichts versprechen, aber ich werde versuchen, eine Möglichkeit zu finden, um damit umzugehen.«

»Danke.« Sie blinzelte und wischte sich weitere Tränen ab.

33

Die Wolken hingen tief, es regnete, und Alice starrte konzentriert auf die nasse Fahrbahn. Sie vermisste bereits die Kühle von Hälsingland und die knisternden weißen Schneelandschaften. Mit beiden Händen umklammerte sie das Lenkrad, während sie noch einmal an den Abend dachte, ehe Samuel nach Stockholm zurückgefahren war. Nach ihrem Gespräch hatten sie gemeinsam den Abwasch erledigt, aufgeräumt und die letzten Vorbereitungen für das Eintreffen seiner Eltern erledigt. Danach hatte Samuel sie kurz umarmt und gesagt, es sei jetzt Zeit zum Abschiednehmen. Er müsse schon gegen sechs Uhr morgens los, um rechtzeitig zur Bescherung mit Carins Kindern da zu sein. Er hatte diesmal nicht gefragt, ob sie bei ihm im Haupthaus übernachten wollte, und es war deutlich, dass er mit ihrem Geständnis nicht besonders gut umgehen konnte. Sie konnte ihn verstehen und hätte vermutlich genauso reagiert, aber es tat trotzdem weh. Alice seufzte, als sie an Samuels forschende Blicke dachte, an die nicht getauschten Küsse und daran, wie zurückhaltend er sich von ihr verabschiedet hatte.

Sie verdrängte diese düsteren Gedanken und beschloss,

sich auf etwas anderes zu konzentrieren – den bevorstehenden Weihnachtsabend, zum Beispiel. Am Vortag hatte sie sich zusammengerissen und ihre Eltern angerufen. Nach zwei längeren Gesprächen hatten sie beschlossen, dass Alice gegen elf zu einem ausgedehnten Weihnachtskaffee zu ihrer Mutter nach Bromma und am Nachmittag zum Weihnachtsessen zu ihrem Vater, Mona und den Zwillingen fahren würde. Alice hatte vor dem Anruf bei ihrer Mutter gegraut, aber es war unerwartet gut gelaufen. Christina war auffallend zurückhaltend gewesen und hatte gesagt, es wäre doch schön, wenn sie sich wenigstens für einige Stunden sehen könnten. Ihr Vater hatte sich zum Glück ganz normal angehört und gefragt, ob sie bei ihnen übernachten wollte, nach einigem Hin und Her hatten sie dann aber beschlossen, dass ein Abendessen reichte. Sie würde also nicht in Hälsingland Weihnachten feiern, wie sie gehofft hatte, aber jetzt, da alle Lügen aus der Welt geschafft waren, freute sie sich trotz allem darauf, zu den Feiertagen ihre Familie zu sehen.

Ihr Telefon klingelte. Alices Herz hämmerte, als sie sah, dass es Samuel war, aber sie versuchte, sich normal anzuhören, als sie antwortete und auf die Lautsprechertaste drückte.

»Hallo.« Seine tiefe, zurückhaltende Stimme strömte ihr entgegen. »Wie läuft es bei dir?«

»Ich bin gerade an Arlanda vorbei. Der Verkehr ist flüssig, trotz des elenden Wetters. Die meisten fahren offenbar nach Norden.«

»Gut.«

»Du, danke für deinen Besuch.« Sie schluckte. Sollte sie

etwas über ihre Auseinandersetzung sagen? »Konntest du noch schlafen, bevor der Wecker geklingelt hat?«

»Ein bisschen. In der letzten Stunde musste ich im Auto das Fenster öffnen, um mich wach zu halten.« Er klang müde. »Aber ich bin heil nach Hause gekommen.«

»Wie gut«, sagte sie. Er klang so abwartend. Oder bildete sie sich das nur ein?

»Kommst du heute Abend zu Marguerite?«

»Ja, wenn du das noch willst.« War zu hören, wie nervös sie war?

»Marguerite wird sich freuen. Polly auch. Wann wirst du da sein können, was meinst du?«

Alice verzog bei dieser kühlen Antwort das Gesicht und schielte zur Uhr hinüber. Es war halb drei, und sie brauchte noch etwas über eine halbe Stunde bis in die Stadt. »Ich vermute, so gegen halb sechs.« Sie wollte noch bei einem Laden vorbeifahren und Blumen oder Pralinen kaufen und dann duschen und sich hübsch machen.

»Übrigens«, sagte Samuel und legte eine kurze Pause ein. »Mein Bruder holt Polly so gegen acht ab. Hast du Lust, danach etwas zu unternehmen, nur du und ich?«

»Gern.« Alices Herz machte einen Sprung. War also doch noch nicht alles zwischen ihnen vorbei?

»Wie schön.« Seine Stimme klang froh. »Dann bis nachher.«

Nachdem sie das Gespräch beendet hatten, war Alice so guter Stimmung, dass sie auf dem restlichen Weg laut die Weihnachtslieder im Radio mitsang.

Alices Hand zitterte vor Nervosität, als sie Wimperntusche auftrug. Sie hatte sich eine elegante Frisur gemacht, die Partyohrringe angelegt, eine schwarze Strumpfhose und das neue weinrote Kleid angezogen. Sie hatte den Reißverschluss nicht ganz bis oben schließen können, aber sie würde später Marguerite um Hilfe bitten. Zuallerletzt band sie den Gürtel in der Taille zu einer Schleife und musterte sich dann im Spiegel. Das Kleid lag an den Hüften eng an, und der Bindegürtel betonte ihre Taille und ihren Po. Darunter wogte der Rock und endete genau über den Knien. Unter dem Kleid trug sie ihre feinste Spitzenunterwäsche, und in ihrem Bauch prickelte eine Mischung aus Nervosität und Vorfreude bei dem Gedanken, sich später an diesem Abend vor Samuel darin zeigen zu können.

Alice stapfte durch den Schneematsch zu Marguerites Haus und hatte ihre guten Schuhe und eine Jacke in einer Stofftasche und im Arm einen Strauß hoher weißer Amaryllis. Ihr Herz hämmerte, und obwohl sie nichts lieber wollte, als Samuel wiederzusehen, musste sie sich zum Weitergehen zwingen, statt durch den Torweg zurück in ihre Wohnung zu fliehen.

Marguerite und Poppy empfingen sie im Gartenhaus mit Küssen und Umarmungen. Alice überreichte die Blumen, stieg in ihre Stöckelschuhe und folgte den beiden in den Salon. Eine Welle der Enttäuschung schlug über ihr zusammen, als sie Samuel nicht entdeckte. Sie ließ sich einen Becher Glühwein geben, stieß an und gab sich alle Mühe, sich ihre Enttäuschung nicht anmerken zu lassen. Vielleicht war er auf der Toilette oder in der Küche? Aber die Minuten vergingen, und bald war klar, dass er nicht da war. Am

Ende konnte Alice die Ungewissheit nicht mehr ertragen und fragte Marguerite, ob er nicht kommen würde.

»Samuel musste noch etwas erledigen. Das dauert wohl eine Weile. Er hat gesagt, wir sollten mit dem Essen nicht auf ihn warten.«

»Alles klar, verstehe.« Alice schluckte und versuchte wieder, ihre Enttäuschung zu verbergen.

»Kopf hoch, Liebes.« Marguerite lächelte aufmunternd. »Er ist nicht für immer verschwunden, weißt du.«

»Natürlich nicht.« Alice zwang sich zu einem Lächeln, aber sie fragte sich, ob er wirklich kommen würde. Vielleicht hatte er sich die Sache anders überlegt?

»Guck mal, Alice, mein Weihnachtskleid ist doch ein echtes Prinzessinnenkleid?« Poppy drehte eine Pirouette, und der mit Pailletten besetzte Tüll auf dem roten Stoff wirbelte ihr um die Beine. »Ich muss vorsichtig sein und darf nirgendwo rumklettern und nichts vergießen, sonst wird Mama böse.«

»Du bist wunderschön«, sagte Alice zustimmend.

»Warum hast du kein Prinzessinnenkleid?« Poppy musterte sie vom Scheitel bis zur Sohle.

»Ich bin ein bisschen zu alt dafür.« Alice lächelte. »Aber mein Kleid ist doch wenigstens ein bisschen weihnachtlich?«

»Ist schon in Ordnung.« Poppy sah nur mäßig beeindruckt aus. »Können wir bald die Schnütchen essen, Margi Poppins?«

»Die Schnittchen stehen auf der Anrichte in der Küche. Du kannst sie gern holen.«

»Okay! Komm, Konfi, wir holen die Schnütchen!« Poppy stürzte auf Konfuzius zu, und der sprang zur Seite.

»Wenn du nicht hilfst, kriegst du nichts ab.« Sie warf dem Kater einen mahnenden Blick zu.

»Wie schön, dass du kommen konntest«, sagte Marguerite, als Poppy in die Küche verschwunden war. »Hattest du da oben in Hälsingland ein paar schöne Tage?«

»Ich hatte fast zwei Tage lang Sturm und Stromausfall, das war ein bisschen unheimlich, aber es gab einen Kamin in der Hütte, und ich konnte am Feuer sitzen, lesen und alles ruhig angehen lassen.«

»Und Samuel?« Marguerite musterte sie forschend. »Ist jetzt zwischen euch alles wieder in Ordnung?«

»Das hoffe ich.« Alice gab sich alle Mühe, um nicht überrascht auszusehen. Wie viel wusste Marguerite eigentlich über sie und Samuel?

»Er ist wirklich ein guter Mensch. Zuverlässig und anständig, ohne langweilig zu sein. Alles, was mein Schauspieler damals nicht war. Oder auch mein Sohn. Ich liebe Elias über alles auf der Welt, aber er scheint den Appetit auf Frauen von seinem Vater geerbt zu haben.«

»Er ... wir ...« Alice verstummte. Wusste Marguerite, was passiert war?

»Hier kommen die Schnütchen.« Wie ein rettender Engel erschien Poppy mit zwei großen Tellern und knallte sie so energisch auf den Tisch, dass es ein Wunder war, dass die Schnittchen nicht herunterrutschten.

»Vorsicht, Herzchen.« Marguerite versuchte, streng auszusehen.

»Entschuldige, ich hab an der einen Wurst probiert.« Poppy leckte sich den Mund. »Die sah so gut aus, dass ich es einfach nicht lassen konnte. Oder was, Konfi?«

Konfuzius sah ebenfalls zufrieden aus, und Alice hätte gern gewusst, was Poppy dem Kater gegeben hatte.

»Meine jungen Damen, was möchtet ihr trinken? Malzbier für dich, Poppy, nehme ich an. Aber du, Alice? Bier, mehr Glühwein, Sekt oder Malzbier?«

»Ich nehme auch gern ein Malzbier.« Sie wollte nüchtern bleiben, bis Samuel kam.

»Na, dann.« Marguerite ging zur Küche. »Poppy, kannst du Musik anmachen? Wird Zeit, dass wir in Weihnachtsstimmung kommen.«

»Juhu.« Poppy stürzte zu der uralten Stereoanlage, stopfte eine CD ins Gerät und drückte auf Play.

Als *It's Beginning to Look a Lot Like Christmas* von Bing Crosby aus den Lautsprechern strömte, musste Alice einfach lachen. Es war komisch, dass sie, die sich alle Mühe gegeben hatte, um vor Weihnachten davonzulaufen, jetzt bei Marguerite saß, wo alle Tannengirlanden und der überwältigend geschmückte Baum nun noch mit Wichteln, Engeln und allerhand anderen Dingen behangen waren. Man konnte sich kaum ein üppiger geschmücktes und weihnachtlicheres Haus vorstellen.

Marguerite brachte das Malzbier, dann verschwand sie wieder in die Küche und holte weitere Schnittchenteller. Als sie gerade Alice und Poppy aufgefordert hatte, zuzugreifen, wurde an die Haustür gedonnert.

Poppy riss die Augen auf und rief: »Das ist der Weihnachtsmann! Der Weihnachtsmann kommt!« Sie sprang auf und rannte so schnell in die Diele, dass ihre roten Locken wippten. Gleich darauf kehrte sie mit enttäuschter Miene in den Salon zurück.

»Ach, das war nur Samsalabam.«

»Von nur kann ja wohl keine Rede sein.« Marguerite lächelte und sah zu Alice, die sofort spürte, wie ihr die Farbe in die Wangen stieg.

Gleich darauf tauchte Samuel in Jeans, dunkelgrauem Sakko und weißem Hemd in der Tür auf.

»Wie schön!« Marguerite klatschte in die Hände. »Dann sind wir endlich vollzählig.«

Samuel winkte Poppy zu und überreichte Marguerite einen großen Blumenstrauß, dann ging er zu Alice weiter und umarmte sie ausgiebig.

»Ich bin so froh, dass du hier bist«, flüsterte er und ließ die Hand über ihren Rücken wandern.

»Geht mir genauso.« Sie schluckte und blinzelte.

»Dein Reißverschluss ist nicht ganz zu«, murmelte er in ihre Haare.

»Ach, das hatte ich vergessen. Kannst du mir helfen?« Sie kehrte ihm den Rücken zu.

Zuerst passierte gar nichts, dann spürte sie, wie der Reißverschluss langsam ihren Nacken hochgezogen wurde.

»Da ist auch ein Häkchen, findest du das?« Sie beugte den Kopf ein bisschen vor, um ihm die Sache zu erleichtern.

»Japp, schon geschafft.« Samuels Finger waren kühl, und Alice durchfuhr ein Stoß, als er ihren Nacken berührte. Als er das Häkchen geschlossen hatte, legte er ihr die Hände auf die Schultern, beugte sich vor und küsste sie auf den Haaransatz.

»Seid ihr zusammen?« Poppy sah sie forschend an.

»Vielleicht«, antworteten Alice und Samuel wie aus einem Munde.

»Vielleicht geht ja wohl nicht.« Poppy runzelte die Stirn.

»Ihr Lieben, jetzt wird gegessen«, sagte Marguerite, und Alice warf ihr einen dankbaren Blick zu.

Als die leckeren Schnittchen allesamt verputzt waren, klopfte Marguerite sachte mit einem Messer an ihr Glas.

»Ihr Lieben. Ihr könnt euch gar nicht vorstellen, wie froh und dankbar ich bin, dass ihr heute gekommen seid. Eine Bescherung gibt es hier eigentlich nie, und deswegen habe ich für euch beide auch nichts.« Sie nickte zu Samuel und Alice hinüber, die unter dem Tisch Händchen hielten. »Aber für dich gibt es eine Kleinigkeit.« Sie sah Poppy an. »Magst du mal schauen?«

»Jaaaaaa!« Poppy sprang vom Stuhl auf und stürzte zum Weihnachtsbaum, wo trotz Marguerites Verkündung ein paar Weihnachtspäckchen verteilt waren. »Darf ich mal gucken, welches für mich ist?«

Marguerite konnte kaum antworten, da hatte Poppy schon ein Päckchen mit ihrem Namen gefunden und riss das Papier herunter. »Wow, wow, wow!« Sie hielt drei Bilderbücher über Prinzessinnen hoch – eins über Prinzessinnen und Drachen, eines über Prinzessinnen als Superheldinnen und eins über Prinzessinnen auf Abenteuer.

»Ich hoffe, die gefallen dir.«

»Danke, Margi, du bist die Liebste auf der Welt!« Poppy fiel ihr um den Hals.

»Gibt es auch Geschenke für uns andere?«, fragte Samuel und zwinkerte Poppy zu.

»Ich seh mal nach.« Poppy ging zu einem großen Korb hinüber. »Ja, hier ist eins.«

»Steht da ein Name drauf?«, wollte er wissen.

»Für Margi Poppins von Samuel und Poppy mit Familie.«

»Für mich?« Marguerite machte ein überraschtes Gesicht.

»Japp.« Poppy versuchte, den Korb hochzuheben, aber der war zu schwer.

»Ein paar kleine Leckereien für die Feiertage«, sagte Samuel und half Poppy, den Korb zum Tisch zu tragen.

»Ach, wie schön!« Marguerite schaute hinein und freute sich über die edle Rotweinflasche, die Luxuspralinen, die Konserven, den kräftigen Käse und die Auswahl an italienischen Delikatessen. »Vielen, vielen Dank. Aber das wäre doch nicht nötig gewesen!«

»Vielleicht nicht«, sagte Samuel. »Aber du hast es verdient.« Mit einem Lächeln drehte er sich dann zu seinem Patenkind um. »Poppy, gibt es noch andere Geschenke? Vielleicht eins mit Weihnachtswichtelpapier?«

»Jaaaa, hier!« Poppy hielt ein Päckchen mit kleinen rot gekleideten Weihnachtswichteln hoch.

»Für wen ist das?«

»Für Alice vom Weihnachtsmann«, las Poppy feierlich vor und überreichte es ihr.

»Was, für mich?« Alice nahm es entgegen. »Soll ich es gleich aufmachen oder bis morgen warten?«

»Jetzt, ist doch klar!« Poppy sah aus, als ob sie die Sache in die eigenen Hände nehmen würde, wenn Alice zu lange zögerte.

»Na gut.« Alice schaute Samuel fragend an, aber der zuckte nur mit den Schultern und lächelte.

»Was ist das?« Poppy hing über Alices Schulter, doch als sie den Inhalt des Päckchens sah, verlor sie das Interesse und ließ sich mit ihren neuen Prinzessinnenbüchern auf dem Boden nieder.

»Ach, danke, wie schön!« Alice fuhr mit der Hand über den zitronengelben Taschenkalender und erwiderte Samuels Blick. In das weiche Leder war »Ein neuer Anfang« eingeprägt, und als sie ihn aufschlug, sah sie auf dem Vorsatzblatt einige handgeschriebene Zeilen.

Ein neues Jahr, das mit neuen Erinnerungen gefüllt werden kann. Ich würde gern einen Platz darin finden, wenn ich darf.
Sam

Alice schaute zu Samuel auf und blinzelte ein paar Tränen weg. Der Blick, der ihrem begegnete, war mit so viel Wärme und Zärtlichkeit gefüllt, dass die Unruhe, die sie bisher erfüllt hatte, mit einem Mal wie weggefegt war. Sie beugte sich vor und umarmte ihn.

»Igitt, ihr wollt doch wohl nicht etwa knutschen?« Poppy verzog das Gesicht.

»Ach, danke für die gute Idee.« Samuel grinste und drückte seine Lippen auf die von Alice.

»Bäh, wie eklig.« Poppy wandte sich ab. »Können wir nicht lieber in dem Superheldinnenprinzessinnenbuch lesen?«

»Ich lese gern mit dir«, sagte Alice und drückte Samuels Hand, bevor sie aufstand und sich neben Poppy auf den Boden setzte.

Alles würde gut gehen, das bevorstehende Weihnachtsfest bei ihren Eltern und das neue Jahr. Sie würde kämpfen müssen, um sich einen routinierten Alltag zurückzuerobern, und das würde nicht leicht werden, aber sie war bereit und freute sich darauf. Nicht nur, neue Manuskripte und Geschichten zu entdecken, sondern auch darauf, gemeinsam mit Samuel neue Erinnerungen zu schaffen.

»Seht mal, es schneit! Jetzt ist richtig Weihnachten!« Poppys Augen funkelten, als sie zum Fenster rannte und die Nase gegen die Scheibe presste. Tatsächlich rieselten große weiße Flocken vom Himmel. Und, aber das konnte in dem kleinen Gartenhaus in Mariaberget niemand ahnen, es würde die ganze Nacht schneien, so dass am Weihnachtsmorgen die Straßen, Alleen, Parks und Häuser der Hauptstadt in eine dicke puderweiße Schneedecke gehüllt sein würden, genau wie vorhergesagt.

Dank der Autorin

Vor allem möchte ich Louise Nicolin für die Inspiration zu *Schneezauber über Stockholm* danken. Alles hat mit ein paar Worten angefangen, die du beim Essen zu meinem Fünfzigsten gesagt hast – dass wir einander durch die vielen kleinen Kommentare und Notizen auf Social Media und in meinen Manuskripten kennengelernt haben. Ich weiß noch, dass mir dein Kommentar als perfektes Motto für ein Buch vorkam, ein bisschen wie ein modernes *e-m@il für Dich*. Danach konnte ich diesen Gedanken nicht mehr loslassen und überlegte mir, wie ich dafür sorgen könnte, dass sich ein Mann und eine Frau auf ähnliche Weise kennenlernen. Das war der Anfang von diesem Buch.

Christoffer Holst und Anna Levahn – es ist eine Freude, Bücher bei Printz Publishing zu veröffentlichen. Danke dafür, dass ihr so professionell und engagiert seid und so eine wunderbare Energie verbreitet. Und Christoffer – danke dafür, dass du vor einigen Jahren versucht hast, mich zu einem Weihnachtsroman zu überreden. Ich war damals noch nicht so weit, aber der Entwurf hat mir zu Samuels Manuskript hier im Buch verholfen.

Maria und Edith Enberg – ihr seid die besten Agentinnen,

die man sich wünschen kann, und ich bin sehr dankbar für unsere Zusammenarbeit und dafür, dass ich eurer wunderbaren Bande von Autorinnen und Autoren angehöre.

Aina Törnblom, Johanna Smeds und Louise Nicolin – noch einmal GROSSEN DANK für alle Zeit und alles Engagement, die ihr aufbringt, um meine Geschichten zu lesen, und dass sie und die großen und kleinen Unternehmungen meiner Personen euch gefallen. Ihr seid unersetzlich, und euer Input hebt mein Manuskript auf das nächste Niveau.

Ebba Lannersten – danke dafür, dass ich das Vokabular und den Jargon von Dreißigjährigen mit dir austesten konnte. Deinetwegen drücken sich meine Personen nicht so langweilig und altmodisch aus wie ihre Schöpferin.

Jon, Siri und Dara – noch einmal danke dafür, dass ihr mich ertragt, wenn ich in meiner Schreibblase verschwinde, mit allem, was dazugehört. Ohne eure Unterstützung, euer Verständnis und eure Geduld würde es keine Bücher geben. Ihr seid die Besten!

Ganz zuletzt möchte ich mich bei allen bedanken, die meine Bücher lesen, sie anderen empfehlen und mir auf Social Media folgen. Eure Mitteilungen und Kommentare mit den warmen, ermutigenden Worten geben mir Kraft, Energie und Motivation, um weiterzuschreiben.

Ich danke euch aus tiefstem Herzen!

Camilla Davidsson

Folgt mir gern auf
www.facebook-com/camilladavidsson
oder Instagram@camilladavidsson

Uzma Jalaluddin / Marissa Stapley
Drei Feiertage und eine Hochzeit

Im Jahr 2000 fallen Weihnachten, Chanukka und das Zuckerfest in denselben Zeitraum. Anna möchte zu ihrem Freund, Maryam ist mit ihrer Familie auf dem Weg zur Hochzeit ihrer Schwester. Doch das Flugzeug, in dem sie alle sitzen, muss notlanden. Und so stranden sie in der Kleinstadt Snow Falls. Dort finden gerade Dreharbeiten für einen romantischen Weihnachtsfilm statt, in dem Annas Lieblingsschauspieler die Hauptrolle hat. Währenddessen versucht Maryam alles, um die Hochzeit ihrer Schwester zu retten. Und sie muss sich mit ihren Gefühlen für einen ganz bestimmten Mann auseinandersetzen. Auf sie alle warten drei Feiertage, die sie so leicht nicht vergessen werden …

Aus dem amerikanischen Englisch von
Irmengard Gabler
432 Seiten, broschiert
978-3-596-70982-3

Weitere Informationen finden Sie auf
www.fischerverlage.de